KB023332

가고 싶은
대학에 가는

고교
소설 ④

가고 싶은
대학에 가는

고교
소설 ④

초판1쇄 인쇄 2005년 12월 30일
초판1쇄 발행 2006년 1월 5일

엮 은 이 구 인 환
펴 낸 이 신 원 영
펴 낸 곳 (주)신원문화사
책임편집 최 광 희
편집진행 이선희 | 박은희 | 박소연
디 자 인 박아영 | 신정님

주 소 서울시 강서구 등촌1동 636-25
전 화 3664-2131~4
팩 스 3664-2130

출판등록 1976년 9월 16일 제5-68호

ISBN 89-359-1319-7 44810
ISBN 89-359-1315-4 (세트)

가고 싶은 대학에 가는 고교소설 ④

구인환 엮음
(서울대 명예교수 · 문학과 문학교육연구소 소장)

좋은 책 좋은 독자를 만드는 —
㈜신원문화사

세상은 흐르는 물과 같이 변해 간다. 물은 잠시도 머물러 있지 않고 낮은 데로 흘러가 작은 개울이 큰 강이 되고 큰 강물이 또 흘러가 오대양의 망망대해를 이루어 출렁거린다.

흐르다가 좁아지면 거기에 따라 흐르고, 막히면 잠시 머물렀다가 그것을 넘어 흘러간다. 그 흐르는 물결에 따라 계곡의 절경을 이루기도 하고, 댐에 갇히어 방류될 때를 기다리기도 하며, 흐르고 흘러 수평선을 넘나드는 대해의 장관을 이루기도 한다. 황진이는 '산은 옛 산이로되 물은 옛 물이 아니로다. 주야에 흐르니 옛 물이 있을쏘냐. 인걸도 이와 같아야 가고 아니 오노매라.' 라고 정 두고 간 사람을 그리고 있지만, 흐르는 물은 세상의 변화와 같이 그 먼 수평선을 향해 흐른다. 여기에 계절에 따라 변하는 사계절의 아름다움을 이룬 삼천리 금수강산은 의구한 산이나 들을 벗하여 그 변화의 아름다움을 보여 준다.

우리는 이 흐르는 물과 같은 세상에 금수강산의 사계의 아름다움 속에 오늘을 살아간다. 세상의 변화 속에 사계가 분명하여 청명하고 아름다운 이 강산에서 살면서 내일의 지평을 그리면서 오늘을 살아간다. 뜻이 있다면 길이 있다는 말을 명심하면서 뜻을 굳히고 길을 찾아 앞으로 달려간다. 달려가는 그 길은 평탄하면서도 때로는 굴곡이 있고, 또 뛰어넘어야 할 개울을 만나게 된다. 입시도 이 개울을 뛰어넘는 한 관문이다. 이 관문에서도 사고력의 심도 있는 측정과 심층적인 정서에 바탕을 둔 논리적인 사고력을 표현하는 구술과 논술은 우리가 뛰어넘어야 할 중요한 관문이다. 그것은 흐르는 강물과 같은 인생에 한 걸림돌에 지나지 않다.

우리가 넘어야 할 관문은 정면 돌파하여 직접 대결하여 맞서 나갈 때에 왕도의 길이 열리게 된다. 거기에 맞서기 위해서는 평소에 시나 소설, 에세이 등을 많이 읽어 심층적인 감상에 의해 정서적 상상력과 사고력을 기르고, 그것을 구술 · 논술로 표현할 수 있는 표현력을 길러 어떠한 제재가 나와도 이해하고 감상하고 표현할 수 있는 능력을 갖추어야 한다.

일찍 시작해서 꾸준히 지속하는 것이 그 왕도이다. 이에 근대 이후의 근대 · 현대의 소설에서 고등학생이 읽고 논술에 대비할 작품을 엄선하여 작품의 이해와 감상 그리고 논술을 돕는 안내자와 동반자가 되려고 한다.

1. 한국 근·현대 소설에서 고등학생의 수능 및 논술의 입시나 일반인의 교양을 위해, 문학사의 기념비가 될 만한 주옥같은 작품을 엄선했다.
2. 내용 구성은 작품의 감상 능력과 논술 능력을 신장시키는 데 초점을 맞추었다. 각 작품마다 '생각해 봅시다', '작품의 줄거리'를 넣어 작품의 길라잡이 역할을 하도록 했고, '작품 이해', '논술 다지기' 등을

통해 작품을 심층적으로 감상하고, 상상력과 사고력을 길러 풍부하고 심도 있게 삶의 총체상을 이해할 수 있도록 하였다. 특히 매 작품마다 여러 유형의 논술 문제를 수록하여 실전에 대비할 수 있도록 하였다.

3. 문학의 이해와 감상을 더욱 심층화하고 사고력의 신장에 도움이 되도록 연관 작품과 문학 용어, 그리고 하단에 중요 어구 풀이를 했다.

이런 기획으로 엮어진 '가고 싶은 대학에 가는 고교 소설'이 수능과 논술 입시를 준비하는 학생들의 성실한 길잡이가 되고, 일반인의 교양을 위한 등불이 되어 그 속에 얽힌 삶의 의미와 총체상을 이해하고, 창조의 예술미를 음미하면서 논술로 표현하고 삶을 즐기는 안식처가 되기를 기대한다.

끝으로 양적으로 팽창하는 상업성에 기우는 출판의 상황에서 이런 입시와 삶의 길잡이가 되는 읽어야 할 양서를 상재해 주는 신원영 사장에게 감사하고, 동분서주하면서 총괄하는 윤석원 상무와 기획 총괄하는 최광희 부장, 그리고 교정과 제작에 애쓴 모든 분에게 감사한다.

구 인 환

◈ 일러두기

1. 표기는 현재의 맞춤법에 따랐다. 다만, 방언이나 속어는 가능한 한 그대로 두었으며 작가와 작품의 의도를 해치지 않기 위해서 대화체에서는 옛 표기를 최대한 살렸다.
2. 외래어는 현재의 표기법에 맞춰 고쳤으며, 원문에서 일본어 등 외국어로 씌어진 것은 음독 표기하고 괄호 안에 우리말로 번역해 놓았다.

차례

들

이효석(1907~1942)

호는 가산(可山). 강원도 평창 출생. 경성제대 졸업. 평양 숭실전문학교 교수 역임. 1928년 〈도시와 유령〉을 발표하면서 본격적인 창작 활동을 시작했으며, 초기에는 '동반자 작가' 라는 평을 받은 소설들을 발표함. 〈도시와 유령〉, 〈마작 철학〉, 〈깨뜨려지는 홍등〉 등은 도시 빈민층이나 노동자 · 기생의 삶을 통해 상류 사회와의 갈등 · 대비를 보여 줌으로써 사회적 모순을 고발. 3부작 《노령근해》, 《상륙》, 《북극사신》에서는 관능적이며 성적인 인간 본능의 폭로에도 관심을 기울였고, 단편 〈돈(豚)〉, 〈수탉〉을 기점으로 창작 내용의 전환을 이룸. 이후 순수 문학이라 할 만한 작품 창작에 전념하면서, 1936년 대표작 〈메밀꽃 필 무렵〉을 발표. 〈메밀꽃 필 무렵〉에서 드러나듯이, 그의 문학 세계의 본령은 본질적으로 반산문적이고 반도시적임. 구인회 회원으로 활동함.

미리 엿보기...

생각해 봅시다...

1. 이 작품을 통해 친구와 사회, 그리고 개인과의 연관 속에서 자연의 순수함이 어떻게 승화되고 있는지 생각해 보자.
2. 이 작품에 등장하는 학교와 득추, 문수, 옥분의 성격과 그들의 갈등이 어떻게 그려지는지 유의해 가며 읽어 보자.

작품의 줄거리...

퇴학을 당하고 도회를 쫓겨 나와 맨 먼저 고향의 들을 찾은 학교는, 고향을 그리워하는 마음이란 곧 산천을 사랑하고 벌판을 반가워하는 심정이 아닐까 하며, 마을 사람들과도 금세 친밀감을 갖게 된다.

시절은 만물을 허랑하게 만들고, 짐승은 드러내 놓고 모든 것을 들의 품속에 맡긴 어느 날 학교는 산책을 하다가 우연히 옥분과 만나고, 달빛이 은은한 밤, 떨리는 그녀의 팔을 붙들고 풀밭을 지나 버드나무 숲으로 들어간다.

한편 문수 역시 결국 학교에서 쫓겨나고, 무더위가 계속되던 날, 들로 야영을 간 학교와 문수는 자연의 신비에 흠뻑 매료된다. 며칠 뒤 문수가 끌려가자, 공포는 자연이 아니라 삶의 사회인 듯싶다며 학교는 홀로 들에서 고독에 잠긴다.

1

꽃다지 · 질경이 · 남생이 · 딸장이 · 민들레 · 솔구장 · 쇠민장이 · 길요장이 · 달래 · 무릇 · 시금초 · 씀바귀 · 돌나물 · 비름 · 능쟁이.

들은 온통 초록 전에 덮여 벌써 한 조각의 흙빛도 찾아볼 수 없다. 초록의 바다. 초록은 흙빛보다 찬란하고 눈빛보다 복잡하다. 눈이 보얗게 깔렸을 때에는 흰빛과 능금나무의 자줏빛과 그림자의 옥색 빛 밖에는 없어 단순하기 옷 벗은 여인의 나체와 같은 것이, 봄은 옷 입고 치장한 여인이다.

흙빛에서 초록으로, 이 기막힌 신비에 다시 한 번 놀라 볼 필요가 없을까! 땅은 어디서 어느 때 그렇게 많은 물감을 먹었기에 봄이 되면 한꺼번에 그것을 이렇게 지천으로 뱉어 놓을까! 바닷물을 고래같이 들이켰던가!

하늘의 푸른 정기를 모르는 결에 함빡 마셔 두었던가! 그것을 빗물에 풀어 시절이 되면 땅 위로 솟쳐 보내는 것일까! 그러나 한 포기의 풀을 뽑아 볼 때 잎새만이 푸를 뿐이지 뿌리와 흙에는 아무 물들인 자취도 없음은 웬일일까? 시험관 속 붉은 물에 약품을 넣으면 그것이 금시에 새파랗게 변하는 비밀, 그것과도 흡사하다. 이 우주의 비밀의 약품, 그것은 결국 알 바 없을까? 한 톨 보리알이 열 낟으로 나는 이치를 가르치는 이 있어도 그 보리알에서 푸른 잎이 돋는 조화의 동기는 옳게 말하는 이 없는 듯하다.

사람의 지혜란 결국 신비의 테두리를 뱅뱅 돌 뿐이요, 조화의 속의 속은 언제까지나 열리지 않는 판도라의 상자일 듯싶다. 초록 풀에 덮인 땅 속의 뜻은 초록 옷을 입은 여자의 마음과도 같이 엿볼 수 없는 저 건너 세상이다.

얀들얀들 나부끼는 초목의 양자(樣姿)는 부드럽게 솟은 음악. 줄기는 굵고 잎은 연한 멜로디의 마디마디이다. 부피 있는 대궁은 나팔 소리요, 가는 가지는 거문고의 음률이라고도 할까! 알레그로[1]가 지나고 안단테[2]에 들어갔을 때의 감동, 그것이 봄의 걸음이다. 풀 위에 누워 있으면 은근한 음악의 율동에 끌려 마음이 너볏너볏 나부낀다.

꽃다지·질경이·민들레……. 가지가지 풋나물들을 뜯어 먹으면 몸이 초록으로 물들 것 같다. 물들어야 될 것 같다. 물들어야 옳을 것 같다. 물들지 않음이 거짓말이다. 물들지 않으면 안 될 것 같다.

새가 지저귄다. 꾀꼬리일까?

지평선이 아롱거린다.

중요 어구

1) 알레그로 : 악보에서, 빠르고 경쾌하게 연주하라는 말.
2) 안단테 : 악보에서 느리게 연주하라는 말. 모데라토와 아다지오의 중간 속도로, 걷는 정도의 속도를 가리킴.

들은 내 세상이다.

2

언제까지든지 푸른 하늘을 우러러보고 있으면 나중에는 현기증이 나며 눈이 둘러빠질 듯싶다. 두 눈을 뽑아서 푸른 물에 채웠다가 라무네(레모네이드)[3] 병 속의 구슬같이 차진 놈을 다시 살 속에 박아넣은 것과도 같이 눈망울이 차고 어리어리하고 푸른 듯하다. 살과는 동떨어진 유리알이다.

그렇게도 하늘은 맑고 멀다. 눈이 아픈 것은 그 하늘을 발칙하게도 오랫동안 우러러본 벌인 듯싶다. 확실히 마음이 죄송스럽다. 반나절 동안 두려움 없이 하늘을 똑바로 쳐다볼 수 있는 사람이란 세상에서도 가장 착한 사람이거나 그렇지 않으면 가장 용기 있는 악한이어야 할 것이다. 그렇게도 푸른 하늘은 거룩하다.

눈을 돌리면 눈물이 폭 쏟아진다. 벌판이 새파랗게 물들어 눈앞에 아물아물한다. 이런 때에는 웬일인지 구름 한 점도 없다. 곁에는 한 묶음의 꽃이 있다. 오랑캐꽃 · 고들빼기 · 노고초 · 새고사리 · 가처무릇 · 대게 · 맛탈 · 차치광이……. 나는 그것들을 섞어 틀어 꽃다발을 겯기 시작한다. 각색 꽃판과 꽃술이 무릎 위에 지천으로 떨어진다. 그것은 헤어지는 석류알보다도 많다…….

나는 들이 언제부터 이렇게 좋아졌는지를 모른다. 지금에는 한 그릇의 밥, 한 권의 책과 똑같은 지위를 마음 속에 차지하게 되었다. 책에서 읽은

중요 어구

3) 레모네이드 : 레몬 즙에 물, 설탕, 탄산 따위를 넣어 만든 음료.

이론도 아니요, 얻어들은 이치도 아니요, 몇 해 동안 하는 일 없이 들과 벗하고 지내는 동안에 이유도 없이 그것은 산림 속에 푹 젖었던 것이다. 어릴 때에 동무들과 벌판을 헤매며 찔레를 꺾으러 가시덤불 속에 들어가고, 쇠똥버섯을 따다 화로 속에 굽고, 메를 캐러 밭이랑을 들치며 골로 말을 만들어 끌고 다니느라고 집에서보다도 들에서 더 많이 날을 지우던, 그 때가 다시 부활하여 돌아온 셈이다. 사람은 들과 뗄래야 뗄 수 없는 인연에 있는 것 같다.

자연과 벗하게 됨은 생활에서의 퇴각을 의미하는 것일까? 식물적 애정은 반드시 동물적 애정이 진한 곳에 오는 것일까? 학교를 쫓기우고 서울을 물러오게 된 까닭으로 자연을 사랑하게 된 것일까? 그러나 동무들과 골방에서 만나고, 눈을 기어 거리를 돌아치다 붙들리고, 뛰다 잡히고 쫓기고 하였을 때의 열정이나, 지금에 들을 사랑하는 열정이나 일반이다. 지금의 이 기쁨은 그 때의 그 기쁨과도 흡사한 것이다. 신념에 목숨을 바치는 영웅이라고 인간 이상이 아닌 것과 같이 들을 사랑하는 졸부라고 인간 이하는 아닐 것이다. 아직도 굳은 신념을 가지면서 지난날에 보낸 책들을 들척거리다가도 문득 정신을 놓고 의미 없이 하늘을 우러러보는 때가 많다.

"학교, 이제는 고향이 마음에 붙는 모양이지."

마을 사람들은 조롱도 아니요, 치사도 아닌 이런 말을 던지게 되었고 동구 밖에서 만나는 이웃집 머슴은 인사 대신에 흔히,

"해동지 늪에 붕어 떼 많던가?"

고기 사냥 갈 궁리를 하거나 그렇지 않으면,

"십리정 보리 고개 숙였던가?"

하고 곡식의 소식을 묻게 되었다.

마을 사람들보다도 내가 더 들과 친하고 곡식의 소식을 잘 알게 된 증거

이다.

나는 책을 외듯이 벌판의 구석구석을 샅샅이 외고 있다. 마음 속에는 들의 지도가 세밀히 박혀 있고 사철의 변화가 표같이 적혀 있다. 나는 들 사람이요, 들은 내 것과도 같다.

어느 논두렁의 청대콩이 가장 진미이며, 어느 이랑의 감자가 제일 굵다는 것을 알 수 있다. 새발 고사리가 많이 피어 있는 진펄과, 종달새 뜨는 보리밭을 짐작할 수 있다. 남대천 어느 모퉁이를 돌 때 가장 고기가 흔하다는 것도 알게 되었다. 개리·쇠리·불거지가 득실득실 끓는 여울과, 메기·뚜꾸뱅이가 잠겨 있는 웅덩이와, 쏘가리·꺽지가 누워 있는 바위 밑과, 매재와 고들빼기를 잡으려면 철교께서도 몇 마장을 더 올라가야 한다는 것과, 쇠치네와 기름종개를 뜨려면 얼마나 벌판을 나가야 될 것을 안다. 물 건너 귀릉나무 수풀과, 방칫골 으름덩굴 있는 곳을 아는 것은 아마도 나뿐일 듯싶다.

학교를 퇴학 맞고 처음으로 도회를 쫓겨 내려왔을 때에 첫걸음으로 찾은 곳은 일갓집도 아니요, 동무 집도 아니요, 실로 이 들이었다. 강가의 사시나무가 제대로 있고, 버들 숲 둔덕의 잔디가 헐리우지 않았으며, 과수원의 모습이 그대로 남은 것을 보았을 때의 기쁨이란 형언할 수 없이 큰 것이었다. 고향을 그리워하는 마음이란 곧 산천을 사랑하고 벌판을 반가워하는 심정이 아닐까! 이런 자연의 풍물을 내놓고야 고향의 그림자가 어디에 알뜰히 남아 있는가! 헐리어 가는 초가지붕에 남아 있단 말인가! 고향을 꾸미는 것은 사람이면서도 그리운 것은 더 많이 들과 시냇물이다.[4]

중요 어구

4) 고향을 꾸미는~시냇물이다 : 사람보다 자연의 산물에 더 친근감을 느끼는 '나'의 자연친화적 태도가 두드러지는 대목이다.

3

시절은 만물을 허랑하게 만드는 듯하다.[5]

짐승은 드러내 놓고 모든 것을 들의 품속에 맡긴다.

새 풀숲에서 새 둥우리를 발견한 것을 나는 알 수 없이 기쁘게 여겼다. 거룩한 것을, 아름다운 것을 찾은 느낌이다. 집과 가족들을 송두리째 안심하고 땅에 맡기는 마음씨가 거룩하다. 풀과 깃을 모아 두툼하게 결은 둥우리 안에는 아직까지 안은 알이 너덧 알 들어 있다. 아롱아롱 줄이 선 풋대추만큼씩 한 새알! 막 뛰어나오려는 생명을 침착하게 간직하고 있는 얇은 껍질—금시에 딸깍 두 조각으로 깨뜨려질 모태—창조의 보금자리!

그 고요한 보금자리가 행여나 놀래고 어지럽혀질까를 두려워하여 둥우리 기슭에 손가락 하나 대기조차 주저되어 나는 다만 한참 동안이나 물끄러미 바라보고 섰다가 풀포기를 제대로 덮어 놓고 감쪽같이 발을 옮겨 놓았다. 금시에 알이 쪼개지며 생명이 돋아날 듯싶다. 등 뒤에서 새가 푸드득 날아들 것 같다. 적막을 깨뜨리고 하늘과 들을 놀래키며 푸드득 날았다! 생각에 마음이 즐겁다.

그렇게 늦게 까는 것이 무슨 새일까? 청새일까? 덤불지일까? 고요하게 뛰노는 기쁜 마음을 건잡을 수 없어 목소리를 내서 노래라도 부를까 느끼며 둑 아래로 발을 옮겨 놓으려다 문득 주춤하고 서 버렸다.

맹랑한 것이 눈에 띈 까닭이다. 껄껄 웃고 싶은 것을 참고 풀 위에 주저앉았다. 그 웃고 싶은 마음은 노래라도 부르고 싶던 마음의 연장인지도 모

중요 어구

5) 시절은 만물을~만드는 듯하다 : 세월 앞에서 만물은 완벽할 수 없음을 의미하는 말이다. 그렇기 때문에 만물은 대자연인 '들'에 자신을 맡긴다.

른다. 다시 말하면 그 맹랑한 풍경이 나의 마음을 결코 노엽히거나 모욕한 것이 아니요, 도리어 아까와 똑같은 기쁨을 자아내게 한 것이다. 일반으로 창조의 기쁨을 보여 준 것이다.

개울 녘 풀밭에서 한 자웅의 개가 장난치고 있는 것이다. 하늘을 겁내지 않고, 들을 부끄러워하지 않고, 사람의 눈을 꺼리는 법 없이 자웅은 터놓고 마음의 자유를 표현할 뿐이다. 부끄러운 것은 도리어 이 쪽이다. 나는 얼굴을 붉히면서 대중없이 오랫동안 그 요절할 광경을 바라보기가 몹시도 겸연쩍었다. 확실히 시절 탓이다. 가령 추운 겨울 벌판에서 나는 그런 장난을 목격한 일이 없다. 역시 들이 푸를 때, 새가 늦은 알을 깔 때 자웅도 농탕치는 것이다. 나는 그 광경을 성내어서는, 비웃어서는 안 되었다.

보고 있는 동안에 어디서부터인지 자웅에게로 돌멩이가 날아들었다. 킬킬킬 웃음소리가 나며 두 번째 것이 날았다. 가뜩이나 몸이 떨어지지 않는 자웅은 그제서야 겁을 먹고 흘금흘금 눈을 굴리며 어색한 걸음으로 주체스런 두 몸을 비틀거렸다. 나는 나 이외에 그 광경을 그 때까지 은근히 바라보고 있던 한 사람이 부근에 숨어 있음을 비로소 알고 더한층 부끄러운 생각이 와락 나며, 숨도 크게 못 쉬고 인기척을 죽이고 잠자코만 있을 수밖에는 없었다.

세 번째 돌멩이가 날리더니 이윽고 호담스런 웃음소리가 왈칵 터지며 아래편 숲 속에서 사람의 그림자가 덥석 뛰어나왔다. 빨래 함지를 인 채 한 손으로는 연해 자웅을 쫓으면서 어깨를 떨며 웃음을 금할 수 없다는 자세였다.

그 돌연한 인물에 나는 놀랐다. 한편 응겼던 마음이 풀리기도 하였다.[6]

중요 어구

6) 그 돌연한~풀리기도 하였다 : '나'는 한 자웅의 개들을 함께 훔쳐 본 사람이 전부터 알고 지내던 옥분이임을 알게 되자 놀람과 안도감을 느낀다. '나'와 옥분이의 관계가 멀지 않은 사이임을 알 수 있다.

옥분이었다. 빨래를 하고 나자 그 광경임에 마음 속은 미리 흠빽 그것을 즐기고 난 뒤인 모양이었다. 그러나 나의 놀람보다도 옥분이가 문득 나를 보았을 때의 놀람, 그것은 몇 갑절 더 큰 것이었다.

별안간 웃음을 뚝 그치고 주춤 서는 서슬[7]에 머리에 이었던 함지가 왈칵 떨어질 판이었다. 얼굴의 표정이 삽시간에 검붉게 질려 굳어졌다. 눈알이 땅을 향하고, 한편 손이 어쩔 줄 몰라 행주치마를 의미 없이 꼬깃거렸다.

별안간 깊은 구렁에 빠진 것과도 같은 그의 궁착한 처지와 덴 마음을 건져 주기 위하여 나는 마음에도 없는 목소리를 일부러 자아내어 관대한 웃음을 한바탕 웃으면서 그의 곁으로 내려갔다.

"빌어먹을 짐승들."

마음에도 없는 책망이었으나 옥분의 마음을 풀어 주자는 뜻이었다.

"득추 녀석쯤이 너를 싫달 법 있니. 주제넘은 녀석."

이어 다짜고짜로 그의 일신의 이야기를 집어 낸 것은 그의 주의를 다른 곳으로 돌리자는 생각이었다. 군청 고원 득추는 일껏 옥분과 성혼이 된 것을 이제 와서 마다고 투정을 내고 다른 감을 구하였다. 옥분의 가세가 빈한하여 들고날 판이므로 혼인한 뒤에 닥쳐올 여러 가지 귀찮은 거래를 염려하여 파혼한 것이 확실하다. 득추의 그런 꾀바른 마음씨를 나무라는 것은 나뿐이 아니었다. 마을 사람들은 거개 고원의 불신을 책하였다.

"배반을 당하고 분하지도 않으냐?"

"모른다."

옥분은 도리어 짜증을 내며 발을 떼놓았다.

"그 녀석 한 번 혼내 줄까?"

중요 어구

7) 서슬 : 강하고 날카로운 기세.

웬일인지 그에게로 쏠리는 동정을 금할 수 없다.

"쓸데없는 짓 할 것 있니?"

동정의 눈치를 알면서도 시치미를 떼는 옥분의 마음씨에는 말할 수 없이 그윽한 것이 있어 그것이 은연중에 마음을 당긴다.

눈앞에 멀어지는 그의 민출한 자태가 가슴 속에 새겨진다. 검은 치마폭 밑으로 드러난 불그레한 늠춧한 두 다리는 자작나무보다도 더 아름다운 것 — 헐벗기 때문에 한결 빛나는 것 — 세상에도 가지고 싶은 탐나는 것이다.

4

일요일인 까닭에 오래간만에 문수와 함께 둑 위에서 하루를 보낼 수 있었다. 날마다 거리의 학교에 가야 하는 그를 자주 붙들어 낼 수는 없다. 일요일이 없는 나에게도 일요일이 있는 것이다.

바다를 바라볼 수 있는 둑에 오르면 마음이 활짝 열리는 듯이 시원하다. 바닷바람이 아직 조금 차기는 하나 신선한 맛이다. 잔디밭에는 간간이 피지 않은 해당화 봉오리가 조촐하게 섞였으며, 둑 맞은편에 군데군데 모여 선 백양나무 잎새가 햇빛에 반짝반짝 나부껴 은가루를 뿌린 것 같다.

문수는 빌려 갔던 몇 권의 책을 돌려주고 표해 두었던 몇 구절의 뜻을 질문하였다. 나는 그에게 하루의 선배인 것이다. 돈독하게 띵겨 주는 것이 즐거운 의무도 되었다.

공부가 끝난 다음 책을 덮어 두고 잡담에 들어갔을 때에 문수는 탄식하는 어조였다.

"학교가 절절 틀려 가는 모양이다."

구체적 실례를 가지가지 들고 나중에는 그 한 사람의 협착[8] 한 처지를 말하였다.

"책 읽는 것까지 들켰네. 자네 책도 빼앗길 뻔했어."

짐작되었다.

"나와 사귀는 것이 불리하지 않은가?"

"자네 걸은 길대로 되어 나가는 것이 뻔하지. 차라리 그 편이 시원하겠네."

너무 궁박한 현실 이야기만도 멋없어 두 사람은 무릎을 툭 털고 일어나서 기분을 가다듬고 노래를 불렀다. 아는 말 아는 곡조를 모조리 불렀다.

노래가 진하면 번갈아 서서 연설을 하였다. 눈앞에 수많은 대중을 가상하고 목소리를 다하여 부르짖어 본다. 바닷물이 수물거리나 어쩌나, 새들이 놀라서 떨어지나 어쩌나를 시험하려는 듯이도 높게 고함쳐 본다. 박수하는 사람은 수만의 대중 대신 한 사람의 동무일 뿐이나 지껄이는 동안에 정신이 흥분되고 통쾌하여 간다. 훌륭한 공부 이외 단련이다.

협착한 땅 위에 그렇게 자유로운 벌판이 있음이 새삼스러운 놀람이다. 아무리 자유로운 말을 외쳐도 거기에서만은 '중지' 를 당하는 법이 없으니까 말이다. 땅 위는 좁으면서도 넓은 셈인가!

둑은 속 풀리는 시원한 곳이며, 문수와 보내는 하루는 언제든지 다시없이 즐거운 날이다.

중요 어구

8) 협착 : 차지하고 있는 자리가 매우 좁음.

5

과수원 철망 너머로 엿보이는 철 늦은 딸기—잎새 사이로 불긋불긋 돋아난 송이, 굵은 양딸기—지날 때마다 건강한 식욕을 참을 수 없다. 더구나 달빛에 젖은 딸기의 양자[9]란 마치 크림을 끼얹은 것과도 같이 한층 부드럽게 빛난다.

탐나는 열매에 눈독을 보내며 철망을 넘기에 나는 반드시 가책과 반성으로 모질게 마음을 매질하지는 않았으며 그럴 필요도 없었다. 그것이 누구의 과수원이든 간에 철망을 넘는 것은 차라리 들 사람의 일종의 성격이 아닐까?

들 사람은 또 한편 그것을 용납하고 묵인하는 아량도 가지고 있는 것이다. 나는 몇 해 동안에 완전히 이 야취의 성격을 얻어 버린 것 같다.

흐뭇한 송이를 정신 없이 따서 입에 넣으면서도 철망 밖에서 다만 탐내고 보기만 할 때보다 한층 높은 감동을 느끼지 못하게 됨은 도리어 웬일일까? 입의 감동이 눈의 감동보다 떨어지는 탓일까? 생각만 할 때의 감동이 실상 당하였을 때의 감동보다 항용 더 나은 까닭일까? 나의 욕심을 만족시키기에는 불과 몇 송이의 딸기가 필요할 뿐이었다. 차라리 벌판에 지천으로 열려 언제든지 딸 수 있는 들딸기 편이 과수원 안의 양딸기보다 나음을 생각하며 나는 다시 철망을 넘었다.

멍석딸기 · 중딸기 · 장딸기 · 나무딸기 · 감대딸기 · 곰딸기 · 닷딸기 · 뱀딸기…….

중요 어구

9) 양자 : 겉으로 나타난 모양이나 모습.

능금나무 그늘에 난데없는 사람의 그림자를 발견하자 황급히 뛰어넘다 철망에 걸려 나는 옷을 찢었다. 그러나 옷보다도 행여 들키지나 않았나 하는 염려가 앞서 허둥허둥 풀 속을 뛰다가 또 공교롭게도 그가 옥분임을 알고 마음이 일시에 턱 놓였다. 그 역시 딸기밭을 노리고 있던 터가 아닐까? 철망 기슭을 기웃거리며 능금나무 아래 몸을 간직하고 있지 않던가!

언젠가 개천 둑에서 기묘하게 만난 후 두 번째의 공교로운 만남임을 이상하게 여기고 있는 동안에 마음이 퍽 헐하게 놓여졌다.[10] 가까이 가서 시룽시룽[11] 말을 건 것도 그리 어색하지 않고 도리어 자연스러웠다. 그 역시 스스러워하지 않고 수월하게 말을 받고 대답하고 하였다. 전날의 기묘한 만남이 확실히 두 사람의 마음을 방긋이 열어 놓은 것 같다.

"딸기 따 줄까?"

"무서워."

그의 떨리는 목소리가 왜 그리도 나의 마음을 끌었는지 모른다. 나는 떨리는 그의 팔을 붙들고 풀밭을 지나 버드나무 숲 속으로 들어갔다. 그의 입술은 딸기보다도 더 붉다. 확실히 그는 딸기 이상의 유혹이었다.

"무서워."

"무섭긴."

하고 달래기는 하였으나 기실 딸기를 훔치러 철망을 넘을 때와 똑같이 가슴이 후둑후둑 떨림을 어쩌는 수 없었다. 버드나무 잎새 사이로 달빛이 가늘게 새어들었다. 옥분은 굳이 거역하려고 하지 않았다.

중요 어구

10) 언젠가 개척~헐하게 놓여졌다 : 두 번째 만남은 우연한 만남이 아닐 수 있음을 시사하고 있다.

11) 시룽시룽 : 경솔하고 방정맞게 까불며 자꾸 지껄이는 모양.

양딸기 맛이 아니요, 확실히 들딸기 맛이었다. 멍석딸기 · 나무딸기의 신선한 감각에 마음은 흐뭇이 찼다.

아무리 야취의 습관에 젖었기로 철망 너머 딸기를 딸 때와 일반으로 아무 가책도 반성도 없었던가! 벌판서 장난치던 한 자웅의 짐승과 일반이 아닌가! 그것이 바른가, 그래서 옳을까 하는 한 줄기의 곧은 생각이 한결같이 뻗쳐오름을 억제할 수는 없었다. 결국 마지막 판단은 누가 옳게 내릴 수 있을까?

6

며칠이 지나도 여전히 귀찮은 생각이 머릿속에 뱅 돈다. 어수선한 마음을 활짝 씻어 버릴 양으로 아침부터 그물을 들고 집을 나섰다.

그물을 후릴 곳을 찾으면서 남대천 물줄기를 따라 올라간 것이 시적시적 걷는 동안에 어느덧 철교께서도 근 십 리를 올라가게 되었다. 아무 고기나 닥치는 대로 잡으려던 것이 그렇게 되고 보니 불현듯이 고들빼기[12]를 후려볼 욕심이 솟았다.

고기 사냥 중에서도 가장 운치 있고 흥 있는 고들빼기 사냥에 나는 몇 번인지 성공한 일이 있어 그 호젓한 멋을 잘 안다. 그 중 많이 모여 있을 듯이 보이는 그럴 듯한 여울을 점쳐 첫 그물을 던져 보기로 하였다.

산 속에 오막하게 둘러싸인 개울, 물도 맑거니와 물 소리도 맑다. 돌을

중요 어구

12) 고들빼기 : 국화과의 두해살이풀. 높이는 60cm 정도이며, 붉은 자줏빛을 띰. 여름에서 가을에 걸쳐 노란 꽃이 많이 피고 열매는 수과(瘦果)를 맺음.

굴리는 여울 소리가 티끌 한 점 있을 리 없는 공기와 초목을 영롱하게 울린다. 물 속에서 노는 고기는 산신령이나 아닐까!

옷을 활짝 벗어부치고 그물을 메고 물 속에 뛰어들었다. 넉넉히 목욕할 시절임에도 워낙 산골 물이라 뼈에 차다. 마음이 한꺼번에 씻겨졌다느니보다도 도리어 얼어붙을 지경이다. 며칠 내로 내려오던 어수선한 생각이 확실히 덜해지고 날아갔다고 할까. 그러나 그러면서도 마지막 한 가지 생각이 아직도 철사같이 가늘게 꿰뚫고 흐름을 속일 수는 없었다.

'사람의 사이란 그렇게 수월할까?'

옥분과의 그 날 밤 인연이 어처구니없게 쉽사리 맺어진 것이 도리어 의심쩍은 것이었다. 아무 마음의 거래도 없던 것이 달빛과 딸기의 꼬임을 받아 그 때 그 자리에서 금방 응낙이 되다니. 항용 거기에 이르기까지의 두 사람의 마음의 교섭이란 이야기 속에서 읽을 때에는 기막히게 장황하고 지리한 것이었는데 그것이 그렇게 수월할 리 있을까? 들 복판에서는 수월한 법일까?

'책임 문제는 생기지 않는가?'

생각은 다시 솔솔 풀린다. 물이 찰수록 생각도 점점 차게만 들어간다.

물이 다리목을 넘게 되었을 때 그쯤에서 한 훌기 던져 보려고 그물을 펴 들고 물 속을 가늠해 보았다. 속 물이 꽤 세어 다리를 훌친다. 물때 낀 돌멩이가 몹시 미끄러워 마음대로 발을 디딜 수 없다. 누르칙칙한 물 속이 정확히 보이지 않는다. 몇 걸음 아래편은 바위요, 바위 아래는 소가 되어 있다.

그물을 던질 때의 호흡이란 마치 활을 쏠 때의 그것과도 같이 미묘한 것이어서 일종의 통일된 정신과 긴장된 자세를 요구하는 것임을 나는 경험으로 잘 안다. 그러면서도 그 때 자칫하여 기어이 실수를 하게 된 것은 필시

던지는 찰나까지도 통일되지 못한 마음이 어수선하고 정신이 까딱거렸음이 확실하다.[13] 몸이 휘뚱하고 휘더니 휭하게 날아야 할 그물이 물 위에 떨어지자 어지럽게 흩어졌다. 발이 미끄러져서 센 물결에 다리가 쓸리니까 그물은 손을 빠져 달아났다. 물 속에 넘어져 흐르는 몸을 아무리 버둥거려야 곧추 일으키는 장사 없었다. 생각하면 기가 막히나 별수없이 몸은 흐를 대로 흐르고야 말았다. 바위에 부딪혀 기어이 소에 빠졌다. 거품을 날리는 폭포 속에 송두리째 푹 잠겼다가 휘엿이 솟으면서 푸른 물 속을 뱅 돌았다. 요행 헤엄의 습득이 약간 있던 까닭에 많은 고생 없이 허우적거리고 소를 벗어날 수는 있었다. 면상과 어깻죽지에 몇 군데 상처가 있었다. 피가 돋았다. 다리에는 군데군데 시퍼렇게 멍이 들어 있음을 보았다. 잃어버린 그물은 어느 줄기에 묻혀 흐르는지 알 바도 없거니와 찾을 용기도 없었다. 고들빼기는 물론 한 마리도 손에 쥐어 보지 못하였다. 귀가 메이고 코에서는 켰던 물이 줄줄 흘렀다. 우연히 욕을 당하게 된 몸뚱어리를 훑어보며 나는 알 수 없는 부끄러움을 느꼈다. 별안간 옥분의 몸이, 향기가 눈앞에 흘러왔다. 비밀을 가진 나의 몸이 다시 돌려보이며 한동안 부끄러운 생각이 쉽게 꺼지지 않았다.

7

문수는 기어이 학교를 쫓겨났다. 기한 없는 정학 처분이었으나 영영 몰

중요 어구

13) 그러면서도 그 때~확실하다 : '나'는 옥분과 예상치 못하게 맺는 인연으로 마음이 심란하다.

려난 것과 같은 결과이다. 덕분에 나도 빌려 주었던 책권을 영영 빼앗긴 셈이 되었다.

차라리 시원하다고 문수는 거드름부렸으나 시원하지 않은 것은 그의 집안 사람들이다. 들볶는 바람에 그는 집을 피하여 더 많이 나와 지내게 되었다. 원망의 물줄기는 나에게까지 튀어 왔다.[14] 나는 애매하게도 그를 타락시켜 놓은 안 된 놈으로 몰릴 수밖에는 없다.

별수없이 나날을 들과 벗하게 되었다. 나는 좋은 들의 동무를 얻은 셈이다.

풀밭에 서면 경주를 하고, 시냇가에 서면 납작한 돌을 집어 물 위에 수제비를 뜨기가 일쑤다. 돌을 힘껏 던져 그것이 물 위를 뛰어가는 뜀 수를 세는 것이다. 하나 둘 셋 넷 다섯 여섯 일곱 여덟이 최고 기록이다. 돌은 굴러갈수록 걸음이 좁아지고 빨라지다 나중에는 깜박 물 속에 꺼진다. 기차가 차차 멀어지고 작아지다 산모퉁이에 깜박 사라지는 것과도 같다. 재미있는 장난이다. 나는 몇 번이고 싫지 않게 돌을 집어 시험하는 것이었다.

팔이 축 처지게 되면 다시 기운을 내어 모래밭에 겨루고 서서 씨름을 한다. 힘이 비등하여 승패가 상반이다. 떠밀기도 하고, 샅바 씨름도 하고, 잡아낚기도 하고, 다리걸이 · 딴죽치기 기술도 차차 늘어 가는 것 같다.

"세상에서 제일 장하고, 제일 크고, 제일 아름답고, 제일 훌륭하고, 제일 바른 것이 무엇이냐?"

되고 말고 수수께끼를 걸고,

"힘이다!"

중요 어구

14) 원망의 물줄기는~튀어 왔다 : 문수의 가족들은 문수가 학교에서 쫓겨나게 된 원인 중 하나가 '나' 라고 생각하고 있다.

라고 껄껄껄껄 웃으면 오장육부가 물에 헤운 듯이 시원한 것이다. 힘! 무슨 힘이든지 좋다. 씨름을 해 가는 동안에 우리는 힘에 대한 인식을 한층 더 새롭혀 갔다. 조직의 힘도 장하거니와 그것을 꾸미는 한 사람의 힘이 크다면 더 한층 아름다운 것이 아닐까!

8

문수와 천렵을 나섰다.

그물을 잃은 나는 하는 수 없이 족대를 들고 쇠치네 사냥을 하러 시냇물을 훑어 내려갔다.

벌판에 냄비를 걸고 뜬 고기를 끓이고 밥을 지었다.

먹을 것이 거의 준비되었을 때 더운 판에 목욕을 들어갔다.

땀을 씻고 때를 밀고는 깊은 곳에 들어가 물장구와 가댁질이다. 어린아이 그대로의 순진한 마음이 방울방울 날리는 물방울과 함께 맑은 하늘을 휘덮었다가는 쏟아지는 것이다.

물가에 나와 얼굴을 씻고 물을 들일 때에 문수는 다따가,

"어깨의 상처가 웬일인가."

하고 나의 어깨의 군데군데를 가리켰다. 나는 뜨끔하면서 그 때까지 완전히 잊고 있던 고들빼기 사냥과 거기에 관련된 옥분과의 일건이 생각났다.

어떻게 할까 망설이다가 그에게까지 기일 바 못 되어 기어이 고기잡이 이야기와 따라서 옥분과의 곡절을 은연중 귀띔하여 주게 되었다.

이상한 것은 그의 태도였다.

"명예의 부상일세그려."

놀리고는 걱실걱실 웃는 것이다.

웃다가 문득 그치더니,

"이왕 말이 났으니 나도 내 비밀을 게울 수밖에는 없게 되었네그려."

정색하고 말을 풀어 냈다.

"옥분이…… 나도 그와는 남이 아니야."

어안이 벙벙한 나의 어깨를 치며,

"생각하면 득추와 파혼한 후부터는 달뜬 마음이 허랑해진 모양이데. 일종의 자포자기야. 죽일 놈은 득추지. 옥분의 형편이 가엾기는 해."

나에게는 이상한 감정이 솟아올랐다. 문수에게 대하여 노염과 질투를 느끼는 대신에 도리어 일종의 안심과 감사를 느낀 것이었다. 괴롭던 책임이 모면된 것 같고 무거운 짐을 벗어 놓은 듯이도 감정이 가벼워지고 응겼던 마음이 풀리는 것이다. 이것은 교활하고 악한 마음보일까? 그러나 나를 단 한 사람으로 생각하지 않는 옥분의 허랑한 태도에 해결의 열쇠는 있다. 그의 태도가 마지막 책임을 져야 될 터이니까.

"왜 말이 없나. 거짓말로 알아듣나? 자네가 버드나무 숲에서 만났다면 나는 풀밭에서 만났네."

여전히 잠자코만 있으면서 나는 속으로 한결같이 들의 성격과 마술과도 같은 자연의 매력이라는 것을 생각하였다.

얼마나 이야기가 장황하였던지 밥 타는 냄새가 코를 찔렀다.

9

무더운 날이 계속된다.

이런 때 마을은 더한층 지내기 어렵고 역시 들이 한결 낫다. 낮은 낮으로 해 두고 밤을, 하룻밤을 온전히 들에서 보낸 적이 없다.

우리는 의논하고 하룻밤을 들에서 야영하기로 하였다.

들의 밤은 두려운 것일까? 이런 의문도 있었기 때문이다.

이왕 의가 통한 후이니 이후로는 옥분이도 데려다가 세 사람이 일단의 '들의 아들'이 되었으면 하는 문수의 의견이었으나 나는 그것을 일종의 악취미라고 배척하였다. 과거의 피차 정의는 정의로 하여 두고 단체 생활에는 역시 두 사람이 적당하며, 수효가 셋이면 어떤 경우에든지 반드시 기울고 불안정하다는 의견을 가지고 있기 때문이다.

그러나 그것도 결국 나의 야성이 철저치 못한 까닭이 아닐까? 어떻든 두 사람은 들 복판에서 해를 넘기고 어둡기를 기다리고 밤을 맞이하였다.

불을 피우고 이야기하였다.

이야기가 장황하기 때문에 불이 마저 스러질 때에는 마을의 등불도 벌써 다 꺼지고 개 짖는 소리도 수습된 뒤였다. 별만이 깜박거리고 바다 소리가 은은할 뿐이다.

어둠은 깊고 넓고 무한하다.

창조 이전, 혼돈의 세계는 이러하였을까?

무한한 적막, 지구의 자전, 공전의 소리도 들리지 않는 것이다.

공포, 두려움이란 어디서 오는 감정일까?

어둠에서도 적막에서도 오지는 않는다.

우리는 일부러 두려운 이야기, 무서운 이야기로 마음을 떠보았으나 이렇듯한 새삼스러운 공포의 감정이라는 것은 솟지 않았다.

위에는 하늘이요, 아래는 풀이요, 주위에 어둠이 있을 뿐이지 모두가 결국 낮 동안의 계속이요 연장이다. 몸에 소름이 돋는 법도, 마음이 떨리는 법도 없다.

서로 눈만 말똥거리다가 피곤하여 어느 결엔지 잠이 들어 버렸다.

단잠을 깨었을 때는 아침 해가 높은 후였다.

야영의 밤은 시원하였을 뿐이요, 공포의 새는 결국 잡지 못하였다.

10

그러나 공포는 왔다.

그것은 들에서 온 것이 아니요, 마을에서, 사람에게서 왔다. 공포를 만드는 것은 자연이 아니요, 사람의 사회인 듯싶다.[15]

문수가 돌연히 끌려간 것이다.

학교 사건의 뒷맺이인 듯하다.

이어 나도 들어가게 되었다.

나 혼자에 대하여, 혹은 문수와 관련되어 여러 가지 질문을 받았다.

사흘 밤을 지우고 쉽게 나왔으나 문수는 소식이 없다. 오랠 것 같다.

여러 가지 재미있는 여름의 계획도 세웠으나 혼자서는 하릴없다.

가졌던 동무를 잃었을 때의 고독이란 큰 것이다.

들에서 무료히 지내는 날이 많다.

심심파적으로 옥분을 데려올까도 생각되나 여러 가지로 거리끼고 주체스런 일이다. 깨끗한 것이 좋을 것 같다.

중요 어구

15) 공포를 만드는~사회인 듯싶다 : '나'는 도시가 강요하는 부자유스러움과 속박에 강한 거부감을 가지고 있다.

별수없이 녀석이 하루라도 속히 나오기를 충심으로 바랄 뿐이다.

나오거든 풋콩을 실컷 구워 먹이고, 기름종개를 많이 떠먹이고, 씨름해서 몸을 불려 줄 작정이다.

들에는 도라지꽃이 피고 개나리꽃이 장하다.

진펄의 새발 고사리도 어느덧 활짝 피었다.

해오라기가 가끔 조촐한 자태로 물가에 내린다.

시절이 무르녹았다.

작품 이해 및 논술 다지기

작품 이해

핵심 정리

- 갈래 : 단편 소설
- 시점 : 1인칭 주인공(주관적) 시점
- 배경 : 어느 산골 마을
- 구성 : 순행적 단순 구성
- 문체 : 서정적 우유체
- 주제 : 전원적이고 서정적인 자연 귀의의 삶의 자세

등장 인물의 성격

- 나 : 사회 운동을 하다가 학교를 퇴학 맞고 들을 벗삼아 지내는 청년.
- 문수 : '나'의 친구. 정학 처분을 받고서 어디론가 끌려가 안 돌아옴.

이해와 감상

1936년 〈신동아〉에 발표된 〈들〉은 〈산〉이나 〈돈〉과 같이 인간과 자연을 동일시하고 그것이 인간의 본성임을 나타내는, 서정적이면서도 한편으로는 역사 의식이 깔린 작품이다.

위는 하늘이요, 아래는 한 조각의 흙도 남기지 않고 푸른색으로 뒤덮인 들, 그것은 인간이 원시 시대에 살던 고향이요, 공포가 없는 평화의 상징이다. 문수가 학교에서 쫓겨나고 학교도 들어가 조사를 받는 암담한 현실 속에서 꽃다지와 푸른 나무들이 우거진 자연은 학교와 옥분을 자연스럽게 맺어 주는 낙원이다.

그러므로 공포를 만드는 것은 자연이 아니고 사람의 사회인 것이다.

〈들〉에서는 이렇게 푸른 들과 어수선한 학교 사회를 대응시키고, 그것은 또 옥분과의 관계와 문수의 퇴학과 연결된다. 순수를 지키면서, 옥분이와 있는 것보다 문수가 하루속히 나와 푸른 들에서 함께 지내는 것을 그려 보는 것이다.

순수한 자연에 동화되는 자연 속에서 인간을 바라보는 작품에는 동이에 대한 허 생원의 생명 외경이 나타나 있는 〈메밀꽃 필 무렵〉이나, 산골의 자연 속에서 일어나는 모습을 그린 김유정의 〈산골 나그네〉, 자연과 더불어 사람의 욕망으로 인해 벌어지는 정비석의 〈성황당〉 등이 있다.

이러한 작품들은 루소의 교육 소설 〈에밀〉에서도 '자연으로 돌아가라.' 고 했듯이, 자연 속에서 자연 그대로 인간이 성장하고 살아가는 것을 강조하였다.

이상이나 박태원이 도시 중심인 데 반해, 이효석 · 김유정은 들과 산 같은 자연을 소재로 한 작품을 통해 전원적이면서도 서정적인 자연 귀의의 삶의 자세를 잔잔히 보여 주고 있는 것이다.

생각 나누기

1. 학교나 문수가 들에 몰입하는 근본적인 원인은 무엇 때문이라고 생각하는가?
2. 딸기, 옥분이 그리고 꽃이나 식물들은 어떤 연관을 가지고 있는가?
3. 옥분과의 관계를 고려할 때 작품의 배경인 '들'이 의미하는 바는 무엇인가?

모범 답안

1. 들 속에서 학교와 문수의 마음이 흐뭇해지는 것은 너무도 자연스러운 현상으로, 사람이 곧 자연의 한 부분이라는 동일성으로 나타난다. 거기에는 윤리 의식이나 도덕 규범이 없고, 자연의 순수하고 서정적인 심정만 있게 된다. 루소가 '자연으로 돌아가라.'고 부르짖은 것도, 바로 인간이 순수성과 원초적인 자연 법칙에 동화되는 동일성에 있는 것이다. 즉 〈들〉은 이런 자연과 사람의 조화와 대응을 서정적으로 구상화하면서 복잡한 인간사마저도 포용하고 있는 것이다.
2. 위는 하늘이요, 아래는 풀이고 주위는 어둠뿐인 들에 꽃이나 딸기, 옥분이가 자연에 따라 피고 지는 통일성으로 같이 그려지고 있다. 즉 이것은 순수한, 서정적인 삶의 시각으로 보는 자연으로 나타나고 있는 것이다.
3. '나'는 옥분과 들에서 만나고 들에서 정(情)을 통한다. '나'는 옥분과의 관계 때문에 심란하다. 하지만 '나'의 성(性) 의식에 죄의식은 없다. 죄의식 없는 성의식은 들에 대한 '나'의 생각과 상통한다. 이런 점에서 들은 도덕적 가치 이전의 근원적인 성격을 지니는 자연적 욕구를 상징한다.

연관 작품 더 읽기

- 성황당(정비석) : 순이라는 작중 인물의 애정의 진폭을 통하여 비합리적 사고, 자연 친화, 원색과 성욕 등 건강하고 신선한 원시주의에 대한 예찬을 그린 작품.
- 백치 아다다(계용묵) : 선량하면서도, 불행할 수밖에 없는 주인공 백치 아다다를 통해 스스로 책임질 수 없는 선천적인 원인으로 고통받는 비극의 심각성을 그린 작품.

좀더 알아보기

- 직접 묘사 : 작가가 직접 인물의 성격을 소개하거나 설명하는 방법. 소설이 전지적 작가에 의하여 서술되거나 1인칭 관찰자일 때 이 방법이 사용됨. 현진건의 〈B사감과 러브레터〉 등.
- 간접 묘사 : 등장 인물의 행동이나 대화, 표정, 환경 등을 통해서 간접적으로 성격을 묘사하는 극적 방법. 여기에는 작가를 비롯하여 누구의 도움도 받지 않고 독자의 감수성과 독해력에 의하여 성격이 파악됨. 이범선의 〈오발탄〉, 황순원의 〈소나기〉 등.

주제 발견의 방법

- 등장 인물을 통한 주제 발견 : 인물이 어떤 유형의 인물인지, 언어 · 성격 · 생활상 · 가치관 · 욕망 등을 통해 주제를 발견함.
- 갈등 상황을 통한 주제 발견 : 소설의 이야기 전개에서 드러나는 여러 갈등을 통해 주제를 발견함.

• 배경을 통한 주제 발견 : 배경은 등장 인물들이 처한 그 시대 사람들의 생활상을 보여 줌으로써 주제를 암시하기도 함.

논술 다지기

❖ 다음 제시문에는 '관능'에 대한 일관된 견해가 나타나 있다. 이러한 견해를 참조하여 〈들〉에 등장하는 인물들의 행동이 나타내는 의미에 대해 설명하고 이에 대한 자신의 견해를 쓰시오. (1,200자 내외)

관능의 숭배는, 극히 당연한 일이지만, 이따금 비난받아 왔다. 그것은 인간이 그 자신보다도 더 강하다고 여기는 정열과 감정에 대해 자연스럽고 본능적인 공포를 느끼고, 또한 인간만큼 고도로 조직화되지 않은 존재 형태를 가진 것에도 관능이 있다고 의식했기 때문이다. 하지만 세상 사람들이 관능의 참다운 본질을 제대로 이해하지 못하면서 그것을 야만적이고 동물적인 것으로 여기는 것은, 그들이 아름다움에 대한 섬세한 본능을 그 지배적인 성격으로 하는 새로운 영성(靈性)의 요소로 관능을 승화시키지 못하고 굶주림과 고통으로 그것을 억제하고 말살하려 해 왔기 때문이라고 도리언 그레이는 생각했다. '역사' 속의 인간을 되돌아보았을 때, 그는 일종의 상실감에 사로잡혔다. 얼마나 많은 것들이 포기되어 왔던가! 더구나 아무런 의미도 없이! 거기엔 격렬하고도 완고한 거부(拒否), 기이한 형태의 자기 학대와 자기 부정이 있었다. 그리고 그 원인은 공포심이며, 그 결과는 인간이 무식하기 때문에 거기서 벗어나려고 애써 온 상상적인 타락보다도 훨씬 더 무서운 타락이었다.

— 오스카 와일드, 〈도리언 그레이의 초상〉 중에서

제시문에는 '관능'을 긍정적인 관점에서 바라보는 견해가 제시되어 있다. 제시문에서는 관능의 추구를 사회적인 규범이나 도덕적인 행동과는 상치되는 것으로 해석하는 관점을 비판하며, 관능을 추구하는 것이 자연스럽고 행복한 삶을 사는 데 긍정적인 기여를 한다고 바라보고 있다. 즉 인간의 정열과 감정은 자연스런 인간 본질의 일부라고 할 수 있다. 관능을 동물이나 원시인들이나 추구하는 부정적인 것이라고 바라보는 관점은 인간에 대한 이해가 부족하거나 인간의 자연스런 본질을 억압한 결과라는 것이다. 따라서 관능을 억압하는 것이야말로 진정한 타락에 해당한다. 자연스런 본질을 억압함으로써는 결코 행복해질 수 없을 것이기 때문이다.

이러한 견해에 입각해 본다면 〈들〉의 인물들은 가장 자연스런 인간의 본질에 충실하게 행동하는 인물들이라고 해석할 수 있다. '나'는 도회를 떠나 시골로 내려와 버들 숲과 과수원을 바라보며 행복감을 느끼는 인물로 자연 그 자체에서 자유로움과 즐거움을 느낄 수 있는 감성을 지닌 인물이다. 그리고 정체도 확실히 알지 못하는 '옥분'이라는 여자와 자연스런 정에 이끌려 밤을 보내게 된다. 이 과정에서 다소의 죄책감이나 책임감을 느끼기도 하지만 결국

에는 이러한 행동이 인간이 지닌 자연스런 감정과 욕망을 따른 결과라고 여기게 된다. 이러한 모습에서 사회적 규범이나 도덕적 책임감에 지나치게 얽매지 않고 자연스런 관능의 힘에 순응하는 인간 본연의 모습을 엿볼 수 있다.

'나' 뿐 아니라 '옥분' 이나 '문수' 역시 자연 속에서 인간 본연의 자유를 느끼는 인물들로 그려져 있다. 이들은 자연스런 욕망과 감정을 따르는 행위를 그 자체로 순수하게 받아들인다. 이들은 모두 사회적 편견에서 자유롭기 때문에 관능에 대한 거부감을 보이지 않는다. 그렇기에 관능적 행위가 인생에 기쁨을 주는 행위라고 인식한다. 이들은 인위적 질서 대신 자연의 질서에 따름으로써 순수한 행복을 느끼는 인물들이다.

사회적 규범을 강조하는 관점에서는 흔히 관능에 따르는 삶을 방종적이고 타락한 것이라고 여긴다. 그러나 그러한 관점에 지나치게 경도된다면 오히려 인생에서 느낄 수 있는 행복의 다양성을 무시한 채 부자연스런 삶의 태도로 나아갈 수 있으리라 생각한다. 유럽의 중세 사회에서 관능적 즐거움을 지나치게 억압한 결과 오히려 사회의 타락상이 더욱 심해졌다는 것에서도 알 수 있듯, 인간의 자연스런 본성을 이해하지 못하거나 억압하는 것은 바람직하지 못하다. 관능에 대한 선입견을 버리고 그것이 자연과 인간의 일부라는 점을 자각할 필요가 있다고 본다.

고국

최서해(1901~1932)

본명 학송(鶴松). 함북 성진 출생. 성진보통학교 중퇴. 1917년 간도로 이주해 최하층민의 비참한 생활을 경험. 1918년 《학지광(學之光)》에 시를 발표하면서 문필 활동을 시작했으며, 1924년 《조선문단》에 단편 〈고국〉으로 정식 등단. 신경향파의 대표적 작가로서 계급 문학에 동조했고, 카프 조직에 가입하기도 함. 그의 작품은 대부분 간도 유민이나 기타 빈농의 궁핍상을 다루고 있으며, 비침한 현실에 대한 개인의 절망적 반항을 그림. 그 반항은 주로 살인 · 방화 · 파괴로 나타나는데, 이는 초기 신경향파 작품들의 일반적 특징이기도 함. 소설집 《혈흔》, 《홍염》을 냈으며, 대표작으로는 〈탈출기〉, 〈기아와 살육〉 등이 있음.

미리 엿보기

생각해 봅시다

1. 지난 세대가 겪어야 했던 그 시대의 현실과 고뇌, 시대적 상황을 생각하며 작품을 읽어 보자.
2. 운심이 다시 고국에 돌아온 까닭은 무엇이며, 다시 일어서려는 의지가 어떻게 나타나고 있는지 유의해 가며 읽어 보자.

작품의 줄거리

큰 뜻을 품고 고국을 떠났던 운심은 5년 만에 초라하고 힘없는 모습으로 돌아와 어느 여관 앞을 서성거린다. 돈이 없는 그는 여관에 들어가서도 밥이 제대로 넘어가지 않는다. 운심은 3·1운동이 일어나던 해 봄 서간도로 가지만 잘 적응할 수가 없었다. 그 곳에 사는 사람들은 대부분 생활의 곤란으로 왔거나 죄를 짓고 온 사람들이었고, 그런 까닭에 그 곳에는 윤리도 교육도 없었다. 운심은 동네 아이들을 모아 가르치기도 하지만 사람들은 운심의 가르침을 이해하지 못하고, 운심도 딴 세계를 동경하다가 결국에는 그 곳을 떠나게 된다. 방황하던 운심은 독립군에게 잡히게 되고, 그것을 계기로 독립군에 뛰어든다. 그러나 군인 생활도 염증이 난 데다가 독립군이 해산되기에 이르자, 향방 없이 표류하다 마침내 고국으로 돌아온다.

큰 뜻을 품고 고국을 떠나던 운심의 그림자가 다시 조선 땅에 나타난 것은 계해 년 삼 월 중순이었다. 처음으로 복면모를 푹 눌러쓴 아래 힘없이 꿈벅이는 눈하며, 턱과 코밑에 거칠거칠한 수염하며, 그가 오 년 전 예리예리하던 운심이라고는 친한 사람도 몰랐다.

간도에서 조선을 향할 때의 운심의 가슴은 고생에 몰리고 몰리면서도 무슨 기대와 희망에 찼다. 그가 두만강 건너편에서 고국산천을 볼 때 어찌 기쁜지 뛰고 싶었다.

그러나 노수[1] 가 없어서 노동으로 걸식하면서 온 그는 첫째 경제 문제를 생각지 않을 수 없었다. 다음 그의 가슴을 찌르는 것은 패자라는 부끄러운

중요 어구

1) 노수 : 먼 길을 떠나 오가는 데 드는 비용.

느낌이었다.

'아, 나는 패자다. 나날이 진보하는 도회에서 활동하는 모든 사람은 다 그 새에 훌륭한 인물이 되었을 것이다. 나는 확실히 패자로구나……'

생각할 때 그는 그만 발 옮길 용기가 나지 않았다. 고국의 사람은 물론이요, 돌이며 나무며 심지어 땅에 기어다니는 이름 모를 벌레까지도 자기를 모욕하며 비웃으며 배척할 것같이 생각된다. 그러나 이미 편 춤이니 건너갈 수밖에 없다 하였다. 그는 사동탄(寺洞灘)에서 강을 건넜다. 수지기 순사는 어디 거진가하여 그를 눈도 거들떠보지 않았다. 그러나 그에게는 다행이었다. 운심은 신회령 역을 지나 이제야 푸른빛을 띤 물버들이 드문드문한 조그마한 내를 건넜다. 진달래 봉오리 방긋방긋하는 오산을 바른편에 끼고 중국 사람 채마밭[2]을 지나 동문 고개에 올라섰다. 그의 눈에는 넓은 회령 시가가 보였다. 고기 비늘같이 잇닿은 기와지붕이며 사이사이 우뚝우뚝 솟은 양옥이며 거미줄같이 늘어진 전봇줄이며 푸푸푸푸 하는 자동차, 뚜뚜 하는 기차 소리며, 이전에 듣고 본 것이언만 그의 이목을 새롭게 하였다.

운심은 여관을 찾을 생각도 없이 비스듬한 큰길로 터벅터벅 걸었다. 어느 새 해가 졌다. 전기가 켜졌다. 아직 그리 어둡지 않은 거리에 드문드문 달린 전등, 이 집 저 집 유리창으로 흘러나오는 붉은 불빛, 황혼 공기에 음파를 전하여 오는 바이올린 소리, 길에 다니는 말쑥한 사람들은 운심에게 딴 세상의 느낌을 주었다. 그의 몸은 솜같이 휘주근하고 등에 붙은 점심 못 먹은 배는 꼴꼴 운다.

"객줏집을 찾기는 찾아야 할 터인데 돈이 있어야지……."

그는 홀로 중얼거리면서 길 한편에 발을 멈추고 섰다.

중요 어구

2) 채마밭 : 먹을거리나 입을거리로 심어서 가꾸는 식물.

밤은 점점 어두워 간다. 전등빛은 한층 더 밝다. 짐을 잔뜩 실은 우차가 삐걱삐걱 소리를 내면서 그의 앞을 지나갔다. 그의 머리 위 넓고 푸른 하늘에 무수히 가물거리는 별들은 기구한 제 신세를 엿보는 듯이 그는 생각났다. 어디선지 흘러오는 누릿한 음식 냄새는 그의 비위에 퍽 상하였다.

운심은 본정통에 나섰다. 손 위로 현등 아래 회령 여관이라는 간판이 걸렸다. 그는 그 문 앞에 갔다. 전등 아래 그의 낯빛은 창백하였다.

'들어갈까? 어쩌면 좋을까.'

하고 그는 망설였다. 이 때 안경 쓴 젊은 사람이 정거장에 통한 길로 회령 여관 문을 향하여 들어온다. 그 뒤에 갓 쓴 이며 어린애 없은 여자며, 보퉁이 지고 바가지 든 사람이 따라 들어온다.

"어서 들어가십시오. 여관을 찾습니까?"

그 안경 쓴 자가 보따리를 걸머지고 주저거리는 운심이를 보면서 말을 붙인다. 그러나 운심은 대답이 없었다.

"자, 갑시다. 방도 덥구 밥값도 싸지요."

운심은 아무 소리 없이 방에 들어갔다. 방은 아래위 양 칸이었다. 그리 크지는 않으나 그리 더럽지도 않았다. 양 방에다 천장 가운데 전등이 달렸다. 벽에는 산수화가 붙었다. 안경 쓴 자와 함께 오던 사람들도 운심이와 한 방에 있게 되었다.

저녁상을 받은 운심은 밥을 먹기는 먹으면서도 밥값 치러 줄 걱정에 가슴이 답답하였다. 이를 어쩌노! 밥값을 못 주면 이런 꼴이 어디 있나! 어서 내일부터 날삯이라도 해야지…… 하는 생각에 밥맛도 몰랐다.

바로 3·1 운동이 일어나던 해 봄이었다. 그는 서간도로 갔었다. 처음 그는 백두산 뒤 흑룡 강가 청시허라는 그리 크지 않은 동리에 있었다. 생전에 보지 못하던 험한 산과 울창한 삼림과 듣지도 못하던 홍우적(마적) 홍우적 하는 소리에 간담이 서늘하였다.

그러나 하루 지나고 이틀 지나 차차 몇 달 되니 고향 생각도 덜 나고 무서운 마음도 덜하였다. 이리하여 이 곳서 지내는 때에 그는 산에나 물에나 들에나 먹을 것에나 입을 것에나 조금의 부자유가 없었다. 그러한 부자유는 없었으되, 그의 심정에 닥치는 고민은 나날이 깊었다. 벽장골 같은 이 곳에 온 후로 친한 벗의 낯은 고사하고 편지 한 장 신문 한 장도 못 보았다. 이 곳 사람들은 그의 벗이 되지 못하였다. 토민들은 운심이가 머리도 깎고 일본말도 할 줄 아니 정탐꾼이라고 처음에는 퍽 수군덕수군덕하였다. 산에 돌아다니면서 사냥을 일삼는 옛날 의병 씨터러기들도 부러 운심일 보러 온 일까지 있었다. 이 곳에 사는 사람은 함경도, 평안도, 황해도 사람이 많다. 거의 생활 곤란으로 와 있고, 혹은 남의 돈 지고 도망한 자, 남의 계집 빼가지고 온 자, 순사 다니다가 횡령한 자, 노름질하다가 쫓긴 자, 살인한 자, 의병 다니던 자, 별별 흉한 것들이 모여서 군데군데 부락을 이루고 사냥도 하며 목축도 하며 농사도 하며 불한당질도 한다. 그런 까닭에 윤리도 도덕도 교육도 없다. 힘센 자가 으뜸이요, 장수며 패왕이다. 중국 관청이 있으나 소위 경찰부장이 아편을 먹으면서 아편 장수를 잡아다 때린다.

운심은 동리 아이들을 모아 놓고 이야기도 하고 글도 가르쳤다. 그러나 그네들은 운심의 가르침을 이해하지 못하였다. 운심이는 늘 슬펐다. 유위(有爲)의 청춘이 속절없이 스러져 가는 신세되는 것이 그에게는 큰 고통이었다.[3]

운심은 그 고통을 잊기 위하여 양양한 강풍을 쏘이면서 고기도 낚고 그

중요 어구

3) 유위의 청춘이~고통이었다 : 운심은 의미 있는 일의 실현에 관심이 많은 인물이다.

림 같은 단풍 그늘에서 명상도 하며 높은 봉에 올라 소리도 쳤으나, 속 깊이 잠긴 그 비애는 떠나지 않았다. 산골에 방향을 주는 냇소리와 푸른 그늘에서 흘러나오는 유량한 새의 노래로는 그 마음의 불만을 채우지 못하였다. 도리어 수심을 더하였다. 그는 항상 알지 못한 딴 세상을 동경하였다.[4]

산은 단풍에 붉고 들은 황곡에 누른 그 해 가을에 운심이는 청시허를 떠났다. 땀 냄새가 물씬물씬한 여름옷을 그저 입은 그는 여름 삿갓을 쓴 채 조그마한 보따리를 짊어지고 지팡이 하나를 벗하여 떠났다. 그가 떠날 때 그 곳 사람들은 별로 섭섭하다는 표정이 없었다. 모두 문 안에 서서,

"잘 가슈."

할 뿐이었다. 다만 조석으로 글 가르쳐 준 열세 살 나는 어린것 하나가,

"선생님, 짐을 벗으오. 내 들고 가겠소."

하면서 운다. 운심이도 울었다. 애끓게 울었다. 어찌하여 울게 되었는지 운심이 자신도 의식지 못하였다. 한참 울다가 주먹으로 눈물을 씻고 돌아서 보니 그 아이는 그저 운다. 운심이는 그 아이의 노루꼬리만한 머리를 쓰다듬으면서,

"어서 가거라, 내가 빨리 다녀오마."

말을 마치지 못하여 그는 또 울었다. 온 세계 고독의 비애는 자기 홀로 가진 듯하였다. 운심이는 눈을 문지르는 어린애 손을 꽉 쥐면서,

"박돌아! 어서 가거라 내달이면 내가 온다."

"나는 아버지가 내 말만 들었으면 선생님과 가겠는데……."

하면서 또 운다. 운심이도 또 울었다.

중요 어구

4) 그는 항상~동경하였다 : 새로운 세상을 동경하는 운심의 성격을 엿볼 수 있다. 동시에 앞으로 일어날 사건의 전개를 암시한다.

이 두 청춘의 눈물은 영별의 눈물이었다.

물을 건너고 산을 넘어 허덕허덕 홀로 갈 때 돌에 부딪히며 길에 끌리는 지팡이 소리만 고요한 나무 속의 평온한 공기를 울렸다. 그의 발길은 정처가 없었다. 해지면 자고 해뜨면 걷고 집이 있으면 얻어먹고 없으면 굶으면서 방랑하였다. 물론 이슬에서도 잠잤으며 풀뿌리도 먹었다.

이 때 한창 남북 만주에 독립단이 처처에 벌 떼같이 일어나서 그 경계선을 앞뒤에 늘일 때였다. 청백한 사람으로서 정탐꾼이라고 독립군 총에 죽은 사람도 많았거니와 진정 정탐꾼도 죽은 사람이 많았다. 운심이도 그네들 손에 잡힌 바 되어 독립단 감옥에 사흘을 갇혔다가 어떤 아는 독립군의 보증으로 놓였다. 그러나 피끓는 청춘인 운심이는 그저 있지 않았다. 독립군에 뛰어들었다. 배낭을 지고 총을 메었다. 일시는 엄벙한 것이 기뻤다. 그러나 날이 가고 달이 갈수록 그 군인 생활에 염증이 났다.

그리고 그는 늘 고원을 바라보고 울었다. 그 이듬해 간도 소요를 겪은 후로 독립단의 명맥이 일시 기운을 펴지 못하게 되매 군대도 해산되다시피 사방에 흩어졌다. 운심이 있는 군대도 해산되었다. 배낭을 벗고 총을 집어던진 운심이는 여전히 표랑하였다. 머리는 귀 밑을 가리고 검은 낯에 수염이 거칠었다. 두 눈에는 항상 붉은 핏발이 섰다.[5] 어떤 때 그는 아편에 취하여 중국 사람 골방에 자빠진 적도 있었으며, 비바람을 무릅쓰고 사냥도 하였다. 그러나 이방의 괴로운 생활에 시화(詩化)되려던 그의 가슴은 가을바람의 머리 숙인 버들가지가 되고, 하늘이라도 뚫으려던 그 뜻은 이제 점점 어두한 천인 갱참에 떨어져 들어가는 줄 모르게 떨어져 들어감을 그는 깨달았다. 그는 신세를 생각하고 울었다. 공연히 소리를 지르면서 뛰어도

중요 어구

5) 두 눈에는~섰다 : 새로운 세계에 대한 동경과 방랑에 따른 피곤함이 엿보인다.

다녔다.

이 모양으로 향방 없이 표랑하다가 지금 본국으로 돌아오기는 왔다. 내가 찾아갈 곳도 없는 나를 기다려 주는 이도 없건마는 나도 고국으로 돌아왔다. 알 수 없는 무엇이 나를 이리로 이끈 것이다. 그러나 이로부터 어디로 가랴.

운심이가 회령 오던 사흘째 되는 날이다. 회령 여관에는 '도배장 나운심(塗褙匠羅雲深)' 이라는 문패가 걸렸다.

작품 이해 및 논술 다지기

작품 이해

핵심 정리

- 갈래 : 단편 소설
- 시점 : 전지적 작가 시점
- 배경 : 시간적 — 3 · 1 운동 이후 5년
  공간적 — 간도 및 회령
- 구성 : 역순행적 구성
- 문체 : 간결체
- 주제 : 고국에서의 평화로운 안착

등장 인물의 성격

- 나운심 : 주인공. 큰 뜻을 품고 간도(間島)로 갔다가 아무 일도 이루지 못

한 채 패배자가 되어 고국으로 돌아옴.

• 박돌 : 나운심을 잘 따르던 야학의 학생.

이해와 감상

최서해의 등단 작품이기도 한 〈고국〉은 최서해가 가진 신경향파 작가로서의 특징이 잘 나타나 있지 않다. 이 작품은 서간도로 이주해 간 이후 방황하던 주인공 운심이 우여곡절 끝에 결국 고국으로 돌아오는 과정을 보여 주고 있다.

최서해는 신경향파의 대표적인 작가이다. 그의 작품 〈홍염〉은 소작료를 내지 못해 중국인 지주에게 자신의 딸을 주어야 했던 아버지가 결국 살인과 방화를 저지르게 되는 과정을 보여 준 작품으로 신경향파 문학을 대표한다. 이와는 달리 〈탈출기〉는 서간문 형식으로 된 작품으로, 가난을 면하기 위해 간도로 갔지만 궁핍에서 벗어날 수 없었던 한 일가의 가장이, 가족만이 아닌 모든 궁핍한 이들을 구하기 위해 ××단에 입단하게 된다는 내용이다.

〈고국〉은 간도에서의 삶을 소재로 하고 있다는 점에는 〈홍염〉과, 주인공이 독립군에 가담하여 활동하였다는 점에서는 〈탈출기〉와 관련을 가진다고 할 수 있다. 즉, 이 작품은 작품 자체로서보다는 이후 최서해 소설의 기본적인 배경과 인물 유형을 보여 주고 있다는 점에 주목된다.

한편, 〈고국〉은 주인공 운심이 서간도로 간 이후의 방황하는 과정만 서술되어 있을 뿐 방황의 원인이 정확하게 제시되지 않고 있는데, 그럼으로써 처음에 서간도로 갈 때 운심이 품었던 뜻이 무엇인지 매우 모호하게 전개되는 한계를 지닌다.

이 작품이 식민지 시대를 살아가는 한 조선인의 삶의 고난과 방황을 그리면서도 그 주제가 뚜렷이 부각되지 않는 것은 그러한 한계 때문이다.

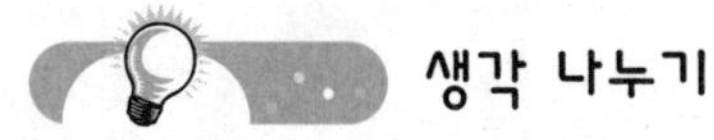

생각 나누기

1. 이 작품은 주제가 확연히 부각되지 못하고 있다. 그 이유는 무엇 때문인가?
2. 역사 의식을 가지고 독자에게 새로운 정보를 알려 주는 투철한 작가 의식이 어떻게 나타나고 있는가?
3. 작품의 결말 부분에 등장하는 '도배장 나운심'이라는 문패가 상징하는 바는 무엇인가?

모범 답안

1. 운심의 5년간의 간도 생활을 생동적으로 서사화하여 표출하지 못하고, 방황했던 원인 역시 제대로 부각시키지 못하고 있다. 즉 어떤 동기로 만주에서 독립군에 가담하고 또 고국으로 돌아오는지가 분명히 그려져야 하는데, 검열 관계로 그것을 제대로 표현하지 못한 것이다. 또 3·1 운동 이후 만주의 독립군과 유기적인 관계를 맺고 조직적인 투쟁을 벌일 수 없었던 상황 때문에 주제를 뚜렷이 표출하지 못하고 간접적으로 드러내고 있다. 하지만 이것은 작가가 일부러 주제를 모호하게 표현, 독자로 하여금 감지하게 하는 의도도 내포되어 있을 것이다.
2. 소설은 감동을 주면서 정보까지 알려 주는 기능을 한다. 역사 의식이 뚜렷한 작가 최서해는 3·1 운동이 일어나던 해 봄 서간도로 간 주인공 운심을 통해 3·1 운동과 만주에서의 독립군의 활동 상황, 그리고 만주로 쫓겨간 조선 사람들의 생활상 등 역사적 사실들을 알려 주고 있다.
3. 운심은 큰 뜻을 품고 고국을 떠난다. 그는 방랑하는 동안 아이들을 가르치고 독립군에서 활동한다. 하지만 번번이 실망을 느낀다. 그는 서간도로

떠난 5년 동안 긴 방황과 고난을 경험하였고 고국의 소중함을 깨닫게 된다. 작품의 결말에 등장하는 도배장 나운심이라는 문패는 운심이 고국에서 정착하려는 의지를 상징한다.

연관 작품 더 읽기

• 북간도(안수길) : 19세기 후반부터 광복까지 암울했던 우리 역사를 배경으로, 간도를 개척하고 삶의 근거지를 마련했던 우리 민족의 망국민으로서의 통한을 사실적으로 그린 작품.

좀더 알아보기

• 전형적 인물 : 어느 집단이나 계층 또는 시대나 상황에 공통되는 성격의 인물로, 〈햄릿〉의 사색적이고 소극적인 햄릿, 〈벙어리 삼룡이〉의 순애보적인 삼룡, 농촌 봉사의 역군인 《상록수》의 채영신 등.

• 개성적 인물 : 작가가 새롭게 창조한, 독특한 개성을 지닌 인물로 현대소설에 많이 등장함. 《이방인》의 뫼르소 등.

논술 다지기

❖ 다음은 패배의식이 우리의 정신과 사회에 미치는 영향에 대하여 설

명한 글이다. 이를 바탕으로 〈고국〉에 나타난 당시 '운심'의 패배적 사고 방식에 대하여 비판적으로 검토하고, 대안적 사고 방식을 제시해 보시오. (1,200자 내외)

> 오늘날 우리는 심한 패배의식에 사로잡혀 있다. 그리하여 자학증에 걸린 것처럼 자모(自侮)를 일삼고 패배주의적인 삶을 이어가는 데 거의 주저하지 않는다. 그렇기 때문에 이 순간을 무사히 보내고 가능하면 이 시간을 나의 이익이나 향락을 위하여 기껏 사용하였으면 한다. 이러한 정신적인 상황에서 이 땅에서 이념과 진리가 발붙일 곳을 발견하지 못하고 다만 부정과 부패 그리고 관능과 퇴폐만이 도사리게 되어 가고 있다.
>
> 이와 같은 사태가 더욱 경화하여 나타나는 정황이 있다. 이 모든 악과 죄가 일상적인 당연지사로 간주되고 공공연한 사실로 되어 간다는 것이다. 누구도 그것을 탓하려 하지 않는다. 탓해 봤댔자 아무런 효과도 없다는 생각이다. 이 나라 이 민족은 어찌할 도리가 없다는 것이다. 이렇게 우리를 판단하고 저 부정을 방치한 채 스스로도 전락의 길을 달린다.
>
> — 장준하, 〈지식인과 현실〉 중에서

모범 답안

《그리스 신화》의 피그말리온 이야기에서 유래한 것으로 '피그말리온 효과'라는 것이 있다. 피그말리온이 자신이 만든 조각상과 사랑에 빠졌던 것처럼,

자기 자신에 대한 사랑을 바탕으로 스스로 끊임없이 긍정적인 암시를 주면 어떤 일이든 성공적인 방향으로 나아가도록 할 수 있다는 뜻에서 온 말이다. 이처럼 강한 자신감과 자기 사랑은 자신이 원하는 것을 이루는 데에 필수적인 요소라고 해도 과언이 아니다.

아무리 어려운 상황이 닥친다 해도 문제 해결에 대한 집념과 성공에 대한 확신을 갖추고 있다면 보다 능동적이고 적극적인 자세를 지니게 될 것은 당연하기 때문이다.

이와는 반대되는 태도를 지니고 문제에서 도피하거나 부정적인 방향으로만 사고하는 경향을 '패배주의'라 정의할 수 있을 것이다. 제시문에서도 비판하고 있듯이, 이러한 패배주의적 경향은 '절대 무책임'과 '절대 무감각'으로 이어진다.

패배주의에 빠진 사람들은 어차피 잘 될 일도 없으니 무언가를 위해 노력하는 것은 귀찮다는 식의 무기력증에 사로잡히거나 목적 없는 향락이나 부정 부패의 길을 선택하는 경우도 있다. 〈고국〉의 등장인물 '나운심'의 경우가 그렇다.

나운심은 조국을 위해 큰 일을 하겠다는 뜻을 품고 서간도로 건너가지만 가르침을 이해하지 못하는 아이들과 무성의한 부모들 앞에서 좌절하고 만다. 그리고는 "유위의 청춘이 속절없이 스러져가는 신세 되는 것이 고통"이라고 탄식하며 방랑생활을 시작한다.

결국 아무런 희망도 없이 고국에 돌아와 도배장이 일을 시작하는 나운심의 모습은 회의주의와 비관주의에 사로잡혀 자기 자신을 실패자로 규정하는 나약한 지식인의 모습을 반영하고 있다.

이러한 모습에서 당대 식민치하의 삶이 어려웠다는 점이 강조되기도 하지만, 스스로를 패배자로 규정하는 태도가 문제 해결에 도움이 되지 않는다는 사실 역시 명확히 드러나고 있다.

어려운 문제에 봉착할수록 균형 잡힌 시각에서 사태를 바라보고 긍정적인 방향으로 문제를 해결하려는 의지를 갖는 것이 중요하다고 생각한다. 지나친 패배주의적 사고는 지나친 낙관주의와 마찬가지로 극단적인 방식으로 문제를 바라보는 태도일 뿐 현실을 정확히 인식하고 대응하는 데에는 적당하지 않다. 균형 잡힌 냉철한 시각과 희망을 지닐 수 있는 여유를 가질 때 어려워보이기만 하던 문제도 평범한 것으로 변하는 것이라고 생각한다.

빈처

현진건(1900~1943)

호는 빙허(憑虛). 대구 출생. 상해 호강대학 독일어 전문학교 수학. 1920년 《개벽》에 〈희생화〉를 발표하면서 문단에 등단. 1922년 박종화 · 홍사용 등과 더불어 《백조》 동인으로 활동. 초기의 작품 〈희생화〉, 〈빈처〉, 〈술 권하는 사회〉, 〈타락자〉 등은 봉건 사회로부터 근대 사회로 변동하는 과도기에 빚어지는 지식 계층의 사회에 대한 불화와 갈등을 그림. 〈운수 좋은 날〉, 〈사립정신병원장〉, 〈고향〉 등의 소설에서는 일제의 식민지 정책이 노골화되는 상황에서 서민들이 적극적으로 시대에 대응해 가는 양상을 보여 줌. 특히 사회 계층의 양극화 현상을 주시하고, 하층 계급의 불행을 그림과 동시에 지식인들의 소극적인 현실 대응 자세를 비판함. 그러나 1930년대 후반에 이르러서는 이러한 현실 대응조차 가능하지 않게 되자 《적도》, 《무영탑》 등을 통해 새로운 세계를 지향하는 유토피아 의식을 보임.

미리 엿보기

생각해 봅시다

1. 이 작품에 나타난 지식인들의 삶의 모습을 통해서 당시 지식인들이 겪어야 했던 고뇌가 무엇인가를 생각해 보자.
2. 이 작품에 나타난 인물들의 갈등 양상을 정리해 보고 그 갈등의 원인이 무엇인가를 생각해 보자.

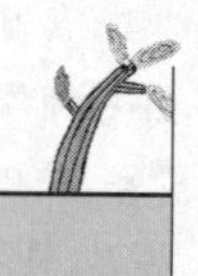

작품의 줄거리

결혼한 후 지식을 얻겠다고 일본에 다녀온 나는 생활 능력이 없어서 처가덕으로 살림을 시작하였다. 살림은 시작하였으나 나는 소설을 쓴다고 날마다 씨름하고, 아내는 세간과 의복을 잡혀서 생활을 꾸려왔다. 어느 날, 한성은행에 다니는 T가 찾아와 주식과 물가에 대해서 이야기를 하고 가고, 이튿날 장인의 생신이라고 처가에 간 나는 초라한 자신에 대한 자격지심으로 술을 많이 마시고 취해서 돌아온다. 며칠 뒤 처형이 아내에게 줄 신발을 사 가지고 온다. 그리고 새로 산 물건들을 자랑하고 남편 욕을 하다가 간다. 그의 남편은 돈은 많지만 요릿집과 기생집을 전전하며 그를 탓하는 처형을 때리는 위인이다. 나는 처형이 돌아간 뒤 새 신을 신고 좋아하는 아내를 바라보며, 무명 작가인 나를 믿고 물질에 대한 욕구를 참아 내는 아내에게 고마움을 느낀다.

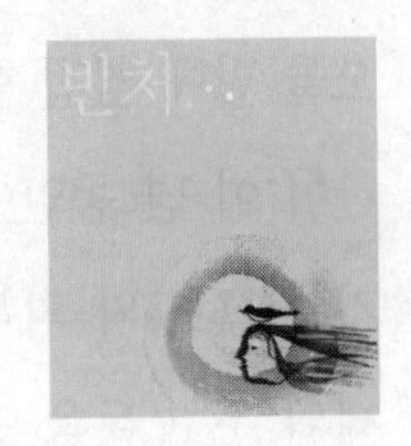

1

"그것이 어째 없을까?"

아내가 장문을 열고 무엇을 찾더니 입안말로 중얼거린다.

"무엇이 없어?"

나는 우두커니 책상머리에 앉아서 책장만 뒤적뒤적하다가 물어 보았다.

"모본단 저고리가 하나 남았는데."

"……."

나는 그만 묵묵하였다.[1] 아내가 그것을 찾아 무엇을 하려는 것을 앎이라.

중요 어구

1) 나는 그만 묵묵하였다 : 나는 자책감에 사로잡혀 있다.

오늘 밤에 옆집 할멈을 시켜 잡히려 하는 것이다.

이 이 년 동안에 돈 한 푼 나는 데 없고, 그대로 주리면 시장할 줄 알아, 기구(器具)와 의복을 전당국(典當局)[2] 창고에 들이밀거나 고물상 한구석에 세워 두고 돈을 얻어 오는 수밖에 없었다.

지금 아내가 하나 남은 모본단 저고리를 찾는 것도 아침거리를 장만하려 함이다. 나는 입맛을 쩍쩍 다시고, 폈던 책을 덮으며 "후우" 한숨을 내쉬었다.

봄은 벌써 반이나 지났건마는, 이슬을 실은 듯한 밤 기운이 방구석으로부터 슬금슬금 기어나와 사람에게 안기고, 비가 오는 까닭인지 밤은 아직 깊지 않건만 인적조차 끊어지고 온 천지가 빈 듯이 고요한데 투닥투닥 떨어지는 빗소리가 한없는 구슬픈 생각을 자아낸다.

"빌어먹을 것, 되는 대로 되어라."

나는 점점 견딜 수 없어, 두 손으로 흩어진 머리카락을 쓰다듬어 올리며 중얼거려 보았다. 이 말이 더욱 처량한 생각을 일으킨다. 나는 또 한 번,

"후—"

한숨을 내쉬며 왼팔을 베고 책상에 쓰러지며 눈을 감았다. 이 순간에, 오늘 지낸 일이 불현듯 생각이 난다.

늦게야 점심을 마치고 내가 막 궐련〔卷煙〕 한 개비를 피워 물 적에 한성은행 다니는 T가 공일이라고 찾아왔다.

친척은 다 멀지 않게 살아도 가난한 꼴을 보이기도 싫고, 찾아갈 적마다 무엇을 꿔내라고 조르지도 아니하였건만,[3] 행여나 무슨 구차한 소리를 할

중요 어구

2) 전당국 : 물건을 잡고 돈을 빌려 주어 이익을 취하는 곳.
3) 친척은~아니하였건만 : T는 남에게 아쉬운 소리를 하지 못하는 깐깐한 성격의 소유자다.

까 봐서 미리 방패막이를 하고 눈살을 찌푸리는 듯하여, 나는 발을 끊었고 따라서 찾아오는 이도 없었다.

다만 이 T는 촌수(寸數)가 가까운 까닭인지 자주 우리를 방문하였다. 그는 성실하고 공순하여 소소한 소사(小事)에 슬퍼하고 기뻐하는 인물이었다. 동년배(同年輩)인 우리들은 늘 친척 간에 비교거리가 되었었다. 그리고 나의 평판이 항상 좋지 못했다.

"T는 돈을 알고 위인이 진실해서, 그 애는 돈푼이나 모일 것이야! 그러나 K(내 이름)는 아무짝에도 못쓸 놈이야. 그 잘난 언문 섞어서 무어라고 끄적거려 놓고 제 주제에 무슨 조선에 유명한 문학가가 된다니! 시러베 아들놈!"

이것이 그네들의 평판이었다.

내가 문학인지 무엇인지 하는 소리가 까닭없이 그네들의 비위에 틀린 것이다.

더군다나, 나는 그네들의 생일이나 혹은 대사 때에 돈 한 푼 이렇다는 일이 없고, T는 소위 착실히 돈벌이를 해 가지고 국수밥 소라나 보조를 하는 까닭이다.

"얼마 아니 되어 T는 잘 살 것이고, K는 거지가 될 것이니 두고 보아!"

오촌 당숙은 이런 말씀까지 했다 한다.

입 밖에는 아니 내어도 친부모 친형제까지라도 심중(心中)으로는 다 이렇게 생각할 것이다.

그래도 부모는 달라서 화가 나시면,

"네가 그리 하다가는 말경(末境)에 비렁뱅이가 되고 말 것이야."

라고 꾸중은 하셔도,

"사람이란 늦복(福) 모르느니라."

“그런 사람은 또 그렇게 되느니라.”

하시는 것이 스스로 위로하는 말씀이고, 또 며느리를 위로하는 말씀이었다.

이것을 보아도 하는 수 없는 놈이라고 단념을 하시면서, 그래도 잘 되기를 바라시고 축원하시는 것을 알겠더라.

여하간, 이만하면 T의 사람됨을 가히 알 수가 있다.

그리고 그가 우리 집에 올 것 같으면 지어서 쾌활하게 웃으며 힘써 재미스러운 이야기를 하였다. 단둘이 고적하게 그날그날을 보내는 우리에게는 더할 수 없이 반가웠었다.

오늘도 그가 활발하게 집에 쑥 들어오더니 신문지에 싼 기름한 것을 ‘이것 봐라’ 하는 듯이 마루 위에 올려놓고 분주히 구두 끈을 끄른다.

“이것은 무엇인가?”

나는 물어 보았다.

“저어, 제 처(妻)의 양산이야요. 쓰던 것이 벌써 낡았고, 또 살이 부러졌다나요.”

그는 구두를 벗고 마루에 올라서며 나오는 웃음을 참지 못하여 벙글벙글하면서 대답을 한다.

그는 나의 아내를 돌아보며 돌연히,

“아주머니, 좀 구경하시렵니까?”

하더니 싼 종이와 집을 벗기고 양산을 펴 보인다.

흰 비단 바탕에 두어 가지 매화를 수놓은 양산이었다.

“검정이는 좋은 것이 많아도 너무 칙칙해 보이고…… 회색이나 누렁이는 하나도 그것이야 싶은 것이 없어서 이것을 산걸요.”

그는 ‘이것보다도 더 좋은 것을 살 수가 있다.’ 하는 뜻을 보이려고 애를 쓰며 이런 발명(發明)까지 한다.

"이것도 퍽 좋은데요."

이런 칭찬을 하면서 양산을 펴들고 이리저리 홀린 듯이 들여다보고 있는 아내의 눈에는,

'나도 이런 것을 하나 가졌으면……'

하는 생각이 역력히 보인다.

나는 갑자기 불쾌한 생각이 와락 일어나서 방으로 들어오며 아내의 양산 보는 양을 빙그레 웃고 바라보고 있는 T에게,

"여보게, 방에 들어오게그려. 우리, 이야기나 하세."

T는 따라 들어와 물가 폭등에 대한 이야기며, 자기의 월급이 오른 이야기며, 주권(株券)을 몇 주 사 두었더니 꽤 이익이 남았다든가, 각 은행 사무원 경기회에서 자기가 우월한 성적을 얻었다든가, 이런 것 저런 것 한참 이야기하다가 돌아갔었다.[4]

T를 보내고 책상을 향하여, 짓던 소설의 결미(結尾)를 생각하고 있을 즈음에,

"여보!"

아내의 떠는 목소리가 바로 내 귀 곁에서 들린다.

핏기 없는 얼굴에 살짝 붉은빛이 돌며 어느 결에 내 곁에 바짝 다가앉았더라.

"당신도 살 도리를 좀 하세요."

"……."

나는 또 시작하는구나, 하는 생각이 번개같이 머리에 번쩍이며 불쾌한

중요 어구

4) T는 따라 들어와~돌아갔었다 : T의 자부심이 강한 성격과 높은 생활 능력을 엿볼 수 있다.

생각이 벌컥 일어난다.

그러나 무어라고 대답할 말이 없어 묵묵히 있었다.

"우리도 남과 같이 살아 보아야지요."

아내가 T의 양산에 단단히 자극을 받은 것이다.

예술가의 처 노릇을 하려는 독특한 결심이 있는 그는 좀처럼 이런 소리를 입 밖에 내지 아니하였다.

그러나 무엇에 상당한 자극을 받으면 참고 참았던 이런 소리를 하게 되는 것이다.

나도 이런 소리를 들을 적마다 '그럴 만도 하다.' 는 동정심이 없지 아니하나 심사가 어쩐지 좋지 못하였다.

이번에도 '그럴 만하다.' 는 동정심이 없지 아니하되 또한 불쾌한 생각을 억제키 어려웠다. 잠깐 있다가 불쾌한 빛을 나타내며,

"급작스럽게 살 도리를 하라면 어찌할 수가 있소. 차차 될 때가 있겠지!"

"아이구, 차차란 말씀 그만두구려, 어느 천 년에."

아내의 얼굴에 붉은 빛이 짙어지며 전에 없던 흥분한 어조로 이런 말까지 하였다.[5]

자세히 보니 두 눈에 은은히 눈물이 고이었더라.

나는 잠시 멍멍하게 있었다.

성난 불길이 치받쳐 올라온다.

나는 참을 수 없었다.

"막벌이꾼한테 시집을 갈 것이지, 누가 내게 시집을 오랬소! 저 따위가

중요 어구

5) 아내의~하였다 : 아내가 이처럼 흥분한 이유는 단순히 T의 양산 때문이 아니다. K의 계속된 경제적 무능으로 인해 쌓인 불만이 T의 양산을 계기로 분출된 것이다.

예술가의 처가 다 뭐야!"

사나운 어조로 몰풍스럽게 소리를 꽥 질렀다.

"에그……."

아내는 살짝 얼굴빛이 변해지며 어이없이 나를 보더니 고개가 점점 수그러지며 한 방울, 두 방울 방울방울 눈물이 장판 위에 떨어진다.

나는 이런 일을 가슴에 그리며, 그래도 내일 아침거리를 장만하려고 옷을 찾는 아내의 심중을 생각해 보니 말할 수 없는 슬픈 생각이 가을바람과 같이 설렁설렁 심골(心骨)을 분지르는 것 같다.

쓸쓸한 빗소리는 굵었다, 가늘었다 의연(依然)히 적적한 밤공기에 더욱 처량히 들리고, 그을음 앉은 등피(燈皮)[6] 속에서 비치는 불빛은 구름에 가린 달빛처럼 우는 듯 조는 듯, 구차히 얻어 산 몇 권 양책의 표제(表題) 금자가 번쩍거린다.

2

장 앞에 초연(悄然)히 서 있던 아내가, 무엇이 생각났는지 고개를 끄덕끄덕하며 들릴 듯 말 듯 목 안의 소리로,

"오호…… 옳지 참, 그 날……."

"찾았소?"

"아니야요, 벌써…… 저 인천(仁川) 사시는 형님이 오셨던 날……."

중요 어구

6) 등피 : 등불이 꺼지지 않도록 바람을 막고 불빛을 밝게 하기 위하여 남포등에 씌우는 유리로 만든 물건.

아내가 애써 찾던 그것도 벌써 전당포의 고운 먼지가 앉았구나! 종지 하나라도 차근차근 아랑곳하는 아내가 그것을 잡혔는지 안 잡혔는지 모르는 것을 보면 빈곤(貧困)이 얼마나 그의 정신을 물어뜯었는지 가히 알겠다.

"……."

"……."

한참 동안 서로 아무 말이 없었다. 가슴이 어째 답답해지며 누구하고 싸움이나 좀 해 보았으면, 소리껏 고함이나 질러 보았으면, 실컷 맞아 보았으면 하는 일종 이상한 감정이 부글부글 피어오르며 전신에 이가 스멀스멀 기어다니는 듯 옷이 어째 몸에 끼이며 견딜 수가 없다.

나는 이런 감정을 노골적으로 드러내며,

"점점 구차한 살림에 싫증이 나서 못 견디겠지?"

아내는 무엇을 생각하는지 모르게 정신을 잃고 섰다가 그 거슴츠레한 눈이 둥그레지며 말했다.

"네에? 어째서요?"

"무얼, 그렇지."

"싫은 생각은 조금도 없어요."

이렇게 말이 오락가락함을 따라 나는 흥분의 도(度)가 점점 짙어 간다.

그래서 아내가 떨리는 소리로,

"어째 그런 줄 아세요?"

하고 반문할 적에,

"나를 숙맥[7]으로 알우?"

중요 어구

7) 숙맥 : 숙맥불변의 줄인 말. 콩인지 보리인지를 구별하지 못한다는 뜻으로, 사리 분별을 못하는 모자라고 어리석은 사람을 이르는 말이다.

하고 격렬하게 소리를 높였다.

아내는 살짝 분한 빛이 눈에 비치어 물끄러미 나를 들여다본다.

나는 괘씸하다는 듯이 흘겨보며 말했다.

"그러면 그것 모를까! 오늘까지 잘 참아 오더니 인제는 점점 기색이 달라지는걸 뭐! 물론 그럴 만도 하지마는!"

이런 말을 하는 내 가슴에는 지난 일이 활동 사진 모양으로 얼른얼른 나타난다.

육 년 전(그 때 나는 십육 세이고 저는 십팔 세였다)에 우리가 결혼한 지 얼마 아니 되어, 지식에 목마른 나는 지식의 바닷물을 얻어 마시려고 표연히 집을 떠났었다.

광풍에 나부끼는 버들잎 모양으로 오늘은 지나(支那), 내일은 일본으로 굴러다니다가 금전의 탓으로 지식의 바닷물도 흠씬 마셔 보지도 못하고 반거들충이가 되어 집에 돌아오고 말았다.

시집 올 때에는 방글방글 피려는 꽃봉오리 같던 아내가 어느 겨를에 기울어 가는 꽃처럼 두 뺨에 선연한 빛이 스러지고, 벌써 두어 금 가는 줄이 그리어졌다.

처가(妻家) 덕으로 집칸도 장만하고 세간도 얻어 우리는 소위 살림을 하게 되었다.

처음에는 그럭저럭 지냈었지마는, 한 푼 나는 데 없는 살림이라 한 달 가고 두 달 갈수록 점점 곤란해질 따름이었다.

나는 보수 없는 독서와 가치 없는 창작으로, 해가 지며, 날이 새며, 쌀이 있는지, 나무가 있는지 망연케 몰랐다.

그래도 때때로 맛있는 반찬이 상에 오르고 입은 옷이 과히 추하지 아니함은 아내의 힘이었다.

전들 무슨 벌이가 있으리요, 부끄럼을 무릅쓰고 친가에 가서 눈치를 보아 가며, 구차한 소리를 하여 가지고 얻어 온 것이었다.

그것도 한두 번이지, 장구한 세월에 어찌 늘 그럴 수 있으랴! 말경에는 아내가 가져온 세간과 의복에 손을 대는 수밖에 없었다.

잡히고 파는 것도 나는 아는 체를 아니하였다.

그가 애를 쓰며, 통명스러운 옆집 할멈에게 돈푼을 주고 시켰었다.

이런 고생을 하면서도 그는 나의 성공만 마음 속으로 깊이깊이 믿고 빌었었다.

어느 때에는 내가 무엇을 짓다가 마음에 맞지 아니하여 쓰던 것을 집어던지고 화를 낼 적에,

"왜 마음을 조급하게 잡수세요! 저는 꼭 당신의 이름이 세상에 빛날 날이 있을 줄 믿어요. 우리가 이렇게 고생을 하는 것이 장차 잘 될 근본이야요."

하고 그는 스스로 흥분되어 눈물을 흘리며 나를 위로한 적도 있었다.

내가 외국으로 다닐 때에 소위 신풍조(新風潮)에 뜨이어 까닭없이 구식여자가 싫어졌다. 그래서 나이 일찍이 장가든 것을 매우 후회하였다.

어떤 남학생과 어떤 여학생이 서로 연애를 주고받고 한다는 이야기를 들을 적마다 공연히 가슴이 뛰놀며 부럽기도 하고 비감스럽기도 하였다.

그러나 낫살이 들어갈수록 그런 생각도 없어지고, 집에 돌아와 아내를 겪어 보니 의외에 그에게 따뜻한 맛과 순결한 맛을 발견하였다. 그의 사랑이야말로 이기적 사랑이 아니고 헌신적 사랑이었다.

이런 줄을 점점 깨닫게 될 때에 내 마음이 얼마나 행복스러웠으랴! 밤이 깊도록 다듬이를 하다가, 그만 옷 입은 채로 쓰러져 곤하게 자는 그의 파리한 얼굴을 들여다보며,

"아아, 나에게 위안을 주고 원조를 주는 천사여!"
하고 감격이 극하여 눈물을 흘린 일도 있었다.

내가 알다시피 내가 별로 천품(天稟)은 없으나 어쨌든 무슨 저작가(著作家)로 몸을 세워 보았으면 하여 나날이 창작과 독서에 전 심력을 바쳤다. 물론 아직 남에게 인정될 가치는 없는 것이다. 그 영향으로 자연 일상 생활이 말유(末由)하게 되었다.

이런 곤란에 그는 근 이 년 견디어 왔건만 나의 하는 일은 오히려 아무 보람이 없고 방 안에 놓였던 세간이 줄어지고 장롱에 찼던 옷이 거의 다 없어졌을 뿐이다.

그 결과, 그다지 견딜성 있던 그도 요사이 와서는 때때로 쓸데없는 탄식을 하게 되었다.

손잡이를 잡고 마루 끝에 우두커니 서서 하염없이 먼 산만 바라보기도 하며, 바느질을 하다 말고 실신한 사람 모양으로 멍멍히 앉았기도 하였다.

창경(倉鏡)으로 비치는 어스름한 햇빛에 나는 흔히 그의 눈물 머금은 근심 있는 눈을 발견하였다. 이럴 때에는 말할 수 없는 쓸쓸한 생각이 들며 일없이,

"마누라!"
하고 부르면, 그는 몸을 움칫하고 고개를 저리 돌리어 치맛자락으로 눈물을 씻으며,

"네에?"
하고 울음에 떨리는 가는 대답을 한다. 나는 등에 물을 끼얹는 듯 몸이 으쓱해지며 처량한 생각이 싸늘하게 가슴에 흘렀다.

그러지 않아도 자책하기 쉬운 마음이 더욱 심해지며,

'내가 무자격한 탓이다.'

하고 스스로 멸시를 하고 나니 더욱 견딜 수 없다.

'그럴 만도 하다.' 는 동정심이 없지 아니하되, 그래도 그만 불쾌한 생각이 일어나며,[8]

"계집이란 할 수 없어."

하고 혼자서 이런 불평을 중얼거리었다.

환등(幻燈) 모양으로 하나씩 둘씩 이런 일이 가슴에 나타나니 무어라고 말할 용기조차 없어졌다.

나의 유일의 신앙자(信仰者)이고, 위로자이던 저까지 인제는 나를 아니 믿게 되었다. 그는 마음 속으로,

'네가 육 년 동안 내 살을 깎고 저미었구나! 이 원수야.'

할 것이다.

이렇게 생각하매 그의 불 같던 사랑까지 없어져 가는 것 같았다. 아니 흔적도 없이 사라지고 만 것 같았다.

나는 감상적으로 허둥허둥하며,

"낸들 마누라를 고생시키고 싶어 시키겠소! 비단옷도 해 주고 싶고 좋은 양산도 사 주고 싶어요! 그러길래 왼종일 쉬지 않고 공부를 아니하우. 남 보기에는 편편히 노는 것 같애도 실상은 그렇지 않아! 본들 모른단 말이오."

나는 점점 강한 가면을 벗고 약한 진상(眞相) 드러내며 이와 같은 가소로운 변명까지 하였다.

"온 세상 사람이 다 나를 비소(誹笑)하고 모욕하여도 상관이 없지만 마누

중요 어구

8) 그럴 만도~일어나며 : K는 아내에 대한 미안함과 자신에 대한 자조를 아내에 대한 불쾌한 생각으로 지우려고 한다.

라까지 나를 아니 믿어 주면 어찌 한단 말이오."

내 말에 스스로 자극이 되어 가지고 마침내,

"아아!"

길이 탄식을 하고 그만 쓰러졌다.

이 순간에 고개를 숙이고 아마 하염없이 입술만 물어뜯고 있던 아내가 홀연,

"여보!"

울음소리를 떨면서 무너지는 듯이 내 얼굴에 쓰러진다.

"용서……."

하고는, 북받쳐 나오는 울음에 말이 막히고 불덩이 같은 두 뺨이 내 얼굴을 누르며 흑흑 느끼어 운다.

그의 두 눈으로부터 샘솟듯 하는 눈물이 제 뺨과 내 뺨 사이를 따뜻하게 젖어 퍼진다. 내 눈에서도 눈물이 흘러내린다.

뒤숭숭하던 생각이 다 이 뜨거운 눈물에 봄눈 슬듯 스러지고 말았다.

한참 있다가 우리는 눈물을 씻었다. 내 속이 얼만큼 시원한지 몰랐다.

"용서하여 주세요! 그렇게 생각하실 줄은 참 몰랐어요."

이런 말을 하는 아내는 눈물에 부어오른 눈꺼풀을 아픈 듯이 끔쩍거린다.

"암만 구차하기로니 싫증이야 날까요! 나는 한 번 먹은 맘이 있는데."

가만가만히 변명을 하는 아내의 눈물 흔적이 어룽어룽한 얼굴을 물끄러미 바라보며 겨우 심신이 거뜬하였다.[9]

중요 어구

9) 가만가만히~거뜬하였다 : 남편이나 아내 모두 서로에게 불만이 있지만 부부 간의 사랑을 통해 극복하고 있다.

3

어제 일로 심신이 피곤하였던지 그 이튿날 늦게야 잠을 깨니 간밤에 오던 비는 어느 결에 그치었고, 명랑한 햇발이 미닫이에 높았더라.

아내가 다시금 장문을 열고 잡힐 것을 찾을 즈음에 누가 중문을 열고 들어온다.

우리는 누군가 하고 귀를 기울일 적에 밖에서,

"아씨!"

하는 소리가 들렸다.

아내는 급히 방문을 열고 나갔다. 그는 처가에서 부리는 할멈이었다. 오늘이 장인 생신이라고 어서 오라는 말을 전한다.

"오늘이야? 참 옳지, 오늘이 이 월 열엿샛날이지. 나는 깜빡 잊었어!"

"원, 아씨는 딱도 하십니다. 어쩌면 아버님 생신을 잊는단 말씀이야요. 아무리 살림이 재미가 나시더래도!"

시큰둥한 할멈은 선웃음[10]을 쳐 가며 이런 소리를 한다.

가난한 살림에 골몰하느라고 자기 친부(親父)의 생신까지 잊었는가 하매 아내의 정지(情地)가 더욱 측은하였다.

"오늘이 본가 아버님 생신이래요. 어서 오시라는데……."

"어서 가구려……."

"당신도 가셔야지요. 우리 같이 가요."

하고 아내는 하염없이 얼굴을 붉힌다.

나는 처가에 가기가 매우 싫었었다. 그러나 아니 가는 것도 내 도리가 아

중요 어구

10) 선웃음 : 우습지도 않은데 꾸며서 웃는 웃음.

닐 듯하여 하는 수 없이 두루마기를 입었다.

아내는 머뭇머뭇하며 양미간을 보일 듯 말 듯 찡그리다가 곁눈으로 살짝 나를 엿보더니, 돌아서서 급히 장문을 연다.

'흥, 입을 옷이 없어서 망설이는구나.'

나도 슬쩍 돌아서며 생각하였다.

우리는 서로 등지고 섰건만, 그래도 아내가 거의 다 빈 장 안을 들여다보며 입을 만한 옷이 없어서 눈살을 찌푸린 양이 눈앞에 선연함을 어찌할 수가 없었다.

"자아, 가세요."

무엇을 생각하는지 모르게 정신을 잃고 섰다가 아내의 부르는 소리를 듣고 나는 기계적으로 고개를 돌리었다.

아내는 당목옷으로 갈아입고 내 마음을 알았던지 나를 위로하는 듯이 빙그레 웃는다.

나는 더욱 쓸쓸하였다.[11]

우리 집은 천변 배다리 곁이었고 처가는 안국동에 있어 그 거리가 꽤 멀었다.

나는 천천히 가노라 하고 아내는 속히 오느라고 오건마는, 그는 늘 뒤떨어졌다. 내가 한참 가다가 뒤를 돌아다보면 그는 늘 멀리 떨어져 나를 따라오려고 애를 쓰며 주춤주춤 걸어온다.

길가에 다니는 어느 여자를 보아도 거의 다 비단옷을 입고 고운 신을 신었는데, 당목옷을 허술하게 차리고 청록 당혜로 타박타박 걸어오는 양이 나에게 얼마나 애연(哀然)한 생각을 일으켰는지! 한참 만에 나는 넓고 높

중요 어구

11) 나는 더욱 쓸쓸하였다 : K는 아내가 자신을 위로할수록 가난에 대한 자책감에 빠진다.

은 처갓집 대문에 다다랐다.

내가 안으로 들어갈 적에 낯선 사람들이 나를 흘끔흘끔 본다.

그들의 눈에,

'이 사람이 누구인가. 아마 이 집 하인인가 보다.'

하는 경멸히 여기는 빛이 있는 것 같았다.

안 대청 가까이 들어오니 모두 내게 분분히 인사를 한다.

그 인사하는 소리가 내 귀에는 어째 비웃는 것 같기도 하고, 모욕하는 것 같기도 하여 공연히 가슴이 두근거리고 얼굴이 후끈거린다.

그 중에 제일 내게 친숙하게 인사하는 사람이 있다. 그는 아내보다 삼 년 맏인 처형이었다.

내가 어려서 장가를 들었으므로, 그때 그는 나를 못 견디게 시달렸다. 그때는 그게 싫기도 하고 밉기도 하더니 지금 와서는 그 때 그러한 것이 도리어 우리를 무관하게 정답게 만들었다.

그는 인천 사는데, 자기 남편이 기미(期米)를 하여 가지고 이번에 돈 십만 원이나 착실히 땄다 한다.

그는 자기의 잘 사는 것을 자랑하고자 함인지 비단을 내리감고, 얼굴에 부유한 태(態)가 질질 흐른다.

그러나 분(糞)으로 숨기려고 애쓴 보람도 없이 눈 위에 퍼렇게 멍든 것이 내 눈에 띄었다.

"왜, 마누라는 어쩌고 혼자 오세요?"

그는 웃으며 이런 말을 하다가 중문 편을 바라보더니,

"그러면 그렇지! 동부인 아니하고 오실라구."

혼자서 주고받고 한다.

나도 이 말을 듣고 슬쩍 돌아다보니 아내가 벌써 중문 앞에 들어섰다.

그 수척한 얼굴이 더욱 수척해 보이며 눈물 고인 듯한 눈이 하염없이 웃는다.

나는 유심히 그와 아내를 번갈아 보았다. 처음 보는 사람은 분간을 못하리만큼 그들의 얼굴은 혹사(酷似)[12]하다.

그런데 얼굴빛은 어쩌면 저렇게 틀리는지! 하나는 이글이글 만발한 꽃 같고 하나는 시든 마른 낙엽 같다. 아내를 형이라고, 처형을 아우라 했으면 아무라도 속을 것이다.

또 한 번 아내를 보며 말할 수 없는 쓸쓸한 생각이 다시금 가슴을 누른다.

딴 음식은 별로 먹지도 아니하고 못 먹는 술만 넉 잔이나 마시었다. 그래도 바늘 방석에 앉은 것처럼 견딜 수가 없었다.

집에 가려고 나는 몸을 일으켰다.

골치가 띵 하며 내가 선 방바닥이 마치 폭풍에 도도(滔滔)하는 파도같이 높았다 낮았다 어질어질해서 곧 쓰러질 것 같다.

이 거동을 보고 장모가 황망(惶忙)히 일어서며,

"술이 저렇게 취해 가지고 어데로 갈라구, 여기서 한잠 자고 가게."

나는 손을 내저으며,

"아니에요, 집에 가겠어요."

취한 소리로 중얼거리었다.

"저를 어쩌나!"

장모는 걱정을 하시더니,

"할멈, 어서 인력거 한 채 불러오게."

중요 어구

12) 혹사 : 아주 비슷함.

한다.

취중에도 인력거를 태우지 말고 그 인력거 삯을 나에게 주었으면 책 한 권을 사 보련만, 하는 생각이 있었다.

인력거를 타고 얼마 아니 가서 그만 잠이 들었다.

한참 자다가 잠을 깨어 보니 방 안에 벌써 남폿불이 켜져 있는데 아내는 어느 결에 왔는지 외로이 앉아 바느질을 하고 화로에서는 무엇이 끓는 소리가 보글보글하였다.

아내가 나의 잠 깬 것을 보더니 급히 화로에 얹힌 것을 만져보며,

"인제 그만 일어나 진지를 잡수세요."

하고 부리나케 일어나 아랫목에 파묻어 둔 밥그릇을 꺼내어 미리 차려 둔 상에 얹어서 내 앞에 갖다 놓고 일변 화로를 당기어 더운 반찬을 집어 얹으며,

"자아, 어서 일어나세요."

한다.

나는 마지못해 하는 듯이 부시시 일어났다. 머리가 오히려 아프며 목이 몹시 말라서 국과 물을 연해 들이켰다.

"물만 잡수셔서 어째요. 진지를 좀 잡수셔야지."

아내는 이런 근심을 하며 밥상머리에 앉아서 고기도 뜯어 주고 생선뼈도 추려 주었다.

이것은 다 오늘 처가에서 가져온 것이다. 나는 맛나게 밥 한 그릇을 다 먹었다.

내 밥상이 나매 아내가 밥을 먹기 시작한다.

그러면 지금껏 내 잠 깨기를 기다리고 밥을 먹지 아니하였구나, 하고 오늘 처가에서 본 일을 생각하였다.

어제 일이 있은 후로 우리 사이에 무슨 벽이 생긴 듯하던 것이 그 벽이 점점 엷어져 가는 듯하며 가엾고 사랑스러운 생각이 일어났었다. 그래서 우리는 정답게 이런 이야기 저런 이야기를 하게 되었다.

우리의 이야기는 오늘 장인 생신 잔치로부터 처형 눈 위에 멍든 것에 옮겨 갔다. 처형의 남편이 이번 그 돈을 딴 뒤로는 주야 요릿집과 기생집에 돌아다니더니, 일전에 어떤 기생을 얻어 가지고 미쳐 날뛰며 집에만 들면 집안 사람을 들볶고 걸핏하면 처형을 친다 한다.

이번에도 별로 대단치 않은 일에 처형에게 밥상으로 냅다 갈겨 바로 눈 위에 그렇게 멍이 들었다 한다.

"그것 보아, 돈푼이나 있으면 다 그런 것이야."

"정말 그래요. 없으면 없는 대로 살아도 의좋게 지내는 것이 행복이야요."

아내는 충심(衷心)으로 공명(共鳴)해 주었다.

이 말을 들으매 내 마음은 말할 수 없이 만족해지면서, 무슨 승리나 한 듯이 득의양양하였다.

그리고 마음 속으로,

'옳다, 그렇다. 이렇게 지내는 것이 행복이다.' [13]

하였다.

중요 어구

13) 옳다~행복이다 : 아내의 응원으로 잠시나마 K는 자신의 가난한 삶에 대한 자긍심을 회복한다.

4

이틀 뒤, 해 어스름에 처형은 우리 집에 놀러 왔었다.

마침 내가 정신없이 무엇을 생각하고 있을 즈음에 쓸쓸하게 닫혀 있는 중문이 찌긋둥 하며 비단옷 소리가 사오락사오락 들리더니 아랫목은 내게 빼앗기고 윗목에서 바느질을 하고 있던 아내가 문을 열고 나간다.

"아이고, 형님 오셔요?"

아내의 인사하는 소리가 들리더니 처형이 계집 하인에게 무엇을 들리고 들어온다.

나도 반갑게 인사를 하였다.

"그날 매우 욕을 보셨죠? 못 잡숫는 술을 무슨 짝에 그렇게 잡수세요."

그는 이런 인사를 하다가, 급작스럽게 계집 하인이 든 것을 빼앗더니 신문지로 싼 것을 끄집어내어 아내를 주며,

"내 신 사는데 네 신도 한 켤레 샀다. 그날 청록 당혜를……."

하고 말을 하려다가 나를 곁눈으로 흘끗 보고 그만 입을 닫친다.

"그것을 왜 또 사셨어요."

해쓱한 얼굴에 꽃물을 들이며 아내가 치사하는 것도 들은 체 만 체하고 처형은 또 이야기를 시작한다.

"올 적에 사랑 양반을 졸라서 돈 백 원을 얻었겠지. 그래서 오늘 종로에 나와서 옷감도 바꾸고, 신도 사고……."

그는 자랑과 기쁨의 빛이 얼굴에 퍼지며 싼 보를 끌러,

"이런 것이야!"

하고 우리 앞에 펼쳐 놓는다.

자세히는 모르나 여하간 값 많은, 품 좋은 비단인 듯하다.

무늬 없는 것, 무늬 있는 것, 회색, 초록색, 분홍색이 갖가지로 윤이 흐르며 색색이 빛이 나서 나는 한참 황홀하였다.

무슨 칭찬을 해야 되겠다 싶어서,

"참 좋은 것인데요."

이런 말을 하다가 나는 또 쓸쓸한 생각이 일어난다.

'저것을 보는 아내의 심중이 어떠할까?'
하는 의문이 문득 일어남이라.

"모두 좋은 것만 골라 샀습니다그려."

아내는 인사를 차리느라고 이런 칭찬은 하나마 별로 부러워하는 기색이 없다.

나는 적이 의외(意外)의 감(感)이 있었다.

처형은 자기 남편의 흉을 보기 시작하였다. 그 밉살스럽다는 둥 추근추근하다는 둥 말끝마다 자기 남편의 불미한 점을 들다가 문득 이야기를 끊고 일어선다.

"왜 벌써 가시려고 하셔요, 모처럼 오셨다가. 반찬은 없어도 저녁이나 잡수세요."
하고 아내가 만류를 하니,

"아니 곧 가야지. 오늘 저녁 차로 떠날 것이니까 가서 짐을 매어야지. 아직 차 시간이 멀었어? 아니, 그래도 정거장에 일찍이 나가야지. 만일 기차를 놓치면 오죽 기다리실라구. 벌써 오늘 저녁 차로 간다고 편지까지 했는데……."

재삼 만류함에도 돌아보지 아니하고 그는 훌훌히 나간다.

우리는 그를 보내고 방에 들어왔다.

"그까짓 것이 기다리는데 그다지 급급히 갈 것이 무엇이야."

아내는 하염없이 웃을 뿐이었다.

"그래도 옷감 바꿀 돈은 주었으니 기다리는 것이 애처롭기는 하겠지."

밉살스러우니, 추근추근하니 하여도 물질의 만족만 얻으면 그것으로 기뻐하고 위로하는 그의 생활이 참 가련하다 하였다.

"참, 그런가 보아요."

아내도 웃으며 내 말을 받는다.

이 때에 처형이 사 준 신이 그의 눈에 띄었는지(혹은 나를 꺼려, 보고 싶은 것을 참았는지 모르나) 그것을 집어들고 조심조심 펴 보려다가 말고 머뭇머뭇 한다. 그 속에 그를 해케 할 무슨 위험품이나 든 것같이.

"어서 펴 보구려."

아내는 이 말을 듣더니, '작히 좋으랴.' 하는 듯이 활발하게 싼 신문지를 헤친다.

"퍽 이쁜걸요."

그는 근일에 드문 기쁜 소리를 치며 방바닥 위에 사뿐 내려 놓고 버선을 당기며 곱게 신어 본다.

"어쩌면 이렇게 맞어요!"

연해 연방 감사를 부르짖는 그의 얼굴에 흔연한 희색이 넘쳐 흐른다.

"……."

묵묵히 아내의 기뻐하는 양을 보고 있는 나는 또다시,

'여자란 할 수 없어.'

하는 생각이 들며,

'조심했을 따름이다.'

하매, 밤빛 같은 검은 그림자가 가슴을 어둡게 했다.

그러면 아까 처형의 옷감을 볼 적에도 물론 마음 속으로는 부러워하였을 것이다.

다만 표면에 드러내지 않았을 따름이다. 겨우,

"어서 펴 보구려."

하는 한 마디에 가슴에 숨겼던 생각을 속임 없이 나타내는구나, 하였다.

내가 무엇을 생각하고 있는지 저는 모르고, 새신 신은 발을 조금 쳐들며,

"신 모양이 어때요?"

"매우 이뻐!"

겉으로는 좋은 듯이 대답을 했으나 마음은 쓸쓸했다. 내가 제게 신 한 켤레를 사 주지 못하여 남에게 얻은 것으로 만족하고 기뻐하는 거다.

웬일인지 이번에는 그만 불쾌한 생각이 일어나지 아니하였다.[14] 처형이 동서(同壻)를 밉다거니 무엇이니 하면서도 기차를 놓치면 남편이 기다릴까 염려하여 급히 가던 것이 생각난다. 그것을 미루어 아내의 심사도 알 수가 있다.

부득이한 경우라 하릴없이 정신적 행복에만 만족하려고 애를 쓰지마는 기실(其實) 부족한 것이다. 다만 참을 따름이다. 그것은 내가 생각해야 된다.

이런 생각을 하니, 그 날 아내에게 그런 말을 한 것이 후회가 났다.

'어느 때라도 제 은공을 갚아 줄 날이 있겠지!'

나는 마음을 좀 너그러이 먹고 이런 생각을 하며 아내를 보았다.

"나도 어서 출세를 하여 비단신 한 켤레쯤은 사 주게 되었으면 좋으련만……."[15]

중요 어구

14) 웬일인지~아니하였다 : 가난과 아내에 대한 K의 생각이 바뀌는 지점이다. 즉 K는 가난한 아내가 겪어야 하는 고통에 대해 진심으로 책임감을 느낀 것이다.

15) 나도 어서~좋으련만 : 그 동안 K는 아내의 응원과 격려 덕분에 자신이 하고 싶은 일을 할 수 있었다. 가난한 아내가 겪어야 하는 고통에 책임감을 느낀 K는 아내에 대한 따뜻한 말 한 마디로 고마움을 표현하고 아내의 고통을 덜어 주고자 한다.

아내가 이런 말을 듣기는 참 처음이다.

"네에?"

아내는 제 귀를 못 미더워하는 듯이 의아한 눈으로 나를 보더니 얼굴에 살짝 열기가 오르며,

"얼마 안 되어 그렇게 될 것이야요!"

라고 힘 있게 말하였다.

"정말 그럴 것 같소?"

나는 약간 흥분하여 반문하였다.

"그럼은요, 그렇고 말고요."

아직 아무도 인정해 주지 않은 무명 작가인 나를 저 하나만이 깊이깊이 인정해 준다. 그러길래 그 강한 물질에 대한 본능적 욕구도 참아 가며 오늘날까지 눈살을 찌푸리지 아니하고 나를 도와 준 것이다.

'아아, 나에게 위안을 주고 원조를 주는 천사여!'

마음 속으로 이렇게 부르짖으며 두 팔로 덥석 아내의 허리를 잡아 내 가슴에 바싹 안았다.

그 다음 순간에는 뜨거운 두 입술이…….

그의 눈에도 나의 눈에도 그렁그렁한 눈물이 물 끓듯 넘쳐 흐른다.

작품 이해 및 논술 다지기

작품 이해

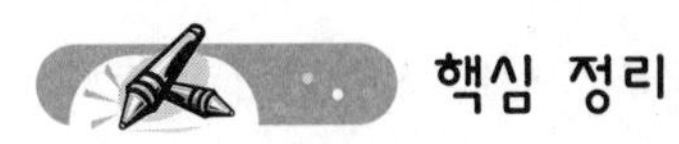

핵심 정리

- 갈래 : 단편 소설
- 시점 : 1인칭 주인공 시점
- 배경 : 시간적 — 개화기 초(일제 시대)
  공간적 — 서울 종로
- 구성 : 역행적 단순 구성
- 문체 : 간결한 우유체
- 주제 : 가난한 무명 작가와 그의 아내 사이에 벌어지는 고뇌와 갈등

등장 인물의 성격

- 아내 : 가난하면서도 남편을 믿고 사랑하며 장래의 기대 속에 살아가는

전형적인 한국의 여인상.

- 나(작중 화자) : 개인적 출세와 물질주의라고 하는 당대의 일반적 가치를 거부하였기 때문에 경제적 빈궁과 정신적 고뇌를 겪게 되는 1920년대 지식인의 전형.
- T : 자신의 재질을 수단껏 발휘하고 적응하는, 물질적 가치를 지향하는 인물.
- 처형 : 부유하지만 늘 불만족스럽고 보람없이 살아가는 인물.

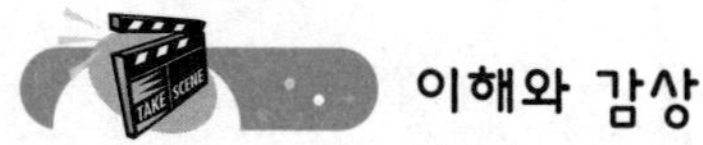

이해와 감상

이 소설은《개벽(1921.1)》에 발표한 작품으로서 1920년대 지식인의 삶을 소재로 지식인이 생활에서 겪는 고통을 잘 그려 내고 있다.

이 작품은 주인공인 '나'가 서술자가 되어서 아내와 처형 등을 관찰하여 서술하면서, 그 속에서의 자신의 심경을 나타낸 1인칭 주인공 시점을 취하고 있다.

이 작품의 의의는 먼저 시대적인 전형성을 띤 인물들이 설정되어 있다는 점에서 찾을 수 있다. 즉 1920년대라는 시대 상황 속에 놓여 있는 각각의 등장인물들이 그 시대의 단면들을 보여 주면서 서로 대비되고 있는 것이다.

주인공 '나'는 개인적 입신출세주의와 물질주의라는 그 사회의 가치를 거부하였기 때문에 경제적인 빈궁과 함께 정신적인 고뇌를 겪어야만 하는 1920년대 지식인의 전형을 보여 주고 있다.

반면 은행원 T는 그러한 상황 속에서도 자신의 재질을 수단껏 발휘하여 적응하며 살아가는 물질적 가치 지향주의의 인물을 나타낸다. 이러한 대비는 아내와 처형을 통해서도 이루어진다. 남편을 믿고 사랑하며 장래의 기대 속에서 살아가는 아내와, 부유하지만 늘 만족하지 못하고 허세 속에서 살아갈 뿐 아니라, 남편과의 진정한 사랑을 나누지 못하는 처형이라는 대조적인 인물들을 통해서도 당시 사회의 가치관의 대립을 엿볼 수 있다.

표면적으로 나타나는 나와 아내와의 갈등은 전술한 것과 같이 대립적인 것은 아니다. 오히려 물질 지향적인 태도를 부정하고 당시 사회의 경향을 인정하지 않는, 식민지 지식인의 가치관을 지키면서 살아가는 데 따르는 현실적인 어려움을 함께 겪고 있다.

작품 속에서 나의 아내에 대한 태도는 자꾸만 왜곡되어 갈등하고 변화한다.

결국 한 개인으로서의 나는 정신적인 가치를 추구하며 식민지 현실에 동조하지 않으려고 하지만 아내에게 주어지는 상황과 사회적 · 경제적 압박은 아내에게 고통을 줄 수밖에 없는 것이다.

작가는 이를 통해서 주인공인 '나'가 가지는 긍정적인 의미와 대상 세계의 냉혹성의 관계에서 주인공을 갈등하게 하는 그 세계의 부정성을 보여 주고 있다.

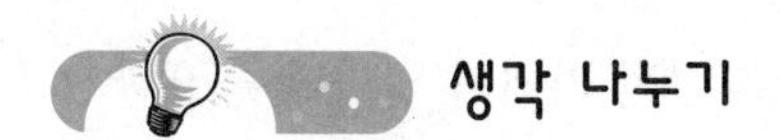

생각 나누기

1. 작품에서 '나'와 T, 그리고 아내와 처형의 대비 속에서 비교되고 있는 가치관은 무엇인가?
2. 나와 아내의 갈등의 원인은 무엇이고, 또 그것을 어떻게 해소시키고 있는지를 간단히 논해 보자.
3. 이 작품은 작가의 자전적 소설이자 당대 지식인을 전형적으로 형상화한 소설로 알려져 있다. 작품의 내용을 고려하여 당대 지식인의 상황을 추리해 보자.

모범 답안

1. '나' 는 부정적인 현실에 적응하지 않으려는 정신 지향적인 가치관을 지닌 무명 작가로 물질적인 욕구를 지니고 있지만 남편인 '나' 를 위해 그 욕구를 잠재우는 아내를 안타깝게 생각한다.

   반면 T나 처형은 그러한 상황에 적응하며 살아가는 물질 지향적인 가치관을 지니고 있어, 처형의 경우 진정한 행복을 깨닫지 못하고 남편의 손찌검이나 외도까지도 인내하며 물질적으로 풍요하다면 그것이 행복이라 생각한다.

2. '나' 는 정신적 가치만을 추구하며 그것을 반영하여 새로운 질서의 세계를 창조하는 소설가이지만 현실 속에서는 경제적 빈궁으로 인해 끊임없이 갈등한다.

   게다가 집안의 가제도구나 옷 등을 저당 잡혀 가면서까지 자신을 보살피는 아내가 현실적인 욕구를 참아내는 과정을 보며 미안해 하면서도 왜곡된 모습을 보이기 일쑤이다. 그러나 사회에 잘 적응하여 개인적 출세와 물질적인 풍요를 누리지만 진정한 행복을 깨닫지 못하는 처형의 세속적인 모습을 보며 물질적 가치에서 벗어난 정신적 가치가 얼마나 중요한가를 함께 깨달으며 '나' 와 아내는 갈등을 해소해 나간다.

3. 현진건이 활동한 시기는 우리 나라가 근대 시기로 접어들 무렵이다. 당대 지식인들은 새로운 학문을 공부하고 새로운 교양과 지식을 쌓는다. 하지만 그 교양과 지식이 곧 경제적 부유함을 보장하지는 않았다. 많은 지식인들은 생활 면에서 무능력하였다.

   따라서 당대 지식인들은 자신들의 지성에 큰 자부심을 가지고 있으면서도 물질적인 면에서 패배감을 느꼈다. 이 작품은 이러한 당대 지식인의 상황을 잘 그려내고 있다.

연관 작품 더 읽기

• 철쭉제(문순태) : 한국 전쟁 때 아버지를 죽인 일꾼과 지리산에 있는 아버지의 무덤을 찾고 나서 서로 용서하고 화해한다는 내용.

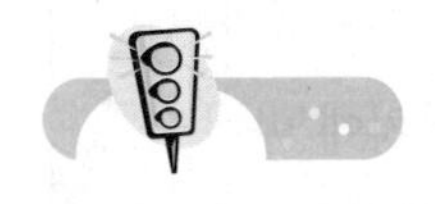

좀더 알아보기

• 참여문학(앙가주망, engagement) : 문학가는 미래의 자유로운 발전과 존속을 위해 정치나 사회에 참가하지 않으면 안 된다는 문학 이론으로, 제2차 세계 대전 이후 프랑스의 사르트르가 주장함. 우리 나라의 경우 1920년대의 '카프' 나 '문학가 동맹' 측에 의하여 논의된 바 있으나, 그들이 신봉한 것은 이데올로기였고, 문학, 예술은 그 이데올로기를 단지 명목적으로 집행하는 것으로 믿었음. 정을병의 〈개새끼들〉, 오상원의 〈모반〉, 선우휘의 〈망향〉, 김성한의 〈바비도〉 등의 작품이 이에 속함.

논술 다지기

❖ 다음 제시문에는 '사치' 에 대한 일관된 관점이 나타나 있다. 다음 제시문의 관점을 참조하여, 〈빈처〉에서 나타나는 '나' 의 삶의 태도가 우리에게 주는 의미가 무엇인지 논술하시오. (1,200자 내외)

옛날에는 사치가 욕심에서 생겼는데, 후세에 와서는 사치가 풍속에서 생기고, 욕심이 사치에서 생겼다. 〈서경〉에, "하늘이 사람을 낳았는데 누구나 욕심이 있다."라고 했다. 욕심이란 눈, 코, 귀, 입, 사지의 바라는 바를 가리키는 것으로 이 모두를 끊어 버릴 수는 없는 것이므로 재물에 의존하지 않고 살아갈 수는 없다. 그래서 옛 습관을 따르다 보면, 혹 분수에 지나쳐서 사치에 빠지기도 한다. 그런데 지금은 그렇지 않아서 자신의 수레나 말, 의복이나 집, 음식 등이 다른 사람만 못하면 크게 부끄러워하지 않는 사람이 없으니, 자기 자신은 아무 것도 없으면서 겉치레에 급급하여 오직 다른 사람만 못할까 두려워한다. 가난한 선비가 집에서는 채소를 먹다가도 다른 사람을 대하면 성찬을 차려 내는 것이나, 또 가난한 집 여자가 집에 있을 때는 때 묻은 옷을 입고 있다가도 손님을 맞이하면 성대하게 화장하는 것은 모두 겉치레를 힘쓰는 풍속이다.

— 이익, 〈성호사설〉 중에서

모범 답안

제시문에는 사치스러운 생활 습관에 대한 비판적 견지가 드러나 있다. 특히 제시문의 관점에 따른다면 사치가 생겨나는 원인은 욕심이 아니라 풍속에 있다. 즉 사치스러운 생활을 지향하는 사람들이 많아진 것은, 재물에 의존하지 않고는 살 수 없는 자연스런 욕망 때문이라기보다는, 다른 사람들과 자신의 생활을 비교하고 가난한 것을 부끄러워하는 태도가 만연하기 때문이라는 것이다. 이 글은 이처럼 다른 사람들보다 비싼 물건을 갖지 못한 것을 부끄럽게 여기고, 다른 사람에게 가난하게 비쳐지는 것을 싫어하는 등 불합리하고 미숙한 태도를 보이는 사람들에 대해 경계하고 있다.

현진건의 〈빈처〉에 등장하는 '나'와 아내의 삶은 당대의 풍속적 기준에 비추어 본다면 보잘것없이 가난한 삶이다. 그러나 '나'와 아내는 이러한 삶에서 오히려 긍지를 느끼고 보람을 찾으려고 노력하는 사람들이다. 물론 이러한 태도를 견지하는 것이 쉽지만은 않다. 아내는 T가 사온 양산을 보며 마음이 흔들리기도 하는 인간적인 모습을 드러내기도 하는데, 이는 아내가 물질적인 풍요를 누리는 사람을 보며 그렇지 못한 자신의 모습을 부끄러워하기도 한다는 점을 드러내는 일화이다. 그렇지만 결국은 남편(나)와 같은 청빈한 삶의 태도가 옳다는 점을 인정하고 이에 수긍하는 모습을 보인다는 점에서 바람직하다고 할 만하다.

'나'는 식민지 시대의 불합리한 현실에 타협하며 물질적 만족을 추구하는 삶을 포기한 인물로 그려진다. 그로 인해 경제적으로 궁핍한 삶을 살게 되지만 부유하게 사는 것이 반드시 행복하지만은 않다는 것을 깨달아 가는 인물이다.

특히 부유함에도 불구하고 그다지 행복하게 살지 못하는 '처형'의 모습을 바라보며 남들처럼 버젓하게 사는 것만이 중요하지는 않다는 점에 대해 아내와 대화하기도 한다. 즉 '나'와 아내는 모두 물질적 풍요를 중시하는 풍속에 동요되지 않고 청렴하고 결백한 삶을 살아가는 모습을 제시한다는 점에서 중요한 의의를 지닌다.

특히 현대 사회는 물질적 풍요에 대한 관념이 보다 강화되어 있는 사회이다. 청소년들 역시 값비싼 외제 상품을 선호하는 경향을 나타내기도 하고, 진학의 목적을 돈을 많이 버는 직업을 갖기 위한 것으로 여기는 학생들도 늘어났다. 드라마나 영화 등 대중 매체에서 그려지는 사람들의 삶의 모습이 지나치게 부유하고 사치스런 모습으로 그려져 현실 생활에 대한 비현실적 관념을 심어 주는 것도 사실이다.

이러한 현실에서 〈빈처〉에 등장하는 인물들의 모습은 진정한 행복은 무조건 남들처럼 살림을 갖추고 살기 위해 노력할 때가 아니라 정신적인 만족을 위해 노력할 때 얻어지는 것이라는 점을 강조하고 있는 것이다.

술 권하는 사회

현진건(1900~1943)

호는 빙허(憑虛). 대구 출생. 상해 호강대학 독일어 전문학교 수학. 1920년 《개벽》에 〈희생화〉를 발표하면서 문단에 등단. 1922년 박종화·홍사용 등과 더불어 《백조》 동인으로 활동. 초기의 작품 〈희생화〉, 〈빈처〉, 〈술 권하는 사회〉, 〈타락자〉 등은 봉건 사회로부터 근대 사회로 변동하는 과도기에 빚어지는 지식 계층의 사회에 대한 불화와 갈등을 그림. 〈운수 좋은 날〉, 〈사립정신병원장〉, 〈고향〉 등의 소설에서는 일제의 식민지 정책이 노골화되는 상황에서 서민들이 적극적으로 시대에 대응해 가는 양상을 보여 줌. 특히 사회 계층의 양극화 현상을 주시하고, 하층 계급의 불행을 그림과 동시에 지식인들의 소극적인 현실 대응 자세를 비판함. 그러나 1930년대 후반에 이르러서는 이러한 현실 대응조차 가능하지 않게 되자 《적도》, 《무영탑》 등을 통해 새로운 세계를 지향하는 유토피아 의식을 보임.

미리 엿보기...

생각해 봅시다

1. 이 소설을 통해서 당시 지식인의 자아와 세계의 갈등에 대해 생각해 보자.
2. 이 소설의 제목과 내용을 일제 강점기라는 당시의 상황과 연결시켜서 이해해 보자.

작품의 줄거리

남편은 서울에서 중학을 마치고 동경에서 대학을 나온 인텔리이다. 긴 세월 홀로 어려움을 참고 기다린 아내에게 남편이 돌아오지만, 그의 행동은 아내의 기대와는 어긋나기 시작한다. 유학까지 다녀온 남편이지만 공부를 하지 않은 사람과 다른 점이 없었다. 단지 다르다면 남들은 돈벌이를 하는데, 남편은 오히려 집안 돈을 쓰며 분주히 돌아다닌다는 것이다. 그러던 남편은 무슨 근심이 있는 사람처럼 자다가 일어나 책상머리에서 울기도 하며 우울하게 지낸다. 그러다가 술을 먹고 늦게 들어오는 날이 많아졌다. 어느 날, 누가 그렇게 술을 권하느냐는 아내의 질문에 남편은 술을 권하는 것은 바로 이 사회, 조선 사회라고 말한다. 그 뜻을 알지 못하는 아내는 '그 몹쓸 사회가, 왜 술을 권하는고.' 하고 생각한다.

"아이그, 아야."

홀로 바느질을 하고 있던 아내는 얼굴을 살짝 찌푸리고는 가늘고 날카로운 소리로 부르짖었다. 바늘 끝이 왼손 엄지손가락 손톱 밑을 찔렀음이다. 그 손가락은 가늘게 떨고 하얀 손톱 밑으로 앵두빛 같은 피가 비친다. 그것을 볼 사이도 없이 아내는 얼른 바늘을 빼고 다른 손 엄지손가락으로 상처를 누르고 있다. 그러면서 하던 일가지를 팔꿈치로 고이고이 밀어 내려놓았다. 이윽고 눌렀던 손을 떼어 보았다. 그 언저리는 인제 다시 피가 아니 나려는 것처럼 혈색(血色)이 없다. 하더니, 그 희던 꺼풀 밑에 다시금 꽃물이 차츰차츰 밀려온다. 보일 듯 말 듯한 그 상처로부터 좁쌀낟 같은 핏방울이 송송 솟는다. 또 아니 누를 수 없다. 이만하면 그 구멍이 아물었으려니 하고 손을 떼면 또 얼마 아니 되어 피가 비치어 나온다.

인제 헝겊 오락지로 처매는 수밖에 없다. 그 상처를 누른 채 그는 바느질 고리에 눈을 주었다. 거기 쓸 만한 오락지는 실패 밑에 있다. 그 실패를 밀어내고 그 오락지를 두 새끼손가락 사이에 집어 올리려고 한동안 애를 썼다. 그 오락지는 마치 풀로 붙여 둔 것같이 고리 밑에 착 달라붙어 세상 집혀지지 않는다. 그 두 손가락은 헛되이 그 오락지 위를 긁적거리고 있을 뿐이다.

"왜 집혀지지를 않아!"

그는 마침내 울듯이 부르짖었다. 그리고 그것을 집어 줄 사람이 없나 하는 듯이 방 안을 둘러보았다. 방 안은 텅 비어 있다. 어느 뉘 하나 없다. 호젓한 허영(虛榮)만 그를 휩싸고 있다. 바깥도 죽은 듯이 고요하다. 시시로 퐁퐁 하고 떨어지는 수도의 물방울 소리가 쓸쓸하게 들릴 뿐. 문득 전등불이 광채(光彩)를 더하는 듯하였다. 벽상(壁上)에 걸린 괘종(掛鍾)의 거울이 번들하며, 새로 한 점을 가리키려는 시침(時針)이 위협하는 듯이 그의 눈을 쏜다. 그의 남편은 그때껏 돌아오지 않았었다.

아내가 되고 남편이 된 지는 벌써 오랜 일이다. 어느덧 칠, 팔 년이 지났으리라. 하건만 같이 있어 본 날을 헤아리면 단 일 년이 될락말락 한다. 막 그의 남편이 서울서 중학을 마쳤을 제 그와 결혼하였고, 그러자마자 그만 동경에 부급(負笈)한 까닭이다. 거기서 대학까지 졸업을 하였다.

이 길고 긴 세월에 아내는 얼마나 괴로웠으며 외로웠으랴! 봄이면 봄, 겨울이면 겨울, 웃는 꽃을 한숨으로 맞았고 얼음 같은 베개를 뜨거운 눈물로 덥히었다. 몸이 아플 때, 마음이 쓸쓸할 때, 얼마나 그가 그리웠으랴! 하건만 아내는 이 모든 고생을 이를 악물고 참았었다. 참을 뿐이 아니라 달게 받았었다. 그것은 남편이 돌아오기만 하면! 하는 생각이 그에게 위로를 주고 용기를 준 까닭이었다. 남편이 동경에서 무엇을 하고 있나?

공부를 하고 있다. 공부가 무엇인가? 자세히 모른다. 또 알려고 애쓸 필요도 없다. 어찌하였든지 이 세상에 제일 좋고 제일 귀한 무엇이라 한다. 마치 옛날 이야기에 있는 도깨비의 부자(富者) 방망이 같은 것이려니 한다. 옷 나오라면 옷 나오고, 밥 나오라면 밥 나오고, 돈 나오라면 돈 나오고…….[1] 저 하고 싶은 무엇이든지 청해서 아니 되는 것 없는 무엇을, 동경에서 얻어 가지고 나오려니 하였다. 가끔 놀러 오는 친척들이 비단옷 입은 것과 금지환(金指環) 낀 것을 볼 때에 그 당장엔 마음 그윽히 부러워도 하였지만 나중엔 '남편만 돌아오면…….' 하고 그것에 경멸하는 시선을 던지었다.

남편이 돌아왔다. 한 달이 지나가고 두 달이 지나간다. 남편의 하는 행동이 자기의 기대하던 바와 조금 배치(背馳)되는 듯하였다. 공부 아니한 사람보다 조금도 다른 것이 없었다. 아니다, 다르다면 다른 점도 있다. 남은 돈벌이를 하는데 그의 남편은 도리어 집안 돈을 쓴다. 그러면서도 어디인지 분주히 돌아다닌다. 집에 들면 정신없이 무슨 책을 보기도 하고 또는 밤새도록 무엇을 쓰기도 하였다.

'저러는 것이 참말 부자 방망이를 맨드는 것인가 보다.'

아내는 스스로 이렇게 해석한다.

또 두어 달이 지나갔다. 남편의 하는 일은 늘 한 모양이었다. 한 가지 더 한 것은 때때로 깊은 한숨을 쉬는 것뿐이었다.

그리고 무슨 근심이 있는 듯이 얼굴을 펴지 않았다. 몸은 나날이 축이 나간다.

중요 어구

1) 옷 나오라면~돈 나오고 : 아내는 남편이 성공하면 물질적 곤란을 해결할 수 있다고 생각한다.

'무슨 걱정이 있는고?'

아내는 따라서 근심을 하게 되었다. 하고는 그 여윈 것을 보충하려고 갖가지로 애를 썼다. 곧 될 수 있는 대로 그의 밥상에 맛난 반찬가지를 붙게 하며 또 고음 같은 것도 만들었다. 그런 보람도 없이 남편은 입맛이 없다 하며 그것을 잘 먹지도 않았었다.

또 몇 달이 지나갔다. 인제 출입을 뚝 끊고 늘 집에 붙어 있다. 걸핏하면 성을 낸다. 입버릇 모양으로 화난다, 화난다 하였다.[2]

어느 날 새벽, 아내가 어렴풋이 잠을 깨어, 남편의 누웠던 자리를 더듬어 보았다. 쥐이는 것은 이부자락뿐이다. 잠결에도 조금 실망을 아니 느낄 수 없었다. 잃은 것을 찾으려는 것처럼 눈을 부시시 떴다. 책상 위에 머리를 쓰러뜨리고 두 손으로 그것을 움켜쥐고 있는 남편을 보았다. 흐릿한 의식이 돌아옴에 따라 남편의 어깨가 들썩들썩 움직임도 깨달았다. 흑흑 느끼는 소리가 귀를 울린다. 아내는 정신을 바짝 차리었다. 불현듯이 몸을 일으켰다. 이윽고 아내의 손은 가볍게 남편의 등을 흔들며 목에 걸리고 나오지 않는 소리로,

"왜 이러고 계셔요."

라고 물어보았다.

"……."

남편은 아무 대답이 없다. 아내는 손으로 남편의 얼굴을 괴어 들려고 할 즈음에, 그것이 뜨뜻하게 눈물에 젖는 것을 깨달았다.

또 한 두어 달이 지나갔다. 처음처럼 다시 출입이 잦아졌다. 구역질이 날

중요 어구

2) 인제 출입을~화난다 하였다 : 남편은 사회에 적응하지 못하고 있다. 자신을 알아 주지 않는 세상에 대한 남편의 불평과 불만이 표출되는 장면이다.

듯한 술냄새가 밤늦게 돌아오는 남편의 입에서 나게 되었다. 그것은 요사이 일이다. 오늘 밤에도 지금까지 돌아오지 않았다. 초저녁부터 아내는 별별 생각을 다하면서 남편을 고대고대하고 있었다. 지리한 시간을 속히 보내려고 치웠던 일가지를 또 꺼내었다. 그것조차 뜻같이 아니 되었다. 때때로 바늘이 헛되이 움직이었다. 마침내 그것에 찔리고 말았다.[3]

"어데를 가서 이때껏 오시지 않아!"

아내는 이제 아픈 것도 잊어버리고 짜증을 내었다. 잠깐 그를 떠났던 공상과 환영이 다시금 그의 머리에 떠돌기 시작하였다. 이상한 꽃을 수놓은, 흰 보(褓) 위에 맛난 요리를 담은 접시가 번쩍인다. 여러 친구와 술을 권커니 자커니 하는 광경이 보인다. 그의 남편은 미친 듯이 껄껄 웃는다. 나중에는 검은 휘장이 스르르 하는 듯이, 그 모든 것이 사라져 버리더니 낭자(狼藉)[4]한 요리상만이 보이기도 하고, 술병만 희게 빛나기도 하고, 아까 그 기생이 한 팔로 땅을 짚고 진저리를 쳐 가며 웃는 꼴이 보이기도 하였다. 또한 남편이 길바닥에 쓰러져 우는 것도 보였다.

"문 열어라!"

문득 대문이 덜컥 하고 혀가 꼬부라진 소리로 부르는 듯하였다.

"네."

저도 모르게 대답을 하고 급히 마루로 나왔다. 잘못 신은, 발에 아니 맞는 신을 질질 끌면서 대문으로 달렸다. 중문은 아직 잠그지도 않았고 행랑방에 사람이 없지 않지마는 으레 깊은 잠에 떨어졌을 줄 알고 자기가 뛰어

중요 어구

3) 때때로~찔리고 말았다 : 남편의 불평과 불만으로 인해 불안에 휩싸인 아내의 모습이다.
4) 낭자 : 여기저기 흩어져 어지러움.

나감이었다. 가느다란 손이 어둠 속에서 희게 빗장을 잡고 한참 실랑이를 한다. 대문은 열렸다.

밤바람이 선득하게 얼굴에 안친다. 문 밖에는 아무도 없다! 온 골목에 사람의 그림자도 볼 수 없다. 검푸른 밤빛이 허연 길 위에 그물그물 깃들었을 뿐이었다.

아내는 무엇에 놀란 사람 모양으로 한참 멀거니 서 있었다. 문득 급거히 대문을 닫친다. 마치 그 열린 사이로 악마나 들어올 것처럼.

"그러면 바람 소리였구먼."

하고 싸늘한 뺨을 쓰다듬으며 해쭉 웃고 발길을 돌렸다.

"아니 내가 분명히 들었는데…… 혹시 내가 잘못 보지를 않았나? 길바닥에나 쓰러져 있었으면 보이지도 않을 터야……."

중간문까지 다다르자 별안간 이런 생각이 그의 걸음을 멈추게 하였다.

"대문을 또 좀 열어 볼까? 아니야, 내가 헛들었지. 그래도 혹…… 아니야, 내가 헛들었지."

망설이면서도 꿈꾸는 사람 모양으로 저도 모를 사이에 마루까지 올라왔다. 매우 기묘한 생각이 번개같이 그의 머리에 번쩍인다.

"내가 대문을 열었을 제 나 몰래 들어오지나 않았나……."

과연 방 안에 무슨 소리가 나는 것 같았다. 확실히 사람의 기척이 있다. 어른에게 꾸중 모시러 가는 어린애처럼 조심조심 방문 앞에 왔다. 그리고 문간 아래로 손을 대며 하염없이 웃는다. 그것은 제 잘못을 용서해 줍시사 하는 어린애 같은 웃음이었다. 조심조심 방문을 열었다. 이불이 어째 움직움직하는 듯하였다.

'나를 속이려고 이불을 쓰고 누웠구먼.'

하고 마음 속으로 소곤거렸다. 가만히 내려앉는다. 그 모양이 이것을 건드려서는 큰일이 나지요 하는 듯하였다.[5] 이불을 펄쩍 쳐 들었다. 빈 요가 하얗게 드러난다. 그제야 확실히 아니 온 줄 안 것처럼,

"아니 왔구먼, 안 왔어!"

라고 울듯이 부르짖었다.

남편이 돌아오기는 새로 두 점이 훨씬 지난 뒤였다. 무엇이 털썩하는 소리가 들리고 잇달아,

"아씨, 아씨!"

라고 부르는 소리가 귀를 때릴 때에야 아내는 비로소 아직도 앉았을 자기가 이불 위에 쓰러져 있음을 깨달았다. 기실, 잠귀 어두운 할멈이 대문을 열었으리 만큼 아내는 깜박 잠이 깊이 들었다. 하건만 그는 몽경(夢境)에서 방황하는 정신을 당장에 수습하였다. 두어 번 얼굴을 쓰다듬자 불현듯 밖으로 나왔다.

남편은 한 다리를 마루 끝에 걸치고 한 팔을 베고 옆으로 누워 있다. 숨소리가 씨근씨근 한다.

막 구두를 벗기고 일어나 할멈은 검붉은 상을 찡그려붙이며,

"어서 일어나 방으로 들어가세요."

라고 한다.

"응, 일어나지."

나리는 혀를 억지로 돌리어 코와 입으로 대답을 하였다. 그래도 몸은 꿈쩍도 않는다. 도리어 그 개개 풀린 눈을 자려는 것처럼 스르르 감는다. 아

중요 어구

5) 그 모양이~하는 듯하였다 : 남편이 돌아왔을 것이라는 기대감과 남편이 화를 낼지도 모른다는 불안감이 혼재된 아내의 심리 상태이다.

내는 눈만 비비고 서 있다.

"어서 일어나셔요. 방으로 들어가시라니까."

이번에는 대답조차 아니한다. 그 대신 무엇을 잡으려는 것처럼 손을 내어젓더니,

"물, 물, 냉수를 좀 주어."

라고 중얼거렸다.

할멈은 얼른 물을 떠다 이취자(泥醉者)의 코밑에 놓았건만, 그 사이에 벌써 아까 청(請)을 잊은 것같이 취한 이는 물을 먹으려고도 않는다.

"왜 물을 아니 잡수셔요."

곁에서 할멈이 깨우쳤다.

"응 먹지, 먹어."

하고 그제야 주인은 한 팔을 짚고 고개를 든다. 한꺼번에 물 한 대접을 다 들이켜 버렸다. 그러고는 또 쓰러진다.

"에그, 또 눕네."

하고 할멈은 우물로 기어드는 어린애를 안으려는 모양으로 두 손을 내어민다.

"할멈은 고만 가 자게."

주인은 귀치않다는 듯이 말을 한다.

이를 어찌해 하는 듯이 멀거니 서 있는 아내도, 할멈이 고만 갔으면 하였다. 남편을 붙들어 일으킬 생각이야 간절하였지만, 할멈이 보는데 어찌 그럴 수 없는 것 같았다. 혼인한 지가 칠, 팔 년이 되었으니 그런 파수(破羞)야 되었으련만 같이 있어 본 날을 꼽아 보면 그는 아직 갓 시집온 색시였다.

'할멈은 가 자게.'

란 말이 목까지 올라왔지만 입술에서 사라지고 말았다. 마음 그윽히 할멈이 돌아가기만 기다릴 뿐이었다.

"좀 일으켜 드려야지."

가기는커녕 이런 말을 하고 할멈은 선웃음을 치면서 마루로 부득부득 올라온다. 그 모양은 마치 '주인 나리가 약주가 취하시거든 방에까지 모셔다 드려야 제 도리에 옳지요.' 하는 듯하였다.

"자아, 자아."

할멈은 아씨를 보고 히히 웃어 가며 나리의 등 밑으로 손을 넣는다.

"왜 이래, 왜 이래. 내가 일어날 테야."

하고 몸을 움직이더니 정말 주인이 부시시 일어난다. 마루를 쾅쾅 눌러 디디며 비틀비틀 곧 쓰러질 듯한 보조(步調)로 방문을 향하여 걸어간다. 와지끈 하며 문을 열어젖히고는 방 안으로 들어간다. 아내도 뒤따라 들어왔다. 할멈은 중간턱을 넘어설 제 몇 번 혀를 차고는 저 갈 데로 가 버렸다.

벽에 엇비슷하게 기대어 있는 남편은 무엇을 생각하는 듯이 고개를 숙이고 있다. 그의 말라붙은 관자놀이에 펄떡거리는 푸른 맥(脈)을 아내는 걱정스럽게 바라보면서 남편 곁으로 다가온다. 아내의 한 손은 양복 깃을, 또 한 손은 그 소매를 잡으며 화(和)한 목성으로,

"자아, 벗으셔요."

하였다.

남편은 문득 미끄러지는 듯이 벽을 타고 내려앉는다. 그의 쭉 뻗은 발 끝에 이부자락이 저리로 밀려 간다.

"에그, 왜 이리 하셔요. 벗자는 옷은 아니 벗으시고."

그 서슬에 넘어질 뻔한 아내는 애닯게 부르짖었다. 그러면서도 같이 따라 앉는다. 그의 손은 또 옷을 잡았다.

"옷이 구겨집니다. 제발 좀 벗으셔요."

라고 아내는 애원을 하며 옷을 벗기려고 애를 쓴다. 하나, 취한 이의 등이 천근(千斤)같이 벽에 척 들러붙었으니 벗겨질 리가 없다. 애를 쓰다쓰다 옷을 놓고 물러앉으며,

"원 참, 누가 술을 이처럼 권하였노."

라고 짜증을 낸다.

"누가 권하였노? 누가 권하였노? 흥흥."

남편은 그 말이 몹시 귀에 거슬리는 것처럼 곱삶는다.

"그래, 누가 권했는지 마누라가 좀 알아내겠소?"

하고 껄껄 웃는다. 그것은 절망의 가락을 띤 쓸쓸한 웃음이었다.

아내도 따라 방긋이 웃고는 또 옷을 잡으며,

"자아, 옷이나 먼저 벗으셔요. 이야기는 나중에 하지요. 오늘 밤에 잘 주무시면 내일 아침에 알으켜 드리지요."

"무슨 말이야, 무슨 말이야. 왜 오늘 일을 내일로 미루어. 할 말이 있거든 지금 해!"

"지금은 약주가 취하셨으니, 내일 약주가 깨시거든 하지요."

"무엇? 약주가 취해서?"

하고 고개를 쩔레쩔레 흔들며,

"천만에, 누가 술이 취했단 말이오. 내가 공연히 이러지, 정신은 말뚱말뚱하오. 꼭 이야기하기 좋을 만해. 무슨 말이든지……. 자아."

"글쎄, 왜 못 잡수시는 약주를 잡수셔요. 그러면 몸이 축이 나지 않아요."

하고 아내는 남편의 이마에 흐르는 진땀을 씻는다.

이취자(泥醉者)는 머리를 흔들며,

"아니야, 아니야, 그런 말을 듣자는 것이 아니야."[6]

하고 아까 일을 추상하는 것처럼 말을 끊었다가 다시금 말을 이어,

"옳지, 누가 나에게 술을 권했단 말이오? 내가 술이 먹고 싶어서 먹었단 말이오?"

"자시고 싶어 잡수신 건 아니지요. 누가 당신께 약주를 권하는지 내가 알아낼까요? 저…… 첫째는 화증이 술을 권하고 둘째는 '하이칼라'가 약주를 권하지요."

아내는 살짝 웃는다. 내가 어지간히 알아맞혔지요 하는 양이었다.

남편은 고소(苦笑)한다.

"틀렸소, 잘못 알았소. 화증이 술을 권하는 것도 아니고, '하이칼라'가 술을 권하는 것도 아니오. 나에게 권하는 것은 따로 있어. 마누라가, 내가 어떤 '하이칼라'[7]한테나 홀려 다니거나, 그 '하이칼라'가 늘 내게 술을 권하거니 하고 근심을 했으면 그것은 헛걱정이지. 내게 '하이칼라'는 아무 소용도 없소. 나의 소용은 술뿐이오. 술이 창자를 휘돌아, 이것저것을 잊게 만드는 것을 나는 취(取)할 뿐이오."

하더니 홀연 어조(語調)를 고쳐 감개무량하게,

"아아, 유위유망(有爲有望)[8]한 머리를 알코올로 마비 아니 시킬 수 없게 하는 그것이 무엇이란 말이오."

하고 긴 한숨을 내어쉰다. 물큰물큰한 술냄새가 방 안에 흩어진다.

아내에게는 그 말이 너무 어려웠다. 고만 묵묵히 입을 다물었다. 눈에 보

중요 어구

6) 아니야,~아니야 : 남편은 자신이 술을 마시는 이유가 개인적인 좌절 때문만은 아님을 강조하고 있다.
7) 하이칼라 : 예전 서양식 유행을 따르던 멋쟁이를 이르던 말.
8) 유위유망 : 능력이 있고 발전할 전망도 있음.

이지 않는 무슨 벽이 자기와 남편 사이에 깔리는 듯하였다.[9] 남편의 말이 길어질 때마다 아내는 이런 쓰디쓴 경험을 맛보았다. 이런 일은 한두 번이 아니었다. 이윽고 남편은 기막힌 듯이 웃는다.

"흥 또 못 알아듣는군. 묻는 내가 그르지, 마누라야 그런 말을 알 수 있겠소. 내가 설명해 드리지. 자세히 들어요. 내게 술을 권하는 것은 화증도 아니고 '하이칼라' 도 아니오, 이 사회란 것이 내게 술을 권한다오. 이 조선 사회란 것이 내게 술을 권한다오. 알았소? 팔자가 좋아서 조선에 태어났지, 딴 나라에 났더라면 술이나 얻어 먹을 수 있나……."

사회란 무엇인가? 아내는 또 알 수가 없었다. 어찌하였든 딴 나라에는 없고 조선에만 있는 요릿집 이름이려니 한다.

"조선에 있어도 아니 다니면 그만이지요."

남편은 또 아까 웃음을 재우친다. 술이 정말 아니 취한 것같이 또렷또렷한 어조로,

"허허, 기막혀. 그 한 분자(分子)된 이상에야 다니고 아니 다니는 게 무슨 상관이야. 집에 있으면 아니 권하고, 밖에 나가야 권하는 줄 아는가 보아. 그런 게 아니야. 무슨 사회에 사람이 있어서 밖에만 나가면 나를 꼭 붙들고 술을 권하는 게 아니야…… 무어라 할까……. 저 우리 조선 사람으로 성립된 이 사회란 것이, 내게 술을 아니 못 먹게 한단 말이오……. 어째 그렇소? …… 또 내가 설명을 해 드리지. 여기 회(會)를 하나 꾸민다 합시다. 거기 모이는 사람놈 치고 처음은 민족을 위하느니, 사회를 위하느니 그러는데, 제 목숨을 바쳐도 아깝지 않느니 아니하는 놈이 하나도 없어. 하다가

중요 어구

9) 눈에 보이지~듯하였다 : 여기서 '벽' 은 사회에 대한 아내의 무지를 가리킬 뿐만 아니라, 남편과 아내 사이의 소통의 단절을 의미한다.

단 이틀이 못 되어, 단 이틀이 못 되어……."

한층 소리를 높이며 손가락을 하나씩 둘씩 꼽으며,

"되지 못한 명예 싸움, 쓸데없는 지위 다툼질, 내가 옳으니 네가 그르니, 내 권리가 많으니 네 권리는 적으니…….[10] 밤낮으로 서로 찢고 뜯고 하지. 그러니 무슨 일이 되겠소. 회(會)뿐이 아니라, 회사고 조합이고…… 우리 조선놈들이 조직한 사회는 다 그 조각이지. 이런 사회에서 무슨 일을 한단 말이오. 하려는 놈이 어리석은 놈이야. 적이 정신이 바로 박힌 놈은 피를 토하고 죽을 수밖에 없지. 그렇지 않으면 술밖에 먹을 게 도무지 없지. 나도 전자에는 무엇을 좀 해 보겠다고 애도 써 보았어. 그것이 모다 수포야. 내가 어리석은 놈이었지. 내가 술을 먹고 싶어 먹는 게 아니야. 요사이는 좀 낫지마는 처음 배울 때에는 마누라도 아다시피 죽을 애를 썼지. 그 먹고 난 뒤에 괴로운 것이야 겪어 본 사람이 아니면 알 수 없지. 머리가 지끈지끈 아프고 먹은 것이 다 돌아 올라오고……. 그래도 아니 먹은 것보담 나았어. 몸은 괴로워도 마음은 괴롭지 않았으니까. 그저 이 사회에서 할 것은 주정꾼 노릇밖에 없어……."[11]

"공연히 그런 말 말아요. 무슨 노릇을 못 해서 주정꾼 노릇을 해요! 남이라서……."

아내는 부지불식간(不知不識間)에 흥분이 되어 열기(熱氣) 있는 눈으로 남편을 바라보고 불쑥 이런 말을 하였다. 그는 제 남편이 이 세상에 가장 거룩한 사람이려니 한다. 따라서 어느 뉘보다 제일 잘 될 줄 믿는다. 몽롱하나마 그가 술을 먹게 된 것은 무슨 일이 맘대로 아니 되어 화풀이로 그러

중요 어구

10) 되지 못한~권리는 적으니 : 남편이 인식한, 조선 사회가 안고 있는 문제점이다.
11) 그저~노릇밖에 없어 : 사회에 대한 남편의 비판 의식과 좌절감이 엿보인다.

는 줄도 어렴풋이 깨달았다. 그러나 술은 노상 먹을 것이 아니다. 그러면 패가망신하고 만다. 그러므로 하루바삐 그 화가 풀리었으면, 또다시 얌전하게 되었으면 하는 생각이 그의 머리를 떠날 때가 없었다. 그리고 그 날이 꼭 올 줄 믿었다. 오늘부터는, 내일부터는…… 하건만, 남편은 어제도 술이 취하였다. 오늘도 한 모양이다. 자기의 기대는 나날이 틀려 간다. 좇아서 기대에 대한 자신도 엷어 간다. 애닯고 원(寃)한 생각이 가끔 그의 가슴을 누른다. 더구나 수척해 가는 남편의 얼굴을 볼 때에 그런 감정을 걷잡을 수 없었다. 지금 저도 모르게 흥분한 것이 또한 무리가 아니었다.

"그래도 못 알아듣네그려. 참, 사람 기막혀. 본 정신 가지고는 피를 토하고 죽든지, 물에 빠져 죽든지 하지, 하루라도 살 수가 없단 말이야. 흉장(胸腸)이 막혀서 못 산단 말이야. 에엣, 가슴 답답해."

남편은 소리를 지르고 괴로워서 못 견디는 것처럼 얼굴을 찌푸리며 미친 듯이 제 가슴을 쥐어뜯는다.

"술 아니 먹는다고 흉장이 막혀요?"

라고 남편의 하는 짓은 본 체 만 체하고 아내는 얼굴을 더욱 붉히며 부르짖었다.

그 말에 몹시 놀란 것처럼 남편은 어이없이 아내의 얼굴을 바라보더니 그 다음 순간에는 말할 수 없는 고뇌의 그림자가 그의 눈을 거쳐 간다.

"그르지, 내가 그르지. 너 같은 숙맥[12] 더러 그런 말을 하는 내가 그르지. 너한테 조금이라도 위로를 얻으려는 내가 그르지. 후우."

스스로 탄식한다.

중요 어구

12) 숙맥 : 숙맥불변의 줄인 말. 콩인지 보리인지를 구별하지 못한다는 뜻으로, 사리 분별을 못하는 모자라고 어리석은 사람을 이르는 말.

"아아 답답해!"

문득 기막힌 듯이 외마디 소리를 치고는 벌떡 몸을 일으킨다. 방문을 열고 나가려 한다.

왜 내가 그런 말을 하였던고? 아내는 몹시 후회하였다. 남편의 저고리 뒷자락을 잡으며 안타까운 소리로,

"왜 어디로 가셔요? 이 밤중에 어디를 나가셔요? 내가 잘못했습니다. 인제 다시 그런 말을 아니하겠습니다……. 그러게 내일 아침에 말을 하자니까."

"듣기 싫어, 놓아, 놓아요."
하고 남편은 아내를 떠다 밀치고 밖으로 나간다. 비틀비틀 마루 끝까지 가서는 털썩 주저앉아 구두를 신기 시작한다.

"에그, 왜 이리하셔요. 인제 다시 그런 말을 아니한대도……."

아내는 뒤에서 구두 신으려는 남편의 팔을 잡으며 말을 하였다. 그의 손은 떨고 있었다. 그의 눈에는 단박에 눈물이 쏟아질 듯하였다.

"이건 왜 이래, 저리로 가!"

빼앗는 듯이 말을 하고 홱 뿌리친다. 남편의 발길이 뚜벅뚜벅 중문에 다다랐다. 어느덧 그 밖으로 사라졌다. 대문 빗장 소리가 덜컥하고 난다. 마루 끝에 떨어진 아내는 헛되이 몇 번,

"할멈! 할멈!"
하고 불렀다. 고요한 밤공기를 울리는 구두 소리는 점점 멀어 간다. 발자취는 어느덧 골목 끝으로 사라져 버렸다. 다시금 밤은 적적히 깊어 간다.

"가 버렸구먼, 가 버렸어!"

그 구두 소리를 영구히 아니 잃으려는 것처럼 귀를 기울이고 있는 아내는 모든 것을 잃었다 하는 듯이 부르짖었다. 그 소리가 사라짐과 함께 자기

의 마음도 사라지고, 정신도 사라진 듯하였다. 심신(心身)이 텅 비어진 듯하였다. 그의 눈은 하염없이 검은 밤안개를 물끄러미 바라보고 있다. 그 사회란 독(毒)한 꼴을 그려 보는 것같이.

쓸쓸한 새벽 바람이 싸늘하게 가슴에 부딪힌다. 그 부딪히는 서슬에 잠 못 자고 피곤한 몸이 부서질 듯이 지긋하였다.

죽은 사람에게서나 볼 수 있는 해쓱한 얼굴이 경련적으로 떨며 절망한 어조로 소곤거렸다.

"그 몹쓸 사회가, 왜 술을 권하는고!"

작품 이해 및 논술 다지기

작품 이해

핵심 정리

- 갈래 : 단편 소설
- 시점 : 전지적 작가 시점
- 배경 : 시간적 — 1930년대 일제 시대
  공간적 — 도심지
- 구성 : 역행적 복합 구성
- 문체 : 서사적 간결체
- 주제 : 식민지하에서 지식인의 갈등

등장 인물의 성격

- 남편 : 경제적으로 몹시 무능한 지식인. 일제 치하의 사회 현실에 적응하

지 못하고 아내에게서도 이해 받지 못해 심한 갈등과 방황을 하는 인물.

• 아내 : 결혼 후 7~8년간이나 늘 혼자서 가난을 참고 견디지만, 무지(無知)로 인해 지식인인 남편을 이해하지 못해 괴로워하는 평범한 아내.

이해와 감상

이 작품은《개벽(1921.11)》에 발표한 작품으로 일제 강점기 조선 사회에서 살아가는 지식인의 고뇌가 잘 드러나 있다.

이 작가의 다른 작품 〈빈처〉 역시 이러한 지식인의 고뇌를 형상화하고 있지만, 〈빈처〉는 소설가 K를 중심으로 이야기가 전개될 뿐만 아니라 이 K부부의 삶과 K의 처형 부부의 삶이 대조됨으로써 정신지향적인 삶과 물질지향적 삶이 대비되고, 그 속에서 느끼는 K의 고뇌와 K와 아내의 갈등에 초점이 맞추어져 있다.

그러므로 〈빈처〉에는 소설가 K의 자아와 그가 속한 세계와의 관계에서 나타나는 부조화와 갈등이 부각되는 것이다. 이와는 달리 〈술 권하는 사회〉는 아내를 중심으로 이야기가 전개된다. 말하자면 시점 인물이 아내인 것이다. 따라서 작가 관찰자 시점같이 보이기도 한다. 남편의 고민과 고통을 이해할 수 없는 무지한 아내의 시점으로 이야기가 전개됨으로써 남편의 내면세계에서 일어나는 갈등의 세부적인 모습보다는 아내가 바라보는 남편의 고통스런 모습이 서술되고 있다. 〈술 권하는 사회〉에서 남편의 고민이 구체성을 가지지 못하고 선언적인 형식을 취하는 것은 바로 이 점과 연관이 있다.

그러나 이 작품에서 나타난 남편은 조선 사회라는 것이 자신에게 술을 권한다고 말함으로써 식민지 조선의 암담한 현실에 좌절하고 있음을 표현하고 있기는 하지만 이 시대의 지식인인 남편은 당시 사회의 모순을 해결할 의지도 없고 방법도 알지 못한다. 그는 결국 '……하려는 놈이 어리석은 놈.' 이라고 중얼거리면서 식민지의 자기 조소적이고 소극적인 지식인에 머물러 버리고 만다. 따라서 명예 싸움에나 골몰하고 지위 다툼이나 하면서 밤낮으로 서로 으르렁대기만 하는 조선 사회에 대해서 남편이 행하는 비판 역시 힘을 가지지 못한 채 끝나버리고 만다.

결론적으로 이 소설은 식민지 조선 사회에서 좌절하고 고민하는 지식인의 모습을 그리고 있기는 하지만, 그 모습이 피상적으로만 그려져 있을 뿐만 아니라, 제시되고 있는 지식인의 모습도 소극적이고 자조적인 지식인에 불과하다는 점에서 한계를 가진다.

생각 나누기

1. 일제 강점기라는 당시의 조선 상황을 염두에 두면서 이 소설의 제목이 시사하는 바가 무엇인가를 써라.
2. 이 소설에서 남편을 통해서 나타나는 지식인상을 비판하라.
3. 이 작품에서 '술'과 '사회'가 의미하는 바는 무엇인가?

모범 답안

1. 사회가 술을 권한다는 것은 일차적으로 일제 치하의 조선 사회가 지식인의 자기 실현을 가로막는다는 것을 의미하며, 이차적으로는 조선 사회의 각 조직들의 부패와 무기력으로 인한 지식인의 좌절을 의미한다.
2. 이 소설에 나타난 지식인의 사회의 부정과 모순을 알고는 있지만, 그 인식이 피상적일 뿐만 아니라 부정과 모순을 타개할 의지가 부족하고 자조적인 인간상으로 나타나 있다.

〈김 강사와 T교수〉(유진오)나 〈레디 메이드 인생〉 (채만식)에서 볼 수 있듯이 남편으로 표상되는 당시 동경 유학생 중심의 지식인은 일제치하의 암울한 사회가 일제 침략에서 파생되고 그 수탈 정책에서 기인한 것을 의식하면서도 광복군이나 독립군 또는 국내에서 활약하는 독립투사와는 달리 민족을 위해 헌신하고 투쟁하겠다는 의지가 약하고 소극적인 저항을 할 뿐이다.

다만 그들은 술과 여인을 찾아 위안받고 도피하는 안이한 자세로 나타나 있다.

3. 남편은 일본에서 유학을 한 지식인으로서 조선으로 돌아와 사회에 적응을 하지 못한다. 그리고 계속되는 좌절로 인해 그는 조선 사회가 자신에게 술을 권한다고 주장한다.

이런 점을 미루어볼 때 '사회'는 지식인으로서 남편의 능력을 알아주지 못하는 무능한 집단을 의미하며, '술'은 남편의 현실과 사회의 부조리함을 잊을 수 있는 현실 도피의 수단을 의미한다.

연관 작품 더 읽기

- 불(현진건) : 조혼한 소녀가 고된 시집살이와 남편의 시달림으로 인해 불을 지르는 갈등을 사실적으로 보여 주고 있는 작품으로, 농촌 사회의 어두운 현실이나 전통적인 관습 및 남성의 횡포에 대한 과감한 저항을 사실적 묘사와 치밀한 구성을 통해 표현하고 있음.
- 슬픔의 노래(정찬) : 유태인 학살의 비극을 통하여 광주민주화운동을 예술적으로 그려낸 동인문학 수상 작품.

• 직접적 방법 : 〈붉은 산〉에서 볼 수 있듯이 직접 요약과 설명에 의해 주인공 익호의 성격을 나타내는 방법. 분석적 방법이라고도 함.

• 간접적 방법 : 〈소나기〉에서와 같이 개울가로 나간 소년의 행동이나 대화를 통하여 간접적으로 성격을 나타내는 방법. 극적 방법이라고도 함.

논술 다지기

❖ 제시문의 관점을 참조하여 현진건의 〈술 권하는 사회〉에 나타나는 '남편'과 '아내'의 행동의 한계점에 대해 비판적으로 논하시오. (1,200자 내외)

인간은 자기의 행위를 개조할 능력을 가지고 있으며, 이 능력에 의해 운명의 여신의 세력권 밖에 머물러 있을 수 있다. 이렇게 되면, 이 여신의 은총을 받아도 대단하게 여기지 않으며, 또 미움을 받아도 위축되지 않는다. 이와 같은 경지를 음지라고 하건 양지라고 하건 그것은 자유다. 그러나 이 경지는 본래 음지도 아니고 양지도 아니다. 다만 낮에는 밝고 밤에는 어두울 뿐이다. 부귀와 건강, 미모, 명예, 권력 등에 있어서도 마찬가지이며, 이와 반대되는 고뇌와 질병, 추방, 죽음 등의 경우도 그렇다. 이런 것들은 그 자체로서는 가치중립적이며, 인간의 행복과는 관계가

없다. 이것들이 덕성에 의해 어떻게 영향을 받느냐에 따라서 선으로도 생각되고 악으로도 생각될 뿐이다. 울부짖거나 신음하는 것은 인간의 본분에 대한 거부로, 이와 같은 약점이 있기 때문에 인간은 때로 좋아서 어쩔 줄 모르기도 하고 때로 실망에 빠지기도 한다.

그러므로 우리는 모름지기 자기 운명을 가만히 기다리기보다는 애써 창조할 일이다. 자기의 운명을 자기 힘으로 창조해 나가기만 하면, 운명의 여신이 얼굴을 찌푸린다고 해서 낙심하거나, 그 여신이 웃는 얼굴을 지어 보인다고 해서 황홀해할 필요가 없다.

— L. 세네카, 〈행복론〉 중에서

모범 답안

제시문에는 인간은 자신의 노력과 의지를 통해 운명이나 환경을 바꿀 수 있는 존재라는 주장이 나타나 있다. 이러한 주장은 곧 우리가 삶에 대한 적극적이고 의지적인 태도를 갖추어야 함을 시사한다. 현실적인 역경에 부딪히더라도 인간이 그것을 개선할 수 있는 것으로 인식하는 한 인간은 행복할 수 있다는 뜻이다. 이처럼 제시문의 내용은 환경의 좋고 나쁨에만 연연하여 지나치게 우쭐하거나 섣불리 절망하는 태도를 경계하고 있다.

이러한 관점을 빌어 본다면 〈술 권하는 사회〉의 남편이나 아내는 모두 바람직한 삶의 태도를 보이지 못하고 있다. 남편은 동경 유학까지 마치고 돌아온 지식인이지만 당대 사회의 절망적 분위기를 이겨내지 못하고 매일 술에 취해

귀가하는 인물이다. 이러한 남편의 모습은 식민지 치하 현실의 상황의 모순성과 부패상이 심각하다는 것을 나타내기도 하지만, 한편으로는 그러한 현실을 능동적으로 개선하지 못한 채 방황하기만 하는 나약한 지식인의 모습을 드러내기도 한다. 즉 남편의 모습은 사회의 문제 상황에 직면하여 맞서 싸우는 대신, 현실 앞에서 절망적인 심정만을 토로하는 패배자적인 모습을 드러낸다는 점에서 한계가 있다.

아내의 모습 역시 현실적 문제들을 깨달을 만한 인식력이 부족함은 물론, 남편의 방황하는 모습에 순종하기만 한다는 점에서 역시 한계가 있다. 아내는 남편이 지닌 고민의 본질이 무엇인지 이해하려는 태도가 부족한 인물이다. 단지 표면적으로 드러나는 행동적 문제에 불만을 지니고 술을 마시는 남편에게 불평을 하는 모습으로 그려진다. 현실적 문제를 의지를 통해 개선하려는 모습을 보이기보다는 자신이 소원하는 평범한 삶의 테두리를 벗어나는 것에 대해 두려워하기만 한다는 점에서 아내 역시 한계를 지닌다.

이처럼 두 인물 모두 적극적이고 의지적인 모습으로 현실과 운명에 맞서지 못한다는 점에서는 모두 비판 받을 수 있는 인물들이다. 이처럼 문제를 문제라고 인식만 할 뿐 어떻게 해결할지 생각하지 않는 태도는 인간의 나약함과 수동성만을 드러낼 뿐 문제 자체를 해결해 주지 않는다. 단 이러한 인물의 한계는 시대적 상황에서 일어나는 문제들을 개인의 상황에 초점을 두어 전달한다는 점에서 의미가 있으리라고 본다. 또한 이러한 인물의 약점은 문제적 상황을 능동적으로 개선하는 태도가 얼마나 중요한지 역설적으로 드러낸다는 점에서 의의가 있을 것이다.

정신의 기능은 사색이다. 색을 하면 마음을 보존하고, 사색하지 않으면 마음을 잃는다.

-맹자(孟子)-

소설가 구보씨의 일일

박태원(1909 ~ 1987)

호는 구보(丘甫 또는 仇甫). 서울 출생. 경성제일고보를 거쳐 일본 호세이 대학(法政大學) 2년 중퇴. 1920년대 말부터 신문과 잡지에 시 〈실제〉, 〈창〉, 소설 〈해야의 일야〉 등을 발표하면서 창작 활동을 시작하였고, 1930년에 단편 〈수염〉을 발표함으로써 정식 등단. 구인회의 일원으로서 표현 기교의 실험에 치중했으나 1930년대 후반 《천변풍경》, 〈골목 안〉 등을 발표하면서부터는 세태 묘사에 치중. 해방 후에는 조선문학가동맹 중앙집행위원을 역임하였고, 한국 전쟁 중 월북. 북한에서는 장편 역사 소설 《갑오농민전쟁》을 집필함.

미리 엿보기

생각해 봅시다

1. 현대의 중요한 문예사조인 모더니즘의 특질이 무엇인지 이해하고, 이 작품을 '모더니즘적'이라 하는 이유는 무엇인지 생각해 보자.
2. 일반적으로 패러디한 작가의 스타일이나 습관을 흉내내어 원작을 우스꽝스럽게 개작했거나 변형시킨 작품을 가리킨다. 또한 흉내내기라는 측면에 초점을 맞추어 볼 때, 역사상의 모든 작품은 전대의 작품에 대한 일종의 모방이며, 따라서 패러디는 문학적 관습 속에서 형성된 문학 자체의 본질적 속성에 속하는 문제라 할 수 있다. 이 작품을 패러디한 최인훈의 동명 소설 〈소설가 구보씨의 일일〉, 그리고 김승옥의 〈서울 1964년 겨울〉에 대한 패러디인 전진우의 〈서울 1986 여름〉 등의 작품을 통해 우리 문학사에서 패러디 문학이 갖는 의의는 무엇인지 생각해 보자.

작품의 줄거리

구보는 느즈막히 집을 나와 시내를 산보한다. 남대문으로, 경성역으로, 종로로……. 피로하게 돌아다니면서 그는 동경 유학 시절의 애인 '임(姙)'을 생각하고, 친구를 기다리며, 가끔 노트를 펴든다. 거리에서 그는 여러 명의 아는 사람들을 만나지만, 출세한 양 거드럭대는 이들은 그 속물 근성으로 구보를 불쾌하게 하고, 초라한 사람들은 그를 피해 간다. 군중들을 보며 그들이 어떤 사람일는지를 상상하고, 그들 속에서 고독을 느끼며 행복을 그리워하고, 친구와 술을 마시기도 하다가 새벽녘에 그는 제 자신의 행복보다 어머니의 행복을 생각하고, 이제는 생활도 갖고 창작도 하리라 다짐하며 집으로 향한다.

어머니는

아들이 제 방에서 나와, 마루 끝에 놓인 구두를 신고, 기둥 못에 걸린 단장을 떼어 들고, 그리고 문간으로 향하여 나가는 소리를 들었다.[1]

"어디 가니?"

대답은 들리지 않는다.

중문 앞까지 나간 아들은, 혹은 자기의 한 말을 듣지 못하였는지도 모른다. 또는, 아들의 대답 소리가 자기의 귀에까지 이르지 못하였는지도 모른

중요 어구

1) 문간으로~소리를 들었다 : 이 작품은 일상적인 하루 동안의 여로(旅路) 형식을 취하고 있는데 작품의 시작 또한 그러한 여로가 시작되는 시점이다.

다. 그 둘 중의 하나라고 생각한 어머니는 이번에는 중문 밖에까지 들릴 목소리를 내었다.

"일쯔거니 들어오너라."

역시, 대답은 들리지 않았다.

중문이 소리를 내어 열려지고, 또 소리를 내어 닫혀졌다. 어머니는 엷은 실망을 느끼려는 자기 자신을 스스로 위로하려 한다. 중문 소리만 크게 나지 않았으면, 아들의 '네', 소리를 들을 수 있었을지도 모른다.

어머니는 다시 비누질을 하며, 대체 그 애는 매일 어딜 그렇게 가는 겐가, 하고 그런 것을 생각하여 본다.

직업과 아내를 갖지 않은, 스물여섯 살짜리 아들은 늙은 어머니에게는 온갖 종류의 근심 · 걱정거리였다. 우선 낮에 한 번 집을 나서면, 아들은 밤늦게나 되어 돌아왔다.

늙고 쇠약한 어머니는 자리도 깔지 않고, 맨바닥에다 팔을 괴고 누워 아들을 기다리다가 곧잘 잠이 든다. 편안하지 못한 잠은 두 시간씩 세 시간씩 계속될 수 없다. 잠깐 잠이 들었다 깰 때마다, 어머니는 고개를 들어 아들의 방을 바라보고, 그리고 기둥에 걸린 시계를 쳐다본다.

자정— 그리 늦지는 않았다. 이제 아들은 돌아올 게다. 어머니는 아들이 어서 돌아와지라 빌며, 또 어느 틈엔가 꼬빡 잠이 든다.

그가 두 번째 잠을 깨는 것은 새로 한 점 반이나 두 점, 그러한 시각이다. 아들의 방에는 그저 불이 켜 있다.

아들은 잘 때면 반드시 불을 끈다. 그러나, 혹은, 어느 틈엔가 아들은 돌아와 자리에 누워 책이라도 읽고 있는 게 아닐까. 아들에게는 그런 버릇이 있다.

어머니는 소리 안 나게 아들의 방 앞에까지 걸어가 가만히 안을 엿듣는다. 마침내 어머니는 방문을 열어 보고, 입때 웬일일까, 호젓한 얼굴을 하고, 다시 방문을 닫으려다 말고 방 안으로 들어온다.

나이 찬 아들의 기름과 분 냄새 없는 방[2]이, 늙은 어머니에게는 애달펐다. 어머니는 초저녁에 깔아 놓은 채 그대로 있는 아들의 이부자리와 베개를 바로 고쳐 놓고, 그리고 그 옆에 가 앉아 본다.

스물여섯 해를 길렀어도 종시 마음이 놓이지 않는 것은 자식이었다. 설혹 스물여섯 해를 스물여섯 곱하는 일이 있다더래도 어머니의 마음은 늘 걱정으로 차리라. 그래도 어머니는 그가 작은 며느리를 보면, 이렇게 밤늦게 한 가지 걱정을 덜 수 있으리라 생각한다.

"참, 이 애는 왜 장가를 들려구 안하는 겐구."

언제나 혼인 말을 꺼내면, 아들은 말하였다.

"돈 한푼 없이 어떻게 기집을 멕여 살립니까?"

"하지만…… 어떻게 도리야 있느니라. 어디 월급쟁이가 되드래두, 두 식구 입에 풀칠이야 못헐라구……."

어머니는 어디 월급자리라도 구할 생각은 없이, 밤낮으로 책이나 읽고 글이나 쓰고, 혹은 공연스리 밤중까지 쏘다니고 하는 아들이 보기에 딱하고, 또 답답하였다.[3]

'그래두 장가를 들어 놓면 맘이 달러지지.'

'제 기집 귀여운 줄 알면, 자연 돈벌 궁럴 하겠지."

작년 여름에 아들은 한 '색시'를 만나본 일이 있다. 그 애면 저두 싫다구

중요 어구

2) 기름과~방 : 여성의 화장품에서 나는 냄새로, 아들이 결혼하지 않았다는 사실을 구체물에 비유하고 있다.
3) 아들이 보기에~답답하였다 : 어머니는 아들이 '일상적인 행복'을 갖기를 바라는 것이다.

는 않겠지. 이제 이놈이 들어오거든 단단히 따져 보리라…… 그리고 어머니는 어느 틈엔가 손주 자식을 눈앞에 그려 보기조차 한다.

아들은

그러나 돌아와, 채 어머니가 무어라고 말할 수 있기 전에, 입때 안 주무셨어요, 어서 주무세요, 그리고 자리옷으로 갈아 입고는 책상 앞에 앉아 원고지를 펴논다.

그런 때 옆에서 무슨 말이든 하면, 아들은 언제든 불쾌한 표정을 지었다. 그것은 어머니의 마음을 아프게 한다. 그래 어머니는 가까스로,

"늦었으니 어서 자거라, 그걸랑 낼 쓰구……."

한 마디를 하고서 아들의 방을 나온다.

"얘기는 낼 아침에래두 허지."

그러나 열한 점이나 오정에야 일어나는 아들은, 그대로 소리없이 밥을 떠먹고는 나가 버렸다.

때로 글을 팔아 몇 푼의 돈을 구할 수 있을 때, 그 어느 한 경우에, 아들은 어머니를 보고 무어 잡수시구 싶으신 거 없에요, 그렇게 묻는 일이 있었다.

어머니는 직업을 가지지 못한 아들이, 그래도 어떻게 몇 푼의 돈을 만들어, 자기에게 그런 말을 할 수 있는 것을 신통하게 기뻐하였다.

"어서 내 생각 말구, 네 양말이나 사 신어라."

그러면 아들은, 으레 제 고집을 세웠다. 아들의 고집 센 것을, 물론 어머니는 좋게 생각 안 했다. 그러나 이러한 경우라면, 아들이 고집을 세우면

세울수록 어머니는 만족하였다. 어머니의 사랑은 보수를 원하지 않지만, 그래도 자식이 자기에게 대한 사랑을 보여 줄 때, 그것은 어머니를 기쁘게 하여 준다.

대체 무얼 사줄 테냐. 무어든 어머니 마음대루. 먹는 게 아니래두 좋으냐. 네. 그래 어머니는 에누리[4]없이 욕망을 말해 본다.

"너, 나, 치마 하나 해 주려므나."

아들이 흔연히 응락하는 걸 보고,

"네 아주멈은 무어 안 해 주니?"

아들은 치마 두 가음의 가격을 묻고, 그리고 갑자기 엄숙한 얼굴을 한다. 혹은 밤을 세우기까지 하여 아들이 번 돈은 결코 대단한 액수의 것이 아니었다. 그래, 어머니는 말한다.

"그럼 네 아주멈이나 해 주렴."

아들은,

"아니에요, 넉넉해요. 갖다 끊으세요."

그리고 돈을 내놓았다.

어머니는 얼마를 주저한다. 그러나 마침내 그는 가장 자랑스러이 돈을 집어들고, 애애 옷감 바꾸러 나가자, 아재비가 치마 허라구 돈을 주었다. 네 아제비가……. 그렇게 건넌방에서 재봉틀을 놀리고 있던 맏며느리를 신기하게 놀래어 준다.

치마가 되면 어머니는 그것을 입고 나들이를 하였다.

일갓집 대청에 가 주인 아낙네와 마주 앉아, 갓난애같이 어머니는 치마 자랑할 기회를 엿본다. 주인 마누라가 선불리, 참 치마 조흔 거 해 입으셨

중요 어구

4) 에누리 : 실제보다 더 보태거나 깎아서 말하는 일.

구먼, 이라고나 한다면, 어머니는 서슴치 않고,

"이거 내 둘째 아이가 해 준 거죠. 제 아주멈해하구, 이거하구……."

이렇게 묻지도 않은 말을 하였다. 어머니는 그것이 아들의 훌륭한 자랑거리라 생각하였다. 자식을 사랑할 때, 어미는 얼마든지 뻔뻔스러울 수 있다.

그러나 그런 일은 늘 있을 수 없다. 어머니는 역시 글을 쓰는 것보다는 월급쟁이가 몇 갑절 낫다고 생각하고, 그리고 그렇게 재주있는 내 아들은 무엇을 하든 잘하리라고 혼자 작정해 버린다. 아들은 지금 세상에서 월급자리 얻기가 얼마나 힘든 것인가를 말한다. 하지만 보통학교만 졸업하고도 고등학교만 나오고, 회사에서 관청에서 일들만 잘하고 있는 것을 알고 있는 어머니는, 고등학교를 졸업하고도, 또 동경엘 건너가 공불하고 온 내 아들이, 구하여도 일자리가 없다는 것이 도무지 믿어지지가 않았다.[5]

구보는

집을 나와 천변 길을 광교로 향하여 걸어가며, 어머니에게 단 한 마디 '네', 하고 대답 못했던 것을 뉘우쳐 본다. 하기야 중문을 여닫으며 구보는 '네', 소리를 목구멍까지 내어 보았던 것이나, 중문과 안방과의 거리는 제법 큰소리를 요구하였고, 그리고 공교롭게 활짝 열린 대문 앞을, 때마침 세

중요 어구

5) 동경엘 건너가~믿어지지가 않았다 : 지식인의 무기력한 모습을 바라보는 평범한 사람들의 시선이 어머니를 통해 대신 표현되고 있다.

6) 모두가 그의~갈 곳은 없었다 : 역설적인 표현을 통해 구보의 무료한 일상이 나타나고 있다.

명의 여학생이 웃고 떠들며 지나갔다.

그렇더라도 대답은 역시 하여야만 하였었다고, 구보는 어머니의 외로워할 때의 표정을 눈앞에 그려 본다. 처녀들은 어느 틈엔가 그의 시야에서 사라졌다.

구보는 마침내 다리 모퉁이에까지 이르렀다. 그의 일 있는 듯싶게 꾸미는 걸음걸이는 그 곳에서 멈추어진다. 그는 어딜 갈까 생각하여 본다. 모두가 그의 갈 곳이었다. 한 군데라도 그가 갈 곳은 없었다.[6]

한낮의 거리 위에서 구보는 갑자기 격렬한 두통을 느낀다. 비록 식욕은 왕성하더라도, 잠은 잘 오더라도, 그것은 역시 신경쇠약에 틀림없었다.

구보는 떠름한 얼굴을 하여 본다.

취박(臭剝) 4,0
취나(臭那) 2,0
취안(臭安) 2,0
약정(若丁) 4,0
수(水) 200,0
일일 3회분 복 2일분

그가 다니는 병원의 젊은 간호부가 반드시 '삼삐스이'라고 발음하는 이 약은 그에게는 조그마한 효험도 없었다.

구보는 갑자기 옆으로 몸을 비킨다. 그 순간 자전거가 그의 몸을 가까스로 피하여 지났다. 자전거 위의 젊은이는 모멸 가득한 눈으로 구보를 돌아본다. 그는 구보의 몇 칸통 뒤에서부터 요란스레 종을 울렸던 것임에 틀림없었다. 그것을 위험이 박두하였을 때에야 비로소 몸을 피할 수 있었던 것은 반드시 그가 '삼뻬스이' 의 처방을 외우고 있었기 때문만이 아니었다.

구보는, 자기의 왼편 귀 기능에 스스로 의혹을 갖는다. 병원의 젊은 조수는 결코 익숙하지 못한 솜씨로 그의 귓속을 살피고, 그리고 대담하게도 그 안이 몹시 불결한 까닭 외에 아무 이상이 없다고 선언하였었다. 한 덩어리의 '귀지' 를 갖기 보다는 차라리 4주일간 치료를 요하는 중이염을 앓고 싶다 생각하는 구보는, 그의 선언에 무한한 굴욕을 느끼며, 그래도 매일 신경질나게 귀 안을 소제하였었다.

그러나 구보는 다행하게도 중이질환(中耳疾患)을 가진 듯싶었다. 어느 기회에 그는 의학사전을 뒤적거려 보고, 그리고 별 까닭도 없이 자기는 중이가답아(中耳加答兒)에 걸렸다고 혼자 생각하였다. 사전에 의하면 중이가답아에는 급성 및 만성이 있고, 만성중이가답아(慢性中耳加答兒)에는 또다시 이를 만성건성(慢性乾性) 및 만성습성(慢性習性)의 이자(二者)로 나눈다 하였는데, 자기의 이질(耳疾)은 그 만성습성의 중이가답아에 틀림없다고 구보는 작정하고 있었다. 그러나 부실한 것은 그의 왼쪽 귀뿐이 아니었다. 구보는 그의 바른쪽 귀에도 자신을 갖지 못한다. 언제든 수이 전문의를 찾아보아야겠다고 생각은 하면서도, 1년이나 그대로 내버려둔 채 지내온 그는, 비교적 건강한 그의 바른쪽 귀마저, 또 한편 귀의 난청 보충으로 그 기능을 소모시키고, 그리고 불원한 장래에 '듄케르 청장관(聽長管)' 이나 '전기보청기' 의 힘을 빌지 않으면 안 될지도 모른다.

구보(仇甫)는

갑자기 걸음을 걷기로 한다. 그렇게 우두커니 다리 곁에 가서 있는 것의 무의미함을 새삼스러이 깨달은 까닭이다.

그는 종로 네거리를 바라보고 걷는다. 구보는 종로 네거리에 아무런 사무(事務)도 갖지 않는다.

처음에 그가 아무렇게나 내어 놓았던 바른발이 공교롭게도 왼편으로 쏠렸기 때문에 지나지 않는다.[7]

갑자기 한 사람이 나타나 그의 앞을 가로질러 지난다. 구보는 그 사나이와 마주칠 것 같은 착각을 느끼고, 위태롭게 걸음을 멈춘다.

그리고 다음 순간, 구보는 이렇게 대낮에도 조금의 자신도 가질 수 없는 자기의 시력을 저주한다. 그의 코 위에 걸려 있는 24도(二十四度)의 안경은 그의 근시를 도와 주었으나, 그의 망막에 나타나 있는 무수한 맹점을 제거하는 재주는 없었다. 총독부 병원 시대(總督府病院時代)의 구보의 시력 검사표는 그저 그 우울한 '안과 재래(眼科再來)'[8]의 책상 서랍 속에 들어 있을지도 모른다.

R, 4　　L,3

구보는 2주일간 열병을 앓은 끝에, 갑자기 쇠약해진 시력을 호소하러 처음으로 안과의(眼科醫)와 대하였을 때의, 그 조그만 테이블 위에 놓여 있던 '시야측정기(視野測定器)' 를 지금 기억하고 있다. 제 자신 강도(强度)의 안경을 쓰고 있던 의사는, 백묵(白墨)을 가져와, 그 위에 용서 없이 무수한 맹

중요 어구

7) 아무렇게나~지나지 않는다 : 오른쪽 발이 왼쪽으로 방향을 잡고 내딛었다는 뜻. 소설 내용의 전개 순서가 필연적 이유를 지니지 않음을 보여 준다.
8) 재래 : 두 번째 옴.

점(盲點)을 찾아내고 있었다.

그래도 구보는, 약간 자신이 있는 듯싶은 걸음걸이로 전차 선로를 두 번 횡단하여 화신상회 앞으로 간다. 그리고 저도 모를 사이에 그의 발은 백화점 안으로 들어서기조차 하였다.

젊은 내외가 너댓 살 되어 보이는 아이를 데리고 그 곳에 가 승강기를 기다리고 있었다. 이제 그들은 식당으로 가서 그들의 오찬(午餐)을 즐길 것이다. 흘낏 구보를 본 그들 내외의 눈에는 자기네들의 행복을 자랑하고 싶어하는 마음이 엿보였는지도 모른다. 구보는 그들을 업신여겨 볼까 하다가, 문득 생각을 고쳐 그들을 축복하여 주려 하였다. 사실, 4, 5년 이상을 같이 살아왔으면서도, 오히려 새로운 기쁨을 가져 이렇게 거리로 나온 젊은 부부는 구보에게 좀 다른 의미로서의 부러움을 느끼게 하였는지도 모른다. 그들은 분명히 가정을 가졌고, 그리고 그들은 그 곳에서 당연히 그들의 행복을 찾을 게다.

승강기가 내려와 서고, 문이 열려지고, 닫혀지고 그리고 젊은 내외는 수남(壽男)이나 복동(福童)이와 더불어 구보의 시야를 벗어났다.

구보는 다시 밖으로 나오며, 자기는 어디 가서 행복을 찾을까 생각한다. 발 가는 대로, 그는 어느 틈엔가 안전 지대에 가 서서, 자기의 두 손을 내려다 보았다. 한 손의 단장과 또 한 손의 공책[9]과— 물론 구보는 거기에서 행복을 찾을 수는 없다.

안전 지대 위에 사람들은 서서 전차를 기다린다. 그들에게 행복은 알 수 없다. 그러나 그들은 분명히 갈 곳만은 가지고 있었다.

중요 어구

9) 또 한 손의 공책 : 공책을 소지하고 있다는 것은 현대 도시를 배회하는 여로를 통해 그가 도시의 일상사를 관찰하고 있음을 의미한다.

전차가 왔다. 사람들은 내리고 또 탔다. 구보는 잠깐 멍하니 그 곳에 서 있었다. 그러나 자기와 더불어 그 곳에 있던 온갖 사람들이 모두 저 차에 오르는 것을 보았을 때, 그는 저 혼자 그 곳에 남아 있는 것에 외로움과 애달픔을 맛본다. 구보는 움직이는 전차에 뛰어올랐다.

전차 안에서

구보는 우선 제자리를 찾지 못한다. 하나 남았던 좌석은 그보다 바로 한 걸음 먼저 차에 오른 젊은 여인에게 점령당했다. 구보는 차장대(車掌臺) 가까운 한 구석에 가 서서, 자기는 대체 이 동대문행 차를 어디까지 타고 가야 할 것인가를, 대체 어느 곳에 행복은 자기를 기다리고 있을 것인가를 생각해 본다.

이제 이 차는 동대문을 돌아 경성 운동장(京城運動場) 앞으로 해서…… 구보는, 차장대 · 운전대로 향한, 안으로 파란 융을 받쳐댄 창을 본다. 전차과(電車課)에서는 그 곳에 '뉴스'를 게시한다. 그러나 사람들은 요사이 축구도 야구도 하지 않는 모양이었다.

장충단으로, 청량리로, 혹은 성북동으로…… 그러나 요사이 구보는 교외를 즐기지 않는다. 그 곳에는 하여튼 자연이 있었고, 한적(閑寂)이 있었다. 그리고 고독조차 그 곳에는 준비되어 있었다. 요사이 구보는 고독을 두려워한다.

일찍이 그는 고독을 사랑한 일이 있었다. 그러나 고독을 사랑한다는 것은 그의 심경의 바른 표현이 못 될 것이다. 그는 결코 고독을 사랑하지 않았는지도 모른다. 아니 도리어 그는 그것을 그지없이 무서워하였는지도 모른다. 그러나 그는 고독과 힘을 겨루어 결코 그것을 이겨 내지 못하였다. 그런 때, 구보는 차라리 고독에게 몸을 떠맡겨 버리고, 그리고 스스로 자기는 고독을 사랑하고 있는 것이라고 꾸며 왔었는지도 모를 일이다.

또 찍읍쇼, 차장이 그의 앞으로 왔다. 구보는 단장을 왼팔에 걸고 바지 주머니에 손을 넣었다. 그러나 그가 그 속에서 다섯 닢의 동전을 골라 내었을 때, 차는 종묘 앞에 서고, 그리고 차장은 제자리로 돌아갔다.

구보는 눈을 떨어뜨려, 손바닥 위의 다섯 닢 동전을 본다. 그것은 공교롭게도 모두가 뒤집혀 있었다. 대정(大正) 12년, 11년, 8년, 12년……, 구보는 그 숫자에서 어떤 한 개의 의미를 찾아내려 들었다. 그러나 그것은 부질없는 일이었고, 그리고 또 설혹 그것이 무슨 의미를 가지고 있었다 하더라도, 그것은 적어도 '행복' 은 아니었을 것이다.

차장이 다시 그의 옆으로 왔다. 어디를 가십니까. 구보는 전차가 향하여 가는 곳을 바라보며 문득 창경원에라도 갈까, 하고 생각한다. 그러나 그는 차장에겐 아무런 사인도 하지 않았다. 갈 곳을 갖지 않은 사람이, 한 번 차에 몸을 의탁하였을 때, 그는 어디서든 섣불리 내릴 수 없다.

차는 서고 또 움직였다. 구보는 창 밖을 내어다 보며, 문득 대학 병원에라도 들를 것을 그랬나, 하여 본다. 연구실에서, 벗은 정신병을 공부하고 있었다. 그를 찾아가 좀 다른 세상을 구경하는 것은 행복은 아니어도 어떻든 한 개의 일일 수 있다.

구보가 머리를 돌렸을 때, 그는 그 곳에 지금 마악 차에 오른 듯싶은 한 여성을 보고, 그리고 신기하게 놀랐다. 집에 돌아와 어머니에게 오늘 전차에서 '그 색시' [10]를 만났죠 하면, 어머니는 응당 반색을 하고, 그리고 '그래서, 그래서', 뒤를 캐어물을 게다. 그가 만약 오직 그뿐이라고라도 말한다면, 어머니는 실망하고, 그리고 그를 주변머리 없다고 책할지도 모른다.

그러나 누가 그 일을 알고, 그리고 아들을 졸(拙)하다라도 말한다면, 어머니는 내 아들은 원래 얌전해서…… 그렇게 변호할 게다.

구보는 여자와 시선이 마주칠까 겁(怯)하여, 얼토당토 않은 곳을 보며, 저 여자는 내가 여기 있는 것을 보았을까, 하고 생각한다.

여자는

혹은, 그를 보았을지도 모른다. 전차 안에 승객은 결코 많지 않았고, 그리고 자리가 몇 군데 비어 있음에도 불구하고 구석에 가 서 있는 사람이란 남의 눈에 띄기 쉽다. 여자는 응당[11] 자기를 보았을 게다. 그러나 여자는 능히 자기를 알아볼 수 있었을까. 그것은 의문이다. 작년 여름에 단 한 번 만났을 뿐으로, 이래 일 년간 길에서라도 얼굴을 대한 일이 없는 남자를, 그렇게 쉽사리 여자는 알아내지 못할 게다. 그러나 자기가 기억하고 있는 여자에게, 자기의 기억이 없으리라고 생각하는 것은, 누구에게 있어서든 외롭고 또 쓸쓸한 일이다. 구보는 여자와 회견(會見) 당시(當時) 자기의 그 대담한, 혹은 뻔뻔스런 태도와 화술이, 그에게 적잖이 인상주었으리라고 생각하고, 그리고 여자는 때때로 자기를 생각하여 주고 있었다고 믿고 싶었다.

그는 분명히 나를 보았고, 그리고 나를 나라고 알았을 게다. 그러한 그는 지금 어떠한 느낌을 가지고 있을까, 그것이 구보는 알고 싶었다.

중요 어구

10) 그 색시 : 작품의 서두에 어머니가 떠올리던 바로 '그 색시'.
11) 응당 : 應當. 그렇게 하거나 되는 것이 이치로 보아 옳게. '마땅히'로 순화.

그는 결코 대담하지 못한 눈초리로, 비스듬히 두 칸통 떨어진 곳에 앉아 있는 여자의 옆얼굴을 곁눈질하였다. 그리고 다음 순간, 그와 눈이 마주칠 것을 겁하여 시선을 돌리며, 여자는 혹은 자기를 곁눈질한 남자의 꼴을 곁눈으로 느꼈을지도 모르겠다고, 그렇게 생각하여 본다. 여자는, 남자를 그 남자라 알고 그리고 남자가 자기를 그 여자라 안 것을 알고 있을지도 모른다. 이러한 경우에, 나는 어떠한 태도를 취하여야 마땅할까 하고, 구보는 그러한 것에 머리를 썼다. 아는 체를 하여야 옳을지도 몰랐다. 혹은 모른 체하는 게 정당한 인사일지도 몰랐다. 그 둘 중에 어느 편을 여자는 바라고 있을까. 그것을 알았으면 하였다. 그러다가 갑자기 그러한 것에 마음을 태우고 있는 자기가 스스로 괴이하고 우스워, 나는 오직 요만 일로 이렇게 흥분할 수가 있었던가 하고 스스로를 의심하여 보았다. 그러면 나는 마음속 그윽이 그를 생각하고 있었던지도 모르겠다고 생각하여 보았다. 그러나 그가 여자와 한 번 본 뒤로, 이래 일 년간, 그를 일찍이 한 번도 꿈에 본 일이 없었던 것을 생각해 내었을 때, 자기는 역시 진정으로 그를 사랑하고 있는 것은 아닌지도 모르겠다고, 그러한 생각이 들었다. 만약 그렇다면 자기가 여자의 마음을 헤아려 보고, 그리고 이리저리 공장을 달리고 있는 것은, 이를테면 감정의 모독이었고, 그리고 일종의 죄악이었다.

그러나 만약 여자가 자기를 진정으로 그리고 있다면…….

구보가 여자 편으로 눈을 주었을 때, 그러자 여자는 자리에서 일어나 양산을 들고 차가 동대문 앞에 정류하기를 기다려 내려갔다. 구보의 마음은 또 한 번 동요하며, 창 너머로 여자가 청량리행 전차를 기다리느라 그 곳 안전 지대로 가 서는 것을 보았을 때, 그는 자기도 차에서 곧 내리고 싶은 충동을 느꼈다. 그러나 여자가 청량리행 전차 속에서 자기를 또 한 번 발견하고 그리고 자기도 일이 없건만, 오직 여자와의 사이에 어떠한 기회를 엿보기 위하여 그 차를 탄 것에 틀림없다는 것을 눈치챌 때, 여자는 그러한 자기를 얼마나 천박하게 생각할까. 그래 구보가 망설이는 동안, 전차는 달리고 그들의 사이는 멀어졌다. 마침내 여자의 모양이 완전히 그의 시야에서 떠났을 때, 구보는 갑자기 아차, 하고 뉘우친다.

행복은

그가 그렇게도 구하여 마지않던 행복은, 그 여자와 함께 영구히 가 버렸는지도 모른다. 여자는 자기에게 던져 줄 행복을 가슴에 품고서, 구보가 마음의 문을 열어 가까이 와 주기를 갈망하였는지도 모른다. 왜 자기는 여자에게 좀더 대담하지 못하였나. 구보는 여자가 가지고 있는 온갖 아름다운 점을 하나하나 헤어 보며, 혹은 이 여자 말고 자기에게 행복을 약속하여 주는 이는 없지나 않을까, 하고 그렇게 생각하였다.

방향판을 '한강교'로 갈고 전차는 훈련원을 지났다. 구보는 자리에 앉아, 주머니에서 5전 백동화를 골라 꺼내면서, 비록 한 번도 꿈에 본 일은 없었더라도 역시 그가 자기에게는 유일한 여자가 아닐까, 하고 생각하여 본다.

자기가 그를, 그 동안 대수롭지 않게 여겨왔던 것같이 생각하는 것은, 구보가 제 감정을 속인 것에 지나지 않을지도 모른다. 그가 여자를 만나 보고 돌아왔을 때, 그는 집에서 아들을 궁금히 기다리고 있던 어머니에게 '그 여자면' 정도의 뜻[12]을 표시하였었던 것에 틀림없었다. 그러나 구보는, 어

중요 어구

12) 그 여자면 정도의 뜻 : 그 여자 정도면 결혼 상대자로 합당하다는 뜻.

머니가 색시집으로 솔직하게 구혼할 것을 금하였다. 그것은 허영만에서 나온 일은 아니다. 그는 여자가 자기 생각을 안 하고 있는 경우에 객쩍게시리 여자를 괴롭혀 주고 싶지 않았던 까닭이다. 구보는 여자의 의사와 감정을 존중하고 싶었다.

그러나 물론 여자에게서는 아무런 말도 하여 오지 않았다. 구보는 여자가 은근히 자기에게서 무슨 말이 있기를 기다리고 있는 것이나 아닐까, 하고도 생각하여 보았다. 그러나 그런 것을 생각하는 것은 제 자신 우스운 일이다. 그러는 동안에 날은 가고, 그리고 그것에 대한 흥미를 구보는 잃기 시작하였다. 혹시 여자에게서라도 먼저 말이 있다면……. 그러면 구보는 다시 이 문제에 흥미를 가질 수 있을 게다. 언젠가 여자의 집과 어떻게 인척관계가 있는 노마나님이 와서 색시집에서도 이 편의 동정만 살피고 있는 듯 싶더란 말을 들었을 때, 구보는 쓰디쓰게 웃고 그리고 그것이 사실이라면, 그것은 희극이라느니보다는, 오히려 한 개의 비극이라고 생각하였다. 그러면서도 구보는 그 비극에서 자기네들을 구하기 위하여 팔을 걷고 나서려 들지 않았다.

전차가 약초정(若草町) 근처를 지나갈 때, 구보는 그러나 그 흥분에서 깨어나 뜻 모를 웃음[13]을 입가에 띠워 본다. 그의 앞에 어떤 젊은 여자가 앉아 있었다. 그 여자는 자기의 두 무릎 사이에다 양산을 놓고 있었다. 어느 잡지에선가 구보는 그것이 비처녀성을 나타내는 것임을 배운 일이 있다. 딴은 머리를 틀어 올렸을 뿐이나, 그만한 나이로는 저 여인은 마땅히 남편

중요 어구

13) 뜻 모를 웃음 : 기쁨의 흐뭇한 웃음이 아니라, 과거의 추억에서 오는 조소(嘲笑)에 가깝다.
14) 초하였다 : 기초를 잡다.

은 가졌어야 옳을 게다. 아까 그는 양산을 어디다 놓고 있었을까 하고 구보는 객쩍은 생각을 하다가, 여성에 대하여 그러한 관찰을 하는 자기는, 혹은 어떠한 여자를 아내로 삼든 반드시 불행하게 만들어 주지나 않을까, 하고 생각하였다. 그러나 여자는…… 여자는 능히 자기를 행복되게 하여 줄 것인가. 구보는 자기가 알고 있는 온갖 여자를 차례로 생각하여 보고, 그리고 가만히 한숨 지었다.

일찍이

구보는 벗의 누이에게 짝사랑을 느낀 일이 있었다. 어느 여름 날 저녁, 그가 벗을 찾았을 때, 문간으로 그를 응대하러 나온 벗의 누이는, 혹은 정말 나이 어린 구보가 동경의 마음을 갖기에 알맞도록 아름답고 깨끗하였는지도 모른다. 열다섯 살짜리 문학 소년은 그를 사랑하고 싶다 생각하고, 뒷날 그와 결혼할 수 있다 하면 응당 자기는 행복이리라 생각하고, 자주 벗을 찾아가 그와 만날 기회를 엿보고, 혹 만나면 저 혼자 얼굴을 붉히고 그리고 돌아와 밤늦게 여러 편의 연애시(戀愛詩)를 초(草)하였다.[14]

그가 자기보다 세 살이나 위라는 것을 생각할 때, 구보의 마음은 불안하였다. 자기가 한 여자 앞에서 자기의 사랑을 고백하여도 결코 서투르지 않을 나이가 되었을 때, 여자는 이미 그 전에 다른 더 나이 먹은 이의 사랑을 용납해 버릴 게다.

그러나 구보가 그것에 대하여 아무런 대책도 강구할 수 있기 전에, 여자는 참말 나이 먹은 남자의 품으로 갔다. 열일곱 살 먹은 구보는, 자기의 마음이 퍽이나 괴로웁고 슬픈 것같이 생각하려 들고, 그리고 그러면서도 그들의 행복을, 특히 남자의 행복을 빌려 들었다. 그러한 감정은 그가 읽은 문학 서류에 얼마든지 쓰여 있었다. 결혼 비용 삼천 원, 신혼여행은 동경으로. 관수동에 그들 부처[15]를 위하여 개축된 집은 행복을 보장하는 듯싶었다.

이번 봄에 들어서서, 구보는 벗과 더불어 그들을 찾았다. 이미 두 아이의 어머니인 여인 앞에서, 구보는 얼굴을 붉히는 일 없이 평범한 이야기를 서로 할 수 있었다. 구보가 일곱 살 먹은 사내아이를 영리하다고 칭찬하였을 때, 젊은 어머니는 그러나 그 애가 이 골목 안에서는 그 중 나이 어림을 말하고, 그리고 나이 먹은 아이들이란, 저희보다 적은 아이에게 대하여 얼마든지 교활할 수 있음을 한탄하였다. 언제든 딱지를 가지고 나가서는 최후의 한 장까지 빼앗기고 들어오는 아들이 민망하여, 하루는 그 뒤에 연필로 하나하나 표를 하여 주고 그것을 또 다 잃고 돌아왔을 때, 그는 골목 안의 아이들을 모아 그들이 가지고 있는 딱지에서 원래의 내 아이 물건을 가려내어, 거의 모조리 회수할 수 있었다는 이야기를, 젊은 어머니는 일종의 자랑조차 가지고 구보에게 들려주었었다.

구보는 가만히 한숨 짓는다. 그가 그 여인을 아내로 삼을 수 없었던 것은 결코 불행이 아니었다. 그러한 여인은, 혹은 한평생을 두고 구보에게 행복이 무엇임을 알 기회를 주지 않았을지도 모른다.

조선은행 앞에서 구보는 전차를 내려 장곡천정(長谷川町)으로 향한다. 생각에 피로한 그는 이제 마땅히 다방에 들러 한 잔의 홍차를 즐겨야 할 것

중요 어구

15) 부처 : 남편과 아내(夫妻).
16) 전당나온 : 기한 내에 돈을 갚지 못하면 마음대로 처분하여도 좋다는 조건하에 돈을 빌리면서 맡긴 물건으로 나온.

이다.

몇 점이나 되었나. 구보는 그러나 시계를 갖지 않았다. 갖는다면 그는 우아한 회중시계를 택할 게다. 손목시계— 그것은 소녀 취미에나 맞을 게다. 구보는 그렇게도 손목시계를 갈망하던 한 소녀를 생각하였다. 그는 동리에 전당(典當)나온[16] 십팔금 손목시계를 탐내고 있었다. 그것은 4원 80전에 구할 수 있었다. 그리고 그는 그 시계 말고 치마 하나를 해 입을 수 있을 때에, 자기는 행복의 절정에 이를 것같이 생각하고 있었다.

'벰베르크' 실로 짠 보일 치마, 3원 60전. 하여튼 8전 40전이 있으면, 그 소녀는 완전히 행복일 수 있었다. 그러나 구보는 그 결코 크지 못한 욕망이 이루어졌음을 듣지 못했다.

구보는, 자기가 대체 얼마를 가져야 행복일 수 있을까 생각해 본다.

다방의

오후 두 시, 일을 가지지 못한 사람들이 그 곳 등의자에 앉아 차를 마시고, 담배를 태우고, 이야기를 하고, 또 레코드를 들었다. 그들은 거의 다 젊은이들이었고, 그리고 그 젊은이들은 그 젊음에도 불구하고 이미 자기네들은 인생에 피로한 것같이 느꼈다. 그들의 눈은 그 광선이 부족하고 또 불균등한 속에서 쉴 사이 없이 제 각각의 우울과 고달픔을 하소연한다. 때로 탄력 있는 발소리가 이 안을 찾아들고, 그리고 호화로운 웃음소리가 이 안에 들리는 일도 있었다. 그러나 그것들은 이 곳에 어울리지 않았고, 그리고 무엇보다도 다방에 깃들린 무리들은 그런 것을 업신여겼다.

구보는 아이에게 한 잔의 가배차(珈琲茶)와 담배를 청하고 구석진 등탁자로 갔다. 나는 대체로 얼마가 있으면……. 그의 머리 위에 한 장의 포스터가 걸려 있었다. 어느 화가의 '도구류별전(渡歐留別展)'. 구보는 자기에게 양행비(洋行費)가 있으면, 적어도 지금 자기는 거의 완전히 행복일 수 있으리라 생각한다. 동경(東京)에라도……. 동경도 좋았다. 구보는 자기가 떠나온 뒤의 변한 동경이 보고 싶다 생각한다. 혹은 더 좀 가까운 데라도 좋았다. 지극히 가까운 데라도 좋았다. 오십 리 이내의 여정에 지나지 않더라도, 구보는 조그만 '슈트케이스'를 들고 경성역에 섰을 때, 응당 자기는 행복을 느끼리라 믿는다. 그것은 금전과 시간이 주는 행복이다. 구보에게는 언제든 여정에 오르려면, 오를 수 있는 시간의 준비가 있었다.

구보는 차를 마시며, 약간의 금전이 가져다 줄 수 있는 온갖 행복을 손꼽아 보았다. 자기도, 혹은 8원 40전을 가지면, 우선 조그만 한 개의, 혹은 몇 개의 행복을 가질 수 있을 게다. 구보는 그러한 제 자신을 비웃으려 들지 않았다. 오직 고만한 돈으로 한때, 만족할 수 있는 그 마음은 애달프고 또 사랑스럽지 않은가.

구보는 담배에 불을 붙이며 자기가 원하는 최대의 욕망은 대체 무엇일고 하였다. 석천탁목(石川啄木)은 화롯가에 앉아 곰방대를 닦으며, 참말로 자기가 원하는 것이 무엇일꾸 생각하였다. 그러나 그것은 있을 듯하면서도 없었다. 혹은 그럴 게다. 그러나 구태여 말하면 말할 수 없을 것도 없을 게다. '원거마의경구 여붕우공 폐지이무감(願車馬衣輕裘與朋友共敝之而無憾)'[17]은 자로(子路)의 뜻이요, '좌상객상만 준중주불공(座上客常滿 樽中酒

중요 어구

17) 원거마의경구 여붕우공 폐지이무감 : 원컨대, 수레와 말과 옷과 비싼 외투를 친구와 함께 쓰다가 다 헤지더라도 유감이 없고자 한다.
18) 좌상객상만 준중주불공 : 자리에는 손님이 언제나 가득 차 있고, 술독은 언제나 빌 틈이 없다.

不空)'[18]은 공융(孔融)의 원하는 바였다. 구보는 저도 역시, 좋은 벗들과 더불어 그 즐거움을 함께 하였으면 한다.

갑자기 구보는 벗이 그리워진다. 이 자리에 앉아 한 잔의 차를 나누며, 또 같은 생각 속에 있고 싶다 생각한다…….

구둣발 소리가 바깥 포도를 걸어와, 문 앞에 서고, 그리고 다음에 소리도 없이 문이 열렸다. 그러나 그는 구보의 벗이 아니었다. 뿐만 아니라 두 사람의 시선이 마주쳤을 때, 두 사람은 거의 일시에 머리를 돌리고 그리고 구보는 그의 고요한 마음 속에 음울을 갖는다.

그 사내와

구보는 일찍이 인사를 한 일이 있었다. 그러나 그것은 공교롭게 어두운 거리에서였다. 한 벗이 그를 소개하였다. 말씀은 많이 들었습니다, 하고 그는 말하였었다. 사실 그는 구보의 이름과 또 얼굴을 전부터 알고 있었던 것임에 틀림없었다. 그러나 구보는, 구보는 그를 몰랐다. 모른 채 어두운 곳에서 그대로 헤어져 버린 구보는, 뒤에 그를 만나도 그를 그라고 알아내지 못하였다. 그 사내는 구보가 자기를 보고도 알은 채 안 하는 것에 응당 모욕을 느꼈을 게다. 자기를 자기라 알고도 모르는 체하는 것이라 생각할 때, 그의 마음은 평온할 수 없었을 게다. 그러나 구보는, 구보는 몰랐고 모르면 태연할 수 있다. 자기를 볼 때마다 황당하게, 또 불쾌하게 시선을 돌리는 그 사내를, 구보는 오직 괴이하게만 여겨 왔다. 괴이하게만 여겨 오는 동안은 그래도 좋았다. 마침내 구보가 그를 그라고 알아낼 수 있었을 때, 그것은 그의 마음에 암영을 주었다. 그 뒤부터 구보는 그 사나이와 시선이 마주치면, 역시 당황하게 그리고 불안하게 고개를 돌리는 수밖에 없었다. 그것은 사람의 마음을 우울하게 하여 놓는다. 구보는 다방 안의 한 구획을 그의 시야 밖에 두려 노력하며, 사람과 사람 사이의 교섭의 번거러움을 새삼스러이 느끼지 않으면 안 된다.

구보는 백동화[19]를 두 푼 탁자 위에 놓고, 그리고 공책을 들고 그 안을 나왔다. 어디로……. 그는 우선 부청(府廳) 쪽으로 향하여 걸으며, 아무튼 벗의 얼굴이 보고 싶다 하였다. 구보는 거리의 순서로 벗들을 마음 속에 헤아려 보았다. 그러나 이 시각에 집에 있을 사람은 하나도 없을 듯싶었다. 어디로……. 구보는 한길 위에 서서, 넓은 마당 건너 대한문을 바라본다. 아동유원지 유동의자에라도 앉아서…… 그러나 그 빈약한, 너무나 빈약한 옛 궁전은 역시 사람의 마음을 우울하게 하여 주는 것임에 틀림없었다.

구보가 다 탄 담배를 길위에 버렸을 때, 그의 옆에 아이가 와 선다. 그는 구보가 놓아둔 채 잊어버리고 나온 단장을 들고 있었다. 고맙다. 구보는 그렇게도 방심한 제 자신을 쓰게 웃으며, 달음질하여 다방으로 돌아가는 아이의 뒷모양을 한참 바라보고 있다가 자기도 그 길을 되걸어 갔다.

다방 옆 골목 안. 그 곳에서 젊은 화가가 골동점을 경영하고 있었다. 구보는 그 방면에 대한 지식을 갖지 않는다. 그러나 하여튼, 그것은 그의 취미에 맞았고, 그리고 기회 있으면 그 방면의 이야기를 듣고 싶다, 생각한다. 온갖 지식이 소설가에게는 필요하다.

그러나 벗은 전(廛)에 있지 않았다.

중요 어구

19) 백동화 : 백통돈. 구리, 아연, 니켈의 합금으로 만든 돈.
20) 예하면 : 예를 들면.
21) 집안 어른의~기어 : 집안 어른 몰래.

"바로 지금 나가셨습니다."

그리고 기둥에 걸린 시계를 쳐다보며,

"한 십 분, 됐을까요."

점원은 덧붙여 말하였다.

구보는 골목을 전찻길로 향하여 걸어 나오며, 그 십 분이란 시간이 얼마만한 영향을 자기에게 줄 것인가, 생각한다.

한길 위에 사람들은 바쁘게 또 일 있게 오고 갔다. 구보는 포도 위에 서서, 문득 자기도 창작을 위하여 어디, 예(例)하면[20] 서소문정 방면이라도 답사할까 생각한다. '모데르놀지'를 게을리하기 이미 오래다.

그러나 그러한 생각과 함께 구보는 격렬한 두통을 느끼며, 이제 한 걸음도 더 옮길 수 없을 것 같은 피로를 전신에 깨닫는다. 구보는 얼마 동안을 망연히 그 곳 한길 위에 서 있었다.

얼마 있다

구보는 다시 걷기로 한다. 여름 한낮의 뙤약볕이 맨머리 바람의 그에게 현기증을 주었다. 그는 그 곳에 더 그렇게 서 있을 수 없다. 신경쇠약. 그러나 물론 쇠약한 것은 그의 신경뿐이 아니다. 이 머리를 가져, 이 몸을 가져, 대체 얼마만한 일을 나는 하겠단 말인고……. 때마침 옆을 지나는 장년의, 그 정력가형 육체와 탄력 있는 걸음걸이에 구보는 일종 위압조차 느끼며, 문득 아홉 살 적에 집안 어른의 눈을 기어[21] 《춘향전》을 읽었던 것을 뉘우친다. 어머니를 따라 일갓집에 갔다 와서, 구보는 저도 얘기책을 보고 싶다 생각하였다. 그러나 집안에서는 그것을 금했다. 구보는 남몰래 안짬재기에게 문의하였다. 안짬재기는 세책(貰冊) 집에는 어떤 책이든 있다는 것과, 일 전이면 능히 한 권을 세내올 수 있음을 말하고, 그러나 꾸중들우…… 그리고 다음에, 재미있긴 《춘향전》이 제일이지, 그렇게 그는 혼잣말을 하였었다. 한 분(分)의 동전과 한 개의 주발 뚜껑, 그것들이 17년 전의 그것들이, 뒤에 온 그리고 또 올, 온갖 것의 근원이었을지도 모른다. 자기 전에 읽던 얘기책들, 밤을 새워 읽던 소설책들. 구보의 건강은 그의 소년 시대에 결정적으로 손상되었던 것임에 틀림없었다.

변비(便秘), 요의빈삭(尿意頻數), 피로(疲勞), 권태(倦怠), 두통(頭痛), 두중(頭重), 두압(頭壓), 삼전정마(森田正馬) 박사의 단련요법(鍛鍊療法)…… 그러한 것은 어떻든 보잘 것 없는, 안, 그 살풍경하고 또 어수선한 태평통(太平通)의 거리는 구보의 마음을 어둡게 한다. 그는 저 불결한 고물상들을 어떻게 이 거리에서 쫓아낼 것인가를 생각하며, 문득 반자의 무늬가 눈에 시끄럽다고, 양지(洋紙)로 반자를 발라 버렸던 서해(曙海) 역시 신경 쇠약이었음에 틀림없었다고, 이름 모를 웃음을 입가에 띠워 보았다. 서해의 너털웃음. 그것도 생각하여 보면, 역시 공허한, 적막한 음향이었다.

구보는 고인에서 받은 〈홍염(紅焰)〉을, 이제껏 한 페이지도 들쳐 보지 않았던 것을 생각해 내고 그리고 딱한 표정을 지었다. 그가 읽지 않은 것은 오직 서해의 작품뿐이 아니다. 독서를 게을리하기 이미 3년. 언젠가 구보는 지식의 고갈을 느끼고 악연(愕然)하였다.[22]

갑자기 한 젊은이가 구보의 시야에 들어왔다. 그는 구보가 향하여 걸어

중요 어구

22) 악연하였다 : 몹시 놀라 정신이 아찔하였다.
23) 맥고자 : 밀짚이나 보릿짚으로 만들어 여름에 쓰는 모자. 위가 높고 둥글며 갓양태가 크다. '밀짚모자'로 순화.

가고 있는 곳에서 왔다. 구보는 그를 어디서 본 듯싶었다. 자기가 마땅히 알아 보아야만 할 사람인 듯싶었다. 마침내 두 사람의 거리가 한 칸통으로 단축되었을 때, 문득 구보는 어린 시절을 회상하고 그리고 그 곳에 옛동무를 발견한다. 그리운 옛시절. 그리운 옛동무. 그들은 보통학교를 나온 채 이제도록 한 번도 못 만났다. 그래도 구보는 그 동무의 이름까지 기억 속에서 찾아낸다.

그러나 옛동무는 너무나 영락(零落)하였다. 모두 두루마기에 흰 고무신, 오직 새로운 맥고자[23]를 쓴 그의 행색은 너무나 초라하다. 구보는 망설거린다. 그래도 모른 체하고 지날까. 옛동무는 분명히 자기를 알아본 듯싶었다. 그리고 구보가 자기를 알아볼 것을 두려워하는 듯싶었다. 그러나 마침내 두 사람이 서로 지나치는, 그 마지막 순간을 포착하여 구보는 용기를 내었다.

"이거 얼마만이야. 유군(劉君)."

그러나 벗은 순간에 약간 얼굴조차 붉히며,

"네, 참 오래간만입니다."

"그 동안 서울에, 늘 있었어?"

"네."

구보는 다음에 간신히,

"어째서 그렇게 뵈올 수 없었어요?"

한 마디를 하고, 그리고 서운한 감정을 맛보며 그래도 또 무슨 말이든 하고 싶다 생각할 때, 그러나 벗은, 그만 실례합니다, 그렇게 말하고 그리고 구보의 앞을 떠나 저 갈 길을 가 버린다.

구보는 잠깐 그 곳에 섰다가 다시 고개 숙여 걸으며 울 것 같은 감정을 스스로 억제하지 못한다.

조그만

한 개의 기쁨을 찾아, 구보는 남대문을 안에서 밖으로 나가 보기로 한다. 그러나 그 곳에는 불어 드는 바람도 없이 양 옆에 웅숭그리고 앉아 있는, 서너 명의 지게꾼들의 그 모양이 맥없다.

구보는 고독을 느끼고, 사람들 있는 곳으로, 약동하는 무리들이 있는 곳으로 가고 싶다 생각한다. 그는 눈앞의 경성역을 본다. 그 곳에는 마땅히 인생이 있을 게다. 이 낡은 서울의 호흡과 또 감정이 있을 게다. 도회의 소설가는 모름지기 이 도회의 항구[24]와 친하여야 한다. 그러나 물론 그러한 직업의식은 어떻든 좋았다. 다만 구보는 고독을 삼등 대합실 군중 속에 피할 수 있으면 그만이다.

그러나 오히려 고독은 그 곳에 있었다. 구보가 한 옆에 끼어 앉을 수도 없게시리 사람들은 그 곳에 빽빽하게 모여 있어도, 그들의 누구에게서도 인간 본래의 온정을 찾을 수는 없었다. 그네들은 거의 옆에 사람에게 한 마디 말을 건네는 일도 없이, 오직 자기네들 사무에 바빴고 그리고 간혹 말을 건네도, 그것은 자기네가 타고 갈 열차의 시각이나 그러한 것에 지나지 않았다. 그네들의 동료가 아닌 사람에게 그네들은 변소에 다녀올 동안의 그네들 짐을 부탁하는 일조차 없었다. 남을 결코 믿지 않는 그네들의 눈은 보기에 딱하고 또 가엾었다.

중요 어구

24) 도회의 항구 : 경성역을 바다의 항구로 은유하여 표현.
25) 드난 : 임시로 남의 집 행랑에 붙어 지내며 그 집의 일을 도와 줌. 또는 그런 사람.
26) 바세도우씨병 : 갑상선 기능항진증. 혈액 중의 갑상선 호르몬의 농도가 증가함에 따라 특유의 임상 증세나 생화학적 변화를 일으키는 병.

구보는 한 구석에 가 서서 그의 앞에 앉아 있는 노파를 본다. 그는 뉘집에 드난[25]을 살다가 이제 늙고 또 쇠잔한 몸을 이끌어 결코 넉넉하지 못한 어느 시골, 딸네집이라도 찾아가는지 모른다. 이미 굳어버린 그의 안면 근육은 어떠한 다행한 일에도 펴질 턱 없고 그리고 그의 몽롱한 두 눈은 비록 그의 딸이 그지없는 효양(孝養)을 가지고도 감동시킬 수 없을지 모른다. 노파 옆에 앉은 중년의 시골 신사는 그의 시골서 조그만 백화점을 경영하고 있을 게다. 그의 점포에는 마땅히 주단포목도 있고, 일용잡화도 있고, 또 흔히 싸우는 약품도 갖추어 있을 게다.

그는 이제 그의 옆에 놓인 물품을 들고 자랑스러이 차에 오를 게다. 구보는 그 시골 신사가 노파와의 사이에 되도록 간격을 가지려고 노력하는 것을 발견하고 그리고 그를 업신여겼다. 만약 그에게 옅은 지혜와 또 약간의 용기를 주면 그는 삼등 승차권을 주머니 속에 간수하고 일, 이등 대합실에 오만하게 자리 잡고 앉을 게다.

문득 구보는 그의 얼굴에 부종(浮腫)을 발견하고 그의 앞을 떠났다. 신장염. 그뿐 아니라 구보는 자기 자신의 만성 위확장을 새삼스러이 생각해 내지 않으면 안 되었다. 그러나 구보가 매점 옆에까지 갔었을 때, 그는 그 곳에서도 역시 병자를 보지 않으면 안 되었다. 40여 세의 노동자. 전경부(前頸部)의 광범한 팽륭(澎隆). 돌출한 안구. 또 손의 경미한 진동. 분명한 '바세도우씨' 병.[26] 그것은 누구에게든 결코 깨끗한 느낌을 주지는 못한다. 그의 좌우에 좌석이 비어 있어도 사람들은 그 곳에 앉으려 들지 않는다. 뿐만 아니라, 그에게서 두 칸통 떨어진 곳에 있던 아이 업은 젊은 아낙네가 그의 바스켓 속에서 꺼내다 잘못하여 시멘트 바닥에 떨어뜨린 한 개의 복숭아가 굴러 병자의 발 앞에까지 왔을 때, 여인을 그것을 쫓아와 집기를 단념하기조차 하였다.

구보는 이 조그만 사건에 문득 흥미를 느끼고, 그리고 그의 대학노트를 펴들었다. 그러나 그가, 문 옆에 기대어 섰는 캡 쓰고 린네르 즈메리 양복 입은 사나이의, 그 온갖 사람에게 의혹을 갖는 두 눈을 발견하였을 때,[27] 구보는 또다시 우울 속에 그 곳을 떠나지 않으면 안 되었다.

개찰구 앞에

두 명의 사나이가 서 있었다. 낡은 파나마에 모시 두루마기, 노랑 구두를 신고 그리고 손에 조그만 보따리를 하나도 들지 않은 그들을, 구보는 확신을 가져 무직자라고 단정한다. 그리고 이 시대의 무직자들은, 거의 다 금강 브로커에 틀림없었다. 구보는 새삼스러이 대합실 안팎을 둘러본다. 그러한 인물들은 이 곳에도 저 곳에도 눈에 띄었다.

황금광(黃金鑛) 시대.[28]

저도 모를 사이에 구보의 입술엔 무거운 한숨이 새어 나왔다. 황금을 찾아, 그것도 역시 숨김없는 인생의 분명한 일면이다. 그것은 적어도 한 손에 단장과 또 한 손에 공책을 들고, 목적없이 거리로 나온 자기보다는 좀더 진실한 인생이었을지도 모른다. 시내에 산재한 무수한 광무소(鑛務所).[29] 인지대 100원, 열람비 5원, 수수료 10원, 지도대 18전…… 출원 등록된 광

중요 어구

27) 문 옆에 기대어~발견하였을 때 : 시대 상황을 고려할 때 일제의 정탐꾼이나 순사 정도의 인물임을 짐작할 수 있다.
28) 황금광 시대 : 물질적 탐욕이 판치는 시대.
29) 광무소 : 광업에 관한 모든 제출 서류를 광업령(鑛業令)에 의거하여 대신 써 주던 영업소.

구, 조선 전토(全土)의 7할. 시시각각으로 사람들은 졸부가 되고 또 몰락하여 갔다. 황금광 시대. 그들 중에는 평론가와 시인, 이러한 문인들조차 끼어 있었다. 구보는 일찍이 창작을 위하여 그의 벗의 광산에 가 보고 싶다 생각하였다. 사람들의 사행심, 황금의 매력, 그러한 것들을 구보는 보고, 느끼고, 하고 싶었다. 그러나 고도의 금광열은 오히려 총독부 청사, 동측 최고층, 광무와 열람실에서 볼 수 있었다.

문득 한 사나이가 둥글넓적한, 그리고 또 비속한 얼굴에 웃음을 띠우고, 구보 앞에 그의 모양 없는 손을 내민다. 그도 벗이라면 벗이었다. 중학 시대의 열등생. 구보는 그래도 약간 웃음에 가까운 표정을 지어 보이고, 그리고 단장 든 손을 그대로 내밀어 그의 손을 가장 엉성하게 잡았다. 이거 얼마만이야. 어디 가나. 응, 자네는…….

구보는 친하지 않은 사람에게 '자네' 소리를 들으면 언제든 불쾌하였다. '해라' 는, 해라는 오히려 나았다. 그 사나이는 주머니에서 금시계를 꺼내 보고, 다음에 구보의 얼굴을 쳐다보며, 저기 가서 차라도 안 먹으려나. 전당포 집의 둘째 아들. 구보는 그러한 사나이와 자리를 같이 하여 차를 마실 생각은 없었다. 그러나 그러한 경우에 한 개의 구실을 지어, 그 호의를 사절할 수 있도록 구보는 용감하지 못하다. 그 사나이는 앞장을 섰다. 자, 그럼 저리로 가지. 그러나 그것은 구보에게만 한 말이 아니었다.

구보는 자기 뒤를 따라오는 한 여성을 보았다. 그가 한 번 흘낏 보기에도, 한 사나이의 애인 된 티가 있었다. 어느 틈엔가 이런 자도 연애를 하는 시대가 왔나. 새삼스러이 그 천한 얼굴이 쳐다보였으나, 서정 시인조차 황금광으로 나서는 때다.

의자에 가 가장 자신 있게 앉아, 그는 주문(注文) 들으러 온 소녀에게, 나는 가루삐스 그리고 구보를 향하여, 자네두 그걸루 하지. 그러나 구보는 거의 황급하게 고개를 흔들고, 나는 홍차나 커피로 하지.

음료 칼피스를 구보는 좋아하지 않는다. 그것은 외설(猥褻)한 색채를 갖는다. 또 그 맛은 결코 그의 미각에 맞지 않았다. 구보는 차를 마시며 문득 끽다점(喫茶店)에서 사람들이 취하는 음료를 가져, 그들의 성격, 교양, 취미를 어느 정도까지는 알 수 있을 것이 아닌가, 하고 생각하여 본다. 그리고 그것은 동시에, 그네들의 그때 그때의 기분조차 표현하고 있을 게다.

구보는 맞은편에 앉은 사나이의, 그 교양 없는 이야기에 건성 맞장구를 치며, 언제든 그러한 것을 연구하여 보리라 생각한다.

월미도로

놀러 가는 듯싶은 그들과 헤어져, 구보는 혼자 역 밖으로 나온다. 이러한 시각에 떠나는 그들은 적어도 오늘 하루를 그 곳에서 묵을 게다. 구보는 문득 여자의 벌거숭이를 아무 거리낌없이 애무할 그 남자의 야비한 웃음으로 하여 좀더 추악해진 얼굴을 눈앞에 그려 보고 마음이 편안하지 못하였다.

여자는, 여자는 확실히 어여뻤다. 그는 혹은, 구보가 이제까지 어여쁘다고 생각하여 온 온갖 여인들보다도 좀더 어여뻤을지도 모른다. 그뿐 아니다. 남자가 같이 가루삐스를 먹자고 권하는 것도 물리치고, 한 접시의 아이스크림을 지망할 수 있도록 여자는 총명하였다.

문득 구보는 그러한 여자가 왜 그자를 사랑하려드나, 또는 그자의 사랑을 용납하는 것인가 하고, 그런 것을 괴이하게 여겨 본다. 그것은, 그것은 역시 황금인 까닭일 게다. 여자들은 그렇게도 쉽사리 황금에서 행복을 찾는다. 구보는 그러한 여자를 가엾이 또 안타까웁게 생각하다가, 갑자기 그 사나이의 재력을 탐내 본다. 사실 같은 돈이라도 그 사나이에게 있어서는, 헛되이 그리고 또 아까웁게 소비되어 버릴 게다. 그는 날마다 기름진 음식이나 실컷 먹고, 살찐 계집이나 즐기고 그리고 아무 앞에서나 그의 금시계를 꺼내 보고는 만족하여 할 게다.

일순간 구보는, 그 사나이의 손으로 소비되어 버리는 돈이, 원래 자기의 것이나 되는 것같이 입맛을 다시어 보았으나, 그 즉시 그러한 제 자신을 픽 웃고, 내가 언제부터 이렇게 돈에 걸신이 들렸누……. 단장 끝으로 구두코를 탁 치고, 그리고 좀더 빠른 걸음걸이로 전차 선로를 횡단하여, 구보는 포도 위를 걸어갔다.

그러나 여자는, 여자는 확실히 어여뻤고 그리고 또…… 구보는 갑자기 그 여자가 이미 오래 전부터 그자에게 몸을 허락하여 온 것이나 아닐까, 생각하였다. 그것은 생각만 하여 볼 따름으로 그의 마음을 언짢게 하여 준다. 역시 여자는 결코 총명하지 못했다. 또 생각하여 보면 어딘지 모르게 저속한 맛이 있었다. 결코 기품 있는 인물은 아니다. 그저 좀 예쁠 뿐…….

그러나 그 여자가 그자에게 쉽사리 미소를 보여 주었다고 새삼스러이 여자의 값어치를 깎을 필요는 없었다. 남자는 여자의 육체를 즐기고, 여자는 남자의 황금을 소비하고 그리고 두 사람은 충분히 행복할 수 있을 게다. 행복이란 지극히 주관적인 것이다.

어느 틈엔가 구보는 조선은행 앞에까지 와 있었다. 이제 이대로, 이대로 집으로 돌아갈 마음은 없었다. 그러면 어디로…… 구보가 또다시 고독과 피로를 느꼈을 때, 약 칠해 신으시죠, 구두에. 구보는 혐오의 눈을 가져 그 사나이를, 남의 구두만 항상 살피며 그 곳에 무엇이든 결점을 잡아내고야 마는 그 사나이를 흘겨보고, 그리고 걸음을 옮겼다. 일면식도 없는 나의 구두를 비평할 권리가 그에게 있기라도 한단 말인가. 거리에서 그에게 온갖 종류의 불유쾌한 느낌을 주는, 온갖 종류의 사물을 저주하고 싶다 생각하며, 그러나 문득 구보는 이러한 때, 이렇게 제 몸을 혼자 두어 두는 것에 위험을 느낀다. 누구든 좋았다. 벗과, 벗과 같이 있을 때, 구보는 얼마쯤 명랑할 수 있었다. 혹은 명랑을 가장할 수 있었다.

마침내 그는 한 벗을 생각해 내고, 길가 양복점에 들어가 전화를 빌렸다. 다행하게도 벗은 아직 사(社)에 남아 있었다. 바로 지금 나가려든 차야, 하고 그는 말했다.

구보는 그에게 부디 다방으로 와 주기를 청하고, 그리고 잠깐 또 한 말을 생각하다가, 저 편에서 전화를 끊어 버릴 것을 염려하여, 당황하게 덧붙여 말했다.

"꼭 좀, 곧 좀, 오……."[30]

다행하게도

다시 돌아간 다방 안에 사람들은 많지 않았다. 또 문득 생각하고 둘러보아, 그 벗 아닌 벗도 그 곳에 있지 않았다. 구보는 카운터 가까이 자리를 잡고 앉아, 마침 자기가 사랑하는 '스키퍼'의 〈아이 아이 아이〉를 들려주는 이 다방에 애정을 갖는다. 그것이 허락 받을 수 있는 것이라면 그는 지금

중요 어구

30) 꼭 좀, 곧 좀, 오 : 구보의 고독하고 불안한 심정을 여실히 보여 주고 있다.
31) 강아지의 반쯤 감은~듯싶었다 : 강아지에게 자신의 감정을 이입시켜 자신과 동일화하고 있다.

앉아 있는 등의자를 안락의자로 바꾸어, 감미한 오수를 즐기고 싶다. 이제 그는 그의 앞에, 아까의 신기료 장수를 보더라도 고요한 마음을 가져 그를 용납하여 줄 수 있을 게다.

조그만 강아지가 저편 구석에 앉아 토스트를 먹고 있는 사내의 그리 대단하지도 않은 구두코를 핥고 있었다. 그 사내는 발을 뒤로 물리며, 쉬 쉬, 강아지를 쫓았다. 강아지는 연해 꼬리를 흔들며 잠깐 그 사나이의 얼굴을 쳐다보다가, 돌아서서 다음 탁자 앞으로 갔다. 그 곳에 앉아 있는 젊은 여자는, 그는 확실히 개를 무서워하는 듯싶었다. 다리를 잔뜩 웅크리고 얼굴빛조차 변하여 가지고, 그는 크게 뜬 눈으로 개의 동정만 살폈다. 개는 여전히 꼬리를 흔들며, 그러나 저를 귀해 주고 안 해 주는 사람을 용하게 가릴 줄이나 아는 듯이, 그 곳에 오래 머무르지 않고 또 옆 탁자로 갔다. 그러나 구보가 앉아 있는 자리에서 그 곳이 잘 안 보였다. 어떠한 대우를 그 가엾은 강아지가 그 곳에서 받았는지 그는 모른다. 그래도 어떻든 만족한 결과는 아니었든 게다. 강아지는 다시 그 곳을 떠나, 이제는 사람들의 사랑을 구하기를 아주 단념이나 한 듯이 구보에게서 한 칸통쯤 떨어진 곳에 가 네 발을 쭉 뻗고 모로 쓰러져 버렸다.

강아지의 반쯤 감은 두 눈에는 고독이 숨어 있는 듯싶었다.[31] 그리고 그와 함께, 모든 것에 대한 단념도 그 곳에 있는 듯싶었다. 구보는 그 강아지를 가엾다 생각한다. 저를 사랑하는 단 한 사람일지라도 다방 안에 있음을 알려 주고 싶다 생각한다. 그는 문득 자기가 이제까지 한 번도 그의 머리를 쓰다듬어 준다거나, 또는 그가 핥는 대로 손을 맡기어 둔다거나, 그러한 곳에 대한 사랑의 표현을 한 일이 없었던 것을 생각해 내고, 손을 내밀어 그를 불렀다. 사람들은 이런 경우에 휘파람을 분다. 그러나 원래 구보는 휘파람을 안 분다. 잠깐 궁리하다가, 마침내 그는 개에게만 들릴 정도로 '캄,

히어', 하고 말해 본다.

강아지는 영어를 해득하지 못하는지도 모른다. 머리를 들어 구보를 쳐다보고, 그리고 아무 흥미도 느낄 수 없는 듯이 다시 머리를 떨어뜨렸다. 구보는 의자 밖으로 몸을 내밀어, 조금 더 큰 소리로, 그러나 한껏 부드러웁게, 또 한 번, '캄, 히어', 그리고 그것을 번역하였다. '이리 온.' 그러나 강아지는 먼젓번 동작을 또 한 번 되풀이하였을 따름, 이번에는 입을 벌려 하품 비슷한 짓을 하고 아주 눈까지 감는다. 구보는 초조와, 또 일종 분노에 가까운 감정을 맛보며, 그래도 그것을 억제하고, 이번에는 완전히 의자에서 떠나, 그의 머리를 쓰다듬어 주려 하였다. 그러나 그보다도 먼저 강아지는 진저리치게 놀라 몸을 일으켜 구보에게 향하여 적대적 자세를 취하고, 캥, 캐캥, 하고 짖고 그리고 제풀에 질겁을 하여 카운터 뒤로 달음질쳐 들어갔다. 구보는 저도 모르게 얼굴을 붉히고, 강아지의 방정맞은 성정(性情)을 저주하며, 수건을 꺼내어 땀도 안 난 이마를 두루 씻었다. 그리고 그렇게까지 당부하였건만, 곧 와 주지 않는 벗에게조차 그는 가벼운 분노를 느끼지 않으면 안 되었다.

마침내

벗이 왔다. 그렇게 늦게 온 벗을 구보는 책망할까 하고 생각하여 보았으나, 그보다 먼저 진정 반가워하는 빛이 그의 얼굴에 떠올랐다. 사실 그는, 지금 벗을 가진 몸의 다행함을 느낀다.

그 벗은 시인이었던 것임에도 불구하고, 지극히 건장한 육체와 또 먹기 위하여 어느 신문사 사회부 기자라는 직업을 가지고 있었다. 그것이 때로 구보에게 애달픔을 주지 않는 것은 아니다. 그래도, 그래도 그와 대하고 있으면, 구보는 마음 속에 밝음을 가질 수 있었다.

"나, 소다스이를 다우."

벗은 즐겨 음료 조달수(曹達水)를 취하였다. 그것은 언제든 구보에게 가벼운 쓴웃음을 준다. 그러나 물론 그것은 적어도 불쾌한 감정은 아니다.

다방에 들어오면, 여학생이나 같이 조달수를 즐기면서도 그래도 벗은 조선 문학 건설에 가장 열의를 가지고 있었다. 그러한 그가 하루에 두 차례씩, 종로서와, 도청과, 또 체신국엘 들르지 않으면 안 되었던 것은 한 개의 비참한 현실이었을지도 모른다. 마땅히 시를 초하여야만 할[32] 그의 만년필을 가져, 그는 매일같이 살인 강도와 방화 범인의 기사를 쓰지 않으면 안 되었다. 그래 이렇게 제 자신의 시간을 가지면, 그는 억압당하였던 그의 문학에 대한 열정을 쏟아 놓는다.

오늘 주로 구보의 소설에 대하여서였다. 그는 즐겨 구보의 작품을 읽는 사람의 하나이다. 그리고 또 즐겨 구보의 작품을 비평하려 드는 독지가였다. 그러나 그의 그러한 후의에도 불구하고, 구보는 자기 작품에 대한 그의 의견에 그다지 신용을 두고 있지 않았다. 언젠가 벗은 구보의 그리 대단하지 않은 작품을 오직 한 개 읽었을 따름으로, 구보를 완전히 알 수나 있었던 것같이 생각하고 있는 듯싶었다.

오늘은 그러나 구보는 그의 말에 귀를 기울이지 않으면 안 된다. 벗은, 요사이 구보가 발표하고 있는 작품을 가리켜 작가가 그의 나이 분수보다 엄청나게 늙었음을 말했다. 그러나 그뿐이면 좋았다. 벗은 또, 작가가 정말

중요 어구

32) 초하여야만 할 : 시의 기초를 써야만 할.

늙지는 않았고, 오직 늙음을 가장하였을 따름이라고 단정하였다. 혹은 그렇지도 모른다. 구보에게는 그러한 경향이 있었을지도 모른다. 그리고 다시 돌이켜 생각하면 그것이 오직 가장에 그치고, 그리고 작가가 정말 늙지 않았음은 오히려 구보가 기꺼하여 마땅할 일일 게다.

그러나 구보는 그의 작품 속에서 젊을 수가 없었을지도 모른다. 그가 만약 구태여 그러려 하면 벗은, 이번에는 작가가 무리로 젊음을 가장하였다고 말할 게다. 그리고 그것은 틀림없이 구보의 마음을 슬프게 하여 줄 게다.

어느 틈엔가 구보는 그 화제에 권태를 깨닫고, 그리고 저도 모르게 '다섯 개의 능금(林檎)' 문제를 풀려 들었다. 자기가 완전히 소유한 다섯 개의 임금을 대체 어떠한 순차로 먹어야만 마땅할 것인가 그것에는 우선 세 가지의 방법이 있을 게다. 그 중 맛있는 놈부터 차례로 먹어 가는 법. 그것은 언제든, 그 중에 맛있는 놈을 먹고 있다는 기쁨을 우리에게 줄 게다. 그러나 그것은, 혹은 그 결과가 비참하지나 않을까. 이와는 반대로, 그 중 맛없는 놈부터 차례로 먹어 가는 법. 그것은 점입가경,[33] 그러한 뜻을 가지고 있으나 뒤집어 생각하면, 사람은 그 방법으로는 항상 그 중 맛없는 놈만 먹지 않으면 안 되는 셈이다. 또 계획없이 아무거나 집어먹는 법. 그것은…….

구보는 맞은편에 앉아, 그의 문학론에 앙드레 지드의 말을 인용하고 있던 벗을, 갑자기 이 유민(流民) 다운 문제를 가져 어이없게 만들어 주었다. 벗은 대체, 그 다섯 개의 임금이 문학과 어떠한 교섭을 갖는가 의혹하며,

중요 어구

33) 점입가경 : 들어갈수록 점점 재미가 있음(漸入佳境).

자기는 일찍이 그러한 문제를 생각하여 본 일이 없노라 말하고,

"그래, 그것이 어쨌단 말이야?"

"어쩌기는 무에 어째."

그리고 구보는 오늘 처음으로 명랑한, 혹은 명랑을 가장한 웃음을 웃었다.

문득,

창 밖 길가에, 어린애 울음 소리가 들린다. 그것이 울음 소리임에는 틀림없었다. 그러나 어린애의 것보다는 오히려 짐승의— 소리에 가까웠다. 구보는《율리시즈》를 논하고 있는 벗의 탁설(卓說)에는 상관없이, 대체 누가 또 죄악의 자식을 낳누, 하고 생각한다.

가엾은 벗이 있었다. 그는, 어렸을 때부터 그렇게 불행하였던 그는 온갖 고생을 겪지 않으면 안 되었었고, 또 그렇게 경난한 사람이었던 까닭에, 벗과의 사귐에 있어서도 가장 관대한 품이 있었다. 그는 거의 구보의 친우였다. 그러나 그에게는 남자로서의 가장 불행한 약점이 있었다. 그의 앞에서 구보가 말을 한다면 '다정다한(多情多恨)', 이러한 문자를 사용할 게다. 그러나 그것은 한 개의 수식에 지나지 않았고, 그 벗의 통제를 잃은 성 본능은 누가 보기에도 진실로 딱한 것임에 틀림없었다. 구보는 왕왕, 그 벗의 여성에 대한 심미안에 의혹을 갖기조차 하였다. 그러나 오히려 그러고 있는 동안은 좋았다. 마침내 비극이 왔다. 그 벗은 결코 아름답지도 총명하지도 않은 한 여성을 사랑하고, 여자는 또 남자를 오직 하나의 사내라 알았을 때, 비극은 비롯한다. 여자가 어느 날 저녁 남자와 마주 앉아 얼굴조차 붉

히고 그리고 자기가 이미 홀몸이 아님을 고백하였을 때, 남자는 어느 틈엔가 그 여자에 대하여 거의 완전히 애정을 상실하고 있었다. 여자는 어리석게도 모성됨의 기쁨을 맛보려 하였고 그리고 남자의 사랑을 좀더 확실히 포착할 수 있을 것같이 생각하였다.

그러나 남자는 오직 제 자신이 곤경에 빠졌음을 한(恨)하고 그리고 또 그 젊은 어미에 대한 자기의 책임을 느끼지 않으면 안 되었던 까닭에, 좀더 그 여자를 미워하였을지도 모른다.

여자는, 그러나 남자의 변심을 깨닫지 못하였을지도 모른다. 또 설혹 그가 알 수 있었더라도, 역시 그 수밖에 없었을지도 모른다. 여자는 돌도 안 된 아이를 안고, 남자를 찾아 서울로 올라왔다. 그러나 그 곳에는 그들 모자를 위하여 아무러한 밝은 길도 없었다. 이미 반생을 고락을 같이 하여 온 아내가 남자에게는 있었고 또 그와 견주어 볼 때, 이 가정의 틈입자(闖入者)는 어떠한 점으로든 떨어졌다.[34] 특히 아이와 아이를 비하여 볼 때 그러하였다. 가엾은 사생자(私生子)는 나이 분수보다 엄청나게나 거대한 체구와 또 치매적 안모(顔貌)를 가지고 있었다.

그러나 그것만이라면 오히려 좋았다. 한 번 그 아이의 울음 소리를 들을 수 있었을 때, 사람들은 가장 언짢고 또 야릇한 느낌을 갖지 않으면 안 되었다. 그것은 결코 사람의 아이 울음이 아니었다. 그것은 그들의, 특히 남자의 죄악에 진노한 신이, 그 아이의 비상한 성대를 빌려, 그들의, 특히 남자의 죄악을 규탄하고 또 영구히 저주하는 것인 것만 같았다.

구보는 그저 《율리시즈》를 논하고 있는 벗을 깨닫고, 불쑥 그야 '제임스

중요 어구

34) 어떠한 점으로든 떨어졌다 : 어떤 면을 견주어 봐도 모자란 점이 있었다.
35) 여사 : 여관.

조이스'의 새로운 시험에는 경의를 표하여야 마땅할 게지. 그러나 그것이 새롭다는, 오직 그 점만 가지고 과중 평가를 할 까닭이야 없지. 그리고 벗이 그 말에 대하여 항의를 하려 하였을 때, 구보는 의자에서 몸을 일으켜 벗의 등을 치고, 자, 그만 나갑시다.

그들이 밖에 나왔을 때, 그 곳엔 황혼이 있었다. 구보는 이 시간에, 이 거리에, 맑고 깨끗함을 느끼며 문득 벗을 돌아보았다.

"이제 어디로 가."

"집으루 가지?"

벗은 서슴지 않고 대답하였다. 구보는 대체 누구와 이 황혼을 지내야 할 것인가 망연해 한다.

전차를 타고

벗은 이내 집으로 돌아가고 말았다. 집이 아니다. 여사(旅舍)[35]였다. 주인집 식구 말고 아무도 없을 여사로, 그는 그렇게 저녁 시간에 맞추어 가야만 할까. 만약 그것이 단지 저녁밥을 먹기 위하여서의 일이라면…….

"지금부터 집엘 가서 무얼 할 생각이오?"

그러나 그것은 물론 어리석은 물음이었다. '생활'을 가진 사람은 마땅히 제 집에서 저녁을 먹어야 할 게다. 벗은 구보와 비교할 때, 분명히 생활을 가지고 있었다.

하루의 대부분을 속무(俗務)에 헤매지 않으면 안 되었던 그는 이제 저녁 후의 조용한 제 시간을 가져, 독서와 창작에서 오는 기쁨을 찾을 게다. 구보는, 구보는 그러나 요사이 그 기쁨을 못 갖는다.

어느 틈엔가, 구보는 종로 네거리에 서서, 그 곳의 황혼과 또 황혼을 타고 거리로 나온 노는 계집의 무리들을 본다. 노는 계집들은 오늘도 무지를 싸고 거리에 나왔다. 이제 곧 밤은 올 게요, 그리고 밤은 분명히 그들의 것이었다. 구보는 포도 위에 눈을 떨어뜨려, 그 곳의 무수한, 화려한 또는 화려하지 못한 다리를 보며, 그들의 걸음걸이를 가장 위태롭다 생각한다. 그들은 모두가 숙녀화에 익숙하지 못한 것은 아니다. 그러나 그러함에도 불구하고, 그들은 모두들 가장 서투르고, 부자연한 걸음걸이를 갖는다. 그것은 역시 '위태로운 것' 이라고밖에 말할 수 없는 것임에 틀림없었다.

그들은, 그러나 물론 그런 것을 그네 자신 깨닫지 못한다. 그들의 세상살이의 걸음걸이가 얼마나 불안정한 것인가를 깨닫지 못한다. 그들은 누구라도 인생에 확실한 목표 하나 가지고 있지 않았으나, 무지를 거의 완전히 그 불안에서 그들의 눈을 가리어 준다.

그러나 포도를 울리는 것은 물론 그들의 가장 불안정한 구두 뒤축뿐이 아니었다. 생활을, 생활을 가진 온갖 사람들의 발끝은 이 거리 위에서 모두 자기네들 집으로 향하여 놓여 있었다. 집으로 집으로, 그들은 그들의 만찬과 가족의 얼굴과 또 하루 고역 뒤의 안위를 찾아 그렇게도 기꺼이 걸어가고 있다. 문득 저도 모를 사이에 구보의 입술을 새어나오는 탁목(啄木)의 단가(短歌)…….

누구나 모두 집 가지고 있다는 애달픔이여
무덤에 들어가듯
돌아와서 자옵네

그러나 구보는 그러한 것을 초저녁의 거리에서 느낄 필요는 없다. 아직 그는 집에 돌아가지 않아도 좋았다. 그리고 좁은 서울이었으나, 밤늦게까지 헤맬 거리와, 들를 처소가 구보에게 있었다.

그러나 대체 누구와 이 황혼을…… 구보는 거의 자신을 가지고 걷기 시작한다. 벗이 있다. 황혼을, 또 밤을 같이 지낼 벗이 구보에게 있다. 종로 경찰서 앞을 지나 하얗고 납작한 조그만 다료(茶寮)엘 들른다.

그러나 주인은 없었다. 구보는 다시 문으로 향하여 나오면서, 왜 자기는 그와 미리 맞추어 두지 않았던가 뉘우칠 때, 아이가 생각난 듯이 말했다. 참, 곧 돌아오신다구요, 누구 오시거든 기다리시라구요. '누구'가 혹은 특정한 인물일지도 모른다. 벗은 혹은, 구보와 이제 행동을 같이 할 수 없을지도 모른다. 그래도 사람은 언제든 희망을 가져야 하고, 달리 찾을 벗을 갖지 아니한 구보는 하여튼 이제 자리에 앉아 돌아올 벗을 기다려야 한다.

여자를

동반한 청년이 축음기 놓여 있는 곳 가까이 앉아 있었다. 그는 노는 계집 아닌 여성과 그렇게 같이 앉아 차를 마실 수 있는 것에 득의와 또 행복을 느낄 수 있었는지도 모른다. 그의 육체는 건강하였고 또 그의 복장은 화미(華美)하였고 그리고 그의 연인은 그에게 그렇게도 용이하게 미소를 보여주었던 까닭에, 구보는 그 청년에게 엷은 질투와 또 선망을 느끼지 않으면 안 되었다. 그뿐 아니다. 그 청년은 한 개의 인단용기(仁丹容器)와 로도 목약(目藥)을 가지고 있는 것에조차 철없는 자랑을 느낄 수 있었던 듯싶었다. 구보는 제 자신을 포용력을 가지고 있는 듯싶게 가장하는 일 없이, 그의 명랑성에 참말 부러움을 느낀다.

그 사상에는 황혼의 애수와 또 고독이 혼화되어 있었는지도 모른다. 구보는 극히 음울할 제 표정을 깨닫고 그리고 이 안에 거울이 없음을 다행하여 한다. 일찍이 어느 시인이 구보의 이 심정을 가리켜 독신자의 비애라 하였다. 그러나 그것은 언뜻 그러한 듯싶으면서도 옳지 않았다. 구보가 새로운 사랑을 찾으려 하지 않고, 때로 좋은 벗의 우정에 마음을 의탁하려 한 것은 제법 오랜 일이다.

어느 틈엔가 그 여자와 축복 받은 젊은이는 이 안에서 사라지고, 밤은 완전히 다료 안팎에 왔다. 이제 어디로 가나. 문득 구보는 자기가 그 동안 벗을 기다리면서도 벗을 잊고 있었던 사실에 생각이 미치고 그리고 호젓한 웃음을 웃었다. 그것은 일찍이 사랑하는 여자와 마주 대하여 권태와 고독을 느끼었던 것보다도 좀더 애처로운 일임에 틀림없었다.

구보의 눈이 갑자기 빛났다.[36] 참 그는 그 뒤 어찌 되었을구. 비록 어떠한 종류의 것이든 추억을 갖는다는 것은 사람의 마음을 고요하게 또 기쁘게 하여 준다.

동경의 가을이다. 간다〔神田〕 어느 철물전에서 한 개의 '네일 클립퍼'를 구한 구보는 '짐보쪼〔神保町〕' 그가 가끔 드나드는 끽다점을 찾았다. 그러나 휴식을 위함도 차를 먹기 위함도 아니었던 듯싶다. 오직 오늘 새로 구한 것으로 손톱을 깎기 위하여서만인지도 몰랐다. 그 중 구석진 테이블. 그 중

중요 어구

36) 구보의 눈이~빛났다 : 방금 전까지의 권태와 고독을 순간적으로 잊어버리게 할 만큼 지금 떠오른 추억이 그에게 가치가 큰 것임을 짐작할 수 있다.

37) 다료의 주인이 돌아왔다 : 두 가지 서로 다른 사건이 구분되지 않고 자연스럽게 연결되고 있다. 이는 임(姙)에 관한 추억과 지금 구보가 취하고 보게 되는 행동이 동일한 구조를 지니기 때문이다. 친구를 기다리는 것은 지금의 일이고, 노트를 주운 것은 추억에서의 일이다. 작가의 의도에 의해 이뤄진 이런 구조는 임(姙)에 관한 추억이 계속되는 동안 유지된다.

구석진 의자. 통속 작가들이 즐겨 취급하는 종류의 로맨스의 발단이 그 곳에 있었다. 광선이 잘 안 들어 오는 그 곳 마룻바닥에서 구보의 발길에 채인 것. 한 권 대학노트에는 '윤리학' 석 자와 '임(妊)' 자가 든 성명이 기입되어 있었다.

그것은 일종의 죄악일 게다. 그러나 젊은이들에게 그만한 호기심은 허락되어도 좋다. 그래도 구보는 다른 좌석에서 잘 안 보이는 위치에 노트를 놓고, 그리고 손톱을 깎을 것도 잊고 있었다.

제1장 서론. 제1절 윤리학의 정의. 2. 규범과학. 제2장 본론. 도덕 판단의 대상. C동기설과 결과설. 예1. 빈가(貧家)의 자손의 효양(孝養)을 위해서 절도함. 2. 허영심을 만족시키기 위한 자선 사업. 제2학기. 3. 품성 형성의 요소. 1. 의지 필연론…….

그리고 여백에 연필로,

"그러나 수치심은 사랑의 상상 작용에 조력(助力)을 준다. 이것은 사랑에 생명을 주는 것이다." 스탕달의 《연애론》의 일절, 그리고는 연락 없이 서부전선 이상없다. 길옥신자(吉屋信子), 개천룡지개(芥川龍之介) 어제 어디 갔었니. 《라부파레드》를 보았니…….

이런 것들이 쓰여 있었다.

다료의 주인이 돌아왔다.[37] 아, 언제 왔소. 오래 기다렸소. 무슨 좋은 소식 있소. 구보는 대답 없이 자리에서 일어나 노트와 단장을 집어들고, 저녁 먹으러 나갑시다. 그리고 속으로 지난날의 조그만 로맨스를 좀더 이어 생각하려 한다.

다료(茶寮)에서

나와 벗과 대창옥(大昌屋)으로 향하며, 구보는 문득 대학 노트 틈에 끼어 있었던 한 장의 엽서를 생각하여 본다. 물론 처음에 그는 망설거렸었다. 그러나 여자의 숙소까지를 알 수 있었으면서도 그 한 기회에서 몸을 피할 수는 없었다. 그는 우선 젊었고 또 그것은 흥미있는 일이었다. 소설가다운 온갖 망상을 즐기며, 이튿날 아침 구보는 이내 이 여자를 찾았다. 우입구(牛込區) 사래정(사來町). 주인집은 그의 신조사(新潮社) 근처에 있었다. 인품이 좋은 주인 여편네가 나왔다 들어간 뒤, 현관에 나온 노트 주인은 분명히…… 그들이 걸어가고 있는 쪽에서 미인이 왔다. 그들을 보고 빙그레 웃고, 그리고 지났다. 벗의 다료 옆, 카페 여급. 벗이 돌아보고 구보의 의견을 청하였다. 어때 예쁘지. 사실 여자는, 이러한 종류의 계집으로서는 드물게 어여뻤다. 그러나 그는 이 여자보다 좀더 아름다웠던 것임에 틀림없었다.

어서 옵쇼. 설렁탕 두 그릇만 주……. 구보가 노트를 내어놓고, 자기의 실례에 가까운 심방(尋訪)[38]에 대한 변해(辯解)를 하였을 때, 여자는 순간에 얼굴이 붉어졌었다. 모르는 남자에게 정중한 인사를 받은 까닭만이 아닐 게다. 어제 어디 갔었니. 길옥신자(吉屋信子). 구보는 문득 그런 것들을 생각해 내고, 여자 모르게 빙그레 웃었다. 맞은편에 앉아 벗은 숟가락 든 손을 멈추고 빤히 구보를 바라보았다. 그 눈은 무슨 생각을 하고 있느냐, 물었는지도 모른다. 구보는 생각의 비밀을 감추기 위하여 의미없이 웃어 보

중요 어구

38) 심방 : 방문하여 찾아봄.

였다. 좀 올라 오세요. 여자는 그렇게 말하였었다. 말로는 태연하게, 그러면서도 그의 볼은 역시 처녀답게 붉어졌다. 구보는 그의 말을 좇으려다 말고 불쑥, 같이 산책이라도 안하시렵니까, 볼일 없으시면. 일요일이었고, 여자는 마악 어디 나가려던 차(次)인지 나들이 옷을 입고 있었다. 통속 소설은 템포가 빨라야 한다. 그 전날, 윤리학 노트를 집어들었을 때부터 이미 구보는 한 개 통속 소설의 작가였고 동시에 주인공이었던 것임에 틀림없었다. 그는 여자가 기독교 신자인 경우에는 제 자신 목사의 졸음 오는 설교를 들어도 좋다고까지 생각하고 있었다. 여자는 또 한번 얼굴을 붉히고 그러나 구보가 만약 볼일이 계시다면, 하고 말하였을 때, 당황하게, 아니에요, 그럼 잠깐 기다려 주세요, 그리고 여자는 핸드백을 들고 나왔다. 분명히 자기를 믿고 있는 듯싶은 여자 태도에 구보는 자신을 갖고, 참, 이번 주일에 무장야관(武藏野館) 구경하셨습니까. 그리고 그와 함께 그러한 자기가 하릴없는 불량 소년같이 생각되고 또 만약 여자가 그렇게도 쉽사리 그의 유인에 빠진다면, 그것은 아무리 통속 소설이라도 독자는 응당 작가를 신용하지 않을 게라고 속으로 싱거웁게 웃었다. 그러나 설혹 그렇게도 쉽사리 여자가 그를 좇더라도 구보는 그것을 경박하다고 생각하고 싶지 않았다. 그것에는 경박이란 문자는 맞지 않을 게다. 구보의 자부심으로서는 여자가 초면임에도 불구하고 자기를 족히 믿을 만한 남자로 볼 수 있도록 그렇게 총명하다고 생각하고 싶었다.

여자는 총명하였다. 그들이 무장야관 앞에서 자동차를 내렸을 때, 그러나 구보는 잠시 그 곳에 우뚝 서 있을 수밖에 없었다. 그것은 뒤에서 내리는 여자를 기다리기 위해서가 아니다. 그의 앞에 외국 부인이 빙그레 웃으며 서 있었던 까닭이다. 구보의 영어 교사는 남녀를 번갈아 보고, 새로이 의미심장한 웃음을 웃고 오늘 행복을 비오, 그리고 제 길을 걸었다. 그것에는 삼십 독신녀의 젊은 남녀에 대한 빈정거림이 있었는지도 모른다. 구보는 소년과 같이 이마와 콧잔등에 무수한 땀방울을 매달았다. 그래 구보는 바지 주머니의 수건을 꺼내어 그것을 씻지 않으면 안 되었다. 여름 저녁에 먹은 한 그릇의 설렁탕은 그렇게도 더웠다.

이 곳을

나와, 그러나 그들은 한길 위에 우두커니 선다. 역시 좁은 서울이었다. 동경이면, 이러한 때 구보는 우선 긴자〔銀座〕로라도 갈 게다. 사실 그는 여자를 돌아보고 긴자로 가서 차라도 안 잡수시렵니까, 그렇게 말하고 싶었었다. 그러나 순간에 지금 마악 보았을 따름인 영화의 한 장면을 생각해 내고, 구보는 제가 취할 행동에 자신을 가질 수 없었을지도 모른다. 규중(閨中) 처자(處子)를 꼬여 오페라 구경을 하고, 밤늦게 다시 자동차를 몰아 어느 별장으로 향하던 불량배 청년. 언뜻 생각하면 그의 옆 얼굴과 구보의 것과 사이에 일맥 상통한 점이 있었던 듯도 싶었다. 구보는 쓰디쓰게 웃고, 그러나 그러한 것은 어떻든 긴자가 아니라도 어디 이 근처에서라도 차나 먹고……　참, 내 정신 좀 보아. 벗은 갑자기 소리치고 자기가 이 시각에 꼭 만나야 할 사람이 있음을 말하고, 이제 구보가 혼자서 외로울 것을 알고 있었으므로 그는 미안한 표정을 지었다. 여자가 주저하며, 그만 집으로 돌아가야겠다고 구보를 곁눈질하였을 때에도, 역시 그러한 표정이었던 것임에 틀림없었다. 우리 열점쯤 해서 다방에서 만나기로 합시다. 열점. 응, 늦어도 열점 반. 그리고 벗은 전찻길을 횡단하여 갔다.

전찻길을 횡단하여 저편 포도 위로 사람 틈에 사라져 버리는 벗의 뒷모양을 바라보며, 어인 까닭도 없이, 이슬비 내리던 어느 날 저녁 히비야〔日比谷〕 공원 앞에서의 여자를 구보는 애달프다, 생각한다.[39]

아, 구보는 악연히 고개를 들어 뜻없이 주위를 살피고 그리고 기계적으로 몇 걸음 앞으로 나갔다. 아아, 그예 생각해 내고 말았다. 영구히 잊고 싶다, 생각한 그의 일을 왜 기억 속에서 더듬었더냐. 애달프다 또 쓰린 추억이란, 결코 사람 마음을 고요하게도 기쁘게도 하여 주는 것은 아니었다.

여자는 그가 구보와 알기 전에 이미 약혼하고 있었던 사나이의 문제를 가져, 구보의 결단을 빌렸다. 불행히 그 사나이를 구보는 알고 있었다. 중학 시대의 동창생. 서로 소식 모르고 지낸지 5년이 넘었어도 그의 얼굴은 구보의 머릿속에 분명하였다. 그 우둔하고 순직한 얼굴. 더욱이 그 선량한 눈을 생각할 때 구보의 마음은 아팠다. 비 내리는 공원 안을 그들은 생각에 잠겨, 생각에 울어, 날 저무는 줄도 모르고 해매 돌았다.

참지 못하고 구보는 걷기 시작한다. 사실 나는 비겁하였을지도 모른다. 한 여자의 사랑을 완전히 차지하는 것에 행복을 느껴야만 옳았을지도 모른다. 의리라는 것을 생각하고, 비난을 두려워하고 하는, 그러한 모든 것이 도시 남자의 사랑이, 정열이, 부족한 까닭이라고 여자가 울며 탄(憚)하였을 때, 그 말은, 그 말은, 분명히 옳았다, 옳았다.

구보가 바래다 주려도 아니에요, 이대로 내버려 두세요, 혼자 가겠어요, 그리고 비에 젖어, 눈물에 젖어 황혼의 거리를 전차도 타지 않고 한없이 걸어가던 그의 뒷모양. 그는 약혼한 사나이에게로도 가지 않았다. 그가 불행하다면 그것은 오로지 사나이의 약한 기질에 근원할 게다. 구보는 때로 그

중요 어구

39) 이슬비 내리던~생각한다 : 벗과의 헤어짐과 병치되어 이별의 정서를 그리고 있다.

가 어느 다행한 곳에서 그의 행복을 차지하고 있는 것같이 생각하고 싶었어도, 그 사상은 너무나 공허하다.

어느 틈엔가 황토마루 네거리에까지 이르러, 구보는 그 곳에 충동적으로 우뚝 서며, 괴로운 숨을 토하였다. 아아, 그가 보고 싶다. 그의 소식이 알고 싶다. 낮에 거리에 나와 일곱 시간, 그것은 오직 한 개의 진정이었을지 모른다.[40] 아아, 그가 보고 싶다. 그의 소식을 알고 싶다.

광화문통

그 멋없이 넓고 또 쓸쓸한 길을 아무렇게나 걸어가며, 문득 자기는, 혹은 위선자나 아니었었나 하고 구보는 생각하여 본다. 그것은 역시 자기의 약한 기질에 근원할 게다. 아아, 온갖 악은 인성(人性)의 약함에서, 그리고 온갖 불행이…….

또다시 너무나 가엾은 여자의 뒷모양이 보였다. 레인코트 위에 빗물은 흘러내리고 우산도 없이 모자 안 쓴 머리가 비에 젖어 애달프다. 기운 없이, 기운 있을 수 없이 축 늘어진 두 어깨. 주머니에 두 팔을 꽂고, 고개 숙여 내어 디디는 한 걸음. 또 한 걸음, 그 조그맣고 약한 발에 아무러한 자신도 없다. 뒤따라 그에게로 달려가야 옳았다. 달려들어 그의 조그만 어깨를 으스러지라 잡고, 이제까지 한 나의 말은 모두 거짓이었다고, 나는 결코 이

중요 어구

40) 낮에 거리에~모른다 : 낮 동안에 의미 없이 돌아다닌 하루의 여로에 대한 의미를 스스로 찾고 있다.
41) 그들은 지금 만족이다 : 이런 만족은 일상적인 행복에서 오는 만족이다.

사랑을 단념할 수 없노라고, 이 사랑을 위하여는 모든 장애와 싸워 가자고, 그렇게 말하고 그리고 이슬비 내리는 동경 거리에서 두 사람은 무한한 감격에 울었어야만 옳았다.

구보는 발 앞의 조약돌을 힘껏 찼다. 격렬한 감정을, 진정한 욕구를, 힘써 억제할 수 있었다는 데서 그는 값 없는 자랑을 얻으려 하였는지도 모른다. 이것이, 한 개 비극이 우리들 사랑의 당연한 귀결이라고 그렇게 생각하려 들었던 자기. 순간에 또 벗의 선량한 두 눈을 생각해 내고 그의 원만한 천성과 또 금력이 여자를 행복하게 하여 주리라 믿으려 들었던 자기. 그 왜곡된 감정이 구보의 진정한 마음의 부르짖음을 틀어막고야 말았다. 그것은 옳지 않았다. 구보는 대체 무슨 권리를 가져 여자의, 그리고 자기 자신의 감정을 농락하였나. 진정으로 여자를 사랑하였으면서도 자기는 결코 여자를 행복하게 하여 주지는 못할 게라고, 그 부전감(不全感)이 모든 사람을, 더욱이 가엾은 애인을 참말 불행하게 만들어 버린 것이 아니었던가. 그 길 위에 깔린 무수한 조약돌을, 힘껏 차 흩트리고, 구보는 아아, 내가 그릇하였다, 그릇하였다.

철겨운 봄 노래를 부르며, 열 살이나 그밖에 안 된 아이가 지나갔다. 아이에게 근심은 없다. 잘 안 돌아가는 혀끝으로, 술 주정꾼이 두 명, 어깨동무를 하고 수심가를 불렀다. 그들은 지금 만족이다.[41] 구보는 문득 광명을 찾은 것 같은 착각을 느끼고, 어두운 거리 위에 걸음을 멈춘다. 이제 그와 다시 만날 때, 나는 이미 약하지 않다. ……그러나 그를 어디가 찾누. 어허, 공허하고 또 암담한 사상이여. 이 넓고 또 휑한 광화문 거리 위에서, 한 개의 사내 마음이 이렇게도 외롭고 또 가엾을 수 있었나. 각모 쓴 학생과 젊은 여자가 어깨를 나란히 하여 구보 앞을 지나갔다. 그들의 걸음걸이에는 탄력이 있었고, 그들의 말소리는 은근하였다. 사랑하는 이들이여, 그대들 사랑에 언제든 다행한 빛이 있으라. 마치 자애 깊은 부로(父老)와 같이 구보는 너그럽고 사랑 가득한 마음을 가져 진정으로 그들을 축복하여 준다.

이제

어디로 갈 것을 잊은 듯이, 그러할 필요가 없어진 듯이, 얼마 동안을 구보는 그곳에 가 망연히 서 있었다. 가엾은 애인. 이 작품의 결말은 이대로 좋은 것일까. 이제 뒷날 그들은 다시 만나는 일도 없이, 옛상처를 스스로 어루만질 뿐으로, 언제든 외롭고 또 애달퍼야만 할 것일까. 그러나 그 즉시 아아, 생각을 말리라. 구보는 의식하여 머리를 흔들고 그리고 좀 급한 걸음걸이로 온 길을 되걸어 갔다. 그래도 마음에 아픔은 그저 있었고, 고개 숙여 걷는 길 위의, 발에 채이는 조약돌이 회상의 무수한 파편이다. 머리를 들어 또 한 번 뒤흔들고, 구보는 참말 생각을 말리라, 말리라…….

이제 그는 마땅히 다방으로 가, 그 곳에서 벗과 다시 만나, 이 한밤의 시름을 덜 도리를 하여야 한다.

그러나 그가 채 전차 선로를 횡단하기 전에 그는 "눈깔 아저씨……" 하고 불리우고, 그리고 그가 걸음을 멈추고 돌아보았을 때, 그의 단장과 노트 든 손은 아이들의 조그만 손에 붙잡혔다. 어디를 갔다 오니, 구보는 웃는 얼굴을 짓기에 바쁘다. 어느 벗의 조카 아이들이다. 아이들은 구보를 안경을 썼대서 언제든 눈깔 아저씨라 불렀다. 야시[42] 갔다 오는 길이라우. 그런데 왜 요새 토옹 집에 안 오우, 눈깔 아저씨. 응, 좀 바빠서……. 그러나 그것은 거짓이었다. 구보는 순간에 자기가 거의 달포 이상을 완전히 이 아이

들을 잊고 있었던 사실을 기억에서 찾아내고 이 천진한 소년들에게 참말 미안하다 생각했다.

가엾은 아이들이다. 그들은 결코 아버지의 사랑을 몰랐다. 그들의 아버지는 다섯 해 전부터 어느 시골서 따로 살림을 차렸고, 그들은, 그래 거의 완전히 어머니의 손으로만 길리었다. 어머니에게 허물은 없었다. 그러면 아버지에게, 아버지도 말하자면 착한 이였다. 그러나 그에게는 역시 여자에 대하여 방종성이 있었다. 극도의 생활난 속에서, 그래도 어머니는 아이들을 학교에 보냈다. 열여섯짜리 큰 딸과, 아래로 삼형제. 끝의 아이는 명년에 학령[43]이었다. 삶의 어려움을 하소연하면서도 그 애마저 보통학교에 입학시킬 것을 어머니가 기쁨 가득히 말하였을 때, 구보의 머리는 저 모르게 숙여졌었다.

구보는 아이들을 사랑한다. 아이들은 사랑을 받기에 좋아한다. 때로 그는 아이들에게 아첨하기조차 하였다. 만약 자기가 사랑하는 아이들이 자기를 따르지 않는다면……, 그것은 생각만 하여 볼 따름으로도 외롭고 또 애달펐다. 그러나 아이들은 그렇게도 단순하다. 그들은, 그들을 사랑하는 사람을 반드시 따랐다.

눈깔 아저씨, 우리 이사한 담에 언제 왔수. 바루 저 골목 안이야. 같이 가아, 응. 가 보고도 싶었다. 그러나 역시 시간을 생각하고, 벗을 놓칠 것을 염려하고, 그는 이내 그것을 단념하는 수밖에 없었다. 어찌할꾸. 구보는 저편에 수박 실은 구루마를 발견하였다. 너희들, 배탈 안 났니. 아아니, 왜 그러우. 구보는 두 아이에게 수박을 한 개씩 사서 들려 주고, 어머니 갖다 드

중요 어구

42) 야시 : 야시장.
43) 학령 : 초등학교에 들어가야 할 나이. 우리 나라에서는 만 6세.

리구 나눠 줍쇼, 그래라. 그리고 덧붙여, 쌈 말구 똑같이들 나눠야 한다. 생각난 듯이 큰 아이가 보고하였다. 지난 번에 필운이 아저씨가 바나나를 사 왔는데, 누나는 배탈이 나서 먹지를 못했죠, 그래 막 까시(놀림)를 올렸드니만……. 구보는 그 말괄량이 소녀의, 거의 울가망[44]이 된 얼굴을 눈앞에 그려 보고 빙그레 웃었다. 마침 앞을 지나던 한 여자가 날카롭게 구보를 흘겨보았다. 그의 얼굴은 결코 어여쁘지 못했다. 뿐만 아니라 무엇이 그리 났는지, 그는 얼굴 전면에 대소 수십 편의 삐꾸(고약)를 붙이고 있었다. 응당 여자는 구보의 웃음에서 모욕을 느꼈을 게다. 구보는 갑자기 홍소하였다. 어쩌면 이제 구보는 명랑하여질 수 있을지도 모른다.

그래도

집으로 자꾸 가자는 아이들을 달래어 보내고, 구보는 다방으로 향한다. 이 거리는 언제든 밤에 행인이 드물었고, 전차는 한길 한복판을 가장 게으르게 굴러갔다. 결코 환하지 못한 이 거리, 가로수 아래 한두 명의 부녀들이 서고, 혹은 앉아 있었다. 그들은 물론 거리에 몸을 파는 종류의 여자들은 아니었을 게다. 그래도 이, 밤되면 언제든 쓸쓸하고, 또 어두운 거리 위에 그것은 몹시 음울하고도 또 고혹적인 존재였다. 그렇게도 갑자기 부란(腐爛)[45]된 성욕을, 구보는 이 거리 위에서 느낀다.

중요 어구

44) 울가망 : 근심스럽거나 답답하여 기분이 나지 않음. 또는 그런 상태.
45) 부란 : 썩어 문드러짐. 생활이 문란함을 비유적으로 이르는 말.
46) 제 자신을 보았다 : 의식의 상상을 통해 자신의 모습을 그리고 있는 것이다.

문득 제비와 같이 경쾌하게 전부 배달의 자전거가 지나간다. 그의 허리에 찬 조그만 가방 속에 어떠한 인생이 압축되어 있을 것인가. 불안과 초조와 기대와…… 그 조그만 종이 위의, 그 짧은 문면(文面)은 그렇게도 용이하게 또 확실하게, 사람의 감정을 지배한다. 사람은 제게 온 전보를 받아들 때 그 손이 가만히 떨림을 스스로 깨닫지 못한다. 구보는 갑자기 자기에게 온 한 장의 전보를 그 봉함(封緘)을 떼지 않은 채 손에 들고 감동하고 싶은 충동을 느꼈다. 전보가 못 되면, 보통 우편물이라도 좋았다. 이제 한 장의 엽서에라도, 구보는 거의 감격을 가질 수 있을 게다.

흥, 하고 구보는 코웃음 쳐 보았다. 그 사상은 역시 성욕의, 어느 형태로서의 한 발현에 틀림없었다. 그러나 물론 이 결코 부자연하지 않은 생리적 현상을 무턱대고 업신여길 의사는 구보에게 없었다. 사실 서울에 있지 않은 벗을 구보는 잊은 지 오래였고, 또 그 벗들도 이미 오랫동안 소식을 전하여 오지 않았다. 그들은 모두 지금 무엇들을 하고 있을까. 한 해에 단 한 번 연하장을 보내 줄 따름의 벗에까지 문득 구보는 그리움을 가지려 한다. 이제 수천 매의 엽서를 사서, 그 다방 구석진 탁자 위에서…… 어느 틈엔가 구보는 가장 열정을 가져 벗들에게 편지를 쓰고 있는 제 자신을 보았다.[46] 한 장 또 한 장, 구보는 재떨이 위에 생담배가 타고 있는 것도 깨닫지 못하고, 그가 기억하고 있는 온갖 벗의 이름과 또 주소를 엽서 위에 흘려썼다. 구보는 거의 만족한 웃음조차 입가에 띠우며, 이것은 한 개 단편 소설의 결말로는 결코 비속(卑俗)하지 않다 생각하였다. 어떠한 단편 소설의…… 물론 구보는 아직 그 내용을 생각하지 않았다.

그러나 그러한 것은 어떻든 벗들의 편지가 참말 보고 싶었다. 누구 내게 그 기쁨을 주지는 않는가. 문득 구보의 걸음이 느려지며, 그 동안 집에 편지가 와 있지나 않을까, 그리고 그것은 가장 뜻하지 않았던 옛벗으로부터의 열정이 넘치는 글이나 아닐까, 하고 제 맘대로 꾸며 생각하고, 그리고 물론 그것이 얼마나 근거없는 생각인 줄 알았어도, 구보는 그 애달픈 기쁨을 그렇게 가혹하게 깨뜨려 버리려 하지 않았다. 그러나 그것은 벗에게서 온 편지가 아닐지도 모른다. 혹은 어느 신문사나 잡지사……. 그러면 그 인쇄된 봉투에 어머니는 반드시 기대와 희망을 갖고, 그것이 아들에게 무슨 크나큰 행운이나 약속하고 있는 거나 같이 몇 번씩 놓았다 들었다 또는 전등불에 비추어 보았다…… 그리고 기다려도 안 들어오는 아들의 편지를 늦게 보아 그만 그 행운을 놓치고 말지나 않을까, 그러한 경우까지를 생각하고 어머니는 안타까워 할 게다. 그러나 가엾은 어머니가 그렇게까지 감동을 가진 그 서신이 급기야 뜯어 보면, 신문 1회 분의, 혹은 잡지 한 페이지 분의 잡문의 의뢰이기 쉽다.

구보는 쓰디쓰게 웃고 다방 안으로 들어선다. 사람은 그 곳에 많았어도, 벗은 있지 않았다. 그는 이제 이 곳에서 벗을 기다려야 한다.

·

다방을

찾는 사람들은, 어인 까닭인지 모두들 구석진 좌석을 좋아하였다. 구보는 하나 남아 있는 가운데 탁자에 가 앉는 수밖에 없었다. 그래도 그는 그 곳에서 엘만의 〈발스 센티멘털〉을 가장 마음 고요히 들을 수 있었다. 그러

중요 어구

47) 방약무인 : 곁에 사람이 없는 것처럼 아무 거리낌 없이 함부로 말하고 행동하는 태도가 있음.
48) 그리고 지금~모른다 : 그의 행복도 물질적인 것에서 기인하는 것이다.

나 그 선율이 채 끝나기 전에, 방약무인(傍若無人)[47]한 소리가 구보씨, 아니요……. 구보는 다방 안의 모든 사람들의 시선을 온몸에 느끼며, 소리 나는 쪽을 돌아보았다. 중학을 2, 3년 일찍 마친 사나이. 어느 생명보험회사의 외교원이라는 말을 들었다. 평소에 결코 왕래가 없으면서도 이제 이렇게 아는 체를 하려는 것은 오직 얼굴이 새빨개지도록 먹은 술 탓인지도 몰랐다. 구보는 무표정한 얼굴로 약간 끄떡하여 보이고 즉시 고개를 돌렸다. 그러나 그 사나이가 또 한 번, 역시 큰소리로, 이리 좀 안 오시요, 하고 말하였을 때, 구보는 게으르게나마 자리에서 일어나, 그의 탁자로 가는 수밖에 없었다. 이리 좀 앉으시오. 참, 최군, 인사하지. 소설가, 구포씨.

이 사나이는, 어인 까닭인지 구보를 반드시 "구포"라고 발음하였다. 그는 맥주병을 들어 보고, 아이 쪽을 향하여 더 가져오라고 소리치고, 다시 구보를 보고, 그래 요새두 많이 쓰시우. 무어 별로 쓰는 것 '없습니다.' 구보는 자기가 이러한 사나이와 접촉을 가지게 된 것에 지극한 불쾌를 느끼며, 경어를 사용하는 것으로 그와 사이에 간격을 두기로 하였다. 그러나 이 딱한 사나이는 도리어 그것에 일종 득이감을 맛볼 수 있었는지도 모른다. 그뿐 아니라, 그는 한 잔 십 전짜리 차들을 마시고 있는 사람들 틈에서 그렇게 몇 병씩 맥주를 먹을 수 있는 것에 우월감을 갖고, 그리고 지금 행복이었을지도 모른다.[48] 그는 구보에게 술을 따라 권하고, 내 참 구포씨 작품을 애독하지. 그리고 그런 말을 하였음에도 불구하고 구보가 아무런 감동도 갖지 않는 듯싶은 것을 눈치채자,

"사실, 내 또 만나는 사람마다 보구, 구포씨를 선전하지요."

그러한 말을 하고는 혼자 허허 웃었다. 구보는 의미몽롱한 웃음을 웃으며, 문득 이 용감하고 또 무지한 사나이를 고급으로 채용하여 구보독자권유원(仇甫讀者勸誘員)을 시키면, 자기도 응당 몇십 명의 독자를 획득할 수

있을지 모르겠다고 그런 난데없는 생각을 하여 보고, 그리고 혼자 속으로 웃었다. 참 구포 선생, 하고 최군이라 불리는 사나이도 말참견을 하여, 자기가 독견(獨鵑)의 《승방비곡(僧房悲曲)》과 윤백남의 《대도전(大盜傳)》을 걸작이라 여기고 있는 것에 구보의 동의를 구하였다.

그리고, 이 어느 화재보험회사의 권유원인지도 알 수 없는 사나이는,[49] 가장 영리하게,

"물론 선생의 작품은 따루 치고……."

그러한 말을 덧붙였다. 구보는 간신히 그것들을 좋은 작품이라 말하였을 때, 최군은 또 용기를 얻어, 참 조선서 원고료는 얼마나 됩니까. 구보는 이 사나이가 원호료라 발음하지 않는 것에 경의를 표하였으나 물론 그는 이러한 종류의 사나이에게 조선 작가의 생활 정도를 알려 주어야 할 아무런 의미도 갖지 않는다.

그래, 구보는 혹은 상대자가 모멸을 느낄지도 모를 것을 알면서도 불쑥, 자기는 이제까지 고료라는 것을 받아 본 일이 없어, 그러한 것은 조금도 모른다고 말하고, 마침 문을 들어서는 벗을 보자 그만 실례합니다. 그리고 그들이 무어라 말할 수 있기 전에 제자리로 돌아와 노트와 단장을 집어들고, 마악 자리에 앉으려는 벗에게,

"나갑시다. 다른 데로 갑시다."

밖에, 여름 밤, 가벼운 바람이 상쾌하다.

중요 어구

49) 이 어느~사나이는 : 최군의 능란한 처세술을 직업에 기대어 나타내고 있다.

조선호텔

앞을 지나, 밤늦은 거리를 두 사람은 말없이 걸었다. 대낮에도 이 거리는 행인이 많지 않다. 참 요사이 무슨 좋은 일 있소. 맞은편에 경성 우편국 3층 건물을 바라보며 구보는 생각난 듯이 물었다. 좋은 일이라니……. 돌아보는 벗의 눈에 피로가 있었다.

다시 걸어 황금정으로 향하며, 이를테면, 조그만 기쁨, 보잘것없는 기쁨, 그러한 것을 가졌소, 뜻하지 않은 벗에게서 뜻하지 않은 엽서라도 한 장 받았다는 종류의…….

"갖구말구."

벗은 서슴지 않고 대답하였다. 노형같이 변변치 못한 사람은 죽을 때까지 받아 보지 못할 편지를. 그리고 벗은 허허 웃었다. 그러나 그것은 공허한 음향이었다. 내용 증명의 서류 우편, 이 시대에는 조그만 한 개의 다료를 경영하기도 수월치 않았다. 석 달 밀린 집세, 총총하던 별이 자취를 감추고 하늘이 흐렸다. 벗은 갑자기 휘파람을 분다. 가난한 소설가와, 가난한 시인과…… 어느 틈엔가 구보는 그렇게도 구차한 내 나라를 생각하고 마음이 어두웠다.

"혹시 노형은 새로운 애인을 갖고 싶다 생각 않소."

벗이 휘파람을 마치고 장난꾼같이 구보를 돌아보았다. 구보는 호젓하게 웃는다. 애인도 좋았다. 애인 아닌 여자도 좋았다. 구보가 지금 원함은 한 개의 계집에 지나지 않는지도 몰랐다. 또는 역시 어질고 총명한 아내라야 하였을지도 모른다. 그러다가 구보는, 문득 아내도 계집도 말고, 17, 8세의 소녀를 만약 그럴 수 있다면 딸로 삼고 싶다고 그러한 엄청난 생각을 하여 보았다. 그 소녀는 마땅히 아리땁고, 명랑하고 그리고 또 총명하여야 한다.

구보는 자애 깊은 아버지의 사랑을 가져 소녀를 데리고 여행을 할 수 있을 게다.

갑자기 구보는 실소하였다. 나는 이미 그토록 늙었다. 그래도 그 욕망은 쉽사리 버려지지 않았다. 구보는 벗에게 알리고 싶은 것을 참고, 혼자 마음속에 그 생각을 즐겼다. 세 개의 욕망. 그 어느 한 개만으로도 구보는 이제 용이히 행복될지 몰랐다. 혹은 세 개의 욕망의, 그 셋이 모두 이루어지더라도 결코 구보는 마음의 안위를 이룰 수 없을지도 몰랐다.

역시 그것은 '고독'이 빚어내는 사상이었다.

나의 원하는 바를 월륜(月輪)도 모르네

문득 '하루오〔佐藤春夫〕'의 일 행 시를 구보는 입 밖에 내어 외어 본다.

하늘은 금방 빗방울이 떨어질 것같이 어둡다. 월륜[50]은커녕, 혹은 구보 자신 알지 못하고 있을지도 모른다. 어느 틈엔가 종로에까지 다시 돌아와, 구보는 갑자기 손에 든 단장과 대학노트의 무게를 느끼며 벗을 돌아보았다. 능히 오늘 밤 술을 사 줄 수 있소. 벗은 생각하여 보는 일 없이 고개를 끄덕였다. 구보는 다시 다리에 기운을 얻어, 종각 뒤, 그들이 가끔 드나드는 술집을 찾았을 때, 그러나 그 곳에는 늘 보던 여급이 없었다. 낯선 여자에게 물어, 그가 지금 가 있는 낙원정의 어느 카페 이름을 배우자, 구보는

중요 어구

50) 월륜 : 둥근 달. 또는 그 둘레.
51) 모두 코가~애달프게 한다 : 일본식 여성의 이름을 따라한 것으로 이런 세태가 구보의 마음을 애달프게 하는 것이다.

역시 피로한 듯싶은 벗의 팔을 이끌어 그리로 가자, 고집하였다. 그 여급을 구보는 이름도 몰랐다. 이를테면 벗이 흥미를 가지고 있는 계집이었다. 마치 경박한 불량 소년과 같이, 계집의 뒤를 쫓는 것에서 값 없는 기쁨이나마 구보는 맛보려는 심사인지도 모른다.

처음에

벗은, 그러나 구보의 말을 좇지 않았다. 혹은 벗은 그 여급에게 흥미를 느끼지 않고 있었던 것인지도 모른다.

그러나 만약 그가 그 여자에게 무어 느낀 게 있었다 하면 그것은 분명히 흥미 이상의 것이었을 게다. 그들이 마침내 낙원정으로, 그 계집 있는 카페를 찾았을 때, 구보는 그러나 벗의 감정이 그 둘 중의 어느 것도 아니었다는 것을 알았다. 혹은 어느 것이든 좋았었는지도 몰랐다. 하여튼 벗도 이미 늙었다. 그는 나이로 청춘이었으면서도, 기력과 또 정열이 결핍되어 있었다. 까닭에 그가 항상 그렇게도 구하여 마지 않는 것은, 온갖 의미로서의 자극이었는지도 모른다.

여급이 세 명, 그리고 다음에 두 명, 그들의 탁자로 왔다. 그렇게 많은 '미녀'를 그 자리에 모이게 한 것은, 물론 그들의 풍채도 재력도 아니다. 그들은 오직 이 곳의 신선한 객이었고 그리고 노는 계집들은 그렇게도 많은 사나이들과 아는 체하기를 좋아하였다. 벗은 차례로 그들의 이름을 물었다. 그들의 이름에는 어인 까닭인지 모두 '코'가 붙어 있었다. 그것은 결코 고상한 취미가 아니었고 그리고 때로 구보의 마음을 애달프게 한다.[51]

"왜, 호구 조사 오셨어요."

새로이, 여급이 그들의 탁자로 와서 말하였다. 문제의 여급이다. 그들이 그 계집에게 아는 체하는 것을 보고, 그들의 옆이 앉았던 두 명의 계집이 자리를 양도하여 엉거주춤 일어섰다. 여자는, 아니 그대루 앉아 있어요, 사양하면서도 벗의 옆에 가 앉았다. 이 여자가 다른 다섯 여자들보다 좀더 어여쁠 것은 없었다. 그래도 어딘지 모르게 기품이 있어 보이기는 하였다. 벗이 그와 둘이서만 몇 마디 말을 주고받고 하였을 때, 세 명의 여급은 다른 곳으로 가 버리고 말았다. 동료와 친근히 하고 있는 듯싶은 객에게 계집들은 결코 흥미를 느끼지 않는다.

"어서 약주 드세요."

이 탁자를 맡은 계집이, 특히 벗에게 권고하였다. 사실 맥주를 세 병째 가져오도록, 벗이 마신 술은 모두 한 곱뿌나 그밖에 안 되었던 것임에 틀림없었다. 그러나 벗은 오직 그 곱뿌를 들어 보고 또 입에 대는 척하고 그리고 다시 탁자에 놓았다. 이 벗은 음주 불감증이 있었다. 그러나 물론 계집들은 그런 병명을 알지 못한다. 구보에게 그것이 일종의 정신병임을 듣고, 그들은 철없이 눈을 둥그렇게 떴다. 그리고 다음에 또 철없이 그들은 웃었다.

한 사나이가 있어 그는 평소에는 술을 즐기지 않으면서도 때때로 남주(濫酒)를 하여, 언젠가는 일본주를 두 되 이상이나 먹고 그리고 거의 혼도[52]를 하였다고 한 계집은 이야기를 하고, 그리고 그것도 역시 정신병이냐고 구보에게 물었다. 그것은 기주증(嗜酒症), 갈주증(渴酒症) 또는 황주증(荒酒症)이었다. 얼마 전엔가 구보가 흥미를 가져 읽은 현대의학 대사전 제23권

중요 어구

52) 혼도 : 기절.

은 그렇게도 유익한 서적임에 틀림없었다.

갑자기 구보는 온갖 사람들을 모두 정신병자라 관찰하고 싶은 강렬한 충동을 느꼈다. 실로 다수의 정신병 환자가 그 안에 있었다. 의상분일증(意想奔逸症), 언어도착증(言語倒錯症), 과대망상증(誇大妄想症), 추외언어증(醜猥言語症), 여자음란증(女子淫亂症), 지리멸렬증(支離滅裂症), 질투망상증(嫉妬妄想症), 남자음란증(男子淫亂症), 병적기행증(病的奇行症), 병적허언기편증(病的虛言欺騙症), 병적부덕증(病的不德症), 병적낭비증(病的浪費症)…….

그러다가, 문득 구보는 그러한 것에 흥미를 느끼려는 자기가, 오직 그런 것에 흥미를 갖는다는 것만으로도 이미 하나의 환자에 틀림없다 깨닫고 그리고 유쾌하게 웃었다.

그러면

무어, 세상 사람이 다 미친 사람이게. 구보 옆에 조그마니 앉아, 말없이 구보의 이야기만 듣고 있던 여급이 당연한 질문을 하였다. 문득 구보는 그에게로 향하여 비스듬히 고쳐 앉으며 실례지만 하고, 그러한 말을 사용하고 그의 나이를 물었다. 여자는 잠깐 망설거리다가,

"갓 스물이에요."

여성들의 나이란 수수께끼다. 그래도 이 계집을 갓 스물이라 볼 수는 없었다. 스물다섯이나 여섯. 적어도 스물넷은 됐을 게다. 갑자기 구보는 일종의 잔인성을 가져, 그 역시 정신병자임에 틀림없음을 일러 주었다. 당의즉답증(當意卽答症). 벗도 흥미를 가져 그에게 그 병에 대하여 자세한 것을

물었다. 구보는 그의 대학노트를 탁자 위에 펴 놓고, 그 병의 환자와 의원 사이의 문답을 읽었다.

코는 몇 개요. 두 갠지 몇 갠지 모르겠습니다. 귀는 몇 개요, 한 갭니다. 셋하구 둘하고 합하면. 일곱입니다. 당신 몇 살이요. 스물하납니다. (기실 38세) 매씨는 여든한 살입니다. 구보는 공책을 덮으며, 벗과 더불어 유쾌하게 웃었다. 계집들도 따라 웃었다. 그러나 벗의 옆에 앉은 여급말고는 이 조그만 이야기를 참말 즐길 줄 몰랐던 것임에 틀림없었다. 특히 구보 옆의 환자는, 그것이 자기의 죄 없는 허위에 대한 가벼운 야유인 것을 깨달을 턱이 없이 호호대고 웃었다. 그는 웃을 때마다, 말할 때마다, 언제든 수건 든 손으로 자연을 가장하여 그의 입을 가린다. 사실 그는 특히 입이 모양 없게 생겼던 것임에 틀림없었다. 구보는 그 마음에 동정과 연민을 느꼈다. 그러나 그것은 물론, 애정과 구별되지 않으면 안 된다. 연민과 동정은 극히 애정에 유사하면서도 그것은 결코 애정일 수 없다. 그러나 증오……, 증오는 실로 왕왕 진정한 애정에서 폭발한다…… 일찍이 그의 어느 작품에서 사용하려다 말았던 이 일절은 구보의 열은 경험에서 추출된 것에 지나지 않았어도, 그것은 혹은 진리였을지도 모른다. 그런 객쩍은 생각을 구보가 하고 있었을 때, 문득 또 한 명의 계집이 생각난 듯이 물었다. 그럼 이 세상에서 정신병자 아닌 사람은 선생님 한 분이겠군요. 구보는 웃고, 왜 나두…… 나는, 내 병은,

"다변증(多辯症)이라는 거라우."

"무어요. 다변증……."

"응, 다변증. 쓸데없이 잔소리 많은 것두 다아 정신병이라우."

"그게 다변증이에요오."

다른 두 계집도 입안말로 '다변증' 하고 중얼거려 보았다. 구보는 속주머

니에서 만년필을 꺼내서 공책 위에다 초한다. 작가에게 있어서 관찰은 무엇에든지 필요하였고, 창작의 준비는 비록 카페 안에서라도 하여야 한다.[53] 여급은 온갖 종류의 객을 대함으로써 온갖 지식을 얻으려 노력하였다. 잠깐 펜을 멈추고, 구보는 건너편 탁자를 바라보다가 또 가만히 만족한 웃음을 웃고, 펜 잡은 손을 놀린다. 벗이 상반신을 일으키어 또 무슨 궁상맞은 짓을 하는 거야…… 그리고 구보가 쓰는 대로 그것을 소리 내어 읽었다. 여자는 남자와 마주 대하여 앉았을 때, 그 다리를 탁자 밖으로 내어 놓고 있었다. 남자의 낡은 구두가 탁자 밑에서 그의 조그만 모양 있는 숙녀화를 밟을 것을 염려하여서가 아닐 게다. 그는 오늘 그가 그렇게도 사고 싶었던 살빛나는 비단 양말을 신을 수 있었다. 그리고 그것이 그렇게도 자랑스러웠던 것임에 틀림없었다.

훙, 하고 벗은 코로 웃고 그리고 소설가와 벗할 것이 아님을 깨달았노라 말하고, 그러나 부디 별의 별 것을 다 쓰더라도 나의 음주 불감증은 얘기말우……. 그리고 그들은 유쾌하게 웃었다.

구보와 벗과

그들의 대화의 대부분을, 물론 계집들은 알아듣지 못했다. 그러면서도 그들은 능히 모든 것을 이해할 수 있었던 듯이 가장하였다. 그러나 그것은 결코 죄가 아니었고, 또 사람은 그들의 무지를 비웃어서는 안 된다. 구보는

중요 어구

53) 작가에게~하여야 한다 : 이 소설의 작가 박태원의 직접적 작가관이 드러나 있다.

펜을 잡았다. 무지는 노는 계집들에게 있어서, 혹은 없어서는 안 될 물건이나 아닐까. 그들이 총명할 때, 그들에게는 괴로움과 아픔과 쓰라림과…… 그 온갖 것이 더하고, 불행은 갑자기 나타나 그들의 마음을 사로잡고 말 게다.[54] 순간순간에 그들이 맛볼 수 있는 기쁨을, 다행함을, 비록 그것이 얼마나 값 없는 물건이더라도, 그들은 무지라야 비로소 가질 수 있다.[55] 마치 그것이 무슨 진리나 되는 듯이, 구보는 노트에 초하고 그리고 계집이 권하는 술을 사양 안 했다.

어느 틈엔가 밖에 비가 내리고 있었다. 가만한 비다. 은근한 비다. 그렇게 밤 늦어, 그렇게 은근히 비 내리면, 구보는 때로 애달픔을 갖는다. 계집들도 역시 애달픔을 가졌다. 그들은 우산의 준비가 없이 그들의 단벌 옷과, 양말과 구두가 비에 젖을 것을 염려하였다.

유키짱……. 보이지 않는 구석에서 취성이 들려왔다. 구보는 창 밖 어둠을 바라보며, 문득 한 아낙네를 눈앞에 그려 보았다. 그것은 '유키'…… 눈이 그에게 준 생각이었는지도 모른다. 광교 모퉁이 카페 앞에서, 마침 지나는 그를 적은 소리로 불렀던 아낙네는 분명히 소복을 하고 있었다.

"말씀 좀 여쭤 보겠습니다."

여인은 거의 들릴락말락한 목소리로 말하고, 걸음을 멈추는 구보를 곁눈에 느꼈을 때, 그는 곧 외면하고, 겨우 손을 내밀어 카페를 가리키고 그리고,

중요 어구

54) 괴로움과~사로잡고 말 게다 : 구보와 그의 벗과 같은 지식인이 가지는 고뇌를 표현하고 있다.
55) 그들은 무지라야~가질 수 있다 : 이 말은 곧 지식인은 그런 것을 가질 수 없음을 말하고자 하는 것이다.
56) 웃음우물 : 보조개.

"이 집에서 모집한다는 것이 무엇이에요."

카페 창 옆에 붙어 있는 종이에 여급 대모집. 여급 대모집 두 줄로 나누어 쓰여 있었다. 구보는 새삼스러이 그를 살펴보고, 마음에 아픔을 느꼈다. 빈한은 하였을지도 모른다. 그러나 그는 제 자신 일거리를 찾아 거리에 나오지 않아도 좋았을 게다. 그러나 불행은 뜻하지 않게 찾아와, 그는 아직 새로운 슬픔을 가슴에 품은 채 거리에 나오지 않으면 안 되었던 것일 게다. 그에게는 거의 장성한 아들이 있을지도 모른다. 혹은 그것이 아들이 아니라 딸이었던 까닭에 가엾은 이 여인은 제 자신에 풀칠하기를 꾀하지 않으면 안 되었을 게다. 그의 처녀 시대에 그는 응당 귀하게 아낌을 받으며 길리웠을지도 모른다. 그의 핏기 없는 얼굴에는 기품과 또 거의 위엄조차 있었다. 구보가 말을 삼가 여급이라는 것을 주석할 때 그러나 그 분명히 마흔이 넘었을 아낙네는 그의 말을 끝까지 듣지 않고 혐오와 절망을 얼굴에 나타내고, 구보에게 목례한 다음 초연히 그 앞을 떠났다.

구보는 고개를 돌려, 그의 시야에 든 온갖 여급을 보며, 대체 그 아낙네와 이 여자들과 누가 좀더 불행할까, 누가 좀더 삶의 괴로움을 맛보고 있는 걸까 생각하여 보고 한숨 지었다. 그러나 그 좌석에서 그러한 생각을 하는 것은 옳지 않았을지도 모른다. 구보는 새로이 담배를 피워 물었다. 그러나, 탁자 위에 성냥갑은 두 갑이 모두 비어 있었다.

조그만 계집아이가 카운터로 달려가 성냥을 가져왔다. 그 여급은 거의 계집아이였다. 그가 열여섯이나 열일곱, 그렇게 말하더라도, 구보는 결코 의심하지 않았을 게다. 그 맑은 두 눈은, 그의 두 뺨의 웃음우물[56]은 아직 오탁(汚濁)에 물들지 않았다. 구보가 그 소녀에게 애달픔과 사랑과, 그것들을 한꺼번에 느낄 수 있었던 것은 결코 취한 탓만이 아니었을지도 모른다. 너 내일, 낮에 나하구 어디 놀러 가련. 구보는 불쑥 그러한 말조차 하며 만약 이 귀여운 소녀가 동의한다면, 어디 야외로 반일을 산책에 보내도 좋다고 생각한다. 그러나 소녀는 그 말에 가만히 미소하였을 뿐이다. 역시 그 웃음우물이 귀여웠다.

구보는 문득 수첩과 만년필을 그에게 주고, 가(可)면 ○를, 부(否)면 ×를, 그리고 ○인 경우에는 내일 정오에 화신상회 옥상으로 오라고. 네가 무어라고 표를 질러 놓든 내일 아침까지는 그것을 펴 보지 않을 테니 안심하고 쓰라고. 그런 말을 하고, 그 새로 생각해 낸 조그만 유희에 구보는 명랑하게 유쾌하게 웃었다.

오전 두 시의

종로 네 거리— 가는 비 내리고 있어도, 사람들은 그 곳에 끊임없다. 그들은 그렇게도 밤을 사랑하여 마지않았는지도 모른다. 그들은 그렇게도 용이하게 이 밤에 즐거움을 구하여 얻을 수 있었는지도 모른다. 그리고 그들은 일순, 자기가 가장 행복된 것 같이 느낄 수 있었는지도 모른다. 그러나 그들의 얼굴에, 그들의 걸음걸이에 역시 피로가 있었다. 그들은 결코 위안 받지 못한 슬픔을, 고달픔을 그대로 지닌 채, 그들이 잠시 잊었던 혹은 잊으려 노력하였던 그들의 집으로, 그들의 방으로 돌아가지 않으면 안 된다.

이렇게 밤늦게 어머니는 또 잠자지 않고 아들을 기다릴 게다. 우산을 가지고 나가지 않은 아들에게 어머니는 또 한 가지의 근심을 가질 게다. 구보는 어머니의 조그만, 외로운, 슬픈 얼굴을 생각하였다. 그리고 제 자신 외로움과 슬픔을 맛보지 않으면 안 된다. 구보는 거의 외로운 어머니를 잊고 있었던 것임에 틀림없다. 그러나 어머니는 그 아들을 응당, 온 하루 생각하고 염려하고 또 걱정하였을 게다. 오오, 한없이 크고 또 슬픈 어머니의 사랑이여. 어버이에게서 남편에게로, 그리고 또 자식에게로 옮겨 가는 여인의 사랑— 그러나 그 사랑은 자식에게로 옮겨 간 까닭에 그렇게도 힘 있고 또 거룩한 것이 아니었을까.

구보는 벗이, 그럼 또 내일 만납시다. 그렇게 말하였어도, 거의 그것을 알아듣지 못하였다. 이제 나는 생활을 가지리라. 생활을 가지리라. 내게는 한 개의 생활을, 어머니에게는 편안한 잠을……. 평안히 가 주무시오. 벗이 또 한 번 말했다. 구보는 비로소 그를 돌아보고, 말없이 고개를 끄덕하였다. 내일 밤에 또 만납시다. 그러나 구보는 잠깐 주저하고, 내일, 내일부터, 나 집에 있겠소, 창작하겠소…….

"좋은 소설을 쓰시오."

벗은 진정으로 말하고 그리고 두 사람은 헤어졌다. 참말 좋은 소설을 쓰리라. 번(番)드는 순사가 모멸을 가져 그를 훑어보았어도 그는 거의 그것에서 불쾌를 느끼는 일도 없이, 오직 그 생각에 조그만 한 개의 행복을 갖는다.

"구보(仇甫)……."

문득 벗이 다시 그를 찾았다. 참, 그 수첩에다 무슨 표(標)를 질러나 좀 보우. 구보는 안주머니에서 꺼낸 수첩 속에서, 크고 또 정확한 ×표를 찾아내었다. 쓰디쓰게 웃고 벗에게 향하여, 아마 내일 정오에 화신상회 옥상으로 갈 필요는 없을까 보오. 그러나 구보는 적어도 실망을 갖지 않았다. 설혹 그것이 ○표라 하였더라도 구보는 결코 기쁨을 느낄 수는 없었을 게다. 구보는 지금 제 자신의 행복보다도 어머니의 행복을 생각하고 싶었을지도 모른다. 그 생각에 그렇게 바빴을지도 모른다. 은근히 비 내리는 거리에서 구보는 좀더 빠른 걸음걸이로 집을 향한다.

어쩌면 어머니가 이제 혼인 얘기를 꺼내더라도, 구보는 쉽게 어머니의 욕망을 물리치지는 않을지도 모른다.[57]

중요 어구

57) 어쩌면 어머니가~모른다 : 일상적인 행복이라는 조건에 만족하며 현실과의 화해를 도모하려는 구보의 의지가 엿보인다.

작품 이해 및 논술 다지기

작품 이해

핵심 정리

- 갈래 : 중편 소설, 심리 소설
- 시점 : 전지적 작가 시점
- 배경 : 시간적—1930년대 어느 하루
  공간적—서울 거리
- 구성 : 피카레스크 구성
- 문체 : 서사적 건조체
- 주제 : 지식인의 무기력한 자의식에 비친 일상의 모습

등장 인물의 성격

- 구보 : 외출에서 귀가까지의 세태 관찰의 주체. 26세 미혼, 무직의 소설

가. 귀도 잘 들리지 않으며, 시력에도 문제가 있어 신체의 불안감을 느끼고 있는 인물.

• 어머니 : 구보의 어머니. 아들의 늦은 귀가와 결혼을 염려하는 인물.

이해와 감상

이 소설은 《조선 중앙일보(1934)》에 발표한 작품으로, 제목처럼 소설가 구보가 경성 시내를 떠돌며 보낸 하루를 재현하는 소설이다. 구보가 지낸 하루는 시간적인 순서에 따라 제시되고 있지만, 이 때의 시간적인 순서란 인과적인 순서와 관계가 없는, 자연적 시간의 순서에 그친다.

구보가 시내를 돌아다니다 친구를 만나고, 다시 저녁을 먹고 술을 마시고 헤어지는 그런 일련의 사건에 필연적인 인과란 없는 것이다. 일종의 필연성을 형성하는 것은 오히려 구보가 떠올리는 생각들, 특히 동경 시절의 애인 임(姙)과의 추억이지만, 그것들은 시간적 순서에 따라 배치되어 있지 않다. 구보가 거리를 지나다가 문득 마주친 무엇에서, 혹은 매개 없이 연상되어 떠오르는 조각조각으로서 보여질 뿐이다.

이는 모더니즘의 일반적 특질 중 '동시성, 병치 또는 몽타주'에 해당하는 것이라 할 수 있다. 이 개념은, 단순히 자연적 시간으로 연속되는 질서를 버리고 과거 · 현재 · 미래가 응축되는 심리적 시간을 중시하게 됨을 말한다. 구보가 지금의 경험에 과거의 경험을 끌어들이고, 그것으로써 의미 구조를 구축하려는 태도가 바로 이것이다.

그 외에도 〈소설가 구보씨의 일일〉은 '미학적 자의식 또는 자기 반영성', 그리고 '비인간화와 통합적인 주체의 붕괴'라는 모더니즘의 특질을 보여 준다. 미학적 자의식은 작품을 창작하는 과정, 그 자체에 대한 관심이 작품에서 드러나는 것을 일컫는 말로, 구보가 거리를 산책하면서 계속 소설 창작을 생각하는 것, 그리고 소설가가 소설을 쓰고 있지 못하는 상태 자체가 〈소설가 구보씨의 일일〉을 이루는 내용이라는 점에서 드러난다.

또한 '병들었음' 을 느끼는 구보의 모습은 통합적인 주체의 붕괴라는 항에 상응하는 것이다.

구보는 느즈막하게 집을 나와 화신상회— 조선은행— 낙랑— 경성역— 낙랑— 종로 경찰서 앞— 제비다방— 대창옥— 광화문통— 다방— 황금정— 종각 뒤 술집— 낙원정의 여로를 돌아다닌다.

그는 산책을 하는 내내 '고독' 과 '행복' 이라는 단어를 떠올리며, 갈 곳 없는, 생활이 없는 자신의 처지에 두통을 느끼기도 한다.

그러나 생활이라고 할 법한 것을 가진 사람들은 물질적 탐욕에 들떠 있거나 사람 사이의 소외에 눌려 있다. 구보가 보기에 세상은 병들어 있다.

병든 세상에서 직업 없이 소설 쓰기를 업으로 하면서, 그나마 이즈음에는 글조차 쓰지 못하고 있는 구보는 한편으로 마주치는 사건과 사람들에 대한 인상을 자기화(自己化)하고, 한편으로는 과거의 추억에 매달린다. 이 때 떠오르는 과거의 추억은, 지금 구보가 취하고 보게 되는 행동과 동일한 구조를 지니는 것이다.

이를 쌍으로 묶어 보면, 친구를 기다림 : 대학 노트 발견, 친구와 만나 대창옥으로 : 대학 노트의 주인을 만남, 친구와의 대화 : 임(姙)과의 첫 대면, 대창옥을 나와 거리 : 벗이 약속 있다고 미안한 표정, 임은 돌아가겠다는 표정 : 벗과 헤어져 걸음, 비 오는 거리 : 임에게는 이미 애인이 있었음, 비오는 공원 : 이별로 나타난다. 이런 대응은 과거와 현재의 동시적 병치라는 모더니즘의 특징을 잘 보여 준다. 여로 끝에, 구보는 '생활을 갖겠다.' 고 결심하고 집으로 돌아간다. 한 소설가의 여로가 일시적으로 종결된 것이다.

생각 나누기

1. 이 소설에 나타나는 시간 의식의 특징을 써 보자.
2. 이 소설에서 보이는 '미학적 자의식'에 대한 간략히 설명해 보자.
3. 이 소설에서 '구보'가 도심을 뚜렷한 목적의식 없이 배회하는 형식을 갖는 이유를 설명해 보자.

모범 답안

1. 이 작품은 구보가 지낸 하루를 시간적인 순서에 따라 제시하고 있지만 자연적 질서로서의 시간은 중요하지 않고, 경험적 · 심리적 시간이 주요한 특징으로 나타난다. 따라서 과거와 현재가 같은 시간에 교차하는 동시성 · 병치의 특성도 나타난다.
2. '미학적 자의식'은 작가가 작품 창작 과정에 대해 관심을 지니고 그 관심을 작품 내에서도 나타내는 것을 이르는 말이다. 이 소설에서는 주인공의 신분의 소설가이며 그가 노트를 들고 다니면서 마주치는 사건과 사람을 자기화하고 소설화하려는 데서 드러난다. 그것은 관찰과 소요의 미학이요, 대상을 자기화하여 또 하나의 거리를 둔 질서의식을 창조한다는 관조와 창조의 미학이다. 이상의 작품에서는 비판적 시각이 주로 되어 있는 반면, 이 소설에서는 대상을 있는 그대로 보고, 그것을 그려 내는 관조적인 미학이 바탕이 되고 있다.
3. 배회는 관찰과 의식의 흐름을 효과적으로 드러내기 위한 장치이다. 작가는 병들어 있는 사회 세태를 배회라는 장치를 통해 다양한 측면에서 관찰하고자 한다. 또 배회 중 만난 대상에서 떠오르는 의식의 흐름에 따라 지금의 경험에 과거의 경험을 끌어들여 의미 구조를 구축하고 있다.

연관 작품 더 읽기

• 〈길〉(손창섭) : 시골에서 상경한 소년이 이발소, 약국 등에서 일하면서 눈에 비춰지는 세상의 풍속을 그린 세태 소설.

좀더 알아보기

• 구인회(九人會) : 1933년 8월에 문단 및 예술계의 작가 9명이 결성한 문학친목단체로 이종영, 김유영의 발기로 이효석, 이우영, 유치진, 이태준, 조용만, 김기림, 정지용 등이 참가하였다. 그러나 발족한 지 얼마 안 되어 이종영, 김유영, 이효석이 탈퇴하고 대신 박태원, 이상, 박팔양이 가입하였으며, 그 뒤 또 한 번 회원 교체가 있었으나 이들은 적극적인 활동을 펴지는 않았다. 당시 이들이 차지하는 문단에서의 역량으로 인해 '순수예술 옹호'라는 문단의 분위기가 형성되기도 했다. 구인회는 시문학파(詩文學派)에서 유도된 순수문학의 흐름을 계승, 발전시켜 1930년대 이후 민족문학의 주류를 형성하는 데 이바지 했으며, 근대 문학을 현대 문학의 성격으로 전환 · 발전시킨 데에 그 문학사적 의의가 있다.

• 6 · 25 소설 : 민족사의 가장 큰 비극인 6 · 25를 소재로 하여 씌어진 소설로서 주로 6 · 25의 발발과 전개 과정, 그리고 그것이 던져 준 충격 그 극복의 문제를 다루고 있다. 지금까지 6 · 25 소설은 전쟁 소설, 전후 소설, 분단 소설의 다양한 명칭으로 불리워졌다. 황순원 〈나무들 비탈에 서다〉에서 나타나는 젊은이들의 불안과 피해의식, 선우휘의 〈불꽃〉과 하근찬의 〈수난시대〉에 나타나는 인간성 옹호, 장용학의 〈요한 시집〉에서의 인간 실존의 문제, 손병수 〈인간 신뢰〉에서 나타나는 인간에 대한 믿음 등은 6 · 25 소설이 중점적으로 다룬 주제들이다.

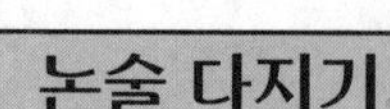

논술 다지기

❖ 아래 제시문에는 사회적 적응 및 부적응에 대한 정의가 나타나 있다. 이 내용을 참조하여 '구보'의 행동을 비판적으로 점검하고 이러한 행동이 나타나는 원인이 무엇때문일지에 대해 추측해 보자. (1,200자 내외)

사회적 적응이란 인간이 주위 사회의 상황에 적합한 역할 행동을 취할 수 있게 되는 것, 쉽게 말해서 주위 사회의 움직임에 따라갈 수 있음을 뜻한다. 주위 사회란 가정 · 동료 · 학교 · 직장 등 가까운 사회 집단은 물론, 도시와 농촌 등의 지역 사회, 학술 문화, 정치 경제, 기타 전문 문화적인 사회 상황을 가리킨다. 사회적 적응이 이루어지기 위해서는 인간 자체의 조건과 주위 사회의 조건이 조화되는 것이 전제가 되는데, 많은 경우 인간 자체의 조건의 충족 정비가 기대된다. 즉 인간 자체가 노력해서 주위 사회의 움직임에 따라가는 것인데, 인간 노력에는 한계가 있어 주위 사회 조건의 충족 정비가 필요해진다. 만일 여러 사정으로 인간 자체의 조건과 주위 사회의 조건이 조화되지 못할 때 사회적 부적응(social maladjustment)의 문제가 생긴다. 사회적 부적응이란 인간이 주위 사회에 적합한 역할 행동을 하지 못하게 되는 것으로, 미국의 사회학자 J.W. 질린은 현대 사회는 급격한 변동으로 사회적 부적응의 발생이 두드러지고, 이것이 범죄 · 비행 · 자살 · 정신장애 등 많은 사회 병리 현상을 초래한다고 했다.

모범 답안

제시문의 말미에서 드러나듯 현대 사회의 급격한 변동은 사회적 부적응이나 병리 현상을 초래하기도 한다. 인간이 변화한 사회에 적응하기 위해 적합한 역할 행동을 찾을 수 있는 시간이 지나치게 짧아지기 때문에 결국 자신이 위치해야 할 자리를 잃어버린 채 비정상적인 행동을 보일 수 있다는 뜻이다. 급변하는 현대 사회에서 부적응을 극복하기 위해서는 개인들이 사회적 변화의 본질을 정확히 알고 이에 적극적으로 대응하려는 자세를 견지할 필요가 있다.

무직의 소설가이자 청력과 시각에도 문제가 있는 '구보씨'는 이러한 부적응자의 모습을 다소 드러낸다고 생각한다. 목적 없이 집을 나선 구보가 다시 집으로 돌아오기까지 도중에 우연히 부딪히게 되는 단편적인 여러 사실들 및 그에 의해 촉발되는 두서 없는 생각들의 연속인 이 소설에서 1930년대 나약한 지식인의 일상사를 엿볼 수 있는 것이다. 다른 사람들의 모습을 끊임없이 관찰한 가운데 그가 발견한 것은 자신에게는 주어지지 않은 일상적 행복이다. 자신이 행복하지 않다는 고독감에 사로잡히며 귀가하는 그는, 자신이 종일 어머니를 잊고 지낸 사실에 슬퍼하기도 한다. 여기서 구보가 일상 생활에 완전히 적응하지도 못하고 그것을 위해 노력하지도 못하는 자기 자신의 모습을 부정적으로 바라보고 있음이 드러난다. 결국 그는 타인의 일상을 바라보고 관찰할 뿐 자기 자신의 일상을 구체적으로 엮어 내지는 못하는 무력한 지식인의 모습을 대변하고 있는 인물이다.

이는 곧 빠른 속도로 개화의 흐름을 받아들인 1930년대의 우리 나라 현실을 암시하기도 한다. 급격한 사회 변동 속에서 개인은 쉽게 자신의 길을 잃고 방황하게 된다. '구보' 역시 이러한 관점에서 본다면 재빠른 사회 변동에 적응하지 못한 채 종일 다른 사람들의 삶을 구경하는 '방황자'라고 정의될 수 있다. 그가 '어머니'의 결혼 요구를 선불리 받아들이지 못한 채 집 밖을 배회하는 것은 방황의 주요 내용인 셈이다.

구보의 이러한 부적응은 식민 치하에서 쉽게 벗어날 수 없다는 인식에서 비롯되는 것이라고 진단할 수 있다. 이는 그가 전형적인 30년대 지식인의 모습으로 그려져 있다는 점에 암시되어 있다. 구보는 일상적 삶을 평범하게 살아내기에는 너무 많은 고민을 하고 있는 인물이라는 뜻이다.

이처럼 구보는 절망적 시대의 모습을 인식하면서도 이를 개선할 힘이 없는 지식인들의 취약한 모습을 구체적인 행위를 통해 보여 주고 있다. 일상적 행복을 추구하지도 못하고 이상(理想)을 실천하지도 못하는 그의 모습은 암울한 시대상을 역설적으로 보여 주는 의미를 지니고 있다고 생각한다.

천변풍경

박태원(1909 ~ 1986)

호는 구보(丘甫 또는 仇甫). 서울 출생. 경성제일고보를 거쳐 일본 호세이 대학 2년 중퇴. 1920년대 말기부터 신문과 잡지에 시 〈실제〉, 〈창〉, 소설 〈해하의 일야〉 등을 발표하면서 창작 활동을 시작하였고, 1930년 단편 〈수염〉을 발표함으로써 정식 등단. 구인회의 일원으로서 표현 기교의 실험에 치중했으나 1930년대 후반 《천변풍경》, 〈골목 안〉 등을 발표하면서부터는 세태 묘사에 치중. 해방 후에는 조선문학가동맹 중앙집행위원을 역임하였고, 한국 전쟁 중 월북. 북한에서는 장편 역사 소설 《갑오농민전쟁》을 집필함.

미리 엿보기

생각해 봅시다

1. 작가가 이 소설보다 2년 전에 쓴 작품인 〈소설가 구보씨의 일일〉과 이 작품을 비교해 보고, 두 작품 사이의 공통점과 차이점이 무엇인지 생각해 보자.
2. 이 소설은 '영화적 기법'을 도입했다는 평가를 받는 작품이다. 어떤 근거에서 이러한 평가를 내릴 수 있는지 생각해 보자.

작품의 줄거리

청계천 근처에 모여 사는 사람들에게도 소소한 사건과 변화들이 많다. 1년 동안, 천변의 이 동네에 한약방 점원이 된 창수와 사내에게 유린당해 온 금순이 들어오고, 몰락한 신전집과 시집을 가게 된 이쁜이는 동네를 뜬다. 그리고 천변 근처의 이발소 · 한약방 · 카페 · 구락부(당구장) 등을 무대로 소소한 사건들이 벌어진다. 결혼을 했다 비참해진 카페 여급이 있는가 하면 사법서사인 민 주사는 첩 때문에 골치를 썩이고, 금순은 가족과 극적인 해후를 하며, 한약방집 아들은 행복한 신혼 살림을 시작하기도 한다. 그러면서 천변의 1년은 흘러간다.

이발소의 소년

민 주사는 거울에 비친 자기 얼굴을 물끄러미 바라보다가 숫제 텁수룩할 때는 그래도 좀 덜하던 것이, 이발사의 가위 소리에 따라 가지런히 처지는 머리에 흰털이 어째 더 돋뵈는 것만 같아, 그 마음이 좋지 않았다. 그것은 물론, 오늘 비롯한 것이 아니다. 근년에 이르러 이발소 의자에 앉을 때마다 늘 느껴온 것이지만 그 희끗희끗한 머리터럭으로, 아무리 싫어도 자기 나이를 헤어보게 되고, 그와 함께 작년에 얻어들인 안성집과 사이의 연령의 현격[1]을 생각하지 않으면 안 되는 것이, 그에게는 적지 않이 고통거리인 것이다.

중요 어구

1) 현격 : 사이가 많이 벌어져 있음. 또는 차이가 매우 심함.

민 주사는 올해 이미 천명(天命)을 알았고,[2] 관철동에 살림을 시키고 있는 그의 작은마누라는 꼭 그 절반인 스물다섯 살이었다.

양 볼이 쪽 빠져 가뜩이나한 얼굴이 좀더 여위어 뵈고 우굴쭈굴 보기 싫게 주름살이 잡힌 것을, 그는 우울하게 바라보며 근래 거의 하루 걸러큼씩은 마작을 하느라 날밤을 꼬박이 새우고 새우고 하여, 그래, 더욱이 건강을 해하고 우선 혈색이 이렇게 나쁘다고,

'좀 그 작난두 삼가야…….'

그렇게 마음을 먹기도 하였으나, 다시 돌이켜 되레 마작으로 밤을 새우면 새웠지 꾼이 없어 판이 벌어지지 않는다든지 하는 때, 그 젊은 계집의 경영이 사실은 더욱 두통거리인 것에 생각이 미치자, 그의 마음은 좀더 우울하여지지 않을 수 없었다. 그는 연해, 자기 머리 위에 가위를 놀리고 있는 이제 스물대여섯이나 그 밖에는 더 안 된 젊은 이발사의 너무나 생기 있어 보이는 얼굴을 일종 질투를 가져 바라보며, 현대의 의술이 발달되었느니 무어니 하는 그 말이 다 헛말이라고, 은근히 그러한 것에조차 분노를 느꼈다. 자기가 그렇게 신임하는 젊은 약방 주인이 권하는 대로 열심히 복용한 '요한비'는, 그야 오직 잠시 동안의 정력을 도와 일으켜는 주는 것이었으나, 그 뒤에 그것이 가져오는 특이한 불쾌감과 피로와 더욱이 심신의 쇠약이 무엇보다도 두려웠다. 그냥 그 임시의 최정제말고 근본적으로 정기를 왕성하게 하는 약이나, 무슨 술법이 있다면, 돈 천 원쯤 아까웁지 않다고,

중요 어구

2) 민 주사는~알았고 : 지천명(知天命)은 쉰 살을 의미한다. 민 주사의 나이가 쉰 살이라는 뜻이다.
3) 민 주사는~부자다 : 민 주사에 대한 두 가지 정보를 알려 준다. 민 주사는 돈 천 원이 부담되지 않을 정도로 부자이며 동시에 건강을 위해서라면 돈 천 원도 아깝지 않게 쓸 부자다.
4) 소년은~않는다 : 중심인물이 민 주사에서 소년으로 바뀌고 있다.

그는 그렇게까지 생각하였다. 민 주사는 그저 그만한 정도의 부자다.[3]

그러나 그것이 역시 용이한 일이 아니라고 새삼스러이 느껴지자, 그는 이내 그것을 단념하고,

'무어, 내겐 그래두 돈이 있으니까…….'

그러한 것을 생각하려 들었으나, 사실은, 자기가 가진 돈이라는 것이 그리 대단한 것이 못 될 뿐 아니라, 우선, 얼마 안 있어 시작될 부회의원 선거전에, 그 비용으로 한 이천 원 융통하지 않으면 모처럼 별렀던 입후보도 적지않이 곤란한 일이라고, 문득 그러한 것에 생각이 미치자 그는 '청춘' 만큼은 불가능사가 아닌 듯싶은 '부귀' 가 버썩 탐이 났다.

'무어, 돈이 제일이지. 지위가 제일이지.'

민 주사는 자칫하였더면 입 밖에까지 내어 중얼거릴 뻔한 것에 스스로 놀라 거울 속에서 다른 이들의 얼굴을 찾으려니까, 저 편 행길로 난 창에 가 앉아 있는 이발소 아이놈의 얼굴이 이 편을 향하고 있는 것과 시선이 마주쳐, 어째 그 사이 그놈이 자기의 표정을 자기의 마음속을 환하게 들여다본 것만 같아, 그는 제풀에 당황하여 순간에 엄숙한 표정을 지었다. 아이는 그러나 별로 민 주사에게 흥미를 가지고 있지는 않았다. 그는 다시 유리창 너머로, 석양녘의 천변 길을 오고 가는 행인들에게 눈을 주었다.

소년은 그 곳에 앉아 바라볼 수 있는 바깥 풍경에, 결코 권태를 느끼지 않는다.[4] 손님이 벗어놓은 구두를 가지런히 놓고, 슬리퍼를 권하고, 담배 사러 돈 바꾸러 잔심부름을 다니고 그러는 이 외에 그가 이발소에서 하는 일이란, 손님의 머리를 감아주는 그것뿐으로, 이렇게 틈틈이 밖이라도 내어다보지 않고는 이러한 곳에서 누가 그저 밥만 먹고 있겠느냐고, 그것은 좀 극단의 말이나, 하여튼 그는 그렇게도 바깥 구경이 좋았다.

그렇게 매일 내어다보고 있는 중에, 양쪽 천변을 늘 지나다니는 사람들

에 관한 여러 가지가 무어 누구한테 배우지 않더라도 저절로 알아지는 것이 제딴에는 너무나 신기하여, 그래 그는, 곧잘 이발하러 온 손님이 등 뒤에서,

"인석, 뭘 이렇게 정신 없이 보구 있니?"

하고라도 물을 양이면,

"저 것 좀 내다보세요."

바로 기다리고나 있었던 듯이 창 밖을 손으로 가리키고,

"저어기, 개천에서 올라오는 저 사람이 인제 어딜 가는지 알아내시겠어요?"

"어데, 누구?"

손님이 넥타이 매던 손을 멈추고 그가 가리키는 곳을 내다보노라면, 딴은 낡은 노동복에 때묻은 나이트캡을 쓰고, 아무렇게나 막되어먹은 놈이 덜렁덜렁 빨래터 사다리를 올라온다.

"저거, 땅군 아니냐?"

"땅꾼요?"

"거지대장 말야."

"저건 둘째 대장예요. 근데 지금 어딜 가는지 아시겠어요?"

"인석, 그걸 내가 으떻게 아니?"

그러면 소년은 가장 자랑스러이,

"인제 보세요. 저어 대리께 가게루 갈 테뇨."

"어디…… 참, 딴은 가게루 들어가는구나. 저놈이 담밸 사러 갔을까?"

"아무것도 안 사구 그냥 나올 테니 보세요. 자아, 다시 돌쳐서서 이쪽으로 오죠?"

"그래 인젠 저눔이 어딜 가누?"

"인제, 개천가 선술집으로 들어갈 테니 보세요."

"어디……참, 딴은 술집으루 들어가는구나. 그래두 저눔이 가게서 뭐든지 샀겠지. 그냥 거긴 갔다 올 까닭이 있나?"

"왜 들어가는지 가르쳐 드리까요? 저 사람이 곧잘 대리 밑으루 들어가서, 게서 거지들한테 둔을 십 전이구 이십 전이구 얻어 갔거든요. 그래 그걸루 술두 사먹구 밥도 사먹구 허는데, 그게 거지들이 동냥해들인 거니, 이십 전이구 삼십 전이구 간에 모두 동전 한 푼짜릴 꺼 아녜요? 근데 저 사람이 동전 가지군 절대 술집엘 안 들어가거든요. 그래 은제든지 꼭 가게루 가서, 그걸 모두 십 전짜리루 바꿔달래서……."

하고 한참 재미가 나서 이야기를 하노라면, 그런 때마다 무슨 일이든 생기는 것도 공교로워,

"인마, 잔소리 그만허구, 어서 둔 좀 바꼬나라."

들어온 지 얼마 안 되는 젊은 이발사 김 서방이, 바로 젠 척하고 소리치는 것도 은근히 약이 오르는 노릇이다.

소년은 아까 한나절 아이를 보아 주던, 신전집 주인의 장구대가리 처남이, 이번에는, 또 언제나 한가지로 물지게를 지고 천변에 나오는 것을 보고,

"저이는, 밤낮 생질의 아이나 봐 주구, 물이나 길어 주구, 그러다가 죽으려나?……."

어린 마음에도, 어쩐지 그러한 그가 딱하게 생각되었으나, 그것도 잠시 동안의 일로, 문득 창 앞을 느린 걸음으로 점잖게 지나는 중년의 신사를 보자, 어린이의 입가에는 제풀에 명랑한 웃음이 떠올랐다.

그 신사는 우선 몸이 뚱뚱하고, 더욱이 배가 앞으로 쑥 나왔다. 그것에 정비례하여, 그의 얼굴이 크고 또 살찐 것은 물론이지만, 그 큰 얼굴에 또

그대로 정비례하여 눈, 코, 귀, 입이 모두 크다. 그 중에도 장관인 것은 그의 코로, 그 이를테면 벌렁코 종류에 속하는 크고 둥근 콧잔등이가, 근래는 단연히 금주하였음에도 불구하고, 역시 전에 그가 애주하였을 때의 그 기념으로 새빨갛게 주독이 든 것이 여간 탐스러웁지 않다. 그러한 얼굴에다, 그 위에 그가 애용하는 중산모를 얹고, 실내화 신은 발을 천천히 옮겨 걸어갈 때, 그를 대하는 모든 사람이 마음에 근근한 기쁨을 갖더라도, 그것은 결코 이상한 일이 아닐 것이다.[5] 더구나 그가 남의 앞에서 즐겨 꺼내 보는 그 시계는 참말 금시계지만, 역시 참말 십팔금인 것같이 남이 알아주기를 은근히 바라고 있는 듯싶은 그 시계 줄이 사실은 오금에 지나지 않는다는 것을, 이발소 안에서의 풍문으로 들어 알고 있는 소년은, 그의 태도와 걸음걸이가 점잖으면 점잖을수록에 더욱이 속으로 우스웠다.

그러나 그 웃음에는 물론 악의 같은 것이 품어 있지는 않았다. 만약 있다면, 오히려 호의일 것이다. 자기의 매부가 부회의원인 것을 다시없는 명예로 알고, 때로 육십 노모까지를 끼워서 온 가족을 인솔하고 백화점 식당으로 가서 점심을 먹는 취미를 가진 그를, 사실 이 소년이 미워한다든지 비웃는다든지 할 아무런 근거도 없다.

가운데 다방골 안에 자택을 가지고 있는 그는, 바로 지척 사이인 광교 모퉁이 큰길거리에서 포목전[6]을 경영하고 있었다. 아침에 점에 나왔다가 저녁때 집으로 돌아가는 이 신사는, 언제고 골목에서 나와 배다리를 지나 북쪽 천변을 광교에까지 이르는 노차를 택하였다. 까닭에, 광교와 배다리 사

중요 어구

5) 그를~것이다 : 신사의 우스꽝스러운 모습을 강조하고 있다.
6) 포목전 : 베나 무명 따위의 옷감을 파는 가게.
7) 소년은~가졌다 : 소년은 신사의 중절모를 탐내고 있다.

이 북쪽 천변에 있는 이발소 창으로, 소년은 언제든 그렇게 가까이서 그를 조석으로 대한다. 그리고 대할 때마다 은근한 기쁨을 갖는다. 그 기쁨과 함께 어느 한 개의 기대를 갖는다. 이 소년이 아무에게도 설파하지 않고, 혼자 마음속으로만 이 점잖은 포목전 주인에게 갖는 기대라는 것을 아주 이 기회에 말하면, 그것은 신사의 머리 위에 얹혀 있는 중산모의 위치에 관한 것이었다.

소년의 관찰에 의하면, 그의 중산모는 그의 머리 둘레에 비하여 크도 적도 않은 것임에 틀림없었다. 그러나 신사는 결코 그것을, 보는 사람의 마음이 편안할 수 있도록 깊이 쓰는 일이 없었다. 그는 문자 그대로 그것을 머리 위에 사뿐 얹어놓은 채 걸어다녔다. 어느 때고 갑자기 바람이라도 세차게 분다면, 그의 모자가 그대로 그 곳에 가 안정되어 있을 수 없는 것은 분명한 일이다. 소년은 그것에 적지않이 명랑한 기대를 가졌다.[7] 그러나 모든 기대가 그러한 것과 같이, 이것도 그리 쉽사리 실현되지는 않았다.

오늘도 소년은 신사의 뒷모양을, 그가 배다리를 건너 골목 안으로 사라질 때까지 헛되이 바라보고 나서, 고개를 돌려 천변 너머 맞은편 카페로 눈을 주었다.

밤이 완전히 이르기 전, 이 '평화'라는 옥호를 가진 카페의 외관은, 대부분의 카페가 그러하듯이, 보기에 언짢고 또 불결하였다. 그나마 안에서 내어비치는 전등불이 없을 때, 그 붉고 푸른 유리창은 더구나 속되었고, 창 밖 좁은 터전에다 명색만으로 옹색하게 옮겨다 심은 두어 그루 침엽송은, 게으르게 먼지와 티끌을 그 위에 가졌다.

소년은, 그런, 이루 그러한 것에 별 느낌을 가지고 있는 것이 아니었다. 그는 조금 아까부터 그 밖에 가 서서, 혹 열려 있는 창으로 그 안도 기웃거려보며, 혹 부엌으로 통한 문의, 한 장 깨어진 유리 대신, 서투른 솜씨로 발라놓은 얇은 반지(半紙)가 한 귀퉁이 쭈욱 찢어진 그 사이로, 허리를 굽혀 그 안을 살펴도 보며 하는, 이미 오십 줄에 든 조그맣고 낡은 부인네에게 호기심을 가졌다. 그이는 그 카페의 여급 '하나꼬'의 어머니다.

'하나꼰 아까 목욕을 가나보든데…….'

소년은 속으로 그러한 것을 중얼거리며, 분명히 동대문 안인가 어디서 드난을 살고 있다는 그를 위하여, 모처럼 틈을 타서 딸 좀 보러 나왔던 것이 그만 가여웁게도 허행이 되고 만 것을 애달퍼하였다.

그러나 물론, 아낙네는 그러한 것을 알 턱이 없다. 그는 그대로 애타는 걸음으로 문 앞을 오락가락한다. 이미 그의 얼굴은 카페 안의 모든 사람에게 알려졌고, 또 여급들이 채 단장도 하기 전인 이 시각에, 객이라고는 아직 한 명도 와 있지 않건만, 저런 이들은 쓰윽 부엌으로라도 들어가서, 아무에게나 물어 본다든지 그러는 일도 없이, 언제든 딸 만나보는 데 그렇게도 어려워한다.

그가 네 번째, 반쯤 열어젖힌 창 앞에 가 발돋음을 하고서 그 안을 기웃거려 보았을 때, 그러나 마침내 부엌으로 통하는 문이 열리고 분명히 삼십이 넘은, 그리고 얼굴이나 맵시가 결코 어여쁘지 않은 여급이 때묻은 행주치마를 두른 채 맨발에 흰 고무신을 꿰고 나왔다. '기미꼬'다. 밖에 나오는 그 길로, 개천가로 다가서지도 않고, 그대로 그 곳에서 개천 속을 향하여, 사내 녀석같이 퉤에 하고 침을 뱉고, 문득 고개를 돌려 제 동무의 어머니를 발견하자,

"아까, 목욕 갔에요."

표정도 고치는 일 없이 일러주는 그 말소리가, 개천을 건너 소년의 귀에까지 들리도록, 역시 그렇게도 크고 또 거칠다.

저렇게 무뚝뚝하고 못생기고 또 늙은 것을, 대체 뭣 하러 여급으로 데려

다 두었누 하고, 혹 모르는 이는 말해도, 그것은 참말 모르는 말로, 사실은 주인의 술을 그만큼 많이 팔아 주는 계집도 드물었다. 우선 기미꼬는 제 자신 술을 잘 먹는다. 그래, 그의 차례에 온 손님들은, 자기들이 먹은 거의 갑절의 술값을 치르지 않으면 안 되었다. 이곳에 오는 손님 중에는 무엇보다도 그러한 점에 있어 그를 좋게 여기지 않는 이가 더러 있기는 있었다. 또 얼굴이 아름답지 못하고, 우선 젊지 못한 그 대신에 그러면 구변이라도 능하고 애교라도 있느냐 하면 또한 그렇지도 못하여, 어쩌다가 인사성 있게라도 좋은 말 한 마디 한다든지, 유쾌한 웃음 한번 웃는다든지 그러한 일이 없다. 카페 같은 데 드나드는 사람들이 결코 좋아할 턱 없는 온갖 요소만을 갖추고 있는 기미꼬가, 남보다 특별나게 손님들의 총애를 받고 있다는 것은 이를테면, 적지않이 괴이한 일이나, 현대에 있어서는 혹은 그러한 것도 소홀히 볼 수 없는 매력일지도 모른다.

그러나 물론, 그에게도 남이 따르기 어려운 장점이 있기는 있었다. 그것은 협기[8]다. 이 지구 위에 부모형제는 이를 것도 없고, 소위 일가친척이라 할 아무 하나 가지고 있지 않다고 스스로 말하는 그는, 자기 자신이 어렸을 적부터 그렇게도 고단한 생애만을 살아오지 않으면 안 되었으므로, 그래 그 까닭으로 하여 그러한지는 알 수 없는 노릇이나, 하여튼 누구에게 대하여선, 그들의 참말 어려운 경우에 진정으로 애쓰고 생각하여 주는 것만은, 사실 무던하였다.

소년은 하나꼬 어머니가 광교 쪽을 바라보며 난처한 얼굴로 생각에 잠겨 있다가, 이내 한두 마디 기미꼬에게 말하고 기미꼬가 또 큰소리로,

"그럼, 그리 가보세요."

중요 어구

8) 협기 : 호방하고 의협심이 강한 기상.

하고 말하자, 그에게 목례를 하고 돌아서서 큰길로 향하여 걸어 가는 것을 보고,

'아마, 목욕탕으로 찾아가나부다. 또, 둔 좀 해달라구 왔나?…….'

혼자 생각을 하며 고개를 조금 돌려, 저편 한약국 집에서 젊은 내외가 같이 나오는 것을 보자,

'하여튼 의는 주와. 언제든지 꼭 동부인[9] 이지…….'

제풀에 빙그레 웃음이 입가에 떠올랐다.

그들 젊은 내외를 가리켜 의가 좋다는 것은, 다만 이 이발소 소년 혼자의 의견이 아니다. 동경 어느 사립대학 영문학과를 졸업한 한약국집 큰아들이, 현재의 아내와 결혼을 한 것은 지금부터 햇수로 삼 년 전의 일이요, 그들이 서로 안 것은 그보다도 일 년이 일러, 같이 어깨를 가지런히 하여 거리를 산책하는 풍습은 이미 그 때부터 시작되었던 것이다. 동경서 갓 나온 한약국집 아들이, 역시 그해 봄에 '이화' 를 나온 '신식여자' 와 '연애' 를 한다는 소문은, 우선 빨래터에서 굉장하였고, 이를테면 완고하다 할 한약국집 영감이, 이러한 젊은 사람들의 사이에 대하여, 어떠한 의견을 가질지는 의문이었으므로, 동리의 말 좋아하는 사람들은 제법 흥미를 가지고 하회[10]를 기다렸던 것이나, 아들의 말을 들어보고, 한 번 여자의 선을 보고 한 완고 영감이, 두말하지 않고 그들에게 선뜻 결혼을 허락하여 준 것은, 참말 뜻밖의 일이었다. 그것으로 '영감' 은 '개화' 하였다는 칭찬을 동리에서 받았으나,[11] 아들 내외의 행복에 대하여서는, 객쩍게 남들은 또 말들이 많아,

중요 어구

9) 동부인 : 아내와 함께 동행함.
10) 하회 : 어떤 일이 있은 다음에 벌어지는 일의 형태나 결과.
11) 그것으로~받았으나 : 당시 '자유연애' 는 새로운 남녀관계였다. 영감이 이를 인정했다는 점에서 '개화(開化)' 했다고 평하는 것이다.

'연애를 해서 혼인했단 사람들이 더 새가 나쁘드군…….' 그러한 말을 하는 사람도 더러 있으나, 그들의 사랑은 참말 진실한 것인 듯싶어, 흔히 '신식여자' 라는 것에 대하여 공연히 빈정거려 보고 싶어 하는 동리의 완고 마누라쟁이로서도, 이제는 방침을 고쳐, 도리어 그들 젊은 내외를 썩 무던들 하다고, 그렇게 뒷공론이 돌게 된 것은 퍽이나 다행한 일이라 아니 할 수 없다.

소년은 잘 닦아 놓은 유리창문 너머로 한약국 안 사랑방에 가, 손님과 대하여 앉았는 주인 영감을 바라보았다. 집도 그리 크지는 못하였고, 살림살이도 그다지 부유하여 보이지는 않았으나, 남들 이야기를 들으면, 벼 천이나 실하게 하는 터이라 한다. 그것도 그가 당대에 자기 한 사람의 손으로 모아 놓은 것이라 생각하니, 그 허울은 별로 좋지 못한 약국 영감이, 소년의 눈에는 퍽이나 잘난 사람같이 은근히 우러러보이는 것이다.

주인 영감과 이야기를 마치고 시골 손님이 밖으로 나왔다. 벌써 오래 전에 세탁소에 보냈어야만 할 다갈색 중절모를 쓰고, 특히 이번 서울 길에 다려 입고 나온 듯싶은 고동색 능견 두루마기에 흰 고무신을 신은 그는, 문을 나올 때 흘낏 보니 가엾게도 애꾸다. 이 천변에서 애꾸를 구경하기도 참말 오래간만이어서, 광교로 걸어나가는 그를 지켜보려 하였으나, 뒤미처 방에서 나온, 서사 보는 홍서방이 대문간 옆 약 곳간에서 큼직한 약부대를 끌어내는 것이 곁눈에 뛰자, 그는 다시 그 편으로 눈을 돌리며, 저도 모르게 침이 한덩어리 목구멍을 넘어갔다.

'참말이지, 기피를 얻어먹어 본 지두 오래다…….'

돌석이가 약국을 나가버린 지도 이미 열흘이나 가까웠다. 그 애 대신 누가 또 들어오려누. 약국 심부름하는 애들과 사귀어 본 것도 돌석이 알라 셋이나 되지만, 그 애같이 한 쪽만 씹어도 입 안이 얼얼하게 매운 계피를 툭

하면 갖다주고 갖다주고 하던 아이도 없었다.

'자식이, 그냥 있지 않구 괜히 나가서…….'

일은 고되고 월급은 적고 한 것이, 그가 약국을 나간 이유라지만,

'어이 자식두…… 둔 일전 못 받구 있는 나는 어쩌구…….'

다른 약국에 비해 적다고 하는 말이지만, 그래도 먹고 오 환이면, 그게 얼마야 하고, 잠깐 심사가 좋지 못하였으나 저녁 찬거리를 장만하러 귀돌어머니가 바구니를 들고 대문을 나오는 것을 보자,

'참, 행랑 사람이 아직 안 들어와서, 그래, 저이가 빨래두 허구, 찬거리두 사러 가구…… 혼자서, 요샌 약 오를걸?'

그것은 어떻든, 약국집에서 사람 부리는 것이 그리 심악하다거나 박하다거나 한 것도 아닌 모양인데, 역시 사람 만나기란 그렇게도 어려운 것인지, 이번에 나간 하인도 일 년이나 그 밖에는 더 안 살았다.

'그저, 저 사람 하나지. 아주 죽을 때꺼정 그 집에서 살겠다구 헌다니까…….'

시앗을 보고 남편의 학대를 받고, 마침내는 단 하나 어린 자식마저 없애고, 이제는 이 세상에 믿고 살 모든 것을 잃은 귀돌어멈이, 한약국집으로 안잠을 살러 들어온 것은, 지금으로부터 오 년 전, 지금 유치원에 다니는 막내딸 기순이가 세상에 나오던 바로 그해 가을이다. 동리 아낙네들이 모두 그를 무던한 여편네라 칭찬하고 있는 것을 잠깐 생각하여 보며, 배다리 반찬가게로 향하는 귀돌어멈의 왼편으로 약간 고개를 갸우뚱한 뒷모양을 바라보고 있으려니까, 웃고 지껄이며 열칠팔 세씩 된, 머리 따내린 색시가 세 명, 걸음을 맞추어 남쪽 천변을 걸어내려온다. 흡사 학생같이 차렸으나, 손에들 들고 있는 것은 도시락 싼 보자기로, 조금 전 다섯 시에, 전매국 의주통 공장이 파한 것이다. 모두 묘령들이라 그리 밉게는 보이지 않아도, 특

히 가운데 서서 그 중 웃기 잘 하는 색시가 가히 미인이라 할 인물로, 우선 그러한 공장 생활을 하는 여자답지 않게 혈색이 좋은 얼굴이 참말 탐스러웁다. 교직 국사 저고리에, 지리멩 검정 치마를 입고 납작 구두를 신은 맵시도 썩 어울리는 그 처녀는, 수표다리께 사는 곰보 미장이의 누이로, 소년은 그가 얼굴값을 하느라고 행실이 단정하지 못하다는 소문을 들어 알고 있다.

행실이 단정하지 못하기로 말하면, 이 색시의 형 되는 사람이 오히려 더하여, 지금은 과부가 되어 저의 오라비에게로 와서 지내나, 남편이 살았을 때에도 사내가 한둘은 아니었던 모양이요, 병도 병이려니와 그러한 것으로 남편은 속을 썩이어, 그래 서른여덟 살, 한창 살 나이에 죽었다고 남들이 뒷공론이 대단한 모양이다. 이미 서른넷이나 되어, 고운 티도 다 가시고, 이제 또 개가를 하느니 어쩌니 그러한 것이 문제될 턱도 없는 것이지만, 원래가 그러한 여자라 그래도 집에 두어두자니, 필경 추잡한 소문만 퍼뜨려 놀 것이요, 그것은 이제 수이 시집을 보내야 할 둘째 누이를 가지고 있는 오라비로서 정히 머릿골 아픈 노릇이라, 역시 누구 나서는 사람이 있으면 그에게 다 과부 누이를 떠맡기고 싶어하는 모양이라 한다.

물을 다 긷고 난 신전집[12] 주인의 처남이, 다시 아이를 들쳐 업고 문간에 나왔을 때, 천변으로 창이 난 작은아들의 방에서 풍금소리가 들려왔다. '바그다드의 추장'—물론 소년은 그 곡명을 알지는 못하였으나, 신전집 작은아들이 즐겨서 타는 이 행진곡은, 그냥 귀로 듣기만 하여도 악한의 뒤를 추격하는 '청년'의 모양이 눈에 선하여 절로 신이 나는 것이다. 그러나 풍금을 타는 사람의 마음이 그래서 듣는 이도 전만큼은 흥이 나지 않는 것

중요 어구

12) 신전집 : 예전에, 신을 파는 가게를 이르던 말.

일까? 이 봄에 대학을 마치면 의사로 나서게 되는 그는, 보통 학교 적부터 음악에 취미를 가져, 하모니카와 대정금으로 시작된 노래 공부가, 이어서 풍금, 만돌린, 색소폰, 바이올린……. 그에게는 온갖 악기가 있었고, 그것들을 그는 어느 정도까지 희롱할 줄 알아,

"으떻든 재주 한가지는 지일이야."

하고 점룡이 어머니도 칭찬이 대단하였으나, 이제는 그들을 다시 만져 보려도 쉽지 않아 기운이 기울어지는 것과 함께 악기 나부랭이도 혹은 전당포 곳간으로 고물상 점두로 나가 버리고, 이제는 하나 남은 풍금이 낡아서 몇 푼 돈이 안 되는 채, 때때로 젊은이의 심사를 위로하여 줄 뿐인 것이다.

소년은 눈을 돌려 두 집 걸러 신전 편을 바라보았다. 이 월이라 물론 파리야 있을 턱이 없는 일이지만, 이를테면 저러한 것을 가리켜 '파리만 날리고 있다.' 라고 그렇게 말하는 것일 게다. 아까부터 보아야 누구 하나 찾아들지 않는 쓸쓸한 점방에가, 머리 박박 깎은 큰아들이 신문만 뒤적거리고 있었다. 그것도 한약국집에서 얻어온 어저께 신문일 것이다. 이 집에서 신문을 안 본 지도 여러 달 된다.[13] 어린 마음에도 남의 사정을 딱하게 여기고 있었으나, 사람들은 그의 그러한 갸륵한 심정을 알아 줄 턱 없이, 정신 없이 그러고 있는 그가 질겁을 하게시리,

"인마, 뭣에 또 정신이 팔렸니? 어서 선생님 머리 감아 드리지 않구……."

바로 등 뒤에서 소리를 꽥 지르는 것이 들어온 지 얼마 안 된 게 주짜만 빼려 드는 김 서방이라, 소년은 은근히 골이 나서,

중요 어구

13) 이 집에서~된다 : 신문을 구독하지 못할 정도로 신전집의 생계는 어렵다.

"내가 인마예요? 내 이름은 어엿허게 재봉이에요."

볼이 멘 소리를 하고, 민 주사의 뒤를 따라 세면대로 걸어갔다.

작품 이해 및 논술 다지기

작품 이해

핵심 정리

- 갈래 : 장편 소설, 세태 소설
- 시점 : 전지적 작가 시점
- 배경 : 시간적 — 1930년대 어느 해 2월부터 이듬해 1월까지
  공간적 — 청계천변을 중심으로 한 서울
- 구성 : 피카레스크식 복합 구성
- 문체 : 만연체
- 주제 : 천변의 세태 풍속을 통해 보는 1930년대 중 · 하층민의 삶과 애환

등장 인물의 성격

70여 명의 인물이 등장하는 이 소설에는 특정한 주인공이 없음.

• 재봉이 : 15~16세 가량의 이발소 사환. 손님이 없을 때 창밖을 내다보며 청계천변 이발소와 빨래터 골목에서 일어나는 대소사(大小事)를 상세히 목격하고 자신의 기준으로 평가를 해 나감. 은방 주인과 민주사가 그의 눈에 주로 비치는 인물.

• 창수 : 꾀 많은, 한약국집 사환. 재봉이 또래의 소년으로 시골에서 올라와 복잡한 서울의 풍경을 보고 충격을 받음. 봉급을 적게 주는 주인을 비판하며 도시의 아이로 성장함.

• 민 주사 : 재력 있는 50대 사법 서사. 안성집과 취옥 사이를 오가며 주색잡기(酒色雜技)에 골몰. 배금주의자. 부의회 선거에 낙선하고 마작 놀음에 밤을 새움.

• 종로 은방 주인 : 순박한 시골 처녀를 서울로 유린해 온 금점꾼 여급에게 돈을 주어 환심을 사려 함.

• 하나꼬 : 스무 살의 카페 여급. 손 주사, 은방 주인, 강 서방 등의 표적이 되어 있는 여인.

• 이쁜이 : 천변 사람들의 축복 속에 결혼했으나 친정으로 쫓겨남. 점룡이가 짝사랑한 인물.

• 금순이 : 순박한 시골 색시. 가족들과 헤어져 기미꼬, 하나꼬와 함께 살아가는 인물.

• 만돌 어멈 : 포악한 남편과 사는 행랑 어멈.

이해와 감상

박태원의 〈소설가 구보씨의 일일(1934)〉이 경성 도심에 대한 기록이라면, 《천변풍경(1936)》은 도시의 주변부에 대한 관찰이다. 청계천변은 분명히 도시에 속해 있으면서도 도심과는 다른 공간이다. 현란한 도시문화의 영향으로 천

변에도 카페와 구락부 같은 유흥 시설이 생기기는 했지만, 거기에는 아직도 동네 아낙들이 모여 드는 빨래터가 있고 이웃집 속내를 제 속내처럼 아는 전통적 공동체가 살아 있다.

《천변풍경》은 그러한 천변 근처 사람들의 생활을 파노라마처럼 잡아낸다. 이 소설에는 특별한 주인공이 없으며, 천변과 천변 근처의 상점들, 그리고 그곳에 사는 사람들 모두가 주인공이다.

마치 영화의 한 장면 한 장면을 보여 주듯이, 이 소설은 한 장면(그리고 특정한 인물)에서 다른 장면(다른 인물)으로 넘어 간다. 이어지는 장면들 사이에는 주제나 사건, 인물의 연속성이 없다. 이 소설이 발표된 1936년 당시에는 이것이 새로운 기법으로 받아들여져 작가의 시각이 '카메라의 눈' 처럼 드러난다는 평가(최재서)를 받았다. 이 때부터 《천변풍경》은 영화적 기법을 활용했다는 지적이 계속되고 있다.

최재서의 평가를 빌면, 박태원은 '자기 사상에 의하여 어떤 가상적 스토리를 따라가면서 인물을 조종하지 않고 그 대신 인물이 움직이는 대로 그의 카메라를 회전 내지 우회' 하였다는 것이다. 또 임화는 《천변풍경》을 세태 소설이라고 지적하기도 했는데, 작가가 자기 생각에 따라 인물과 사건을 배치하는 것이 아니라, 그저 눈앞에 있는 세태를 묘사하는 것에 그쳤다는 것이다. 이 소설 전체가 그러한 특징을 유지하고 있는데, 특히 등장하는 인물 중 이 '카메라의 눈' 을 체현하고 있는 인물은 재봉(이발소 소년)이다. 그의 즐거움은 천변을 오가는 사람들을 관찰하는 것이며, 그 관찰에는 어떤 목적도 의식도 없다. 그저 오가는 사람들에게 호기심을 가지고, 그들이 어떤 태도로 어디를 향해 가는지를 관찰할 뿐이다. 이런 재봉의 시각은 소설 전체를 관통하고 있는 작가의 시각, 즉 '카메라의 눈' 과 같다.

그러나 장면을 무조건적으로 배열하는 것만으로는 소설적 완결성을 획득하기 어렵다. 작가는 이 때문에 '시 · 공간적 폐쇄성' 이라는 장치를 마련한다. 곧 사람들의 무한한 나열을 막기 위해 시간과 무대를 제한시키고, 등장인물들의 운명도 이 무대에서 벗어나지 않게끔 조정하는 것이다.

시간적 폐쇄성은 '1년의 순환'을 소설의 시간적 배경으로 삼는 데서 생긴다. 이 소설은 '정 이월에 대독 터진다는 말이 있다. 딴은 간간이 부는 천변 바람이 제법 쌀쌀하기는 하다.'라는 말로 시작해 이듬해 같은 시기를 알리는 '입춘이 내일모레라서, 그렇게 생각하여 그런지는 몰라도, 대낮의 햇살이 바로 따뜻한 것 같기도 하다.'라는 말로 끝난다. 그런가 하면 공간적 배경은 천변에 제한되어 있다. 주요한 등장 인물들의 운명 역시, 천변으로 모아짐으로써 공간적 폐쇄성을 강화시킨다.

소설의 말미에서 이쁜이는 천변의 친정으로 돌아오고, 금순은 가족과 해후하여 천변에 자리잡는다. 이들의 운명은 천변을 뛰어넘지 못한다. 그리고 또 하나, 소설 내의 '카메라의 눈'이라 할 수 있는 재봉이 소설의 첫 부분에서 기대했던 일(포목점 주인의 중절모가 벗겨져 개천에 떨어지는 일)이 소설이 끝날 때 벌어짐으로써 중심적인 인물이나 사건이 없기 때문에 생길 수도 있는 구성의 해이함을 견제하고 있다.

생각 나누기

1. 이 작품을 통해 드러나는 작가의 시각이 '카메라의 눈'과 같다고 할 때, 이는 무엇을 의미하는지 간단히 써 보자.
2. 이 소설에서 드러나는 시간적 폐쇄성과 그 효용에 대한 생각을 서술해 보자.
3. 이 작품은 1936년 《조광》에 연재된 작품이다. 작품이 창작된 시대적 상황에 비추어 이 작품을 비판해 보자.

모범 답안

1. 이 소설은 2월 초부터 다음해 정월 말까지, 1년 동안 청계천변을 중심으로 일어나는 다양한 서민의 생활 모습을 '카메라 눈' 기법을 이용해 보여 주고 있는 작품이다. '카메라 눈' 기법은 카메라를 투사하며 이동하는 영화적 기법으로, 신문기사 제목을 그대로 화면에 보여 주는 '뉴스 릴' 기법이나 실제 살아 있는 인물을 그대로 삽입하는 '전기적 기법'과 같이 현대 영화에서 사용되는 새로운 기법이다. 작가는 이것을 소설에 적용해서 구사하고 있다. 따라서 《천변풍경》은 광교 다리와 화신백화점 같은 1930년대의 실제 거리와 건물 등을 중심으로, 청계천에 모여 사는 사람들이 경험하는 사소한 사건과 변화를 이렇다 할 서사적 사건이나 뚜렷한 주인공 없이, 다양하고 풍부하게 카메라로 영화를 찍듯이 그려내고 있는 것이 특색이다.
2. 이 소설은 어느 해 초봄으로부터 1년에 해당하는 기간을 배경으로 한다. 1년이라는 계절의 순환은 시간적으로 완결된 구조를 만들어 주면서, 중심적인 사건도 인물도 없어 자칫 해이해질 수 있는 소설 구성의 긴장감을 지켜낸다.
3. 이 작품은 서울 청계천변이라는 공간을 무대로, 거기서 살고 있는 서울 중인 및 하층민 토박이들의 삶과 생활 풍속에 대한 외면 묘사에 치중하고 있다. 따라서 이 작품은 작가의 시대적 책무라는 관점에서 비판받을 수 있다. 즉 일제 식민지 시대의 모순이나 민중의 저항을 도외시한 채 식민지 조선인에 대한 외면 묘사로 일괄한 점을 비판할 수 있다. 한편 이 작품이 당대 다양한 삶을 살아가는 인간 군상과 그들의 생활 방식을 보여 주었다는 점에서 긍정적인 평가를 내릴 수 있다.

연관 작품 더 읽기

• 《탁류》(채만식) : 군산을 배경으로 하여, 정 주사라는 몰락한 가문의 이야기를 큰딸 초봉이를 중심으로 펼쳐나가는 작품. 당대의 세태를 근본적으로 변화시키고 있는 금전 숭배의 사고방식이 삶의 현장에서 어떤 모습으로 나타나고 있는지 세밀하게 관찰 · 비판함.

좀더 알아보기

• 세태 소설 : 시정(市井) 소설 또는 풍속 소설이라고도 하며, 한 시대나 사회를 있는 그대로 반영하여 사회 현실 속에서 일어나는 사소한 일상을 소재로 삼아 당대의 풍속이나 세태의 한 단면을 묘사함. 대표적인 작품으로 박태원의 《천변풍경》, 채만식의 《탁류》 등이 있음.

논술 다지기

❖ 이 작품은 서울 청계천변을 살아가는 평범한 사람들의 일상을 묘사하고 있다. 이처럼 서민 생활의 모습을 다루고 있는 다른 문학 작품을 읽어 본 경험을 예로 들고, 이 작품과의 차이점과 공통점에 대해 논하라. (1,600자 내외)

모범 답안

평범한 서민들의 모습을 다루고 있는 소설 중에서 가장 기억나는 것은 양귀자의 《원미동 사람들》이다. 여러 편의 연작 소설들로 구성되어 있는 이 소설에는 서울 도심에 진입하지 못한 채 변두리에서 삶의 터전을 일구어 가는 가난한 사람들의 일상적 이야기가 나타나 있다. 평소에는 구체적으로 생각해 보기 힘들었던 서민들의 가난 문제를 사실적으로 다루었던 작품이기에 기억에 많이 남았다. 돈벌이 문제로 이웃간에 다툼을 벌이고 마는 장면이나, 적성에도 맞지 않는 외판원 일을 하기 위해 고민하는 인물의 모습 등은 모두 소박한 일상인들의 애환을 적실하게 표현해 주는 인상 깊은 장면들이었다. 1980년대 급격한 경제 발달의 과정에서 소외된 계층의 가난하지만 따뜻한 삶의 모습을 통해 당대의 진실을 감동적으로 전하는 작품이라 할 만하다.

이에 반해 《천변풍경》은 일정한 줄거리 없이 1년 동안 청계천변에 사는 약 70여 명의 인물들이 벌이는 일상사를 다루고 있다. 주인공 없이 서민 전반의 모습을 다채롭게 다루는 특이한 구성 방식은 이러한 세밀한 세태의 묘사를 통해 당대적 진실을 추구하려 한 작가의 의도가 드러나는 방식이라고 본다. 청계천의 모습이 근대와 전근대, 도시와 시골이 만나는 접경으로 그려져 있기에 개화기 특유의 시대적 특수성을 간접적으로 파악하게 한다.

두 작품의 공통점은 서민들의 모습을 솔직하게 드러내려고 했다는 점이다. 두 작품 모두 당대 서민들의 삶의 모습을 알 수 있게 해 주는 작품이라는 점에서 상당한 정도의 사실성을 갖추고 있다는 생각이 든다. 평범한 사람들의 일상을 보여줌으로써 현 시대를 같이 살아가는 사람들의 모습을 정확하게 인식할 수 있도록 한다는 점에서 두 작품 모두 의의가 있다.

그러나 서민의 삶에 대해 인식하는 방식이나 그것을 표현하는 관점에서는 차이점이 나타난다고 생각한다. 《원미동 사람들》이 서민들의 겉모습 이면에 숨겨진 아픔과 사연을 심도 있게 다루고 있다면 《천변풍경》은 청계천 주변을 살아가는 사람들의 겉모습 자체를 사실감 있게 묘사하고 있다. 전자의 작품은 각각의 인물들이 특정한 사건을 통해 느끼게 되는 미묘한 감정과 등장 인물들 사이의 관계에 대해 주목하고 있다. 그래서 서민들의 삶을 '실제로 체험했다.' 라는 느낌마저 전달한다. 그러나 후자는 각 인물들의 삶의 모습이 병렬적으로 나타나기에 서민들의 모습을 '마음껏 구경했다.' 는 느낌을 준다. 그들이 어떤 애환을 겪고 무엇을 느끼는지에 대한 서술이 없는 것은 아니지만 그보다는 여러 인물들의 외적 모습을 조명하는 것에 치중하고 있기 때문이다. 그래서 이 작품은 청계천변의 풍경을 무미건조하게 보여 주는 듯한 효과를 얻는 것이다.

즉 전자의 작품이 서민 생활에 대한 간접적 체험을 제공한다면, 후자는 서민들이 모여 사는 공간에 대한 묘사를 제공한다. 쓰여진 시기가 많이 다름에도 불구하고 서민적 삶의 모습이 크게 달라지지는 않았다는 생각이 들기도 한다. 그럼에도 불구하고 두 작품을 읽은 후 얻는 느낌에서는 큰 차이가 있는 것은 바로 이러한 차이점 때문일 것이다.

부끄러움이란 사람이 가지고 있는 자랑거리의 하나이다. 부끄러워 할 줄 아는 사람은 죄를 저지르지 않는다.

-탈무드(Talmud)-

갯마을

오영수(1914~1979)

경남 울주 출생. 아호는 월주(月洲). 오사카 니와중학교, 동경국민예술원에서 수학. 1948년과 1949년에 각각 《백민》에 시 〈산골아이〉와 〈6월의 아침〉을 발표하고 1950년 《서울신문》 신춘문예에 단편 〈머루〉가 당선되어 등단. 1955년에 상경하여 《현대문학》 창간 멤버가 됨. 이후 가난한 서민들의 애환과 훈훈한 인정을 담아 서정적인 필치로 묘사한 100여 편의 단편을 발표함. 그의 소설에 나타난 인물들은 모두 건강하고 순박한 인물로서 인정이 넘침. 단편집으로 《머루》, 《갯마을》, 《수련》 등이 있음.

미리 엿보기 . . .

생각해 봅시다

1. 이 작품에서 나타난 해순이라는 인물이 바다에 대해서 가지는 애정은 어떠한 종류의 것인가를 생각해 보자.
2. 이 작품은 갯마을이라는 바닷가 마을 사람들의 생활을 어떠한 분위기로 나타내고 있는가를 생각해 보자.

작품의 줄거리

동해의 H라는 어촌은 유독 과부가 많은 갯마을이다. 해순이는 뜨내기 고기잡이와 해녀 사이에서 태어난 처녀로서 착실한 어민인 성구에게 시집을 간다.

고등어 철이 돌아오자 성구는 원양 출어를 나간다. 그러나 그 뒤 폭풍이 몰아치고 성구는 영영 돌아오지 않는다. 해순은 남은 성구의 가족을 부양하기 위해 물옷을 입고 바다로 나가서 갯마을 아낙네들과 함께 지낸다.

어느 날, 해순이는 상수에게 겁탈을 당한다. 다시 고등어 철이 오도록 성구가 돌아오지를 않자 해순이는 시어머니의 권유에 따라 상수에게 시집을 가고 상수를 따라 산골로 들어간다. 그러나 상수가 징용으로 끌려가자 바다가 그리워 다시 갯마을로 돌아온다. 그녀는 다시는 갯마을을 떠나지 않으리라고 다짐한다.

서(西)로 멀리 기차 소리를 바람결에 들으며, 어쩌면 동해 파도가 돌담 밑을 찰싹대는 H라는 조그만 갯마을이 있다.

더께더께 굴딱지가 붙은 모 없는 돌로 담을 쌓고, 낡은 삿갓모양 옹기종기 엎딘 초가가 스무 집 될까 말까?

조그마한 멸치 후리막[1]이 있고 미역으로 이름이 있으나, 이 마을 사내들은 대부분 철따라 원양 출어(遠洋出漁)에 품팔이를 나간다. 고기잡이 아낙네들은 썰물이면 조개나 해초를 캐고, 밀물이면 채마밭이나 매는 것으로 여느 갯마을이나 별다름 없다. 다르다고 하면 이 마을에는 유독 과부가 많은 것이라고나 할까? 고로(古老)들은 과부가 많은 탓을 뒷산이 어떻게 갈

중요 어구

1) 후리막 : 후릿그물을 치고, 그것을 지키기 위해 지은 막. 후릿그물은 강이나 바다에 넓게 둘러치고 여러 사람이 두 끝을 끌어당겨 물고기를 잡는 큰 그물을 가리킴.

라져서 어찌어찌 돼서 그렇다느니, 앞 바다 물발이 거세서 그렇다느니들 했고 또 모두 그렇게들 믿고 있다.

해순이[2]도 과부였다. 과부들 중에서도 가장 젊은 스물셋의 청상이었다.

초여름이었다. 어느 날 밤, 조금 떨어진 멸치 후리막에서 꽹과리 소리가 들려왔다. 여름 들어 첫 꽹과리다. 마을은 갑자기 수선대기 시작했다. 멸치 떼가 몰려온 것이다. 멸치 떼가 들면 막에서는 꽹과리나 나팔로 신호를 한다. 그러면 마을 사람들은 막으로 달려가서 그물을 당긴다. 그물이 올라 수확이 많으면 많은 대로 적으면 적은 대로 '짓'이라고 해서 대개는 잡어(雜魚)를 나눠 받는다. 수고의 대가다.

그렇기 때문에 후리를 당기러 갈 때는 광주리나 바구니를 결코 잊지 않았고, 대부분이 아낙네들이다. 갯마을의 가장 풍성하고 즐거운 때다. 해순이도 부지런히 헌옷을 갈아입고 나갈 채비를 하는데, 담 밖에서 숙이 엄마가 숨찬 소리로,

"새댁 안 가?"

"같이 가요. 잠깐……."

"다들 갔다. 빨리 나오잖고……."

"아따, 빨리 가면 짓 먼침 받나 머!"

하고 해순이가 사립 밖을 나서자 순이 엄마는,

"아이구 요것아!"

중요 어구

2) 해순이 : 해순(海順)이라는 이름은 그녀가 바다에 동화된 원초적인 인간임을 암시하고 있다.

3) 맨발에 추진~시원하다 : 해순이 바다에 속해 있음을 자각하는 표현 장치로 글의 말미에 다시 등장한다.

4) 거간 : 사고 파는 사람 사이에 들어 흥정을 붙이는 일을 직업으로 하는 사람.

눈앞에 대고 헛주먹질을 하면서,

"맴(홑)치마만 걸치면 될걸…… 꼬물대고서……."

"망측하게 또 맴치마다. 성님(형님)은 정말 맴치마래?"

"밤인데 누가 보나 머, 철벙대고 적시노만 빨기 구찮고……."

사실 그물을 당기고 보면 으레 옷이 젖는다. 식수도 간신히 나눠 먹는 갯마을이라 빨래가 여간 아니다. 그래서 아낙네들은 맨발에 홑치마만 두르고 나오는 버릇이 생겼는지도 모른다. 그로 해서 또 젊은 사내들의 짓궂은 장난도 있다. 어쩌면 사내들의 짓궂은 장난을 싫잖게 받아들이는 갯마을 여인들인지도 모른다.

해순이와 숙이 엄마는 물 기슭 모래톱으로 해서 후리막으로 달려갔다. 맨발에 추진 모래가 한결 시원하다.[3] 벌써 후리는 시작되었다. 굵직한 로프줄에는 후리꾼들이 지네 발처럼 매달렸다.

— 데에야 데야—

이편과 저편에서 이렇게 주고받으면 로프는 팽팽해지면서 지그시 당겨 온다. 해순이와 숙이 엄마도 아무렇게나 빈틈에 끼어들어 줄을 잡았다. 바다 저만큼서 선두가 칸델라 불을 흔들고 고함을 지른다. 당겨올린 줄을 뒷거둠질하는 사내들이— 데에야 데야— 를 선창해서 후리꾼들의 기세를 돋우고, 막거간[4]들이 바쁘게들 서성댄다. 가마솥에는 불이 활활 타고 물이 끓는다. 그물이 가까워 올수록, 이 데에야 데야는 박자가 빨라 진다.

이 때쯤은 벌써 멸치가 모래톱에 헤뜩헤뜩 뛰어오른다. 멸치가 많이 들면 수면이 부풀어 오르고 그물 주머니가 터지는 때도 있다. 이 날 밤도 멸치는 무던히 든 모양이다. 선두는 곧장 칸델라를 흔든다. 후리꾼들도 신이 난다.

— 데야 데야 데야 데야—

이 때 해순의 손등을 덮어 쥐는 억센 손이 있었다. 줄과 함께 건잡힌 손은 해순의 힘으로는 어쩔 수 없었다. 내버려 두었다. 후리꾼들의 호흡은 더욱 거칠고 빨라진다. 억센 손은 어느 새 해순이의 허리를 감싸 안는다. 해순이는 그만 줄 밑으로 빠져 나와 딴자리로 옮아 버린다. 그물도 거진 올라왔다.

—야세 야세—

이 때는 사내들이 물기슭으로 뛰어들어 그물 주머니를 한곳으로 모아드는 판이다. 누가 또 해순이 치마 밑으로 손을 디민다. 해순이는 반사적으로 획 뿌리치고 저만큼 달아나 버린다. 멸치가 모래 위에 하얗게 뛴다. 아낙네들은 뛰어오른 멸치들을 주워 담기에 바쁘다. 후리는 끝났다. 멸치는 큰 그물 쪽자로 광주리에 퍼서 다시 돌(시멘)함에 옮겨 잡어를 골라낸다. 이래서 멸치가 굵으면 '젓' 감으로 날로 넘기기도 하고 잘면 삶아서 '이리꼬'를 만든다.

해순이는 짓을 한 바구니 받았다. 무겁도록 이고 아낙네들과 함께 돌아오면서도 괜히 가슴이 설렌다. 짓보다는 그 억센 손이 머릿속을 떠나지 않는다. 누굴까? 유독 짓을 많이 주던 막거간이나 아닌던가? 누가 엿보지나 않았을까? 망측해라!

해순이는 유독 짓이 많은 것이 아낙네들 보기에 무슨 죄나 지은 것처럼 부끄럽기만 했다. 그래서 해순이는 되도록 뒤처져 가기로 발을 멈추자 숙이 엄마가 옆구리를 쿡 찌르면서,

"너 운 짓이 그렇게도 많에?"

해순이는 얼른 뭐라고 대답이 나오지 않았다. 주니까 받아 왔을 뿐이다.

"흥 알아봤어, 요 깍쟁이……."

아낙네들이 모두 킥킥대고 웃는다. 뭔지 까닭있는 웃음들이다. 짐작이

있는 웃음들인지도 모른다. 해순이는 귀밑이 화앗 달았다. 숙이 엄마네 집 앞에서 해순이는,

"성님, 내 짓 좀 줄까?"

숙이 엄마는,

"준 사람에게 빰 맞게……."

그러면서도 바구니를 내민다. 해순이는 짓을 반이 넘게 부어 주었다.

해순이는 아랫도리를 헹구고 들어와서 자리에 누웠으나 오래도록 잠이 오질 않는다. 그 억센 손이 자꾸만 머릿속에 떠오른다. 돌아오지 않는, 어쩌면 꼭 돌아올 것도 같은 성구(聖九)의 손 같기도 한, 아니면 또 징용으로 끌려가 버린 상수의 손 같기도 한— 그 억세디 억센 손…….

해순이는 생각을 떨쳐 버리려고 애써 본다. 눈을 감아 잠을 청해 본다. 그러나 금하는 음식일수록 맘이 당기듯, 잊어버리려고 애를 쓰면 쓸수록 놓치기 싫은 마음— 그것은 해순이에게 까마득히 사려져 가는 기억의 불씨를 솟구쳐 사르개를 지펴 놓은 것과도 같았다. 안타깝고 괴로운 밤이었다.

창이 밝아 왔다. 해순이는 방문을 열었다. 사리섬 위에 달이 솟았다. 해순이는 달빛에 산산조각으로 부서진 바다를 바라보면서 이렇게 뇌어 본다.

— 죽었는지 살았는지.

눈시울이 젖는다. 한숨과 함께 혀를 한 번 차고는 문지방을 베고 누워 버린다. 달빛에 젖어 잠이 들었다.

누가 어깨를 흔든다. 소스라치고 깨어 보니 그의 시어머니다. 해순이는 벌떡 일어나 가슴을 여미면서,

"우짜꼬, 그새 잠이 들었던가베……."

시어머니는 언제나 다름없는 부드럽고 낮은 소리로,

"애야, 문을 닫아걸고 자거라!"[5]

남편 없는 며느리가 애처로웠고, 아들 없는 시어머니가 가엾어 친딸, 친어머니 못지않게 정으로 살아가는 고부간이다. 그러나 이 날 밤만은 얼굴이 달아올라 해순이는 고개를 들 수가 없었다. 그의 시어머니는 언젠가 해순이가 되돌아오기 전에도, "애야, 문을 꼭 걸고 자거라!"라고 한 적이 있었다. 그 날 밤의 기억이 너무나 생생하게 떠올랐기 때문이었다. 모든 것을 다 알고 있는 그의 시어머니다. 어쩌면 해순이의 오늘은 이 "애야, 문을 닫아걸고 자거라……"는 데 요약될는지도 모른다.[6]

해순이는 보재기〔海女〕 딸이다. 그의 어머니는 김가라는 뜨내기 고기잡이의 애를 배자 이 마을을 떠나지 못했다. 그래서 해순이가 났다. 해순이는 그의 어머니를 따라 바위 그늘과 모래밭에서 바닷바람에 그을리고 조개 껍질을 만지작거리고 갯냄새에 절어서 컸다. 열살 때부터는 잠수도 배웠다. 해순이가 성구에게로 시집을 가기는 열아홉 살 때였다. 해순이의 성례를 보자 그의 어머니는 그의 고향인 제주도로 가면서,

"너 땜에 이십 년 동안 고향 땅을 못 밟았다. 인제는 마음놓고 간다. 너도 인제 가장을 섬기는 몸이니 아예 에미 생각을 마라……."

고깃배에 실려 그의 어머니는 물길로 떠났다.[7]

해순이에게 장가들기가 소원이던 성구는 그만큼 해순이를 아꼈다. 성구

중요 어구

5) 얘야~자거라 : 남자의 침입을 막는 것을 의미한다.
6) 해순이의 오늘은~모른다 : 과거에 성구가 죽은 후 문을 열어 두고 자서 상수의 침입이 있었는데 현재에 다시 그러한 일이 반복될 것임을 암시하고 있다.
7) 고깃배에 실려~떠났다 : 해순의 어머니도 바다를 잊지 못하고 사는 바다에 일치된 인물임을 알 수 있다.

는 해순이에게 물일도 시키지 않았다. 워낙 착실한 성구라 제 혼자 힘으로는 넉넉지는 못하나마, 그의 홀어머니와 동생 해서 네 식구는 먹고 살아갈 수 있었다. 그러나 해순이는 안타까웠다. 물옷만 입고 나가면 성구 벌이에 못지않을 해순이었다. 어느 날 밤 해순이는,

"물때가 한창인데……."

"신풀이가 하고 싶나?"

"낼 전복을 좀 딸래……."

"전복은 갈바위 끝으로 가야지?"

"그긴 큰 게 많지……."

"그만둬!"

"가요……."

"못 간다니……."

"집에서 별 할 일도 없는데……."

"놀지!"

"싫에, 낼은 가고 말 게니……."

이래서 해순이가 토라지면 성구는 그만 그 억센 손으로 해순이를 잡아당겨 토실한 허리가 으스러지도록 껴안곤 했다.

고등어 철이 왔다. 칠성네 배로 이 마을 고기잡이 여덟 사람이 한패로 해서 떠나기로 됐다. 이런 때〔遠洋出漁〕는 되도록이면 같은 고장 사람들끼리 패를 짠다. 같은 날 같이 갔다가, 같은 날 같이 돌아온다. 그렇기 때문에 고기잡이 마을에는 같은 달에 난 아이들이 많다. 이 H마을만 하더라도 같은 달에 난 아이가 다섯이나 된다.

좋은 날씨였다. 뱃전에는 아낙네들이 제가끔 남편들의 어구며 그 동안의

신변 연모[8]들을 챙기느라고 부산하다. 사내들은 사내들대로 응당 간밤에 한 말이겠건만 또 한 번 되풀이를 하곤 한다.

돛이 올랐다. 썰물에 갈바람[9]을 받아 배는 미끄러지기 시작한다. 사내들은 노를 걷고 자리를 잡는다.

뭍을 향해 담배를 붙이려던 만이 아버지는 깜빡 잊었다는 듯이 배꼬리로 뛰어오르면서 입에 동그라미를 하고 제 아이 이름을 고함쳐 부른다. 아이 대신 그의 아내가 치맛자락을 걷어쥐고 물 기슭으로 뛰어들며 귀를 돌린다.

"꼭 그렇게 하라니!"

"멀요?"

"엊밤에 말한 것 말야!"

"알았소!"

오직 성구만은 닻줄을 잡고 서서 마을 한모퉁이에 눈을 박고 있다. 거기 돌담에는 해순이가 손을 뒤로 붙이고 섰다. 갓 온 시집이라 버젓이 뱃전에 나오지 못하는 해순이었다. 성구는 이번 한철 잘하면 기어코 의롱(衣籠)을 한 벌 마련할 작정이었다.

배는 떠났다. 가는 사람이나 보내는 사람이나 그들의 얼굴에는 희망과 기대가 깃들어 있을망정 조그마한 불안의 그림자도 없었다.

바다를 사랑하고, 바다를 믿고, 바다에 기대에 살아 온 그들에게는, 기상대나 측후소가 필요치 않았다. 그들의 체험에서 얻은 지식과 신념은 어떠

중요 어구

8) 연모 : 물건을 만들거나 일을 할 때에 쓰는 기구와 재료.
9) 갈바람 : 뱃사람들의 말로, '서풍' 을 이르는 말.
10) 윤 노인은~찾아갔다 : 자연의 변고가 있을 것임을 오랜 경륜으로 인해 먼저 알아차린 것이다.

한 이변에도 굽히질 않았다. 날[出漁日]을 받아 놓고 선주는 목욕재계하고 풍신(風神)과 용신(龍神)에 제를 올렸다. 풍어(豊漁)도 빌었다. 좋은 날씨에 물때 좋겠다, 갈바람이라 무슨 거리낌이 있었으랴!

하늘과 바다가 맞닿는 곳, 솜구름이 양 떼처럼 피어오르는 희미한 수평선을 향해 배는 벌써 까마득하다.

대부분의 사내들이 고기잡이로 떠난 갯마을에는 늙은이들이 어린 손자나 데리고 뱃그늘이나 바위 옆에 앉아 무연히 바다를 바라보고, 아낙네들이 썰물에 조개나 캘 뿐 한가하다.

사흘째 된던 날, 윤 노인은 아무래도 수상해서 박 노인을 찾아갔다.[10] 박 노인도 막 물가로 나오던 참이었다. 두 노인은 바다 옆 모래톱에 도사리고 앉았다. 윤 노인이 먼저 입을 뗐다.

"저 구름발 좀 보라니?"

"음!"

구름발은 동남간으로 해서 검은 불꽃처럼 서북을 향해 뻗어 오르고 있었다. 윤 노인이 또,

"하하아, 저 물빛 봐!"

박 노인은 보라기 전에 벌써 짐작이 갔다. 아무래도 변의 징조였다.

파도 아닌 크고 느린 나울이 왔다. 그럴 때마다 매운 갯냄새가 풍겼다. 틀림없었다.

이번에는 박 노인이 뻔히 알면서도,

"대마도 쪽으로 갔지?"

"고기 떼를 찾아갔는데 울릉도 쪽이면 못 갈라고……."

두 노인은 더 말이 없었다. 그새 구름은 해를 덮었다. 바람도 딱 그쳤다. 나울이 점점 커왔다. 큰 나울이 올 적마다 물컥 갯냄새가 코를 찔렀다. 두

노인은 말없이 일어나 말없이 헤어졌다. 그들의 경험에는 틀림이 없었다. 올 것은 기어코 오고야 말았다. 무서운 밤이었다. 깜깜한 칠야, 비를 몰아치는 바람과 바다의 아우성— 보이는 것은 하늘로 부풀어 오른 파도뿐이었다. 그것은 마치 바다의 참고 참았던 분노가 한꺼번에 터져 흰 이빨로 물을 마구 물어뜯는 거와도 같았다. 파도는 이미 모래톱을 넘어 돌담을 삼키고 몇몇 집을 휩쓸었다. 마을 사람들은 뒤 언덕배기 당집[11]으로 모여들었다.

이러는 동안에 날이 샜다. 날이 새자부터 바람이 멎어 가고 파도도 낮아갔다. 샌 날에 보는 마을은 그야말로 난장판이었다. 이 날 밤 한 사람의 희생이 있었다. 윤 노인이었다.[12] 그의 며느리 말에 의하면 돌담이 무너지고 파도가 축담 밑까지 들이밀자 윤 노인은 며느리와 손자를 앞세우고 담 밖까지 나오다가 무슨 일로선지 며느리에게 먼저 가라고 하고 윤 노인은 다시 들어갔다고 한다. 그리고는 아무도 모른다고 했다.

바다는 언제 그런 일이 있었던가 하듯 잔물결이 안으로 굽은 모래톱을 찰싹대고, 볕은 한결 뜨거웠고, 하늘은 남빛으로 더욱 짙었다.

그러나 고등어 배는 돌아오지 않았다. 마을은 더 어두운 수심에 잠겼다. 이틀 뒤에 후리막 주인이 신문을 한 장 가지고 와서 출어한 많은 어선들이 행방불명이 됐다는 기사를 읽어 주었다. 마을은 다시 수라장이 됐다. 집집마다 울음 소리가 그치지 않았다. 이틀이 지났다. 울음에도 지쳤다. 울어서 해결될 문제가 아니었다.

중요 어구

11) 당집 : 서낭당, 국사당 따위와 같이 신을 모셔 두는 집.
12) 윤 노인이었다 : 윤 노인은 자신을 바다에 제물로 바친 것이다. 평생을 바다와 함께 했으므로 죽음 또한 바다를 떠나서 생각할 수 없었기 때문이다.

— 설마 죽었을라고— 이런 한가닥 희망을 가지고 아낙네들은 다시 바다로 나갔다. 살아야 했다. 바다에서 죽고 바다로 해서 산다. 해순이는 성구가 돌아올 것을 누구보다도 믿었다. 그 동안 세 식구가 먹고 살아야 했다. 해순이도 물옷을 입고 바다로 나갔다.

해조를 따고 조개를 캐다가도 문득 이마에 손을 하고 수평선을 바라보곤, 아련한 돛배만 지나가도 괜히 가슴 두근거리는 아낙네들이었다. 멸치철이건만 후리도 없었다. 후리막은 집뚜껑을 송두리째 날려 버린 그대로 손 볼 엄두를 내지 않았다. 후리도 없는 갯마을 여름 밤을, 아낙네들은 일쑤 불가에 모였다. 장에 갔다온 아낙네들이 장 시세를 비롯해서 보고 들은 이야기— 이것이 아낙네들의 새로운 소식이요, 즐거움이었다. 싸늘한 모래에 발을 묻고 밤새는 줄 몰랐다. 숙이 엄마가 해순이 허벅지를 베고 벌렁 누우면서,

"에따 그 베개 편하다……."

그러자 누가,

"그 베개 임자는 어데 갔는고?"

아낙네들의 입에서는 모두 가느다란 한숨이 진다. 숙이 엄마는 해순이 얼굴을 말끄러미 쳐다보면서,

— 에에야 데야 에에야 데야

썰물에 돛달고

갈바람 맞아 갔소—

하자 아낙네들은 모두,

— 에에야 데야

샛바람 치거든

밀물에 돌아오소

에에야 데야──[13]

아낙네들은 그만 목이 메어 버린다. 이 때,

"떼과부년들이 모여서 머 시시닥거리노?"

보나마나 칠성네다. 만이 엄마가,

"과부 아닌 게 저러면 밉지나 않제?"

칠성네도 다리를 뻗고 펄썩 앉으면서,

"과부도 과부 나름이지 내사 벌써 사십이 넘었지만, 이년들 괜히 서방 생각이 나서 자도 않고……."

"말도 마소. 이십 전 과부는 살아도, 사십……."

"시끄럽다, 이년들아. 사내 녀석들 한두름 몰아다 갈라 줄 테니……."

"성님이나 실컷 하소……."

모두 딱따그르 웃는다.

이래저래 여름이 가고 잡어가 많이 잡히는 가을도 헛되이 보냈다.

모자기 · 톳나물 · 가스레나물 · 파래 · 김 해서 한무렵 가면 미역 철이다.

미역 철이 되면 해순이는 금보다 귀한 몸이다. 미역은 아무래도 길 반쯤 물 속이 좋다. 잠수는 해순이 밖에 없다. 해순이가 미역을 베올리면 뭍에서는 아낙네들이 둘러앉아 오라기[14]를 지어 돌밭에 말린다. 미역도 이삼 월까지면 거의 진다.

어느 날 밤, 해순이는 종일 미역바리를 하고 나무둥치같이 쓰러져 잠이 들었다. 얼마쯤이나 됐을까? 분명코 짐작이 있는 어떤 압박감에 언뜻 눈을

중요 어구

13) 에에야 데야 : 돌아오지 않는 가족들을 애타게 기다리는 심정을 민요 한가락으로 풀어내고 있다.
14) 오라기 : 실, 헝겊, 종이, 새끼 따위의 길고 가느다란 조각.
15) 그렇게도~놓여졌다 : 인간의 자연스런 성정에 의한 행동이다.

떴다. 이미 당한 일이었다. 악! 소리를 지른다는 것이 숨결만 가빠지고 혀가 말을 듣지 않았다. 대신 사내의 옷자락을 휘감아 잡았다. 세상 없어도 놓지 않을 작정하고— 그러나 해순이의 몸뚱어리는 아리숭한 성구의 기억 속으로 자꾸만 놓여 가고 있었다. 그렇게도 휘감아 잡았던 옷자락이 모르는 새 놓여졌다.[15]

— 아니, 내가 이게…….

해순이는 제 자신에 새삼스레 놀랐다. 마치 꿈 속에서 깨듯 바싹 정신이 들자 그만 사내의 상고머리를 가슴패기 위에 움켜 쥐었다. 사내는 발로 더듬어 문을 찼다.

"그 방에 누고?"

시어머니의 잠기 가신 또렷한 소리다. 해순이는 가슴이 덜컥 했다. 그러나 입술에 침을 발라 목을 가다듬었다.

"뒷간에 갑니더!"

그리고는 사내의 상고머리를 슬그머니 놓아 주고 발자국 소리를 터덕댔다. 이 날 밤, 해순이는 가슴이 두근거려 더는 잠을 못잤다.

다음 날도 미역바리를 나갔다. 숨가쁜 물 속에서도 해순이 머리 한 구석에는 어젯밤 기억이 떠나지 않았다. 돌아오는 길에 성기를 건져다 시어머니에게 국을 끓여 드렸다. 시어머니는 성깃국을 달게 먹으면서,

"얘야, 잘 때는 문을 꼭 닫아걸고 자거라!"

해순이는 고개를 못 들었다. 대답 대신 시어머니 국대접에 새로 떠온 따슨 국만 떠 보탰다.

해순이는 방바위— 바위가 둘러싸서 방같이 됐기 때문에— 옆에서 한천을 펴고 있었다. 이 때 등 뒤에서,

"해순아!"

해순이는 깜짝 놀라면서 반사적으로 몸을 움츠렸다. 후리막에서 일을 보고 있는 상수다. 해순이 곁에 다가앉으면서,

"해순이, 내캉 살자!"

상수의 이글거리는 눈이, 물옷만 입은 해순이에게는 온몸에 부시다. 해순이는 암말도 없이 돌아앉았다.

"성구도 없는데 멋한다고 고생을 하겠노?"

"……."

"내하고 우리 고향에 가 살자! 우리 집엔 논도 있고 밭도 있다!"

사실 그의 고향에는 별 걱정 없는 사는 부모가 있었고, 국민학교를 나온 상수는 농사 돌보고 남부럽지 않게 살았다. 두 해 전에 상처를 하자부터 바람을 잡아 떠돌아다니다가 그의 이모집인 이 후리막에 와서 뒹굴고 있다.

"은야, 해순아!"

상수의 손이 해순의 어깨에 놓였다. 해순이는 탁 뿌리치고 일어났다. 그러나 상수는 어느 새 해순의 팔을 꽉 잡고 놓지 않는다. 실랑이를 하는데 돌아가는 고깃배가 이편으로 가까워왔다. 해순이는 바위 그늘에 허리를 꼬부렸다.[16] 그새 상수는 해순이를 끌고 방바위 안으로 숨었다.

"해순이, 우리 날 받아 잔치하자……."

"싫에 싫에, 난 싫에!"

"정말?"

중요 어구

16) 바위 그늘에~꼬부렸다 : 바위 그늘에 몸을 숨겼다.

"놔요, 좀. 해가 지는데……."

"그럼, 내 말 한 번만 들어……."

"먼 말?"

상수는 해순이 허리에 팔을 돌렸다.

해순이는 몸을 비꼬아 손가락을 비틀었다.

"내 말 안 들으면 소문 낼기다!"

"머, 소문?"

"나하고 그렇고 그렇다고……."

"?……."

"내 머리 나꾸던 날 밤에……."

해순이는 비로소 알았다. 아무도 모르는, 오직 마음 속 깊이 간직해 둔 비밀을 옆에서 엿보기나 한 것처럼 해순이는 그만 발끈해지자, 허리에 꽂은 조개칼을 뽑아들었다. 서슬에 상수는 주춤 물러났다. 해순이는 칼을 눈 위에 올려 쥐고,

"내한테 손 대면 찌른다!"

"손 안 댈게. 내 말 한 번만……."

"소문 낼 텐, 안 낼 텐?"

"안 낼게, 내 말……."

"나보고 알은 척할 텐, 안할 텐?"

"그래, 내 말 한 번만 들어주면……."

상수는 칼을 휘두르는 해순이가 겁은커녕 되레 귀여워만 보였다. 해순이는 도사리고 칼을 겨누면서도 그 날 밤의 기억을 떨어 버릴 수가 없었다. 칼 쥔 손이 어느 새 턱밑까지 내려갔다. 해순이는 눈시울이 자꾸만 부드러워 갔다.

"해순이."
하고 상수가 한 걸음 다가오자 해순이는 언뜻 칼을 고쳐 들고 한 걸음 물러난다. 상수가 또 한 걸음 다가오자 해순이는 그만 아무렇게나 칼을 내저으면서,

"더 오지 마래, 더 오면 참말 찌른다!"

"참말 찔리고 싶다. 찌르면 나도 해순이를 안고 같이 죽을 테야!"
하고 상수는 목울대 밑을 가리키면서,

"꼭 요기를 찔러라, 요기를 찔러야 칵 죽는다니……."

해순이는 몸서리를 한 번 쳤다. 상수는 또 한 걸음 다가왔다. 그러자 해순이는 바위에 등을 붙이고 울음인지 웃음인지 알 수 없는 소리로,

"안 찌르게, 오지 마래!"

"찔리고 싶어 왼몸이 근질근질하다. 칵 찔러라, 그래서 같이 죽자!"
하는 상수 눈에는 불이 일듯하면서도, 입가에는 어쩌면 미소가 돌 것도 같다. 상수의 눈을 쏘아보던 해순이는 그만 칼을 내던지고,

"참 못됐다!"

상수는 칼을 주워 칼날을 더듬어 보면서,

"내 이 칼 좀 갈아다 줄까, 이 칼로야 어디……."

"어쩌면 저렇게도 못 됐을꼬?"

"전복 따듯 목을 싹 도리게시리……."

"흉측해라, 꼭 섬도둑놈 같다!"

"그랬으면 얼마나 속시원할꼬?"

"난 갈 테야……."

"날 죽이고 가거라!"

"아이 참, 어짜라커노?"

"내 말 한 번만……."

"그럼 빨리 말해 보라니……."

상수는 해순이 목에 팔을 감았다. 해순이는 팔꿈치로 뿌리치고 돌아앉아 어깨로부터 물옷을 벗기 시작했다. 이날 해순이는 몇 번이고 상수에게 소문 내지 않겠다는 다짐을 받았다. 그러나 이틀이 못 가서 아낙네들 새, 해순이와 상수가 그렇고 그렇다는 소문이 돌시 시작했다.

다시 고등어 철이 와도 칠성네 배[17]는 소식조차 없었다. 밤이면 아낙네들만이 불가에 모여들었다. 칠성네가 그의 시아버지(박노인— 박노인은 그뒤 이렇다 할 병도 없이 시름시름 앓아누워 지금껏 자리를 뜨지 못한다)가 시키는 말이라면서, 작년 그날을 맞아 일제히 제사를 지내라는 것이었다. 모두 그렇게 하기로 했다. 이 갯마을에 여덟 집 제사가 한꺼번에 드는 셈이다. 제사를 이틀 앞두고 해순이 시어머니는 해순이에게,

"얘야, 성구 제사나 마치거던 개가하두룩 해라!"

"……."

"새파란 청상이 어찌 혼자 늙겠노!"

해순이는 그저 멍했다.

"가면 편할 자리가 있다. 그새 여러 번 말이 있었으나, 성구 첫 제사나 치르고 보자고 해 왔다. 너도 대강 짐작이 갈 게다!"

해순이는 낯이 자꾸 달아올랐다. 상수가 틀림없었다. 해순이는 고개가 자꾸만 무거워갔다.

"과부가 과부 사정을 안다고, 나도 일찍이 홀로 된 몸이라 그 사정 다 안

중요 어구

17) 칠성네 배 : 작년 마을 남정네들을 싣고 나갔다가 돌아오지 못한 배.

다. 죽은 자식보다 너가 더 애처롭다. 저것(시동생)도 인젠 배를 타고 하니, 설마 두 식구야……."

다음 날은 벌써 상수가 해순을 맞아간다는 소문이 온 마을에 쫙 퍼졌다. 그러면서도 아낙네들은 해순이마저 떠난다는 것이 진정 섭섭했고 맥이 풀렸다. 눈물을 글썽대는 아낙네도 있었다. 해순이는 이 마을— 더구나 아낙네들의 귀염둥이다. 생김새도 밉지 않거니와 마음에 그늘이 없다. 남을 의심할 줄도 모르고 거짓도 없다. 그보다도 위선 미역 철이 오면…… 아낙네들은 절로 한숨이 잦았다. 그러나 해순이는 그저 남녀가 한 번 관계를 맺으면 으레 그렇게 되나 보다, 그래서 그렇게 됐고 또 그렇게 해야 되나 보다—.[18]

이러는 동안에 후리막 안주인과 상수를 따라 해순이는 가야 했다.

해순이마저 떠난 갯마을은 더욱 쓸쓸했다. 한 길 물 속에 미역밭을 두고도 철을 놓쳐 버렸다. 보릿고개가 장히도 고됐다. 해조로 끼니를 이어가는 집도 한두 집이 아니었다. 또 고등어 철이 왔다. 두 번째 닿는 제사를 사흘 앞두고 아낙네들은 불가에 모였다.

"요번 제사에는 고동 생복도 없겠다!"

"이밥[19]은 못 차려도 바다를 베고서……."

"바닷귀신이 고동 생복 없이는 응감도 않을걸!"

이렇게들 주거니받거니 하는데 뒤에서 누가,

중요 어구

18) 그래서 그렇게 되나 보다 : 윤리적인 기준이 아니라 자연의 질서에 따라 생각하고 행동하는 것이다.
19) 이밥 : 입쌀로 지은 밥. 쌀밥. 흰밥.

"왁!"

해순이었다.

"이거 새댁이 앙이가?"

"새댁이 우짠 일고?"

"제사라고 왔나?"

"너거 서방은?"

그 중에서도 숙이 엄마는 해순이를 친정 온 딸이나처럼 두 손으로 얼굴을 싸고 들여다보면서,

"좀 예빗(여윗)구나?"

그러자 칠성네가,

"여기 좀 앉거라, 보자."

해순이는 아낙네들에 둘러싸여 비로소,

"성님들 잘 기셨소?"

했다.

"너거 시어머니 봤나?"

해순이는 고개만 끄덕였다.

그의 시어머니는 해순이를 보자 입부터 실룩이고 눈물을 가두었다. 아들 생각을 해선지? 아니면 제삿날을 잊지 않고 온 며느리가 기특해선지? 해순이는 제 방에 들어가서 위선 잠수(潛水) 연모부터 찾아보았다. 시렁 위에 그대로 얹혀 있었다. 해순이는 반가웠다. 맘이 놓였다. 그래서 물가로 나왔다.

"난 인자 안 갈 테야, 성님들하고 같이 살 테야!"

그리고는 훌쩍 일어서서 바다를 바라보고 가슴 가득히 숨을 들이켰다. 오래간만에 맡는, 그렇게도 그립던 갯냄새였다. 아낙네들은 모두 서로 눈

만 바라보고 말이 없었다. 상수도 징용으로 끌려가 버린 산골에는 견딜 수 없는 해순이었다.

오뉴 월 콩밭에 들어서면 깝북 숨이 막혔다. 바랭이풀을 한곬 뜯고나면 손아귀에 맥이 탁 풀렸다. 그럴 때마다 눈앞에 훤히 바다가 틔어 왔다.

물옷을 입고 철벙 뛰어들면…… 해순이는 못 견디게 바다가 아쉽고 그리웠다.

— 고등어 철— 해순이는 그만 호미를 내던지고 산비탈로 올라갔다. 그러나 바다는 안 보였다. 해순이는 더욱 기를 쓰고 미칠 듯이 산꼭대기로 기어올랐다. 그래도 바다는 안 보였다.

이런 일이 있은 뒤로 마을에서는 해순이가 매구 혼이 들렸다는 소문이 자자했다. 시가에서 무당을 데려다 굿을 차리는 새, 해순이는 걷은 소매만 내리고[20] 마을을 빠져 나와 삼십 리 산길을 단걸음에 달려온 것이다.

"너 진정이냐? 속시원히 말 좀 해라, 보자……."

숙이 엄마의 좀 다급한 물음에도 해순이는 조용조용,

"수수밭에 가면 수숫대가 모두 미역발 같고, 콩밭에 가면 콩밭이 왼통 바다만 같고……."

"그래?"

"바다가 보고파 자꾸 산으로 올라갔지 머. 그래도 바다가 안 보이데……."

"그래 너거 새서방은?"

중요 어구

20) 걷은 소매만 내리고 : 다른 채비할 새도 없이 급하게 왔음을 나타낸다.
21) 이 때~울렸다: 자연의 질서에 순응하여 사는 공동체적 생활이 지속됨을 알리는 신호.

"징용간 지가 언제라고……."

"저런……."

"시집에선 날 매구 혼이 들렸대……."

"쯧쯧……."

"난 인제 죽어도 안 갈 테야. 성님들하고 여기 같이 살 테야."

이 때 후리막에서 야단스런 꽹과리가 울렸다.[21]

"아, 후리다!"

"후리다!"

"안 가?"

"왜 안 가!"

숙이 엄마가 해순이를 보고,

"맴치마만 두르고 빨리 나오라니……."

해순이는 재빨리 옷을 갈아입고 나왔다. 아낙네들은 해순이를 앞세우고 후리막으로 달렸다. 맨발에 식은 모래가 오장육부에 간지럽도록 시원했다.

달음산마루에 초아흐렛달이 걸렸다. 달그림자를 따라 멸치 떼가 들었다.

— 데에야 데야—

드물게 보는 멸치 떼였다.

작품 이해 및 논술 다지기

작품 이해

핵심 정리

- 갈래 : 단편 소설
- 배경 : 동해안의 H라는 갯마을
- 시점 : 전지적 작가 시점
- 구성 : 역순행적 구성(현재 → 과거 → 현재)
- 문체 : 간결체, 서정적이고 감각적인 서술
- 주제 : 자연의 질서에 순응하고 융화하는 순박한 인간상

등장 인물의 성격

- 해순이 : 해녀의 딸로 일찍이 과부가 된 순박한 인물.
- 성구 : 해순이의 첫남편. 착실한 성격으로 해순이를 끔찍이 아끼는 인물

이었으나 고기잡이를 나가 행방 불명됨.

• 시어머니 : 인정이 있으며, 혼자된 며느리를 안타까워 함.

• 상수 : 해순이의 두 번째 남편. 징용에 끌려감.

이해와 감상

이 소설은 《문예(1953)》에 발표한 작품으로서 갯마을이라는 어촌의 풍경과 해순이라는 인물의 바다에 대한 애착을 통해서 갯마을 사람들의 삶의 애환과 서민적인 정취를 담아내고 있는 작품이다. 이 작품의 특징은 그 서정성에 있을 것이다. 청상과부인 해순(海順)은 그녀의 이름이 의미하듯이 바다의 여자이고 바다의 일부이다. 그녀를 통해서 나타난 인간의 모습은 자연에 동화된 원초적인 자연적 인간이다. 바다는 그녀에게 있어서 다른 사람들에게 그러한 것처럼 생활의 토대일 뿐만이 아니라 정신의 지주이며 신앙의 대상이다. 그녀는 바다 없이는 견디지 못하는 것이다. 이 작품은 이러한 해순이라는 인물을 통해서 바닷가의 삶의 애환을 서정적으로 그려내고 있다.

이러한 서정성은 오영수의 독특한 문체와 어우러져 나타난다. 짧고 간결한 문체, 수채화를 그리는 듯한 서정적인 필치, 맑고 담백한 분위기 등은 바닷가 갯마을의 서정적인 분위기를 나타내기에 충분하다. 이러한 서정성은 사회적인 문제나 윤리의 문제조차도 들어설 자리가 없도록 만든다. 해순이가 상수와 몸을 섞었을 때 그녀는 전혀 죄의식 같은 것을 느끼지 못한다. 다만 상수가 가자고 하니까 산골로 따라갈 뿐이다.

또한 이 소설에는 어촌에 사는 사람들의 고단한 삶이 드러나 있지 않다. 갯마을은 수많은 과부들이 몰려 살면서도 그저 인정이 넘치고 훈훈한 마을로 나타날 뿐이다. 그러나 이 소설은 해순이라는 인물을 통해서 바다에 동화된 인물의 순수하고 맑은 모습을 보여 주고 있다는 점, 그리고 소설에서 서정적인 세계를 만들고 있다는 점에서 의미를 가진다.

생각 나누기

1. 이 작품에서 해순이는 어떠한 인간인지 구체적인 예를 들어서 서술하라.
2. 이 작품은 갯마을 사람들의 생활을 어떠한 분위기로 표현하고 있는가?
3. 해순의 어머니가 해녀였다는 사실이 이 소설에서 가지는 의의는 무엇인가?

모범 답안

1. 해순이는 바다를 사랑하고 바다에 동화되어 있는 인물이다. 그녀는 늘 물때를 기다렸으며, 상수를 따라서 산골로 시집을 갔어도 끊임없이 바다를 그리워하다가 마침내는 갯마을로 돌아온다. 해순이는 바다에 동화된 자연인에 가깝다.
2. 갯마을은 해순이 영원히 그리워하는 환상의 공간으로 그려지고 있다. 즉 해순의 그리움과 한의 공간이자 떠날 수 없는 삶의 터전인 것이다. 따라서 이 작품은 갯마을 생활의 곤란한 측면을 부각시키기보다는 바다와 동화되어 살아가는 사람들의 훈훈한 인정과 서정을 주로 드러내고 있다.
3. 해순의 어머니도 제주도의 해녀였으나 아이(해순)를 가지는 바람에 어쩔 수 없이 이 마을에 정착해 살았다. 하지만 해순이 결혼하자마자 자신의 숙명과도 같은 바다로 돌아가 버린다.

해순이 산골에서 다시 갯마을로 돌아온 것처럼 해순의 어머니 또한 해순과 같이 바다의 일부이며 바다의 여자인 것이다. 이런 사실은 해순이 바다에 대해 지니는 주술적인 이끌림이 운명적으로 타고난 것임을 나타낸다.

연관 작품 더 읽기

- 〈은냇골 이야기〉(오영수) : '은냇골'의 서정적 분위기를 중심으로, 극한 상황에 놓인 인물들의 따뜻한 인정을 통하여 긍정적으로 문제를 해결해 나가는 모습을 보여 주는 소설, 〈은냇골 이야기〉는 인간의 가장 원초적이고 서정적인 세계를 펼쳐 보이면서 그 속에서 살아가는 인간들의 소박한 삶 속에 자리 잡고 있는 인정의 세계를 드러냄.
- 〈오람기〉(오영수) : 도시 문명의 혜택을 받지 않은 산간 마을에 사는 소년의 유년 시절 이야기로, 천진난만한 산골 소년의 생활과 추억을 그린 작품. 특별한 위기나 절정 부분이 보이지 않지만, 꿈과 소망을 키우던 소년이 어른이 되는 과정을 보여 줌.

좀더 알아보기

- 낙원 소설 : 현실 세계에 존재하지 않는 낙원의 존재 형태와 그 곳에서 살고 싶어 하는 인간의 욕망을 다룬 소설로서, 인간이 현실 세계의 고통과 억압으로부터 벗어나기 위해 만들어낸 가공적이고, 상상적이며, 이상적인 사회라 할 수 있음. 이러한 낙원 세계에 대한 인간의 의식은 인류 보편의 현상이며, 근대 문학 이후에도 낙원 소설이 계속적으로 씌어지고 읽혀

지는 것은 이러한 인간의 원초적인 낙원 원망의식(樂園願望意識)에 기인함.

논술 다지기

❖ 이 작품에서 해순을 통해 나타나는 '바다'의 의미를 정리하고, 이와 상반되거나 유사한 관점에서 자연의 모습을 바라보고 있는 작품의 예를 들면서 두 자연의 의미를 비교 및 대조하시오. (1,200자 내외)

모범 답안

이 작품의 가장 중심에 놓인 것은 '바다'이다. 해순이의 애정 문제는 바다라는 자연의 한 요소에 불과할 뿐, 결코 해순이의 삶의 중심을 이루는 것은 아니다. 해순이에게 바다는 생활의 터전이라는 부수적 공간이 아니라, 그녀의 삶 자체인 것이다. 바다 없이는 한 순간도 견딜 수 없을 정도로 바다는 그녀에게 이미 종교와 같은 세계이다. 바다는 자연의 원시성이 살아 있는 이상향인 것이다. 작가가 추구하는 이상 세계는, 갈등이 없는 화합의 세계, 문명적 요소가 없는 원시적 세계, 건강한 생명의 약동이 있는 세계이다.

이와 유사한 관점에서 바다의 모습을 그리고 있는 작품으로 헤밍웨이의 〈노인과 바다〉를 들 수 있다. 노인이 어부 생활을 하는 무대인 바다는 인간의 삶이 이루어지는 현실을 상징할 수 있다. 그 바다는 노인에게 반드시 적대의 대상만은 아니다. 고래까지도 적은 아니다. 바다는 노인이 용기를 가지고 싸울 때 보상을 주는 어머니와 같은 존재이며, 고래도 어쩔 수 없이 노인과 싸울 뿐 둘 사이에 근본적으로 적대할 이유가 있었던 것은 아니다. 또한 이 작품은 '상어'로 상징되는 악과의 싸움에서 절대 포기하지 않는 노인의 모습을 보여 주기도 한다. 삶이 아무리 비극적이고 환멸뿐이라 해도 인간은 불패자가 되어야 하며 세상은 싸울 만한 가치가 있는 곳임을 바다와의 싸움을 통해서 나타내고 있는 것이다.

이처럼 두 작품 모두 바다의 의미를 삶의 터전의 의미로 나타내고 있다. 또한 두 작품 모두에서 바다는 작중 인물의 삶 그 자체를 대변하는 절대적 의미를 지니는 것으로 그려졌다. 그러나 〈갯마을〉의 바다가 원시적 이상향을 뜻한다면 〈노인과 바다〉의 바다는 현실적 삶의 과정을 빗대는 의미가 더욱 강하다. '해순'이 바다에서 꿈과 희망을 얻는다면 '노인'은 바다에서 현실의 의미를 배워 간다. 전자의 바다가 인간적 문제의 덧없음을 보여 주는 자연의 위대함을 상징한다면 후자의 바다는 세상에서 싸워 이기며 살아가는 것이 얼마나 가치 있는 것인지를 상징한다.

이처럼 두 작품의 인물이 바다와 관계를 맺는 방식에 대해 구체적으로 설명해 보면 다음과 같다.

해순이 사랑의 문제를 극복하는 방식은 바다에 의존하는 것이다. 사랑을 이룬 후 바다가 그리워 다시 바닷가를 찾는 '해순'의 모습은 바다와 인간이 하나로 이어져 교감을 이루는 관계라는 점을 상징적으로 의미한다. 반면 노인은 바다에서 상어와 싸우며 고래를 잡음으로써 인생의 의미와 인생을 살아가는 용기에 대해 전달한다. 노인에게 바다는 인생을 가르쳐 주는 어머니와 같은 존재이자 현실의 축소판 같은 곳이다. 즉 바다는 싸워 이기는 대상이자 성장의 계기가 되는 공간이다.

이처럼 〈갯마을〉의 바다가 종교적이고 환상적인 성격의 자연을 상징한다면 〈노인과 바다〉의 바다는 인간에게 가르침을 주는 교훈적이고 실제적인 대상으로 부각되고 있다고 정리할 수 있다.

두 소설 모두에서 바다는 인간에게 살아갈 수 있는 꿈이나 용기를 주는 대상으로 형상화되었다. 단순한 공간적 배경이 아니라 그 속에서 교훈을 얻도록 하는 주요 장치인 셈이다.

요한시집

장용학(1921~1999)

함북 부령 출생. 와세다대학 중퇴. 청진여중 교사로 근무하다가 월남함. 1950년 단편 〈지동설〉로 추천을 받아 문단에 등단. 이후 〈요한시집〉, 〈비인탄생〉, 《원형의 전설》 등을 발표하면서 문단의 주목을 받음. 그의 소설은 이제까지의 한국 소설의 전통으로부터 매우 동떨어진 관념 소설적인 특징을 지님. 그의 소설들 대부분은 현대의 비인간적인 상황을 관념적이고 난해한 문장으로 표현하고 있으며 사상적으로는 실존주의적 경향을 보임. 손창섭과 함께 1950년대 문학의 대표 작가로 인정됨.

미리 엿보기...

생각해 봅시다

1. 이 작품의 서두에 나오는 토끼에 대한 우화는 무엇을 의미하는 것인지 생각해 보자.
2. 이 작품이 다른 1950년대 소설들과 구별되는 점은 무엇인가를 생각해보자.

작품의 줄거리

대학에서 진화론 강의를 들은 누혜는 자신의 모습이 두 개의 세포로 분열되고 있음을 느낀다. 누혜는 인민의 적을 죽이고 인민의 사회를 만들기 위하여 전쟁에 자원했다가 포로가 된다. 내가 그를 만난 것은 이 포로 수용소에서이다. 수용소에서는 인민군 포로들이 적기가를 부르면서 인민군의 전향을 막고 자신들의 울타리를 지키려고 한다. 그러나 인민의 영웅이었던 누혜는 하늘을 바라보면서 꿈만 꾼다. 마침내 그는 인민군 포로들에 의해서 집단 구타를 당한다. 그는 수용소에서 사상과 인민의 이름으로 저질러지는 폭력과 살인에 혐오감을 느낀다. 그는 이러한 상황이 강요하는 자유의 구속으로부터 벗어나기 위해서 철조망에 목을 매고 자살한다. 누혜의 어머니는 기아와 병마에 시달리며 고양이가 물어다 주는 쥐를 먹는다. 이 모습을 본 나는 누혜를 생각하고 눈물을 흘리면서 과연 내일 아침에도 해가 떠오를 것인가를 자문한다.

한 옛날 깊고 깊은 산 속에 굴이 하나 있었습니다. 토끼 한 마리 살고 있는 그 곳은 일곱 가지 색으로 꾸며진 꽃 같은 집이었습니다. 토끼는 그 벽이 흰 대리석이라는 것을 모르고 살았습니다. 나갈 구멍이라곤 없이 얼마나 깊은지도 모르게 땅 속 깊이에 쿡, 박혀 든 그 속으로 바위들이 어떻게 그리 묘하게 엇갈렸는지 용히 한 줄로 틈이 뚫어져 거기로 흘러든 가느다란 햇살이 마치 프리즘을 통과한 것처럼 방 안에다 찬란한 트펙트럼의 여울을 쳐 놓았던 것입니다. 도무지 불행이라는 것을 모르고 자랐습니다. 일곱 가지 고운 무지개 색[1] 밖에 거기엔 없었으니까요.

그러던 그가 그 일곱 가지 고운 빛이 실은 천장 가까이에 있는 창문 같은

중요 어구

1) 일곱 가지 고운 무지개 색 : 실존을 자각하지 못한 상태에서의 왜곡된 진리와 무지(無知)를 상징한다.

데서 흘러든 것이라는 것을 겨우 깨닫고는 자기도 모르게 어딘지 몸이 간지러워지는 것 같으면서 그저 까닭 모르게 무엇이 그립고 아쉬워만지는 시절에 들어섰습니다. 말하자면 이 깊은 땅 속에도 사춘기(思春期)는 찾아온 것이었고 밖으로 향했던 그의 마음이 내면으로 돌이켜진 것입니다. 그는 생각했습니다.

'이렇게 고운 빛을 흘러들게 하는 저 바깥 세계는 얼마나 아름다운 곳일까…….'

이를테면 그것은 하나의 개안(開眼)이라고 할까. 혁명(革命)이었습니다. 이 때까지 그렇게 탐스럽고 아름답게 보이던 그 돌집이 그로부터 갑자기 보잘것없는 것으로 비치기 시작했던 것입니다. '에덴동산'에는 올빼미가 울기 시작한 것입니다.[2]

그러나 아무리 찾아보아도 바깥 세계로 나갈 구멍은 역시 없었습니다. 두드려도 보고 울면서 몸으로 떼밀어도 보았으나 끄떡도 하지 않는 돌바위였습니다. 차디찬 감옥(監獄)의 벽이었습니다. 갇혀 있는 자기의 위치를 깨달아야 했을 뿐이었습니다.

어떻게 해서 이런 곳에서 살게 되었던가?

모릅니다. 그런 까다로운 문제는 생각해 본 적도 없었습니다. 아무리 기억을 더듬어 생각해 보아도 일곱 가지 색밖에 떠오르는 것이 없었습니다. 일곱 가지 색으로 엉클어지는 기억 저쪽에 무엇이 무한(無限)한 무슨 느낌을 주는 무슨 세계가 있었던 것 같기도 하지만, 그것은 지금 눈망울에 그리고 있는 바깥 세계를 두고 그렇게 느껴지게 된 것인지도 모릅니다.

중요 어구

2) 에덴동산~것입니다 : 실존적 존재로서 스스로 각성이 시작되었다.

"나면서부터 이 곳에서 산 것이 아닌 것만 사실이다."

그는 결국 이렇게 결론을 내리지 않을 수 없었습니다. 그래야 바깥 세계가 있다는 것이 확실해지는 것이기도 하였습니다.

"나는 바깥 세계에서 들어온 것만 사실이다. 저 빛이 저렇게 흘러드는 것처럼……."

이렇게 그 날도 한숨 섞인 새김질을 되풀이하던 그의 귀가 무슨 결에, 쭈뼛 놀란 것처럼 곧추선 것이었습니다. 그것은 생일날의 일입니다. 생일날도 반가운 것이 없어 멍하니 이제는 나갈 구멍 찾는 생각도 말고 그저 창을 쳐다보고 있던 그였습니다. 그렇게 축 늘어졌던 그의 기다란 귀는 한 번 놀라 쭉 곧추서선 도로 내려올 줄 몰라했습니다.

떨리는 가슴을 누르면서 조심스럽게 그는 일어섭니다. 발소리를 훔치면서 창 아래로 다가섰습니다. 발돋음을 하면서 그리로 손을 가져가 봅니다.

닿는 것은 아무것도 없었습니다. 쑥 내밀어 봅니다. 그래도 닿는 것은 아무것도 없었습니다. 그의 가슴은 방 안이 떠나갈 듯한 고동이었습니다.

그러면서 이상했던 것 같은 생각이 들어 손을 다시 그 창으로 가져가면서 뒤를 돌아보았습니다. 그만 소리도 못 지르고 소스라쳤습니다. 방 안이 새까매졌던 것입니다.[3] 기급을 먹고 옆으로 물러서면서 그 자리에 쓰러지고 말았습니다.

몇날 몇밤 그는 그렇게 자리에서 일어나지 못하였습니다. 그것은 그렇게 무서운 것이었습니다. 생일날 그의 머리에 떠오른 생각은 그렇게 무서운 것이었습니다. 그는 그 창으로 나갈 수 없을까, 하는 생각을 해 보았던 것

중요 어구

3) 방 안이~것입니다 : 빛이 손에 가려 방에 들어가지 못하므로 까맣게 된 것이다. 지금껏 알고 있던 일곱 가지 무지개 색이 왜곡된 진리였음을 깨닫게 된다.

입니다. 이 얼마나 기상천외(奇想天外)의 착안(着眼)을 끝내 해 낸 것입니까.

거기로 흘러드는 빛이 없이는 이 무지개 색의 집도 저 바깥 세계가 있다는 것도 생각할 수 없는 어떻게 보면 암벽(岩壁)보다 더 철석 같아서 오히려 무(無)처럼 보이는 그 창 구멍으로 기어나갈 수 없을까 하는 생각을 마침내 해 냈다는 것은 저 지상에 살고 있는 토끼들이 공기를 마시지 않고는 한시도 살 수 없으면서 그 공기의 존재를 깨닫지 못하고 있는 것에 비하여 이 얼마나 놀라운 발견, 발견이라기보다 발명을 해 낸 것입니까. 그러나 그것은 그에 못지않게 위험한 사상이었습니다. 손만 가져갔어도 세계는 새까맣게 꺼져 버리지 않았습니까.

열은 물러갔습니다. 그는 그 창으로 기어나가기 시작했습니다. 가다가 넓어진 데도 있었지만 벌레처럼 뱃가죽으로 기면서 비비고 나가야 했습니다. 살은 터지고 흰 토끼는 빨갛게 피투성이였습니다. 그 모양을 멀리서 보면 마치 숨통을 꾸룩꾸룩 기어오르는 객혈[4](喀血) 같았을 것입니다.

뒤로 덮어드는 암흑에 쫓기는 셈이었습니다. 몇 번 도로 돌아가려고 했는지 모릅니다. 그러나 그런 생각이라는 것은 이제는 되돌아가는 길이 앞으로 나아가는 길보다 더 멀어지고, 그러면서 한 걸음 한 걸음 앞으로 나아갈수록 앞길 또한 멀어만지는 것같이 느껴질 때입니다. 그는 지금 한 걸음이라도 앞선 거북은 아킬레스의 날랜 다리를 가지고도 끝끝내 앞지를 수 없다는 궤변(詭辯)의 세계에 빠져든 것입니다. 그것은 앞으로 나아가는 것이 아니라 자꾸만 빠져드는 길이었습니다.

얼마나 그렇게 기었는지 자기도 모릅니다. 그는 움직임을 멈추었습니다.

중요 어구

4) 객혈 : 각혈. 결핵, 폐암 따위로 인하여 폐나 기관지 점막에서 피를 토함. '피 토하기'로 순화.

귀가 간지러워진 것입니다. 소리를 들은 것입니다. 새 우는 소리였습니다. 소리라는 것을 처음 들어 본 것입니다. 밀려 오르는 환희와 함께 낡은 껍질이 벗겨져 나가는 몸 떨림을 느꼈습니다. 피곤과 절망에서 온 둔화(鈍化)는 뒤로 물러서고 새 피가 혈관을 흐르기 시작했습니다.

마음은 그렇게 뛰는데 그의 발은 앞으로 움직여지지 않아 합니다. 바깥 세계는 이 때까지 생각한 것처럼 그저 좋기만 한 곳 같지도 않게 생각되는 것이었습니다. 뒷날, 그 때 도로 돌아갔더라면 얼마나 좋았을까 하고 얼마나 후회를 했는지 모릅니다마는, 그러나 그 때 누가 있어 "도로 돌아가거라." 했다면, 그는 본능적으로 '자유(自由) 아니면 죽음을!' 하고 감상적(感傷的) 포즈를 해 보였을 것입니다. 마지막 코스를 기어 나갔습니다. 드디어 마지막 관문에 다다랐습니다.

이제 저 바위 틈으로 얼굴을 내밀면 그 일곱 가지 색 속에 소리의 리듬이 춤추는 흥겨운 바깥 세계는 그에게 그 현란한 파노라마를 펼쳐 보이는 것입니다. 전율하는 생명의 고동에 온몸을 맡기면서 그는 가다듬었던 목을 바위 틈 사이로 쑥 내밀며 최초의 일별을 바깥 세계로 던졌습니다. 그 순간이었습니다.

쿡! 십 년을 두고 벼르고 기다리고 있었다는 것처럼 홍두깨가 눈알을 찌르는 것 같은 충격이었습니다. 그만 그 자리에 쓰러지고 말았습니다.

얼마 후, 정신을 돌린 그 토끼의 눈망울에는 이미 아무것도 비쳐드는 것이 없었습니다. 소경이 되어 버린 것입니다. 일곱 가지 색으로 살아 온 그의 눈은 자연의 태양 광선을 감당해 낼 수가 없었던 것입니다.

그 토끼는 죽을 때까지 그 자리를 떠나지 않았다고 합니다. 고향에 돌아가는 길이 되는 그 구멍을 그러다가 영영 잃어버릴 것만 같아서였습니다. 고향에 돌아갈까 하는 생각을 거죽에 나타내 본 적이 한 번도 없으면서 말

입니다.

그가 죽은 그 자리에 버섯이 하나 났는데 그의 후예(後裔)들은 무슨 까닭으로인지 그것을 '자유(自由)의 버섯'이라고 일컬었습니다. 조금 어려운 일이 생기면 그 버섯 앞에 가서 제사를 올렸습니다. 토끼뿐 아니라 나중에는 다람쥐라든지 노루, 여우, 심지어는 곰, 호랑이 같은 것들도 덩달아 그 앞에 가서 절을 했다고 합니다. 효험이 있을 때도 있고 없을 때도 있고 그러니 제사를 드리나 마나였지만, 하여간 그 버섯 앞에 가서 절을 한 번 꾸벅하면 그것만으로 마음이 후련해지더라는 것입니다.

그 버섯이 없어지면 아주 이 세상이 꺼져 버리기만 할 것 같았습니다.

1

해는 지붕 위에 있었다.

서산에 기울어 버린 햇발이었지만 이렇게 지붕 위로 보니 내려 앉으려던 황혼은 뒤로 밀려가고 하늘이 도로 밝아 오르는 것 같다. 곳에 따라 시간이 이렇게도 느껴지고 저렇게도 느껴진다. 어느 시간이 정말 시간인가?

시계(時計)가 가리키는 시간과 위치(位置)가 빚어내는 시간. 이 두 개의 시간 사이에 가로놓여 있는 빈 터, 그것이 얼마나한 출혈(出血)을 강요하든, 우리는 이러한 빈 터에서 놀 때 자유(自由)를 느낀다.[5] 우리에게 두 개의 시간을 품게 한 이러한 빈 터가 결국은 '나'를 두 개의 나로 쪼개 버린

중요 어구

5) 빈 터에서~느낀다 : 시공(時空)을 초월할 때 자유를 느낀다.

실마리였는지도 모른다.

공간 속을 시간이 흐르는 것인지 시간의 흐름을 따라 공간이 분비(分泌)되어 나오는 것인지 알 수 없지만, 지붕 위에 앉게 된 해를 보고 있노라면 시간(時間)은 공간(空間)에 갇혀 있는 것 같다. 이 관계 위에 현재(現在)의 질서(秩序)는 자리잡은 것 같다. 이 공간에 갇혀 있는 시간이 가령 그 벽을 뚫고 저쪽으로 뛰어 나가게 되면 세상은 어떻게 될 것인가?

우리가 무엇을 본다는 것은 시선(視線)이 그리로 가서 보는 것이 아니라 그 물체에서 반사된 광파(光波)가 망막에 비쳐드는 것에 지나지 않는 것일진대, 마치 음속(音速)보다 빠른 비행기를 타면 아까 사라진 소리를 쫓아서 다시 들을 수도 있는 것처럼 빛보다 더 빠른 비행기를 타고 날아 오르면서 지상(地上)을 돌아다보면 우리는 거기에 과거(過去)를 볼 수 있을 것이 아닌가. 비행기는 자꾸 날아 오른다. 지상에서 시간이 거꾸로 흐르는 것이 보인다. 과거 쪽으로 흘러가는 사건의 흐름이 보인다.

거기서는 밥이 쌀이 된다. 입에서 나온 밥이 숟가락에서 그릇으로 내려앉고, 그릇에서 솥으로, 그 솥이 끓어 올랐다가 아주 식어진 다음 뚜껑을 열어 보면 물 속에 가라앉은 쌀이다. 뚝배기에 옮겨서 헤엄치고 나오면 겨가 붙어서 가게에 있는 쌀처럼 된다. 싸전에서 정미소로 가서 껍질을 붙이고 밭으로 간다. 여럿이 모여서 벼이삭이 달린다. 이렇게 해서 몇 달이 지나면 그들은 땅 속 한 알의 씨가 된다…….

이렇게 보면 거기에도 하나의 생성(生成)은 있는 것이다. 하나의 세계(世界)가 이루어지는 것이고 역사(歷史)가 생겨진다.

어느 생성(生成)이 여물어 가는 열매인가?

쌀이 밥이 되는 변화(變化)와 또 밥이 쌀이 되는 변화(變化)와…….

어느 세계(世界)가 생산(生産)의 땅인가? 밤이 낮이 되는 박명(薄明)과

낮이 밤이 되는 박명[6](薄明)과……

어느 역사(歷史)가 창조(創造)의 길이고, 어느 역사(歷史)가 멸망(滅亡)의 길인가?

어떻게 되는 것이 창조(創造)이고 어떻게 되는 것이 멸망(滅亡)인가?

어느 쪽으로 흐르는 시간이 과거(過去)이고 어느 쪽으로 흐르는 시간이 미래(未來)인가……?

망상에 사로잡혔던 내 몸이 갑자기 경련을 일으킨다. 쳐다보니 동체가 두 개인 수송기가 초여름의 저녁 하늘을 남쪽으로 날아가고 있었다. 엉겁결에 그늘을 찾으려고 했던 나는 그러나 경련이 그다지 심하지 않았던 것을 깨달았다. 가슴이 좀 울렁울렁해졌었을 뿐이었다. 폭격에 놀랐던 가슴도 그 동안의 그의 그 건강을 회복한 것 같다.

하꼬방 앞으로 가까이 갔다. 섬에서 돌아오면서부터 며칠 걸려 겨우 찾아낸 집이었지만 나는 아까부터 주인을 찾는 것이 무서워졌었다. 귀찮았다. 발을 들어 조금 떼밀어도 말없이 쓰러질 것 같은 이 따위 집에도 주인이 있어야 하는가 하는 불평(不平)이다. 그러나 이런 집일수록 주인이 있어야 하기도 했다. 주인마저 없다면 벌써 언제 무너져 내렸었을 것이다.

그런데 산기슭에 자리잡고 있는 저 성곽 같은 큰 집에도 주인은 한 사람이라는 것은 좀 이해하기 곤란하다. 우리는 무슨 숨바꼭질하고 있는 셈이다.

여기에 올라오는 길에, 한 노인이 문간에 앉아 쌀, 보리, 콩 같은 것이 뒤

중요 어구

6) 박명 : 해가 뜨기 전이나 해가 진 후 얼마 동안 주위가 희미하게 밝은 상태.

섞인 것을 한알 한알 골라 내고 있었다. 그 황혼 오 분 전의 작업을 캔버스에 옮겨 놓는다면 그 제명(題名)은 '백발(白髮)이 원색(原色)을 골라내다.' 라고 하면 좋겠다. 지금 르네상스의 후예(後裔)들이 자기들이 칠하고 칠한 근대화(近代畵) 도료(塗料)를 긁어 벗기는 데에 여념이 없다. 원색(原色)을 골라서 내는 연금술(鍊金術)에 몰두하고 있는 것이다. 그러나 '지리상(地理上)의 발견(發見)' 시대(時代)는 이미 지나간 지 오래지 않는가.

저 아래 거리에서 '내일 아침 신문'을 팔지 못해 하는 어린 소리가 들려온다. 그래서 이 낭비(浪費)의 20세기(世紀)를 까마귀는 저 마른 나뭇가지 위에서 저렇게 황혼을 울고 있나 보다.

까악, 까악…….

나는 하꼬방을 두고 여남은 걸음 그리로 올라갔다. 돌을 주워 들었다. 까악, 까마귀는 그다지 대단해하지 않아 하면서도, 푸드덕 하늘로 날아오른다. 손에 들었던 돌을 버리려고 하다 말고 까마귀가 앉아 있었던 가지를 향하여 힘껏 던졌다. 그래서 까마귀가 산 너머로 날아가 버린 그 고목 아래에 가서 내가 앉아 보았다.

수평선(水平線)은 늘 그 저쪽이 그리워지는 무(無)를 반주하고 있었다.

그 저쪽에 뭐가 있다는 말인가. 여기와 같은 언덕이 질펀하게 경사를 이루고 있을 뿐이 아니겠는가? 거기서는 또 누가 이리를 그리워하고 있을 것이 아닌가. 같은 하늘 아래에서 이 무슨 시늉인가…….

그런 숨바꼭질하기에는 해가 다 저물었다. 수평선을 들어서 옆으로 치우고 탁 트이게 해야 한다. 그렇지 않으면 아주 담을 쌓아서 막아 버려야 한다. 결국 따지고 보면 질펀한 것만이 태연해질 수 있는 오늘 저녁이 아닌가. 내일 아침이 올지 말지 하더라도 끝난 오늘은 끝난 오늘로서 아주 결단을 내버려야 한다. 우선 성실(誠實)하게 살아야 한다.

무엇보다도 성실하게 살아야 한다. 진리를 찾는다고 하여 애매한 제스처를 부려서는 안 된다. 차라리 그 진리를 버려야 한다. 그런 제스처 때문에 이 공기가 얼마나 흐려졌는지 그것을 정확하게 계량해 낼 수 있다면 우리는 살아 있는 것이 시시해질 것이다.

나는 여기 이 나무 아래를 그리워해야 할 것이다. 아까 저 산기슭에서 이리를 쳐다보았을 때 하꼬방 뒤가 되는 이 한 손을 외롭게 하늘로 쳐들고 서 있는 고목이 얼마나 눈물겹게 느껴졌던 것인가. 그런데 지금은 벌써 수평선 저쪽을 그리워하고 있다. 나는 매소부[7]가 아니다. 필요하다면 산기슭에 도로 내려가서 다시 여기를 눈물겨워 쳐다보아도 좋다. 부슬비 내리는 밤 부엉새가 우는 소리를 듣는 것 같은 감회에 다시 사로잡히는 것이 나의 의리(義理)여서도 좋다.

지금도 부엉새는 울고 있을 것이다. 고향 K성(城), 동북 모퉁이가 되는 망루에서 멀리 바라보이는 산기슭에 외따른 초가집 한 채가 있다. 그리 크지 않은 성이라 들놀이, 고기잡이, 전쟁놀이 이런 것으로 어린 시절 십여 년을 뛰어 놀던 모퉁이마다 이런 추억, 저런 추억, 추억은 꼬리를 물고 성벽에서 성벽으로 이어져, 눈을 감으면 고향 산천이 한눈 안에 떠올랐건만, 봄이면 뻐꾹새도 그리로 울어 대는 그 초가집 일대는 한 번 떠오른 적이 없었다. 그것이 아까 저 산기슭에서 이리를 쳐다보았을 때 망각의 안개를 헤치고 되살아 올랐던 것이다. 이를테면 여기는 하나의 귀향(歸鄕)이었다.

중요 어구

7) 매소부 : 웃음을 파는 여인. 매춘부.
8) 다른 누가~비쳐 있는 것만 같다 : 자신이 두 개의 존재인 것처럼 표현함으로써 자신의 실존에 대한 고민을 나타내고 있다.

"동호야……."

나는 내 이름을 불러 보았다.

그러나 그 근처에 대답해 주는 소리는 있지 않았다. 석양이 어린 경사를 적막이 흘러내리고 있을 뿐이었다. 마음이 불안스러워졌다. 이 자리를 떠나고만 싶다. 곁눈으로 내 옆에 누워 있는 그림자를 더듬어 보았다. 무뚝뚝한 것이 내 그림자 같지 않았다. 다른 누가 여기에 앉아 있어 그의 그림자가 거기에 그렇게 비쳐 있는 것만 같다.[8]

"동호!"

나는 그 소리에 깜짝 놀랐다. 내 소리 같지 않았고, 농담인 줄 알았는데 그 소리는 비감이 어린 비명이었다. 그래서 얼결에 기겁을 먹고 "누구야" 하려고 했다. 그런데 내 입술은 불쑥 떠오른 침입자(侵入者) 때문에 그만 켕겼다.

할아버지의 산소가 거기에 있었던가……?

갑자기 믿기 어려웠으나, 저 하꼬방에서 바로 이만큼 떨어진 곳이었다. 할아버지의 산소가 그 초가집에서 바로 이만큼 떨어진 곳에 서 있는 소나무의 두툴두툴한 그늘 아래에 자리잡고 있다는 것은 사실이었다!

그럼 그 동안 나는 어디에 가 있었던가? 그 동안 할아버지의 산소는 어디에 있는 것으로 해 두고 있었던가? 그 산소 뒤에 피어 있는 진달래를 꺾다가 아버지에게 꾸지람을 들었던 일은 기억에 남아 있었으면서도 그 산소가 거기에 있다는 것은 까맣게 잊고 있었다. 잊고 있다는 것도 모르고 있었다. 그렇지 않았다면 아까 그렇게 놀랐을까…….

머릿속이 얼떨떨해진다. 이러한 '행방불명(行方不明)'이 아직 돌아오지 않은 이러한 '행방불명(行方不明)'이 얼마나 많을 것인가……. 그것을 모두 한데 모아 놓으면 욱실욱실할 것이다. 그것은 여기에 앉아 있는 동호보다

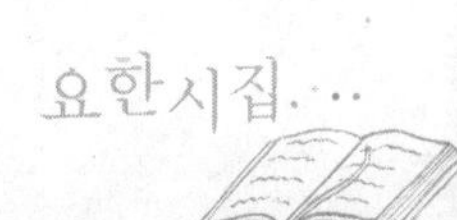

더 큰 무더기가 될 것이다!

나는 나의 일부분(一部分)을 살고 있는 셈이 된다. 나는 나의 일부분(一部分)에 지나지 않는다. 그림자에 지나지 않는다.

그래도 동호는 나인가? 나는 나인가? 아까 동호를 불렀는데도 내가 끝내 대답하지 못한 것은 이 때문이 아니었을까.

후우, 긴 한숨을 내쉬려던 나는 또 난데없이 휩쓸려드는 생각에 그만 숨이 꺾였다. 그 초가집이 우리 집……?

그러나 그것만은 아니었다. 사과나무는 서문 밖에 어엿이 서 있었다. 돗자리를 펴놓은 그 그늘 아래에 한쪽 다리를 쭉 뻗고 앉아 늘 배만 쓰다듬던 할아버지가 일생을 마친 우리 집은 그 굴뚝이 서문 밖에 서 있는 그 사과나무 바로 옆에 있었던 것이다.

하느님일지라도 그 사과나무를 이제 와서 산기슭인 그 초가집 굴뚝 옆에 옮겨다 놓을 수는 없는 것이다.

그렇다. 하느님도 옮겨다 놓을 수 없다. 옮겨다 놓지 않는다. 그것은 나도 믿는다.

그러나 언제 무슨 결에 거기에 가 턱 서 있는 것으로 되어 버리면 어쩌겠는가……. 그 땐 누구를 붙잡고 울면 좋다는 것인가?

아, 그 때는 내 눈썹이 내 볼따귀에 가서 붙어 있을 수도 있는 것이 아닌가!

내 눈썹이 내 볼따귀에, 내 발가락이 내 무르팍에 가서 더덕 붙어 있게 하기 위해서라도 사과나무는 그 초가집 굴뚝 옆에 가서 턱 서 있게 될지도 모르는 노릇이다. 이 세계(世界)가 그렇게는 곪지 않았다고 누가 단언할 수 있겠는가…….

내 손은 나도 모르게 돌멩이를 움켜쥐고 있었다. 몸이 추워진다. 불을 만져 보는 것이 두렵다. 무르팍을 만져 보는 것이 무섭다.

설마라구? 그렇기는 하다. 그러나 그렇게 되어 버리면 그렇게 되어 버리는 것이다! 한 번 그렇게 되어 버리면 그만이다. 이런 것을 사실이라고 한다. 진실은 사실을 가지고 고칠 수 있지만, 사실은 천 개의 진실을 가지고도 하나 고치지 못하는 게 현재 우리가 살고 있는 이 세계였다. 세계는 그렇게 바윗돌 같으면서 달걀처럼 취약하다.

나는 거의 돌 쥔 손에 힘을 주었다. 그저는 아무리 꽉 쥐어도 달걀은 그렇게 보여도 깨어지지 않는 것이라고 누가 하였는가. 깨어지면 어쩔 터인가? 그 때는 눈썹이 볼따귀에 발가락이 귀밑에 가서 더덕 붙을 수도 있다는 것을 시인한다는 말인가…….

있는 모든 힘을 손가락 끝에 집중시켰다.

이래도 안 깨어지나…… 이래도…… 이래도…….

이마에 땀이 배었다. 손을 놓았다. 달걀은 깨어지지 않았다.

그러나 깨어지지 않은 것은 내가 깨어지는 것을 사실은 두려워하고 있기 때문인지도 모른다. 그것이 깨어지는 날에는 내가 서 있는 이 세계가 깨어져 버리는 것이다. 그래서 야합(野合)한 것이다. 두려워하는 내 마음을 누가 벌써 내통해 주었던 것이다. 이러한 내통 위에, "달걀은 그저 쥐기만으로는 깨어지지 않는다."라는 '말'이 이루어질 수 있었던 것이다. 오늘날까지 있는 모든 힘을 내어 본 사람은 아무도 없었기 때문이다. 못 내게 되어 있다. 공기 속에 살고 있다는 것은 '말' 속에 살고 있다는 것과 마찬가지다. 처음에만 '말'이 있는 것이 아니라 처음부터 끝까지 있는 것은 '말'뿐이었다. 인간(人間)은 그 입에 지나지 않았다. 입으로서의 운동(運動), 이것이 인간 행위(行爲)의 전체였다.

지금은 깨어지지 않았다. 그러나 다음 순간에 있어서도 깨어지지 않으리

라고 누가 단정할 수 있을 것인가, 무엇을 가지고? 지금의 이 현재를 가지고……? 그러나 다음 순간은 현재가 아니다.

따지고 보면 의지할 것은 아무것도 없다. 그래서 나는 따라다녔을 뿐이다. 내가 나의 주인이 되어 나의 앞장을 내가 서서 나의 길을 걸어본 적이 있었는가? 없다! 한 번도 없었다. 늘 전봇대를 따라다녔고, 늘 기차 시간을 기다리고 있었다. 그러면서 나는 한 번도 기차에 타 본 적이 없었다. 그러나 나는 그래도 기다렸고 그래도 따라다녔다. 왜? 길에는 전봇대가 있었고, 정거장에는 대합실이 있었기 때문이다.

생각하면 비참하고 시시하다. 어째서 살아 있는 것이 그래도 낫고, 죽는 것이 그래도 나쁜가?

생각하면 한이 없다. 그저 모든 것을 보류(保留)해 두면서 따라다니고 기다리고 하는 수밖에 없다. 생(生)이란 모든 것을 보류(保留)하기로 한 약속(約束) 밑에 이어받는 것인지도 모른다. 그래서 이러다가 죽으면 모든 것을 보류해 둔 채로 죽는 것이 된다.

아직도 손에 쥐어져 있는 돌멩이를 거기에 버리고 하꼬방으로 내려갔다. 이제 보니 지붕까지 '레이션' 상자가 아닌 것이 없다. 집으로 변장한 레이션 상자 속에 누혜의 어머니는 살고 있었던 것이다.

내 눈망울에는 레이션 상자가 여기저기에 널려 있던 전쟁터의 광경이 떠오른다.

그것은 2년 전 어느 일요일이다.

발광한 이리 떼처럼 '인민군(人民軍)'은 일요일을 잘 지키는 '미제(美帝)'의 진지로 돌입하였다. 여기저기에 흩어져 있는 레이션 상자 속에는 먹다 남은 칠면조의 찌꺼기가 들어 있는 것도 있었다. 정치 보위국 장교는 그것을 '일요일의 선물'이라고 하였다. 그들은 뭐든지 어떤 한 가지를 모든 것에 결부시켜 종내는 그것을 말살시켜 버리는 것이었다.

'일요일의 공세', '승리의 일요일', '일요일의 후퇴……'. '일요일 휴가.'

'인민(人民)' 도 그랬고 '자유(自由)' 도 그랬고 '마르크시즘' 도 그렇게 해서 지워버리는 것이었다.

우리 의용군(義勇軍) 고아(孤兒)들은 한 손에 닭다리를, 한 손에 수류탄을 움켜쥐고 50년 전(五十年前)의 자본주의(資本主義)를 향하여 만세공격(萬歲攻擊)을 되풀이하였다.

삼백 년 묵었으리라 싶은 돌배나무가 육중하게 서 있는 야트막한 능선을 막 뛰어내리려 한 순간이었다. 퍽! 벌써 시꺼먼 화염이 휭, 돌배나무를 뒤덮는 것과 함께 꽝, 천지가 육시를 당했다. 개미 수염만한 내 숨은 그 폭음에 눈썹 하나 움직이지 못하고 들이쉰 대로 메워졌다. 오장이 훑어져 나가는 것 같은 내 몸은 언제 저 폭격기가 시치미를 떼고 날고 있는 하늘에 있었다. 열매가 익기 시작한 돌배나무가 송두리째 땅에서 뜯겨 하늘로 포물선(抛物線)을 그리는 것을 망막에 느끼면서 나는 우거진 그 잎사귀 속으로 의식을 잃어버렸다.

얼마 후, 나는 여기저기 살이 찢어져 피를 줄줄 흘리면서 닭다리를 손에 꼭 쥔 채로 '일요일의 포로' 가 된 내 동호를 거기에서 발견했다.

가슴에 걸린 'POW'[9]라는 꼬리표를 턱 아래에 보았을 때 동호의 눈에서는 서러운 눈물이 수없이 흘러 떨어졌다. 턱받이 침을 흘리던 어린 시절의 그리운 눈물이 그 꼬리표를 적시고 있었다.

중요 어구

9) POW : prison of war의 약어로 포로를 의미함.

거기에 서 있는 것은 어린애였다. 턱받이를 한 어린애였다. 그가 거기에 서 있었다. 이방(異邦)의 어린애가 거기에 멍하니 서 있었다.

이 나와 저 나를 같은 나로 느낄 확고한 근거는 없었다. 나는 나를 나라고 서슴지 않고 부를 수가 없었다. 발도 손도 기쁨도 슬픔도 나의 것 같지 않았다. 나의 몸에 붙어 있으니까 마지못해 나의 것으로 해 두고 있는 것에 지나지 않는 것 같았다. 그래서 나의 집에서 나는 손님에 지나지 않았다. 나의 옷을 입으면서도 나는 내가 아니었다. 누가 내 대신을 하고 있는 것이었다.

나는 결코 정신이 이상해졌던 것은 아니다. 강한 자극을 받으면, 더구나 부르릉 하는 비행기 소리 같은 것을 들었을 때에는 간이 뒤집혀져서 아무 데에나 자빠져서 거품을 물었고, 때로는 몽둥이를 쳐들고 자동차에 달려든 적이 있었지만, 나는 오히려 그 때의 그런 상태가 정상적인 것이라고 지금도 생각한다. 보통 이상의 자극을 받았으면서도 아무렇지도 않아 하는 것은 그만큼 그 신경이 마비된 탓이고 마음이 병들었기 때문이다. 사람을 치어 죽이는 수도 있는 자동차를 쳐부수는 것이 왜 이상한 짓이어야 하는가.

남이 당하는 고통도 내 신경을 에어 내는 것이었다. 나무에서 벌레가 떨어지는 것을 보아도 내가 그렇게 떨어지는 것만 같아서 한참은 그 자리에 엎드려서 그 아픔을 참아야 했다. 가끔 내가 소리를 내어 웃는다든지, 소리 없이 운다든지 한 것도 다 정당한 원인이 있었던 것이다.

내가 누혜를 만난 것은 섬에 옮겨져서였다. 우리는 잠자리를 나란히 하고 있었다. 그는 나를 비웃지 않는 유일한 벗이었다.[10] 섬에 와서부터 내 신경은 도로 마비되어 조용해지기도 했다. 그 대신 모든 것이 미지근하게만 느껴진 것도 그 무렵부터였다. 거기에 비하여 누혜는 모든 현재에 만족하고 있는 것 같았다. 천막 내의 잔일은 도맡아 하는 그런 인물이었다. 그러나 아무도 그를 부리지 못했다. 오히려 그가 모두를 부리고 있는 것인지도 몰랐다. 그러면서 그가 때로 자기도 모르게 짓는 침통한 표정에 나는 어리둥절해지지 않을 수가 없었다. 그러면서 그가 죽은 뒤로는 나는 바위 그늘에 가만히 앉아서 배가 오기만을 기다렸다. 온다온다 하던 배는 좀처럼 와 주지 않았다. 가을이 가고 겨울이 다시 가고 푸른 입김이 젖어들던 땅에 녹음이 짙어가는 무렵 드디어 나는 배에 몸을 실었다.[11]

파도를 헤치고 몸이 본토(本土)의 품으로 안겨 들어도, 반가워지는 것이 없었다. 섬에 무엇을 두고 온 것만 같았다.

돌아보니 섬은 포수의 자루처럼 수평선에 던져져 있었다.

한 줌의 평화도 없이 비바람에 훑이고 씻긴 용암(熔岩)의 잔해(殘骸). 한류(寒流)와 난류(暖流)가 부딪쳐서 뒹구는 현대사(現代史)의 맷돌이었다. 그 바위처럼 누르는 돌 틈에 끼여, 찢어지고 으스러져 흘러 떨어지는 인간(人間)의 분말(粉末), 인류사(人類史)의 오산(誤算)이 피에 묻혀 맴도는 카오스! 아아 그 바위 틈에도 봄이 오면 푸른 싹이 움트던가?

해안선(海岸線)을 우는 갈매기의 구슬픈 소리…… 무슨 요람(搖籃)이 저 섬이었던가?

무엇이 가까이 오는 발자국 소리. 안개를 헤치고 새로운 그림자가 가까이 비쳐져야 하는 저 섬! 와도 좋을 때다! 오늘은 지금 사라져 가고 있는 것이다!

중요 어구

10) 그는 나를~벗이었다 : 누혜 또한 실존을 찾으려는 처절한 몸부림을 치는 인물이므로 동호를 이해하고 있다.

11) 나는 배에~실었다 : 포로 수용소에서 석방되었다.

'피'와 '땀'이 아닌 무엇을 흘릴 그것은 저 푸른 하늘 같은 살결을 가졌을 것이다. 하늘은 저렇게 가깝다. 그렇게 멀어 보이는 것은 그렇게 가깝기 때문이다. '그것'은 그렇게 가까운 존재(存在)이다!

그러나 내 손은 좀체로 머리 위에 든 우산(雨傘)을 놓으려고 하지 않는 것을 어쩌랴…….

돌아서니 본토(本土)의 중압(重壓)은 내 이마 위로 덮어 들고 있었다. 자유(自由)는 무거움이었다. 설레임이었다. 그것은 다른 섬에의 길이요, 또 다른 포로 수용소에의 문(門)에 지나지 않았다.

이것도 문이기는 하다. 두 번 세 번 소리를 해도 대답이 없다. 밀어서 좋을지 당겨서 좋을지 망설이다가 보기에는 안으로 밀게 된 것 같았으나 보통 하는 버릇으로 당겨 보았다. 삐이, 역시 밀게 된 문짝이었으나 당겨도 괜찮았다. 그렇다고 그럴 수도 없다. 안으로 밀어 넣으려는데 감은 덩어리가 툭 튀어나왔다.

휙, 벌써 아랫집 지붕 꼭대기에서 이리를 돌아보고 있다. 해는 지고, 지상에는 또 고양이의 세계가 있었다. 세계의 일원(一員)으로서의 나의 존재를 또 느껴야 했다. 여기저기에 거미줄이 쳐져 있다.

문을 밀었다. 펑 하고 열린다.

"누우누."

모래 속에서 부벼 나오는 것 같은 소리였다. 나를 누혜로 보고, 이렇게 살아온 것이 믿어지지 않는다는 모양이다. 담요 밖으로 기어나와 비비적거리고 있는, 그것은 사람이기는 하였다. 살아 있는 것이기는 하였다. 그러나 그것은 하나의 과거형(過去形)에 지나지 않았다.[12] 과거에 죽은 사실이 없으니까 지금도 살아 있는 것으로 되어 있다는 표가 찍혀 있는 데 지나지 않았다. 아까 고양이는 재빠르게 이 노파에게서 현재(現在)를 물어내어 가지고 빽소니를 쳤는지도 모른다.

비비적거리다가 기진하여 꼼짝을 못하고 할할거리는 양 어깨를 들어서 자리에 드러눕혔다. 짚단처럼 가벼웠다. 말도 못하는 중풍에 걸렸던 것이다. 가운데서 저편 반신은 완전히 움직임을 쉬고 있는 것이 무슨 적막(寂寞) 속에 못 박혀 있는 것 같다. 본전(本錢)은 동결(凍結)되고 이자만으로 살고 있는 격이었다.[13]

젓가락을 쥘 기능도 상실한 것같이 내 무릎에 그대로 놓여 있는 손. 아들이 아님을 알아내었는지 이제는 감정을 나타낼 힘도 없는지 아무 표정도 없다. 눈꼽에서 겨우 빠져 나온 눈물이 60일 가문 땅을 적시는 물줄기처럼, 꾸겨진 주름살 틈을 이럭저럭 기어서 귓바퀴로 흘러든다. 어쨌든 그 얼굴은 60년 만에 처음 든 흉년(凶年)임에는 틀림없었다. 죽은 누혜를 생각하여서라도 부드러운 말이나 눈물 섞인 소리를 해야 이 자리가 어울리겠는데 그것이 그렇게 되지 않는다.

손을 어디에다 놓았으면 좋을지 몰라하던 내 눈이 토색 담요에 멎었다. 그리고 보니 어두워진 방 안이었지만 노파의 손에 묻어 있는 얼룩점도 피가 말라붙은 것임이 분명했다.

몸을 다쳤는가? 피를 토했는가? 그러나 지금 그것을 알아 내어도 부질없다. 그는 지금 죽어 가고 있는 도중에 있는 것이다.

다른 데로 돌린 내 시선이 머리맡에 굴려 있는 '프라이팬' 같은 미국 식기에 멎었다. 그것을 보니 시장기가 느껴진다. 그제야 이 노파는 60일 동

중요 어구

12) 그것은 하나의~않았다 : 살아 있어도 죽은 것과 마찬가지로 처참한 몰골임을 짐작할 수 있다.
13) 본전은 동결되고~격이었다 : 간신히 목숨을 부지하고 있음을 비유하고 있다.

안 아무것도 먹은 것이 없지 않았을까 하는 생각이 들었다.

"잡숩고 싶은 것이 없습니까?"

그 소리에 노파의 눈에는 정기가 떠오르고 목젖이 꿀떡 굶주림을 삼킨다. 내 무릎에 얹혀져 있던 손이 스르르 흘러 떨어진다. 나는 식은 바람이 얼굴을 스치는 것을 느꼈다. 이 중풍병자는 아사(餓死)에 직면하고 있는 것인지도 모른다.

여기도 하나의 섬.[14] 막바지였다. 울연히 밀려오르는 비감을 안고 일어섰다. 우선 먹을 것을 구해 와야 했다.

그만 모르고 문을 밀었다. 도로 당기려는데 아까 고양이가 슬쩍 들어선다. 그대로 나가려는데, 찍! 하는 비명이 났다. 고양이는 쥐를 물고 들어온 것이었다.

산 놈을 입에 물고 발치 쪽으로 해서 노파를 한 바퀴 돌아 머리맡으로 간다. 머뭇하다가 미군 식기 속에다 내려 놓고 앞발로 누른다. 다짐을 주는 것처럼 지그시 그렇게 눌러 놓고 뒤로 물러나 앉아서 얼굴을 끼웃한다.

노파의 손이 그리로 간다. 죽은 것처럼 하고 있던 생쥐는 그 손 그림자를 피하여 비틀비틀 일어서더니 그대로 쪼르르 발치로 도망치는 것이다. 비위가 거슬려진 고양이는 어깨를 욱이더니 마구 그 뒤로 덮쳐든다. 벌써 앞발은 도주자를 억누르고 있었다. 한참 그렇게 노려보다가 입에 물어, 획 턱을 쳐 올린다. 쥐는 보기 좋게 천장으로 날아오른다. 떨어지는 것을 이 쪽에서도 뛰어오르면서 받아 물어서 거기에다 내동댕이친다. 쥐란 놈은 어떻게든지 도망쳐서 살아나겠다고 비틀거린다. 고양이는 그것을 저만치까지 그대

중요 어구

14) 여기도 하나의 섬 : 포로 수용소가 있던 섬과 같은 한계 상황을 상징하고 있다.
15) 그의 공모자 : 쥐를 물어다 준 고양이.

로 놔둔다. 그랬다가 움츠린 몸을, 툭 날린다.

옆에 사람이 있는 것도 잊은 듯이 흰 이빨을 드러내며 주둥이와 앞발로 떼밀고 낚아채고 요리조리 가지고 놀다가는 물어서 휙 공중으로 구경 보낸다.

어지간히 신이 나 하는 것이 아니었다. 몇 번이고 그 짓이다. 쥐는 시늉이 아니라 이제는 아주 자빠지고 만다. 그러면 고양이는 부드러운 코 끝으로 쪼으면서 달아날 것을 강요한다. 그러면 쥐는 마지못해 다시 한 번 비틀거려 본다. 소용이 없다. 고양이는 기운이 뻗쳐서 견딜 수 없는 것이다. 나는 고양이가 보여 주는 잔인성에 지쳤다.

돌아서려다가 머뭇했다. 공중으로 떠올랐던 쥐가 이번에는 어떻게 해서 노파의 가슴이 되는 곳에 떨어진 것이다. 아주 죽었는지 쥐에게는 움직임이 없다.

나는 숨을 죽였다. 노파의 손이 그리로 가는 것이었다. 거미처럼 조심스럽게 슬그머니 가서, 꾹 잡아 쥔다.

알지 못할 예감에 나의 몸 안에서 피가 그늘로 모여든다. 고양이를 보니 그 자리에 앞발을 세우고 장한 듯이 앉아서 노파가 하는 일을 구경하고 있다.

다음 순간 나는 외마디 소리를 지르면서 노파의 그 손으로 달려들었다.

노파는 어디에 그런 힘이 있었던지 그 손을 놓으려고 하지 않는다. 쥐를 움켜쥔 노파의 손과 싸우면서도 나는 그의 공모자[15](共謀者)가 그 등어리에 노기를 세워 가지고 내 뒤에서 나를 노리고 있는 것을 느껴야 했다.

아까 그 노파의 눈, 손, 입, 그것은 그 쥐를 먹으려고 하는 눈이고, 손이고, 입술의 꼬물거림이었다!

손가락 사이에서 쥐를 뺏어 고양이의 면상에다 팽개치면서 나는 노파의

가슴으로 엎어들었다.

"어머니!"

그러나 그를 어머니라고 부른 것은 실수가 아니면 제스처에 지나지 않았을 것이다. 사실은 인간(人間)의 체면을 이렇게까지 더럽힌 노파의 목을, 꾹 눌러서 나는 그 숨을 끊어 버리고 싶었던 것이다. 저 산기슭 성곽의 주인으로 하여금 살찐 그 배를 딩딩 불리게 해 주기 위하여 이런 인간은 여기에 이렇게 누워서 쥐를 잡아먹고 있었던 것이다. 이 노파는 고양이가 잡아 온 쥐를 먹고 목숨을 이어 온 것이다! 담요의 얼룩점은 쥐의 피임이 분명하다. 산기슭에서는 셰퍼드까지 쇠고기를 먹고 있는데 이 못난 병신이!

침을 뱉고 싶은 생각이 목젖을 건드린다. 언제 이런 구역과 분노를 느낀 적이 있다. 섬에서이다. 변소에 들어가서 뒤를 보려다가, 무엇이 손짓하고 있는 것 같아서 밑을 내려다보고 그만 소리도 못 지르고 거품을 물었다. 그것은, 정말 손이었다. 누런 배설물 속에 비스듬히 꽂혀 있는 사람의 손, 쭉 뻗은 손가락은 내 발목을 잡아 쥐지 못해 하는 그것은 그 전날 죽은 누혜의 손목이었던 것이다.

"어머니! 난 누혜입니다!"

쥐를 빼앗기고는 마지막 밧줄마저 놓친 것처럼[16] 김이 빠져간 노파의 가슴에 매어달려 분한 눈물을 막 부볐다.

쮜이!

내 뒤에서는 고양이가 쥐를 잡아먹고 있는 것이다. 내 앞에는 노파가 죽

중요 어구

16) 마지막~것처럼 : 잡고 있던 마지막 생의 끈을 놓친 것처럼.
17) 혈거지대 : 동굴 속에서 사는 한정된 일정 지역.

음의 판대기에 못 박혀 있다. 나는 두 개의 죽음 사이에 끼여 있다. 그 바늘 끝 같은 절벽 끝에서 굴러 떨어지지 않겠다고 나는 노파의 손목에 매달려 어린애처럼 '어머니' 를 불렀다. 그 소리에 나는 내가 그의 아들이 된 것 같았고, 동호는 누혜인 것만 같기도 했다. 저기에 '1+1=2' 의 세계가 있는 것처럼 여기에 '1+1=3' 의 세계가 있어도 좋다.

"어머니 우리 문안에 들어가 살아야!"

내 마음 어디에 이렇게 맺히고 맺힌 설움이 그렇게 차 있었던가. 엉키고 뭉킨 그 설움의 덩어리에 비하면 내 몸은 콩알만한 것. 바람 앞 먼지와 같은 것. 싸늘해지는 손을 느꼈다. 잠에서 깨어난 것처럼 그 손을 물리치려고 했다. 그러나 내 손가락은 노파의 손가락에 꽉 잡혀 있었다. 끝내 나는 잡힌 것이다. '변소의 손' 이 나를 잡은 것이다!

등골이 시려진다. 노파의 식은 피가 손가락으로 해서 내 혈관으로 흘러드는 것이다. 노파의 얼굴에 떠오르는 생기를 보아라. 냉기는 내 팔을 얼어붙이고 있지 않는가. 위로 위로…….

사실은 내가 죽어 가고 있는 것이 아닌가! 그렇지 않으면 왜 내 육체가 이렇게 자꾸 차가워지는가? 구리〔銅〕 같아지는 내 손의 차가움…… 팔과 어깨를 지나 가슴으로…… 혈거지대[17](穴居地帶)로, 혈거지대로, 나는 자꾸 청동시대(青銅時代)로 끌려드는 향수(鄕愁)를 느낀다…… 아이스 케이크를 사 먹다가 '동무' 에게 어깨를 붙잡힌 나의 가련한 모습. 그런데 그 '동무' 의 얼굴에는 왜 여드름이 그렇게도 많았던가. 온통 얼굴이 여드름 투성이였다. 그래서 남으로 남으로 수류탄을 차고 이동하던 밤길. 개구리가 살아 있었다. 개구리는 왜 저렇게 우노?…… 돌격이다! 꽝! 돌배나무가 포물선을 그린다. 나는 그리로 끌려가서 포로가 되었다. 이 무의미(無意味)! 이것이 갈매기 우는 남쪽 바다의 섬인가! 변소의 손. 눈구멍에서 뽑혀 드리운 누혜의 눈알. 여기저기서 공기가 찢어지고 눈알들이 내다보고 있는 벌판에 서서 그대로 외쳐야 하는 자유만세(自由萬歲)!

나는 뒤로 떼밀렸다. 노파가 발악을 시작한 것이다. 꽁꽁 묶였던 새끼줄은 끊어졌다. 이런 힘이 있었던들 아예 죽으려고 하지 않는 것이 논리적일 것이다. 소리소리 지르고 발버둥치고, 그 팔에 떼밀려 나는 뒤로 넘어질 뻔도 했다.

해가 넘어간 고갯길을 굴러내리는 늙은 나귀, 언제 무슨 결에 자기의 수레바퀴에 치어 넘어질지 모른다.

부풀어 올랐던 그 가슴이 푸욱 꺼진다. 멀겋게 헛뜬 눈, 공허(空虛)를 문 것처럼 다물지 못하는 입, 옆으로 젖혀진 입술로 걸찍한 침이 가늘게 흘러내리다가 끝에 가서 똑똑 떨어진다. 한 고치 한 고치의 생명이 입김 밖으로 떨어지는 것이다.

할딱할딱…… 점점 격해지는 숨소리. 자기의 그 '리듬'을 짓밟아 버리지 못해 한다. 목젖에서 '죽음'이 자기의 새벽이 밝는다는 춤을 추고 있는 것이다.

보는 사람이 숨이 겨웁고 눈알이 부어 오른다. 두렵다. 저 숨소리가 꺼질 때 그 소용돌이에 내 목숨까지 한데 묻혀서 그만 흘러가 버릴 것만 같다.

내 가슴을 그슬려 버린 죽음의 고동은 귓속에까지 비쳐 든다. 귀 안에서 죽음이 운다. 막 우는 진동에 눈동자가 초점을 잃어버린다. 환영(幻影)이 비쳐 든다.

머릿속에서 환영이 맴돈다. 운다. 방 안이 운다. 하늘이 운다. 하늘 아래 벌판이 운다. 벌판이 온통 울음소리로 덮인다. 꿀꿀 돼지 우는 소리…….

꿀꿀 꿀꿀. 돼지 우는 소리가 들려온다. 꺼먼 돼지. 흰 돼지, 빨간 돼지,

푸른 돼지. 꿀꿀 꿀꿀, 있을 수 있는 온갖 돼지들이 우는 소리가 밀려든다. 봉우리에서 골짜기에서 들을 지나 내를 넘어 돼지들이 우는 소리가 밀려든다.

도살장을 부수고 쏟아져 나온 돼지의 대군이 하늘 아래를 까맣게 덮었다.

꿀꿀 꿀꿀, 거리로 덮어든다. 뒤진다. 썩은 것을 훑는다. 기둥 뿌리를 훑어낸다. 건물이 쓰러진다. 썩은 것을 훑으니 서 있는 모든 것이 다 넘어진다. 백만 인구를 자랑하던 공민사회(公民社會)는 삽시간에 허허벌판이 되었다. 까맣던 문명(文明)이 허연 배를 드러내고 여기저기에 뒹군다. 서 있는 것이라곤 아무것도 없다.[18] 죽었다. 도시(都市)는 죽었다.

무의미(無意味)를 의미(意味)로 돌려 보내고 돼지의 대집단은 썰물처럼 지평선을 넘어 다음 퇴폐(頹廢)를 향하여 꿀꿀 꿀꿀, 울고 간다.

페스트가 지나간 이 터전을 향하여 소리 없는 행진이 나타났다. 나무의 행렬. 나무들이 진주(進駐)해 온다. 대추나무, 회나무, 잣나무, 느릅나무, 이깔나무, 소나무, 보리수, 계수나무…… 사곡(辭曲)에서 해방된 모든 나무들이 천천히 걸어 들어온다. 캐피털 레터의 순서를 벗어 던지고 자기의 원하는 곳에 가서 툭툭 선다. 서서는 그늘을 짓는다. 고요하다. 아주 고요하다. 낙원(樂園)이다. 낙원이 고요하다. 언젠가 이런 슬픔이 있었다. 백정이 감찰(鑑札)을 잃어버린 '메리'의 면상을 갈구리로 쳐서 질질 끌고 간 것이 슬퍼서였겠다. 아홉 살 때였을 것이다. 실컷 울고 난 오후, 지상에는 매미 우는 소리 이외 아무 움직이는 것도 없던 대낮의 아카시아 나무 그늘이 이

중요 어구

18) 서 있는~없다 : 인간의 문명이 다 썩어 버린 것이라는 인식을 보여 준다.

러하였겠다. 깊다. 고향(故鄕)은 깊다. 더 깊은지도 모른다.

그러나 세계는 고요한 대로 언제까지 있을 수 없다. 한편으로는 벌써 소란해지고 있었다. 낙원은 흔들리기 시작한 것이다. 푸드득 푸드득, 하늘로 날아 오르는 부엉새의 떼무리…… 눈먼 새의 뒤에는 사람의 그림자가 따르는 법이다.

나뭇가지를 타고 침입해 들어오는 원인(猿人). 아직 쭉 펴지 못하는 허리에 차고 있는 것은 또 그 돌도끼이고 손에는 횃불이다. 그가 배운 재주는 그것밖에 없다는 말인가?

저 망측스런 것들이 이제 좀 있으면 '비너스'를 찾고 그 앞에 제단(祭壇)을 세운다. 주문(呪文)을 몇 번 뇌까리면 땅이 움직이기 시작하고 자아(自我)가 눈을 뜬다. 그 눈가에 공장(工場)이 서고, 그 연기 속에서 이층 건물(二層建物)이 탄생한다. 그 공화국(共和國)은 만세를 부르는 시민(市民)들에게 자유(自由)를 보장하는 감찰[19](鑑札)을 나누어 준다.

바깥 세계에서는 눈이 시름없이 내리고 있는데, 이런 역사(歷史)는 그만하고 그쳤으면 좋겠다.

눈이 온다. 밖에서는 펑 펑, 함박꽃 같은 눈이 온다. 온 하늘이 내려앉는 것처럼 눈이 내린다. 눈이 온다. 눈은 와서 내린다. 와서다. 온 누리가 눈 속이 된다. 눈이 이불이 되었다. 그래도 눈은 와서 쌓인다. 지붕까지 쌓였다. 봉우리까지 쌓였다. 하늘까지 쌓인다. 세계는 눈이 되었다. 공기가 건히고 바람이 죽었다. 눈 속이 세상이다. 생물교본(生物敎本)을 고쳐야 한다. 눈을 마시고 사는 새살림이 시작된 것이다. 좀 있으면 건망증(健忘症)

중요 어구

19) 감찰 : 관청이나 동업 조합 따위의 공적(公的)인 기관에서 일정한 영업이나 행위를 허가한 표시로 내어 주는 증표. 여기서는 이름표 정도의 의미를 가지고 있다.

인 그들은 공기를 마시고 살았다는 것을 잊어버릴 것이다.

그러면 공기를 마시고 살기 전에는 무엇을 마시고 살았던가?…….

……눈 속으로 검은 그림자가 나타났다. 갓을 푹 숙여 쓴 그 젊은 도승(道僧)은 눈이 먼 것이다. 손으로 앞을 더듬으면서 가까이 온다. 지팡이도 없이 눈알을 어디에다 두고, 험한 산 넓은 들을 넘어, 그는 천리 길을 그렇게 손을 저으면서 여기까지 찾아온 것이다. 저만치에 와 서서 그 먼 눈으로 눈물을 흘린다.

이 거지 행색을 한 도승이 바로 저 도살장을 부숴 버리고, 사전을 뜯어 버린 그가 아닐까?

"누혜!¡-

노파가 소리를 부벼냈다. 나는 소스라치면서 환상에서 깼다. 노파의 목젖에서 달각 하는 소리가 난 것 같았다.

방 안은 어둠이 차지했는데 내 앞에는 식어 가는 노파의 원한이 가로놓여 있었다. 이렇게 해서 누혜의 어머니는 죽었다.

도승이 서 있던 자리에는 고양이의 두 눈이 파란 요기(妖氣)를 뿜고 있었다. 몸이 확 달아 올랐다. 누혜의 눈이 이제 거기에 그렇게 켜 있는 것만 같았다.

2

누에는 철조망에 목을 매고 죽었다.

포로 수용소에서는 모두들 누혜를 누에라고 불렀다. 그래서 포로라는 이름이 아직 낯이 설어서, 모두가 한가지로 허탈상태(虛脫狀態)에서 헤어나지 못하고 있을 때, 실없는 친구들은 하늘을 쳐다보고 있기를 좋아하는 그를 이렇게 놀려 주기도 했다.

"뽕 뽕 뽕잎이 떨어진다. 뽕 뽕 뽕잎이 떨어진다."

"범은 죽어서 가죽을 남기고 누에는 죽어서 비단을 남긴다. 하하……."

그는 비단을 남기고 싶어 한 것이 아니었다. 봉황새가 되어 용이 되어 저 푸른 하늘 저 쪽으로 날아가 보고 싶어 했다.

그는 의용군이 아니고 이북에서부터 쳐내려온 괴뢰군이었다. 그런데 수용소가 어수선해졌을 때에도 적기가(赤旗歌)는 부르려 하지 않고 틈만 있으면 누워서 푸른 하늘을 쳐다보기를 좋아했다.

감시병들의 눈으로 볼 때, 수용소는 그저 까마귀의 떼들이 욱실거리고 있는 것 같았지만, 그 저류(底流)에는 방향을 잃은 충동(衝動)이 밤이고 낮이고 꿈틀거리고 있었다. 몇 세기 동안 자기의 전쟁을 가져 보지 못한 이 겨레였다. 근대적(近代的) 의식(意識)이라고는 사아벨과 지까다비밖에 모르던 이 땅이 '민주보루(民主堡壘)' 니 '두 개의 세계(世界)' 니 '만국평화(萬國平和) 아필 운동(運動)' 이니 하는 따위의 리얼리즘이 네이파암탄(彈)의 세례와 함께 쏟아져 들어왔을 때, 농부의 옷을 채 벗지 못했던 그 시골내기들은 살이 찢어지고 피를 줄줄 흘리면서 어안이 벙벙해졌다. 언제 도회인(都會人)으로 출세한 것 같기도 하고, 꼭두각시가 된 것 같기도 하고, 무슨 최면술에 걸린 것 같았다. 그저 멋도 모르고 나팔 소리에 죽어라 하고 뛰었다. 한참 뛰다가 우뚝 발을 멈추고 보니 주위는 쑥밭이었다.[20] 내 집, 내 학교, 내 공장이 성냥갑을 철퇴로 두드려 부순 것 같은 폐허였다. 개화당(開

중요 어구

20) 한참 뛰다가~주위는 쑥밭이었다 : 그들은 전쟁에 이방인으로서 휘말린 것이다.
21) 붉은 기와 푸른 기 : 공산주의와 민주주의 이데올로기를 상징한다.

化黨) 이래 조금씩 조금씩 쌓아올린 축적(蓄積)이 죄다 무너져 버렸었다. 알몸만 남았다. 세계의 거지가 되었다.

그러면 그들은 마치 좀도둑이 감옥소 살이를 하는 사이에 소도둑이 되어 가는 투로 포로 생활을 하는 사이에 뼈마디가 굵어져서 '제네바 협정(協定)' 이니 '인도적(人道的) 대우(待遇)' 니 하고 도살릴 줄 알았다.

"내 살이 뜯겨 나가고 내 피가 흘러내린 이 전쟁은 과연 내 전쟁이었던가?"

한편에서 세계의 고아(孤兒)가 포로병의 가슴 속을 이렇게 거래하던 회의는 이리 몰리고 저리 몰리고 하다가 마침내 생(生)에 대한 애착에 부딪쳤다. 한 개의 나사못으로밖에 취급을 받지 못했던 자기의 삶에 대한 애착이었다. 살아야 하겠다. 어떻게든 살아야 한다. 그래서 그들은 남을 죽이기 시작했다. 싸움은 다시 일어났다. 남을 죽여야 내가 살 것 같았다. 남해의 고도에는 붉은 기와 푸른 기[21]가 다시 바닷바람에 맞서서 휘날리게 되었다. 살기 위하여 그들은 두 깃발 밑에 갈려 서서 피투성이의 몸부림을 쳤다. 철조망 안에서의 이 두 번째 전쟁은 완전히 자기의 전쟁이었다. 순전히 자기의 목숨을 보존하기 위한 자기의 전쟁이었다. 그러기 때문에 그 전쟁에 참가하지 않는다는 것은 스스로 생존의 권리를 포기하는 거와 마찬가지였다.

그것은 인간의 한계를 넘은 싸움이기도 하였다. 그렇게 사람을 죽이는 법은 없는 싸움이었다. 아무리 악하고 미워서 견딜 수 없는 적이라 해도 죽음 이상의 벌을 주지 못하는 것이 인간이다! 아무리 독하고 악한 사람이라 해도 죽음 이상의 벌을 받지 않는 것이 인간이다! 그렇게 되어 있는 것이 인간이라는 이름이다! 이것은 인간이 가질 수 있는 인간에 대한 마지막 신앙(信仰)이다! 죽음에는 생(生)의 전 중량(全重量)이 걸려 있다. 그의 죄

(罪)는 그 생(生)보다 더 클 수 없는 것이고 슬픔도 기쁨도 간지러움도, 아픔도, 피도, 땀도, 선도, 악도, 지상(地上)의 모든 약동(約東)이 끝나는 것이 죽음이다. 마지막 위로요, 안식이요, 마지막 용서이다.

그런데 거기서는 시체에서 팔다리를 뜯어내고 눈을 뽑고, 귀, 코를 도려냈다. 아니면 바위를 쳐서 으깨어 버렸다. 그리고 그것을 들어서 변소에 갖다 처넣었다. 사상(思想)의 이름으로. 계급(階級)의 이름으로. 인민(人民)이라는 이름으로!

그들은 생이 장난감인 줄 안다. 인간을 배추벌레인 줄 안다. 이것을 어떻게 하면 좋단 말인가?

도리가 없었다. '인간(人間) 밖' 에서 일어나는 한 에피소드로 돌려 버릴 수밖에 없었다. 이런 공기 가운데서 누혜는 여전히 하늘을 먹고 살고 있었다.[22] 언제부터 나는 그의 옆에 오므리고 앉는 버릇을 길렀다. 나는 반편 취급이니까 그렇게 하고 있을 수도 있었지만, 점점 험악해 가는 그들의 서슬이 그의 그런 생활 태도를 언제까지 그대로 둬둘 리가 없었다. 하루는 감나무 아래로 불리어 나갔다.

"동무! 우린 동무를 인민의 적이며, 전쟁 도발자의 집단인 미제의 앞잡이로 몰고 싶지 않단 말이오. 어떻소? 동무…… 동무! 왜 말이 없소?"

그들의 어세(語勢)는 불러낼 때의 기세와는 달리 사정하는 투가 되었다. 그럴 수도 있을 것이, 그는 이번 전쟁에서 나타난 용감성으로 최고 훈장을 받은 '인민의 영웅' 이기도 하였다.

"동무! 그래 민족 반역자로 봐도 좋단 말이오!"

중요 어구

22) 이런 공기~살고 있었다 : 수용소에 난무하는 이데올로기의 처참한 다툼에 끼어들지 않았다는 의미이다.

"……."

그들의 얼굴에 살기가 떠올랐다.

"대답하라! 너는 반동 분자다!"

"……."

여전히 대답이 없다. 대답은 두 가지 중에 하나여야 한다. 그런데 그는 그 두 가지가 다 자기의 대답이 되지 않는 것으로 보고 있는 것 같았다.

"타락한!", "반역자!", "인민의 적!" 이런 고함소리가 쏟아지면서 몽둥이가 연달아 그의 어깨로 날아들었다. 나는 그가 그렇게 소 같은 줄 몰랐다. 말뚝처럼 서 있다. 몽둥이가 머리에 떨어졌다. 그제는 비틀거리면서 쓰러진다. 거기에 있는 발길이 모두 한두 번씩 걷어찬다.

그들이 물러간 뒤에 가 보니 그의 눈은 하늘에 떠 있었다. 눈물이 가늘게 흐르고 있었다.

우러러보니 여름날의 구름이 본토로 본토로 희게 떠가고 있다.

나도 그의 옆에 누워 푸른 하늘로 눈을 떴다. 지상의 검은 그림자는 티한 점 비치지 않은 거울같이 평화로운 하늘…….

"저기다 곡식을 심어 봤으면 좋겠네……."

그를 위로하느라고 이렇게 말해 봤다.

"산두 없구 저렇게 너른데 그래두 풍년이 안 들까? 평화시대가 안 올까……?"

"곡식이 나면 인간들은 거기에두 말뚝을 박는다."

"……."

"자네는 오래 사는 것이 좋아?"

"왜 죽는단 말이오?"

"아니, 내게는 늙은 어미가 있소."

"……."

"모든 줄은 다 끊어 버릴 수 있는데 탯줄만은 정말 질겨.[23] 그것만 끊어 버릴 수 있다면……."

"비단은 남길 수 있단 말이구먼?"

"봉황새가 되어, 용이 되어 저 하늘 저 쪽에 가 보겠다."

"……."

며칠 후.

"누에가 자살했다!"

미명(未明)의 하늘을 찢어낸 그 소리는, 그가 봉황새가 되어 용이 되어 하늘로 날아 올라갔다는 것을 고하는 종소리인 것만 같았다.

끝이 안으로 굽어진 철조망 말뚝에 목을 매고[24] 축 늘어진 누에.

그런 전날 밤이 없었더라면 나는 그렇게는 충격을 받지 않았을 것이다. 전날 밤, 그는 잠자코 있는 나를 껴안고 들었던 것이다.

"네 살결은 참 따뜻해……."

성적인 입김이 내 귀밑을 간질였다. 소름이 끼쳤다. 사실대로 말하면 우리는 그렇게 친한 사이가 아니었다. 그리고 이 때까지 우리 사이에 교환된 대화는, 좋게 말하면 낭만주의(浪漫主義)요, 나쁘게 말하면 잠꼬대에 지나지 않는 것으로 묵계(默契)가 서 있는 것인 줄로만 나는 생각했다. 그런데 그는 그것이 일획(一劃)도 어길 수 없는 리얼리즘이었다는 것에 대한 사후

중요 어구

23) 탯줄만은 정말 질겨 : 인륜(人倫)만은 끊을 수 없다.
24) 철조망~매고 : 철조망은 자유를 가로막는 경계의 의미를 지니고 있다. 이런 철조망에 목을 매었다는 것은 그의 죽음이 자유를 향한 탈출의 실현이었다는 뜻을 보여 준다.

승인(事後承認)을 나에게 강요하는 것이었었다.

"엊저녁 꿈에 말이지, 아주 예쁜 여자가 나를 껴안지 않았겠나, 이렇게 말야……."

"……."

나는 구렁이에게 안긴 처녀처럼 꼼짝을 못했다.

"그 순간 나는 어머니두 결국은 죽는다는 사실을 그제야 깨달았어. 그런 것을 그제야 깨달았으니 깨달아야 할 일이 얼마나 있겠는가……."

"……."

"그 여자 누군 줄 알어?…… 네 살결은 참 부드러워……."

그것은 남색(男色)에 못지않는 포옹이었다. 우리 천막에서는 그러한 행위가 공공연한 비밀로 행해지고 있었다.

"이건 아무에게도 말하면 안 돼! 아직 모르는 일이니까……."

그는 숨을 죽였다. 그런 흥분 속에서도 다음 말을 잇는 것을 몹시 어색해 하는 것이었다. 그럴 법도 했다.

"살로메…… 알지? 요한의 모가지를 탐낸 그 여자 말이야. 그 계집이었어!"

하고, 내 몸을 툭 떼밀어 버리는 것이었다. 그리고 할할거리는 것이었다.

"나의 열매는 익었다. 그러나 내가 나의 열매를 감당할 만큼 익지 못했다…… 영원히 익지는 못할 것이다! 내게는 날개가 없다……."

내 육체는 강간을 당한 것처럼 보잘것없는 것으로 흐무러지는 것이었다.

그 반역자의 시체에는 즉시 복수가 가해졌다. 그가 그렇게까지 잔인한 복수를 받아야 할 까닭은, 그가 인민의 영웅이었다는 것과 그가 죽기 전에는 감히 그에게 더는 손을 대지 못했다는 것 이외 찾아볼 수가 없었다.

나더러 장난도 아니겠는데 그의 눈알을 손바닥에 들고 해가 동쪽 바다에

서 솟아오를 때까지 서 있으라는 것이었다. 나는 엄살을 부릴 수도 있었지만 누혜의 눈이 아닌가.

멀리 철조망 밖에서는 감시병이 휘파람을 불며 향수(鄕愁)를 노래하고 있는데 나는 누혜의 눈알을 들고 해가 돋기를 기다리고 있다. 이 눈알과 저 휘파람은 어떤 관계 속에 놓여 있는 것인가. 무슨 오산(誤算)을 본 것만 같았다. 우리는 무슨 오산 속에 살고 있는 것이다. 저 휘파람은 그리워해야 할 것은 태평양 건너 켄터키의 나의 옛집이 아니라 이 눈알이 있어야 하지 않았던가…….

나는 그가 어째서 죽음의 장소로 철조망(鐵條網)을 택했는가 하는 것을 그의 유서를 읽어 볼 때까지는 깨닫지 못했다. 그 때까지도 내 눈에 보인 것은 내가 눈알을 손바닥에 들고 서 있어야 했던 안 세계와 감시병이 향수(鄕愁)를 노래하고 있었던 밖 세계, 이 두 개의 세계뿐이었다. 세계를 둘로 갈라놓은, 따라서 두 개의 세계를 이어놓고도 있는 철조망은 눈망울에 비쳐는 들었건만 보이지 못했다. 그 철조망에 어느 날 새벽, 한 시체가 걸리게 되었으니 그것은 하나의 돌파구(突破口)가 거기에 트여짐이다.

그에게는 그가 포로로 되었다는 소문을 듣고, 후퇴하는 국군을 따라 이남으로 나왔다는 어머니가 있었지만 그 유서는 그 어머니에게 한 것도 아니었다. 유서라기보다 수기(手記)였다.

3

유서(遺書)

나는 한 살 때에 났다.

나자마자 한 살이고, 이름이 지어진 것은 닷새 후였으니 이 며칠 동안이 나의 오직 하나인 고향(故鄕)인지도 모른다. 세계(世界)는 '이름' 으로 이루어진 것이니,[25] 가령 이 며칠 사이에 죽었더라면 나는 이 세상에 존재하지 않은 것으로 되었을 것이다.

이름이 지어지자 곧 호적(戶籍)에 올랐다. 이로써 나는 두꺼운 호적부의 한 칸에 갇힌 몸이 된 대신, 사망계(死亡屆)라는 법적 수속을 밟지 않고는 소멸될 수 없다는 엄연한 존재가 된 것이다.

네 살 적에 젖을 버리고 쌀을 먹기를 비롯했다. 이것은 연대 책임(連帶責任)을 지게 되는 계약(契約)이 되는 것인 줄을 몰랐고, 또한 말을 외기 시작하였으니 '유화(類化)작용(作用)' 을 본격화한 셈이다.

아홉 살이 되며 소학교에 들어갔다. 이렇게 공민사회(公民社會)의 한 분자(分子)가 되는 과정을 나는 나도 모르는 사이에 착착 밟아간 것이다. 학교는 죄(罪)의 집이다. 벌(罰)에서 죄(罪)를 배웠다. 1분 지각했는데 30분 동안이나 땅에 손을 짚고 오또세이처럼 엎드리고 있으면 학교는 그만큼 잘 되어 가는 것이다. 그렇게 하고 엎드리고 있는 내 앞을 나보다 10초 가량 앞서 뛰어가던 아이가 싱글벙글 줄 속에 끼여, '하나 둘 하나 둘' 발을 맞추며 교실로 들어갔다. 그 때 나는 60초 지각은 지각이지만 50초 지각은 지각이 아니라는 것을 배웠다. 어렸을 때 우리 집은 몹시 가난했는데 한 번 부자가 되기 시작하더니 자꾸자꾸 부자가 되어 간 까닭도 그 때 알았다.

유리창을 깨뜨린 벌로 물이 가득 찬 바께쓰를 들고 복도에 서 있던 내 모

중요 어구

25) 세계는~이루어진 것이니 : '내가 그의 이름을 불러 주기 전에는 / 그는 다만 / 하나의 몸짓에 지나지 않았다' 라고 하는 이춘수의 '꽃' 과 같은 인식을 보여 준다.

습은 지금도 잊을 수 없다. 동무들은 다들 돌아가고 해는 뉘엿뉘엿 서산으로 기울어 가는데, 저 복도 끝 직원실로 담임 선생의 안경이 가끔 이리로 내다보곤 사라질 뿐, 난 또 얼마나 이렇게 더 서 있어야 하는가? 텅 빈 운동장을 강아지가 잠자리를 쫓는 것처럼 이리 뛰고 저리 뛰고 놀고 있다. 나는 팔이 저주스러웠다. 이런 팔이 어깨에 달려 있지 않았던들 이런 것을 손에 들고 서 있지 않아도 좋았을 것이다. 팔이 빠지는 것 같은 것이 내 팔 같지 않았다. 그만 놓았다. 물바다에 들어앉아서 나는 엉엉 울었다. 새로운 벌에 대한 공포와 아무도 나를 위해 변호해 줄 사람이 없으리라는 고독(孤獨)…….

그러는 사이에 중학생이 되었다. 소매 끝에와 모자에는 흰 두 줄이 둘렸다. 그 줄 저 쪽으로 나서면 안 된다는 것이다. 그 대신 그 쪽에서는 아무 짓을 다 해도 좋다는 것이다. 나는 이중(二重)으로 매인 몸이 되었다.

어느 날 아침 조회 때, 천 명이나 되는 학생들의 가슴에 달려 있는 단추가 모두 다섯 개씩이라는 것을 발견하고 현기증을 느꼈다. 무서운 사실이었다. 주위를 살펴보니 주위는 모두 그런 무서운 사실투성이었다. 어느 집에나 다 창문이 있고, 모든 연필은 다 기름한 모양을 했다. 모든 눈은 다 눈썹 아래에 있었다. 그래서 나는 상급생을 보면 신이 나서 모자에 손을 갖다 붙였다. 그러면 저 쪽에서 보통이라는 듯이 간단간단히 끄덕거렸다. 그것이 대견스러워서 나는 더 신이 나서 팔이 아프도록 경례를 했다. 중학교에서 나는 모범생이었다. 열일곱 살이 되는 어느 여름 날 오후, 돌담에 비친 내 그림자를 뱀이 획 스치고 달아났다. 나는 곡괭이를 찾아들고 그 담을 부수어 버렸다. 모범생이라는 벽(壁)에 가리워져 빛을 보지 못했던 나는 한길에 나섰던 것이다.

드디어 나의 책상 앞이 되는 벽에는 '자율(自律)' 이라는 모토가 붙었다.

그것이 더 깊은 타율(他律)의 바다에 빠져 드는 길목이 된다는 것을 몰랐고, 좀 지나서 대학생이 되어 버렸다.

멍하니 이층 창가에 앉아 고향 하늘을 바라보고 있던 내 눈망울에 움직이는 것이 느껴졌다. 아무리 더듬어 보아도 눈앞에는 움직이는 것이 없는데 눈망울은 무엇이 움직이는 것을 느끼고 있다. 그러다가 나는 몸서리를 쳤다. 저 언덕 위에 서 있는 묘심사(妙心寺)의 소나무들이 이리로 움직여 오고 있는 것이었다. 기겁을 먹고 나는 벽 그늘로 숨었다. 혁명(革命)은 드디어 일어났다. 나는 어느 편에 가담해야 할 것인가.

"소나무 만세!"를 부르면서 뛰어나갈 것인가. 그러면 저녁에 구니꼬와 타잔 영화를 구경가려던 예정(豫定)은 글러지고 만다. 나는 '혁명(革命)'과 '외국 여자(外國女子)' 사이에 끼여 심히 그 입장이 곤란해졌다. 이러지도 못하고 저러지도 못하고 이율배반(二律背反)[26] 속에서 어물어물하다가 하여간 자라목을 내밀어 혁명의 진행을 살펴보았다. 중지(中止)되었었다. 혁명은 중지되었던 것이다. 묘심사(妙心寺)의 소나무들은 묘심사(妙心寺)로 돌아가서 옛 모습대로 서 있는 것이었다. 나는 숨을 크게 내쉬면서 아까 소나무가 움직였다고 본 것을 착각(錯覺)이라고 해 두었다. 안 일어날 것은 안 일어나는 것이 좋았다. 편했다. 진화론(進化論)의 강의를 듣고 대학을 졸업했다. 우연(偶然)히 강자(强者)라는 것을 아직 몰랐고, 따라서 존재(存在)가 죄악(罪惡)이라는 것도 깨닫지 못했다. 다만 두 개의 세포(細胞)로 분열된 나의 그림자를 물끄러미 내려다보고 있는 나를 거울 속에 느꼈을

중요 어구

26) 이율배반 : 서로 모순되어 양립할 수 없는 두 개의 명제. 칸트에 의하여 널리 쓰이게 된 용어로 세계를 인식 능력에서 독립된 완결적 전체로서 받아들일 수 있을 때 이성은 필연적으로 이율배반에 빠진다고 한다.

뿐이다.

나는 산 속인 내 난 땅에 돌아왔다. 새벽이면 은은히 들려오는 산사(山寺)의 종소리는 나를 무위(無爲)로 끌어들였다. 노루와 놀았고, 토끼를 쫓아다녔다. 아무런 생산(生産)도 없는 시인(詩人)이 되었다. 그래서 시(詩)를 짓기를 좋아했다.

종(鍾)이라면 좋겠다.
먼동이 트는 종(鍾)이라면 좋겠다.
살을 에어 피를 덜고
앙상한 이 뼈가 나는 종(鍾)이라면 좋겠다.
파란 가을 하늘
황금(黃金)지는 낙엽(落葉) 소리
한 잎
또 한 잎……
겁(劫)에서 업(業)으로
영전(聆傳)이 새겨 내는 여기 이 숙명(宿命)
무의(戊衣)에 맺힌 이슬은
생명(生命)이 흘러내린 리듬인가…….
그늘지는 계절(季節)
나는 종(鍾)이라면 좋겠다.
의욕(意慾)도 부처도 나는 다 싫어
먼동이 트는 나는 그저 종(鍾)이라면 좋겠다.

제2차대전(第二次大戰)이 끝났다.

나는 인민(人民)의 벗이 됨으로써 재생(再生)하려고 했다. 당(黨)에 들어갔다. 당에 들어가 보니 인민(人民)은 거기에 없고 인민의 적(敵)을 죽임으로써 인민을 만들어 내고 있었다.

'만들어 내는' 것과 '죽이는' 것. 이어지지 않는 이 간극(間隙). 그것은 생(生)의 괴리(乖離)이기도 하였다. 생(生)은 의식(意識)했을 때 꺼져 버렸다. 우리는 그 재를 삶이라고 한다. 우리는 다른 데를 열심히 살고 있는 것이다. 산다는 것은 다른 데를 사는 것이다. 그래서 선의식에만 선이 있다는 양식(養殖). 이 심연(深淵). 그것은 '십초간(十秒間)의 간극(間戟)'이었고, 자유(自由)에의 길을 막고 있는 벽(壁)이었다.

그 벽(壁)을 뚫어 보기 위하여 나는 내 육체를 전쟁(戰爭)에 던졌다.

포로(捕虜)가 되었다. 외로웠다. 저 복도에서처럼 나는 외로웠다. 직원실로 내다보는 안경도 거기에는 없었다.

그 외로움과 절망 속에서 나는 생활의 새 양식(樣式)을 찾아 냈다.

노예(奴隷). 새로운 자유인(自由人)을 나는 노예에 보았다. 차라리 노예인 것이 자유스러웠다. 부자유(不自由)를 자유의사(自由意思)로 받아들이는 이 제3노예(第三奴隷)가 현대(現代)의 영웅(英雄)이라는 인식(認識)에 도달했다. 그 인식(認識)은 내 호흡과 꼭 맞았다. 오래간만에 생각해 보니 나의 이름이 지어진 이래 처음으로 나는 나의 숨을 쉬었고, 나의 육체는 그 자유의 숨결 속에서 기지개를 폈던 것이다.

그러나 그것도 한때의 기만이었다. 흥분에 지나지 않았다.

생각해 보니 역사(歷史)는 흥분(興奮)과 냉각의 되풀이에 지나지 않았다. 지동설(地動說)에 흥분하고 바스티유의 파옥(破獄)[27]에 흥분하고, '적자생

중요 어구

27) 바스티유의 파옥 : 18세기말 발생한 프랑스 혁명을 대표하는 사건.

존(適者生存)' 에 흥분하고, '붉은 광장(廣場)' 에 흥분하고…… 늘 그 때마다 환멸을 느끼곤 했던 것이다.

그 노예(奴隷)도 자유인(自由人)이 아니라 자유(自由)의 노예(奴隷)였다. 자유(自由)가 있는 한 인간(人間)은 노예(奴隷)여야 했다! 자유(自由)도 하나의 숫자(數字), 구속(拘束)이었고 강제(强制)였다. 극복되어야 할 그 무엇이었다. '뒤' 의 것이었다!

신(神), 영원(永遠)……, 자유(自由)에서 빚어져 생긴 이러한 '뒤에서 온 설명(說明)' 을 가지고 '앞으로 올 생(生)' 을 잰다는 것은 하나의 도살(屠殺)이요, 모독(冒瀆)이다. 생(生)은 설명(說明)이 아니라 권리(權利)였다! 미신(迷信)이 아니라 의욕(意慾)이었다! 생(生)을 살리는 오직 하나의 길은 자유(自由)가 죽는 데에 있다. 자유가 죽는 데에 있다.

'자유(自由)' 그것은 진실로 그 뒤에 올 그 무슨 '진자(眞者)' 를 위하여 길을 외치는 예언자(豫言者), 그 신발끈을 매어 주고, 칼에 맞아 길가에 쓰러질 요한에 지나지 않았다.[28]

거친 벌판에서 나는 다시 외로웠다. 이미 달은 서산에 졌는데 동녘 하늘에서 해가 솟지 않는다. 그렇다고 나는 내 그림자를 따라갈 생각이 없다. 여기에 그대로 서 있을 수도 없다.

여기는 땅의 끝, 땅이 시작되는 곳. '온 시간' 과 '올 시간' 이 이어진 매듭. 발톱으로 설 만한 자리도 없다. 여기는 경계(境界)였다.

그러나 얼마나 넓은 세계이냐. 이 옥토(沃土). 생산(生産)의 안뜰. 시간

중요 어구

28) 길가에~지나지 않았다 : 세례자 요한이 예수의 출현을 위해 죽어야만 하는 존재이듯이 자유란 목적이 아니라 하나의 과정이며 목적을 위한 희생이란 뜻이다.
29) 자살은 하나의 시도요 : 자유를 구속하고 있는 것에 대한 탈출 시도이다.

(時間)과 공간(空間)이 여기서 흘러나가는 온돈(溫沌)…….

이 세계에는 이율배반(二律背反)이 없다. 무수의 율(律)이 마치 궁륭(穹隆)의 성좌(星座)처럼 서로 범함이 없이, 고요한 시(詩)의 밤을 밝히고 있다. 왕자(王者)도 없고 노비(努婢)도 여기에는 없다. 우려(憂慮)가 없다. 그러니 타협(妥協)이 없다. 풍습(風習)이 없으니 퇴폐(頹廢)가 없다. 만물(萬物)은 스스로가 자기의 원인(原因)이고, 스스로가 자기의 자[尺]이다. 태양(太陽)이 반드시 동쪽에서만 솟아야 할 이유가 여기에는 없다. 늘 새롭고 늘 아침이고 늘 봄이다. 아아 젊은 대륙(大陸)…….

언제면 왜인(倭人)의 섬에 표류한 걸리버의 미몽(迷夢)에서 깨어날 것인가. 탈출(脫出)할 수 있을 것인가……. 파괴(破壞)해야 할 것은 바스티유의 감옥(監獄)이 아니라, 이 섬을 둘러싼 해안선(海岸線)이다.

나는 다시 기다릴 수 없다. 즉시 나는 나를 보아야 한다. 마지막 승리(勝利)를 가지고 내 눈으로 나는 나를 보아야 할 것을 요구한다! 나를 둘러싼 모든 시선(視線)에서 해방되었을 때, 그 시선(視線)이 얽혀서 비친 환등(幻燈)의 그림자를 떠낸 윤곽(輪廓)에 지나지 않았던 나는 비로소 나를 볼 수 있고, 나를 탈출(脫出)할 수 있고, 안개 속으로 나타나는 세계(世界)를 볼 수 있는 것이다.

자살(自殺)은 하나의 시도(試圖)요,[29] 나의 마지막 기대(期待)이다. 거기에서도 나를 보지 못한다면 나의 죽음은 소용없는 것이 될 것이고, 그런 소용없는 죽음이 기다리고 있는 것이 생(生)이라면 나는 차라리 한시 바삐 그 전신(傳身)을 꾀하여야 할 것이 아닌가…….

서력(西曆) 1951년 9월 ×일 기(記)

'유서(遺書)'가 저기서 파란 두 눈으로 나를 보고 있다. 칠흑 같은 어둠 속에 화석(化石)한 주문(呪文)처럼 언제까지 나를 노리고 있다. 이마에 식은땀이 배는 것을 느낀다. 그것은 내가 이길 수 없는 싸움이었다. 나는 그의 눈밖에 보지 못하는데, 고양이는 내 눈썹까지 보고 있는 것이다. 내가 죄 지은 것이 무엇인가? 살아 있다는 것 이외 내가 죄 지은 것이 무엇인가……? 그 눈은 말하기를, 움직이는 것은 하여간 다 죄라고 한다.

저놈의 눈을 어떻게 꺼버릴 수 없을 것인가. 그 눈빛에 내 몸은 숭숭 구멍이 뚫리는 것 같다. 나는 졸려서 견딜 수 없는 것이다. 섬에서 가져온 피로가 여기서 지금 탁 풀려 나가는 것인지도 모른다.

이 공포(恐怖)와 졸림, 그것이 빚어 내는 긴장. 거기에는 무한한 가능성(可能性)이 내포되어 있다.

아옹, 하고 이 긴장(緊張)이 찢어지고 단절(斷絶)된 때 '해안선(海岸線)'은 끊어지고 저 언덕 위 마른 나뭇가지에는 새빨간 꽃이 방긋, 피어날 수도 있는 것이다. 있을 수 있는 일은 무수이다. 그 무수의 가능성이 하나의 우연(偶然)에 의하여 말살된 자리가 존재(存在)이다. 따라서 존재(存在)는 죄 지은 존재(存在)이다. 생(生) 속에서는 죄 지었다는 것은 죄 지을 것을 의미한다. 존재(存在)는 범죄(犯罪)이다. 그 총목록(總目錄)이 세계(世界)이다. 세계(世界)는 범죄(犯罪)의 소산(所産)이고, 인생(人生)은 그 범죄자(犯罪者)였다.

산다는 것은 죄 짓는다는 것이다. 내가 여기에 앉아 있기 때문에 그들이 여기에 앉아 있지 못하는 것이다. 그들을 떼밀어 버리고 내가 여기에 앉아 있는 것이다. 그래서 언제 그들에게 밀려 나갈지 모른다. 순간 순간, 무수의 가능성이 자기를 주장하고 있는 것이다. 모든 존재(存在)는 다음 순간에 일어날 가능성(可能性) 앞에 떨고 있는 전율(戰慄)인 것이다. 이 전율을 잠자코 있는 세계에서는 '자유(自由)'라고 한다. 그대로 잠자코 있을 것인가? 깨어날 것인가…….

어둠 속에서 고양이는 아직도 나를 노리고 있다. 나는 그의 주인을 죽인 것이다. 노파는 내가 죽인 것이다. 저 눈이 저기서 저렇게 나란히 빛나고 있는 한 나는 살인자(殺人者)인 것이다.

이자택일(二者擇一)을 강요하고 있던 그 두 눈의 거리가 좁혀졌다. 나는 숨길을 찾았다. 그는 외면한 것이다. 다음 순간을 노리던 내 손이 툭 그리로 날았다. 손은 허공을 잡았고, 두 눈은 내 겨드랑이 밑으로 해서, 획 벌써 문틈 밖으로 튀어나갔다.

그 뒤를 쫓아 밖으로 뛰어나갔다. 저만치에서 이리를 돌아보던 고양이는 다시 언덕 위를 향하여 달아난다.

쫓아 올라갔으나 어디로 사라졌는지 보이지 않는다.

아웅.

쳐다보니, 아까 저녁때 까마귀가 황혼을 울던 나뭇가지에 두 눈알이 켜져 있었다.

돌을 찾아 던져도 그 눈빛은 꺼지지 않는다. 그에게는 날개가 없는 것이다. 나는 우리 조상이라고 하는 원숭이의 재주를 먼 옛날에 상실해 버린 것이다. 저주와 복수를 자아내던 두 눈빛이 사라지면서 그 근처가 허물어진다. 달이 둥글게 꿈틀거리면서 구름 사이를 비비고 나왔었다.

나뭇가지에 오므리고 앉은 고양이의 윤곽이 까만 동화(童話)처럼 달 속에 걸려들었다.

아웅.

멀고 먼 해안선(海岸線)을 얼어붙이는 것 같은 싸늘한 울음소리 속에 한때 보이지 않아졌던 파란 요귀는 여전히 숨쉬고 있는 것이었다.

내일 아침 해가 떠올라야 저 눈이 꺼지는 것이다. 나는 졸려서 그대로 그 눈을 지켜보고 있는 것이 무섭기도 했다.

밤은 고요히 깊어 가는데 누혜의 비단 옷을 빌어 입은 나의 그림자[30]는 언제까지 그렇게 그 고목가지 아래서 설레고만 있는 것이었다.

과연 내일 아침에 해는 동산에 떠오를 것인가…….

중요 어구

30) 누혜의~나의 그림자 : **누혜가 죽어서 남긴 존재적 인식을 깨달은 또 다른 나.**

작품 이해 및 논술 다지기

작품 이해

핵심 정리

- 갈래 : 단편 소설
- 시점 : 1인칭 · 3인칭 시점, 사건 진술에 따라 시점이 이동
- 배경 : 시간적—6 · 25 전쟁 직후
- 구성 : 우화의 삽입
- 문체 : 사변적(思辨的), 잠언적(箴言的) 문체
- 주제 : 6 · 25의 비극적 체험을 통한 실존적 자각

등장 인물의 성격

- 동호 : 자의식이 강한 청년. 이 작품 전체의 서술자. 의용군으로 참전했다가 포로가 됨. 수용소에서 풀려 나온 후 친구 '누혜' 모친의 임종을 지

킴.

• 누혜 : '동호'가 수용소에서 만난 인물. 이북에서 내려온 인민군으로 공산주의 신봉자. 수용소 내부의 처절한 살상 행위에 환멸을 느끼고 자유를 추구하다가 절망 상태에서 자살함. 그 '무엇'이 나타나기 위해서 죽어야 했던 '요한'적(的) 존재로 부각되어 있음.

이해와 감상

이 소설은 《새벽(1960. 8)》에 발표한 작품으로 작가 자신이 사르트르의 《구토》를 읽고 썼다고 말한 것에서도 나타나듯이 자유와 실존의 문제를 다룬 작품이다. 특히 이 작품에서 주목을 요하는 것은 이 소설의 서두에 나와 있는 토끼에 대한 알레고리이다. 알레고리란 비유적으로 말하거나 혹은 다른 말을 통해서 말하고자 하는 바를 말하는 것이다. 알레고리는 행위자와 행동, 그 배경 모두가 일관된 의미를 구성하면서 그 표면적인 의미 위에 이차적이고 심도 있는 의미를 가지고 있는 것을 말하는 것이다. 이 작품에서 토끼에 관한 알레고리는 '자유의 역설적인 의미'를 드러내 주는 역할을 한다. 동굴에 갇혀서 사는 토끼는 동굴 밖으로부터 흘러들어오는 무지개 빛을 느끼면서 바깥의 세상을 동경한다. 그러나 그 빛을 의식하고 그를 향해서 고난의 길을 마다하지 않고 갔을 때 토끼는 바깥 세상의 강렬한 빛에 눈이 멀게 되고, 세상은 '새까만 방'으로 변해 버린다. 인간은 자유를 추구하지만 그가 추구하는 자유에 의해서 오히려 구속되는 것이다. 이러한 모순된 자유의 이중성으로부터 벗어나는 것은 죽음을 통해서뿐이다. 이러한 내용은 1, 2, 3으로 나뉘어져 서술되어 있는 누혜의 삶과 긴밀하게 연결되어서 자유와 실존의 문제를 제시한다. 자유를 향한 끊임없는 갈망과 그로 인한 구속의 문제가 바로 그것이다. 작가는 작품의 서두에 토끼에 관한 알레고리를 위치시킴으로써 이 작품에서 나타난 누혜의 이야기를 보편적인 상황으로 만드는 데 성공한다.

한편, 이 소설이 다른 작품들과 구별되는 점은 이 소설이 가지고 있는 관념성이다. 토끼의 알레고리는 차치하고라도 우선 1에서는 역사에 대한 동호의 자문과 내적 독백으로 이루어져 있고, 2에서는 동호가 본 누혜의 수용소 생활이 그려져 있으나 주로 그들의 독백이나 의식의 흐름을 통해서 나타난다. 그리고 3에서는 자살한 누혜의 유서와 누혜 모친의 모습을 목격하고 동호가 생각하는 것들이 중심을 이루고 있다. 이 소설에서는 어떠한 사건도 사실적이고 구체적으로 제시되지 않고 있으며, 동호나 누혜의 의식에 투영된 것만이 제시되고 있다. 그리고 그들의 내적 독백이 중심이 되고 있다. 이는 이 소설이 가진 관념성을 잘 나타내 주는 것이다. 동호나 누혜나 자유에 대해서도, 역사에 대해서도, 진보에 대해서도 생각하지만 그 어느 것도 관념적이지 않은 것이 없다. 이 소설은 좌우익 이데올로기가 충돌하고 갈등하는 전쟁 속에서 인간의 자유와 실존의 문제를 다루고 있다는 점에서는 1950년대 소설로서 큰 의미를 지니고 있다. 그러나 그 자유와 실존의 문제가 현실에 뿌리를 둔 것이라기보다는 다분히 관념적이라는 점에 그 새로움과 한계가 있다.

생각 나누기

1. 이 소설의 서두에서 나타나는 토끼의 우화는 무엇을 말하고 있는가?
2. 이 소설은 전쟁 상황에 처한 지식인의 자유와 실존의 문제를 다루고 있다. 그 문제를 다르는 데 있어서 나타나는 한계는 무엇인가?
3. 이 작품에서 중요한 부분을 차지하고 있는 동호의 내적 독백이 나타내고자 하는 바는 무엇인지 간단히 적어 보자.

모범 답안

1. 토끼의 우화는 누혜의 유서에 나타난 삶과 밀접히 대응된다. 동굴 속의 삶은 '주어진 대로 사는 삶'이며 토끼가 어느 날 깨달은 것은 '실존적 자각'이다. 누혜도 주어진 대로의 삶을 깨기 위해 전쟁에 참여하지만, 포로가 되어 수용소에 갇힌다. 그러나 수용소는 이데올로기의 갈등으로 온갖 만행이 자행되며 그를 억압한다. 그는 외로움과 절망을 느끼고 마지막 탈출로서 자살을 선택한다. 즉 토끼의 우화는 자유를 추구하고자 하지만, 그 자유는 결국 자기 존재를 구속하게 됨을 나타낸다. 그리고 이러한 자유의 이중성에서 벗어나는 길은 죽음뿐이라는 것을 암시한다.
2. 이 소설에서 드러내고자 하는 것은 '실존'과 '자유'이다. 그런데 이 작품에서 자유는 진실을 추구하기 위해 겪어야 하는 또 하나의 구속이라는 의미를 지닌다. 즉 자유는 하나의 과정이면서 목적을 위한 희생이다. 이러한 실존과 자유의 문제를 지식인의 고민을 통해 드러내고 있는 점은 의의를 지니지만, 작품에서 이데올로기의 문제를 지나치게 관념화해서 보여준다는 점은 한계라고 할 수 있다.
3. 일관성 없이 의식이 흐르는 대로 주제를 말하고 있는 것처럼 보이나 결국에는 '나는 누구인가'라는 실존에 대한 끊임없는 물음을 던지고 있는 것이다.

연관 작품 더 읽기

- 《구토》(사르트르) : 직업도 없고 가정도 없으며, 욕망과 희망도 없는 '앙투안 로캉탱'이라는 지식인이 적어 온 일종의 형이상학적 일기로 이루어져 있음. 존재의 의미에 대해 성찰하고 있으며, 그 진실을 아는 인간의 구

원에 대한 가능성을 다루고 있음. 《구토》는 인간의 존재양식에 대한 사르트르의 문학적 사상서라 할 수 있음.

- 《원형적인 전설》(장용학) : 인간의 원초적인 존재 의식을 당대 사회의 역사적 현실과 밀도 있게 조응시키면서 파고든 작품. 작가는 실존적 의미를 민족, 계급 등의 외적인 상황과 결부시키기보다는 인간 존재의 근원적 의식 속에서 해명하려는 태도를 보임.

좀더 알아보기

- 실존주의 소설 : 인간과 세계의 근본적인 불확실성과 불합리성에 대한 존재론적 자각을 바탕으로 씌어진 소설. 좁은 의미로 이 용어는 2차 세계대전 이후 프랑스를 중심으로 발생했던 철학적 성향의 문학들, 특히 사르트르와 까뮈의 문학을 지칭하는 용어이지만, 좀더 보편적인 의미에서 인간에게 부여된 어떠한 절대적인 선험 가치도 거부한 채 유동적이고 유일한 삶, 그 자체의 현존을 문제로 삼았던 문학들 모두를 지칭함.

논술 다지기

❖ 제시문에 나타난 인간에 대한 관점을 근거로 활용하여 '누혜'의 삶에 대한 자신의 의견을 논술하라. (2,000자 내외)

> 인간은 스스로 만드는 존재이다. 사람은 존재 이후에 스스로를 원하는 것이기 때문에 인간은 스스로가 만들어 가는 것 이외엔 아무것도 아니다. 이것은 실존주의의 제1원칙이다. 이것을 사람들이 주체성이라고 부르며 동시에 그들이 그런 이름 아래서 우리를 비난하는 바로 그것은, 인간이 돌이나 탁자보다도 더 큰 존엄성을 가진 것이라는 점을 말하는 사실이 아니고 무엇이겠는가? 왜냐하면 우리는 인간이 먼저 존재하는 것, 즉 인간은 먼저 미래를 향해 스스로를 내던지는 것, 미래 속에 스스로를 투사함을 의식하는 것임을 뜻하고 있기 때문이다.

모범 답안

제시문에서는 인간에 대해 자신의 삶을 스스로의 선택에 따라 능동적으로 살아가는 존재라고 정의하고 있다. '인간은 스스로 만드는 존재' 라는 것은 곧 인간 스스로 지닌 자유의 중요성을 강조하는 말이다. 이러한 관점에 따른다면 바람직한 제도나 편견 등에 얽매이거나 타성에 젖어 살아가는 인간은 바람직하지 못하다. 인간이 사물이나 다른 동물과 다른 점은 타인의 삶의 방식을 따르지 않을 수 있을 만큼 독립성과 주체성을 지녔다는 점, 즉 자기 자신이 진정으로 원하는 것이 무엇인지 자각하고 스스로의 삶을 독창적으로 영위해 갈 수 있다는 점이다.

〈요한시집〉에서는 전쟁 포로 누혜가 철조망에 목을 매고 죽기까지의 생애가 다루어지고 있다. 여기서 누혜가 고민하는 중심 문제는 '진정한 자유는 가능한가?' 이다. 초반에 삽입된 '토끼의 우화' 역시 '누혜' 의 삶의 양상과 밀접히 대응된다. 동굴 속의 삶은 '주어진 대로 사는 삶' 이며, 토끼가 어느 날 깨달은 것은 '실존적 자각' 이다. '누혜' 도 서서히 세상의 벽을 깨닫고 그 벽을 뚫기 위해 전쟁에 참여한다. 그는 포로가 되어 수용소에 갇히는데 그 곳 역시 이데올로기를 빙자(憑藉)해서 온갖 만행이 자행되며 그의 자유를 구속하고 있다. 인간은 인간을 해방시키기 위해 이념을 준비하고 전쟁을 일으켰으나, 결국 스스로 그 전쟁으로 인해 희생되었을 뿐이다. 실제로 중요한 것은 실존 그 자체일 뿐, 신이니 자유니 하는 인위적인 것들은 인간을 자유롭게 할 수 없다. 신과 자유는 결국 또 다른 구속이요, 벽일 뿐이다.

그래서 그는 외로움과 절망을 느끼고 마지막 탈출을 시도한다. 그것은 자살로 '실현' 된다. 그러므로 '토끼' 가 바깥 세상의 빛에 의해 눈이 멀고 죽음에 이르는 것은 '누혜' 가 진정한 자유가 없음에 절망을 느끼고 자살하는 것과 동일한 의미의 실존적 선택이다. 자유를 모색하고 갈구했기 때문에 역설적으로 죽음을 선택하지 않을 수 없었던 것이다. 여기서 자유는 '참다운 것을 위해 겪어야 하는 또 하나의 구속' 이란 의미를 갖고 있다. 그래서 '누혜' 는 성서(聖書)에 나오는 '요한' 에 비유될 만하다. 즉, '예수' 의 출현을 위해 죽어야 하는 존재가 '요한' 이었듯이, 자유란 찾아올 그 무엇을 위해 견뎌야 하는 고통이다. 자유란 목적이 아니라 하나의 과정이며 목적을 위한 희생이라는 것을 깨달은 것이다.

'누혜' 의 모습은 자기 자신이 창조적 주체가 되어 세상을 새롭게 인식하고 자신이 선택한 삶을 살고자 하는 꿈을 담고 있다. 그런데 그러한 꿈을 이루는 과정은 그리 쉽지 않다. '자유' 를 얻기 위한 것이라던 '전쟁' 이 오히려 자유를 억압하는 것이 되는 상황, 그래서 결국 스스로 목숨을 끊는 '자유' 만이 주어지는 상황은 비극적이다. 그럼에도 불구하고 자기 자신 및 삶의 의미에 대해 진지하게 성찰하게 한다는 점에서 '누혜' 의 삶은 무의미하지 않았다고 생각한다.

자기 잘못을 인식하는 것처럼 마음이 가벼워지는 일은 없다. 또한 자기가 옳다는 것을 인정하려는 것처럼 무거운 것도 없다.

-타르무트-

꺼삐딴 리

전광용(1919~1988)

함남 북청 출생. 경성고등상업학교를 거쳐 서울대 상과대를 2년 수료하고 서울대 국문학과 졸업. 동대학원을 졸업하고 서울대 문리대 국문학과 교수 역임. 1955년 《조선일보》 신춘문예에 단편 〈흑산도〉가 당선되어 문단에 등단. 1962년, 단편 〈꺼삐딴 리〉로 동인문학상을 수상. 대표작으로는 〈흑산도〉, 〈사수〉, 〈꺼삐딴 리〉 등이 있음.

미리 엿보기…

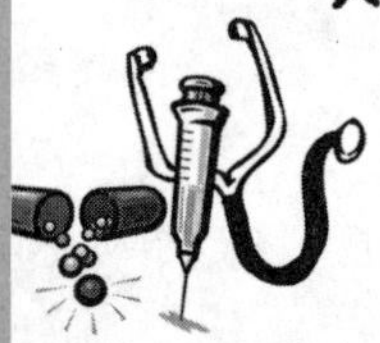

생각해 봅시다

1. 일제 말기에서부터 해방 이후, 미대사관에 드나들게 된 지금까지의 꺼삐딴 리의 삶을 우리 민족의 정신사와 연관시켜서 생각해 보자.
2. 이 소설의 주인공인 이인국 박사의 성격을 통해서 소설 속의 평면적 인물과 입체적 인물을 구분해서 생각해 보고 이인국 박사는 어떤 인물인가를 생각해 보자.

작품의 줄거리

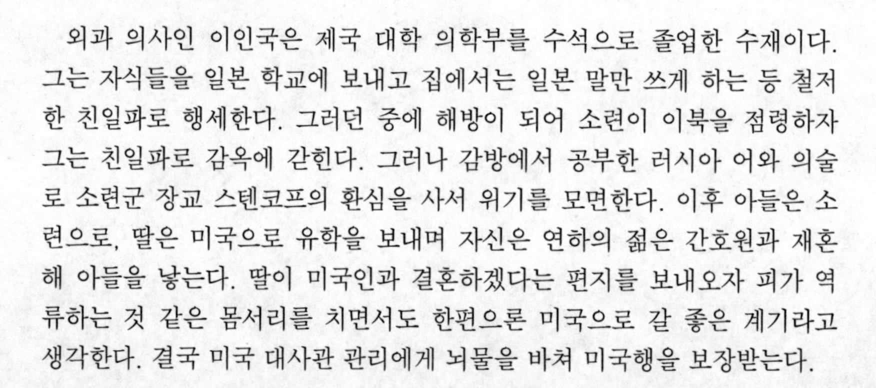

외과 의사인 이인국은 제국 대학 의학부를 수석으로 졸업한 수재이다. 그는 자식들을 일본 학교에 보내고 집에서는 일본 말만 쓰게 하는 등 철저한 친일파로 행세한다. 그러던 중에 해방이 되어 소련이 이북을 점령하자 그는 친일파로 감옥에 갇힌다. 그러나 감방에서 공부한 러시아 어와 의술로 소련군 장교 스텐코프의 환심을 사서 위기를 모면한다. 이후 아들은 소련으로, 딸은 미국으로 유학을 보내며 자신은 연하의 젊은 간호원과 재혼해 아들을 낳는다. 딸이 미국인과 결혼하겠다는 편지를 보내오자 피가 역류하는 것 같은 몸서리를 치면서도 한편으론 미국으로 갈 좋은 계기라고 생각한다. 결국 미국 대사관 관리에게 뇌물을 바쳐 미국행을 보장받는다.

수술실에서 나온 이인국(李仁國) 박사는 응접실 소파에 파묻히 듯이 깊숙이 기대어 앉았다.

그는 백금 무테 안경을 벗어 들고 이마의 땀을 닦았다. 등골에 축축히 밴 땀이 잦아들어 감에 따라 피로가 스며 왔다. 두 시간 이십 분의 집도(執刀). 위장 속의 균종(菌腫) 적출. 환자는 아직 혼수상태에서 깨지 못하고 있다.

수술을 끝낸 찰나 스쳐가는 육감, 그것은 성공 여부의 적중률을 암시하는 계시 같은 것이다. 그러나 오늘은 웬일인지 뒷맛이 꺼림칙하다.

그는 항생질(抗生質) 의약품이 그다지 발달되지 않았던 일제 시대부터 개복 수술에 최단 시간의 기록을 세웠던 것을 회상해 본다.

맹장염이나 포경(包莖) 수술, 그 정도의 것은 약과다. 젊은 의사들에게 맡겨 버리면 그만이다. 대수술의 경우에는 그렇게 방임할 수만은 없다. 환자 측에서도 대개 원장의 직접 집도를 조건부로 입원시킨다. 그는 그것을 자랑으로 삼아 왔고 스스로 집도하는 쾌감마저 느꼈었다.

그의 병원 부근은 거의 한 집 건너 병원이랄 수 있을 정도로 밀집한 지대다. 이름 없는 신설 병원 같은 것은 숫제 비 온 장날 시골 전방[1] 처럼 한산한 속에 찾아오는 손님을 기다리고 있는 형편이다.

그러나 이인국 박사는, 일류 대학 병원에서까지 손을 쓰지 못하고 밀려오는 급환자들 틈에 끼여, 환자의 감별에는 각별한 신경을 쓰고 있다.

그것은 마치 여관 보이가, 현관으로 들어서는 손님의 옷차림을 훑어보고 그 등급에 맞는 방을 순간적으로 결정하거나 즉석에서 서슴지 않고 거절하는 경우와 흡사한 것이라고나 할까.

이인국 박사의 병원은 두 가지의 전통적인 특징을 가지고 있다. 병원 안이 먼지 하나도 없이 정결하다는 것과 치료비가 여느 병원의 갑절이나 비싸다는 점이다.

그는 새로운 환자의 초진(初診)에서는 병에 앞서 우선 그 부담 능력을 감정하는 데서부터 시작한다. 신통치 않다고 느껴지는 경우에는 무슨 핑계를 대든, 그것도 자기가 직접 나서는 것이 아니라 간호원더러 따돌리게 하는 것이다.

그렇게 중환자가 아닌 한 대부분의 경우 예진(豫診)은 젊은 의사들이 했다. 원장은 다만 기록된 진찰 카드에 따라 환자의 증세에 아울러 경제 정도를 판정하는 최종 진단을 내리면 된다.

중요 어구

1) 전방 : 물건을 늘어놓고 파는 가게.
2) 그의 반생을~비결이었다 : 이인국 박사에게 의술은 치부의 수단이자 출세의 수단일 뿐 전혀 인도주의적이지 않다.
3) 그는 수복되자~병원을 차렸다 : 시류에 재빨리 적응하는 이인국 박사의 기회주의적인 성격을 엿볼 수 있다.
4) 십팔금 회중 시계 : 과거 회상을 하도록 해주는 매개체 역할을 한다.

상대가 지기나 거물급이 아닌 한 외상이라는 명목은 붙을 수 없었다. 설령 있다 해도 이 양면 진단은 한 푼의 미수나 결손도 없게 한, 그의 반생을 통한 의술 생활의 신조요, 비결이었다.[2]

그러기에 그의 고객은 왜정 시대는 주로 일본인이었고, 현재는 권력층이 아니면 재벌의 셈속에 드는 측들이어야만 했다.

그의 일과는 아침에 진찰실에 나오자 손가락 끝으로 창틀이나 탁자 위를 훑어, 무테 안경 속 움푹한 눈으로 응시하는 일에서 출발한다.

이 때 손가락 끝에 먼지만 묻으면 불호령이 터지고, 간호원은 하루 종일 원장의 신경질에 부대껴야만 한다.

아무튼 단골 고객들은 그의 정결한 결벽성에 감탄과 경의를 표해 마지않는다.

1 · 4 후퇴시 청진기가 든 손가방 하나를 들고 월남한 이인국 박사다. 그는 수복되자 재빨리 셋방 하나를 얻어 병원을 차렸다.[3] 그러나 이제는 평당 오십만 환을 호가하는 도심지에 타일을 바른 이층 양옥을 소유하게 되었다. 그는 자기 전문인 외과 외에 내과, 소아과, 산부인과 등 개인 병원을 집결시켰다. 운영은 각자의 호주머니 셈속이었지만 종합 병원의 원장 자리는 의젓이 자기가 차지하고 있다.

이인국 박사는 양복 조끼 호주머니에서 십팔금 회중 시계[4]를 꺼내어 시간을 보았다.

두 시 사십 분!

미국 대사관 브라운 씨와의 약속 시간은 이십 분밖에 남지 않았다. 이 시계에도 몇 가닥의 유서 깊은 이야기가 숨어 있다. 이인국 박사는 시계를 볼 때마다 참말 '기적' 임에 틀림없었던 사태를 연상하게 된다.

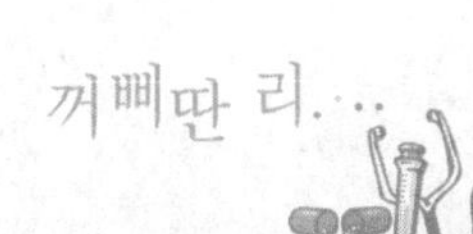

왕진 가방과 함께 38선을 넘어온 피난 유물의 하나인 시계. 가방은 미군 의사에게서 얻은 새것으로 갈아 매어 흔적도 없게 된 지금, 시계는 목숨을 걸고 삶의 도피행을 같이한 유일품이요, 어찌 보면 인생의 반려(伴侶)이기도 한 것이다.

밤에 잘 때에도 그는 시계를 머리맡에 풀어 놓거나 호주머니에 넣은 채로 버려 두지 않는다. 반드시 풀어서 등기 서류, 저금 통장 등이 들어 있는 비상용 캐비닛 속에 넣고야 잠자리에 드는 것이었다. 거기에는 또 그럴 만한 연유가 있었다. 이 시계는 제국 대학을 졸업할 때 받은 영예로운 수상품이다. 뒤쪽에는 자기 이름이 새겨져 있다.

그 후 삼십여 년, 자기 주변의 모든 것은 변하여 갔지만 시계만은 옛 모습 그대로다. 주변뿐만 아니라 자기 자신은 얼마나 변한 것인가. 이십 대 홍안을 자랑하던 젊음은 어디로 사라진 것인지 머리카락도 반백이 넘었고 이마의 주름은 깊어만 간다. 일제 시대, 소련군 점령하의 감옥 생활, 6 · 25 사변, 38선, 미군 부대, 그 동안 몇 차례의 아슬아슬한 죽음의 고비를 넘긴 것이다.

'월삼 십칠 석.'

우여곡절 많은 세월 속에서 아직도 제 시간을 유지하는 것만도 신기하다. 시간을 보고는 습성처럼 째각째각 소리에 귀기울이는 때의 그의 가느다란 눈매에는 흘러간 인생의 축도[5]가 서리는 것이었다. 그 속에서도 각모(角帽)와 쯔메리 학생복을 벗어 버리고 신사복을 갈아입던 그 날의 감회를 더욱 새롭게 해 주는 충동을 금할 길 없는 것이었다.

중요 어구

5) 축도 : 대상이나 그림을 일정한 비율로 줄여서 원형보다 작게 그린 그림.

이인국 박사는 수술 직전에 서랍에 집어넣었던 편지에 생각이 미쳤다.

미국에 가 있는 딸 나미. 본래의 이름은 일본식의 나미꼬〔奈美子〕다. 해방 후 그것이 거슬린다기에 나미로 불렀고 새로 기류계에 올릴 때에는 꼬〔子〕자를 완전히 떼어 버렸다.

나미짱! 딸의 모습은 단란하던 지난날의 추억과 더불어 떠올랐다.

온 집안의 재롱둥이였던 나미, 그도 이젠 성숙했다. 그마저 자기 옆에서 떠난 지금, 새로운 정에서 산다고는 하지만 이인국 박사는 가끔 물밀어오는 허전한 감을 금할 길 없었다.

아내는 거제도 수용소에 있을 때 죽었고, 아들의 생사는 지금껏 알 길이 없다.

서울에서 다시 만나 후처로 들어온 혜숙(惠淑). 이십 년의 연령 차에서 오는 세대의 거리감을 그는 억지로 부인해 본다. 그러나 혜숙의 피둥피둥한 탄력과 윤기가 더해 가는 살결에 비해, 자기의 주름잡힌 까칠한 피부는 육체적 위축감마저 느끼게 하는 때가 없지 않았다.

그들 사이에서 난, 돌 지난 어린 것, 앞날이 아득한 이 핏덩이만이 지금의 이인국 박사의 곁을 지켜 주는 유일한 피붙이다.

이인국 박사는 기대와 호기에 찬 심정으로 항공 우편의 피봉을 뜯었다.

전번 편지에서 가타부타 단안은 내리지 않고 잘 생각해서 결정하라고 한 그 후의 경과다.

'결국은 그렇게 되고야 마는 건가…….'

그는 편지를 탁자 위에 밀어 놓았다. 어쩌면 이러한 결말은 딸의 출국 이전에서부터 이미 싹튼 것인지도 모른다는 생각이 들었다.

대학에서 영문과를 택한 딸, 개인 지도를 하여 준 외인 교수, 스칼러십을 얻어 준 것도 그고, 유학 절차의 재정 보증인을 알선해 준 것도 그가 아닌가, 우연한 일은 아니다.

그러한 시류에 따라 미국 유학을 해야만 한다고 주장한 것은 오히려 아버지 자기가 아닌가.

동양학을 연구하고 있는 외인 교수. 이왕이면 한국 여성과 결혼했으면 좋겠다던 솔직한 고백에, 자기의 학문을 위한 탁월한 견해라고 무심코 찬의를 표한 것도 자기가 아니던가. 그것도 지금 생각하면 하나의 암시였음이 분명하지 않은가.

이인국 박사는 상아로 된 오존 파이프를 앞니에 힘을 주어 지그시 깨물며 눈을 감았다.

꼭 풀 쑤어, 개 좋은 일을 한 것만 같은 분하고도 허황한 심정이다.

'코쟁이 사위.'

생각만 해도 전신의 피가 역류하는 것 같은 몸서리가 느껴졌다.

'더러운 년 같으니, 기어코…….'

그는 큰 기침을 내뱉었다.

그의 생각은 왜정 시대 내선 일체의 혼인론이 떠돌던 이야기에까지 꼬리를 물었다. 그 때는 그것을 비방하거나 굴욕처럼 느끼지는 않았다. 오히려 당연한 것으로 해석했고 어찌보면 우월한 것으로 생각하지 않았던가. 그런데 이 경우는…….

그는 딸의 편지 구절을 곱씹었다.

'애정에 국경이 있어요……?'

이것은 벌써 진부하다. 아비도 학창 시절에 그런 풍조는 다 마스터했다. 건방지게, 이게 새삼스레 아비에게 설교조로…… 좀더 솔직하지 못하고…….

그러니 외딸인 제가 그런 국제 결혼의 시금석[6]이 되겠단 말인가.

'아무튼 아버지께서 쉬 한 번 오신다니, 최종 결정은 아버지의 의향에 따라 결정할 예정입니다만…….'

그래 아버지가 안 가면 그대로 정하겠단 말인가.

이인국 박사는 일대 잡종(一代雜種)의 유전 법칙이 떠오르자 머리를 내저었다. '흰둥이 외손자.' 생각만 해도 징그럽다.

그는 내던졌던 사진을 다시 집어 들었다.

대학 캠퍼스 같은 석조전의 거대한 건물, 그 앞의 정원, 뒤쪽에 짝을 지어 걸어가는 남녀 학생, 이 배경 속에 딸과 그 외인 교수가 나란히 어깨를 짚고 서서 웃음을 짓고 있다.

'흥, 놀기는 잘들 논다…….'

응, 신음 소리를 치며 그는 자리에서 일어섰다. 아무튼 미스터 브라운을 만나 이왕 가는 길이면 좀더 서둘러야겠다. 그 가장 대우가 좋다는 국무성 초청 케이스의 확정 여부를 빨리 확인해야겠다는 생각이 조바심을 쳤다.

그는 아내 혜숙이 있는 살림방 쪽으로 건너갔다.

"여보, 나미가 기어코 결혼하겠다는구려."

"그래요……?"

아내의 어조에는 별다른 감동이나 의아도 없음을 이인국 박사는 직감했다.

그는 가능한 한 혜숙이 앞에서 전실 소생의 애들 이야기를 하는 것을 삼가 왔다.

어떻게 보면 나미의 미국 유학을 간접적으로 자극한 것은 가정 분위기의

중요 어구

6) 시금석 : 가치, 능력, 역량 따위를 알아볼 수 있는 기준이 되는 기회나 사물을 비유적으로 이르는 말.

소치[7]라는 자격지심이 없지 않기도 했다.

나미는 물론 혜숙이를 단 한 번도 어머니라고 불러 준 일이 없었다.

혜숙이 또한 나미 앞에서 어머니라고 버젓이 행세한 일도 없었다.

지난날의 간호원과 오늘의 어머니, 그 사이에는 따져서 표현할 수 없는 미묘한 감정들이 복재되어 있었다.

"선생님의 일이라면 무엇이든지 돕겠어요."

서울에서 이인국 박사를 다시 만났을 때, 마음 속 그대로 털어 놓은 혜숙의 첫마디였다.

처음에는 혜숙이도 부인의 별세를 몰랐고, 이인국 박사도 혜숙이의 혼인 여부를 참견하지 않았다.

혜숙은 곧 대학 병원을 그만두고 이리로 옮겨왔다.

나미는 옛정이 다시 살아 혜숙을 언니처럼 따랐다.

이들의 혼인이 익어 갈 때 이인국 박사는 목에 걸리는 딸의 의향을 우선 듣기로 했다.

딸도 아버지의 외로움을 동정하고 있었다. 자기 자신 아버지의 시중이 힘에 겨웠고 또 그 사이 실지의 아버지 뒤치다꺼리를 혜숙이 해 왔으므로 딸은 즉석에서 진심으로 찬의를 표했다.

그러나 시간이 흐를수록 혜숙과 나미의 간격은 벌어졌고, 혜숙은 남편과의 정상적인 가정 생활에 나미가 장애물이 되는 것 같은 느낌을 차츰 가지게 되었다.

혜숙 자신도 처음에는 마음 놓고 이인국 박사를 남편이랍시고 일대일로

중요 어구

7) 소치 : 어떤 까닭으로 생긴 일.
8) 눈앞에서~놓치듯이 : 갑작스레.

부르진 못했다.

나미의 출발, 그 후 어린애의 해산, 이러한 몇 고개를 넘는 사이에 이제 겨우 아내답게 늠름히 남편을 대할 수 있고, 이인국 박사 또한 제대로의 남편의 체모로 아내에게 농을 걸 수도 있게끔 되었다.

"기어쿠 그 외인 교수하군가 가까워지는 모양인데."

이인국 박사는 아내의 얼굴을 직시하지는 못하고 마치 독백하듯이 뇌까렸다.

"할 수 있어요? 제 좋다는 대로 해야지요."

마치 남의 이야기를 하는 것처럼 이인국 박사에게는 들려왔다.

"글쎄, 하기는 그렇지만……."

그는 입맛만 다시며 더 이상 계속하지 못했다.

잠을 깨어 울고 있는 어린것에게 젖을 물리고 있는 아내의 젊은 육체에 자극을 느끼면서, 이인국 박사는 자기 자신이 죄를 지은 것만 같은 나미에 대한 강박 관념을 금할 길이 없었다.

저 어린것이 자라서 아들 원식(元植)이나 또 나미 정도의 말 상대가 되려도 아직 이십여 년의 세월이 흘러야 한다.

그 때 자기는 칠십이 넘는 할아버지다.

현대 의학이 인간의 평균 수명을 연장하고, 암(癌) 같은 고질이 아닌 한 불의의 죽음은 없다 하지만, 자기 자신이 의사이면서 스스로의 생명 하나를 보장할 수는 없다.

'마누라도 눈앞에서 나는 새 놓치듯이[8] 죽이지 않았던가.'

아무리 해도 저 놈이 대학을 나올 때까지는 살아야 한다. 아무럼, 때가 때인 만큼 미국 유학까지는 내 생전에 시켜 주어야지.

하기야 그런 의미에서도 일찌감치 미국 혼반을 맺어 두는 것도 그리 해로울 건 없지 않나. 아무렴, 우리보다는 낫게 사는 사람들인데. 좀 남 보기 체면이 안 서서 그렇지.

그는 자위인지 체념인지 모를 푸념을 곱씹었다.

"여보, 저걸 좀 꾸려요."

이인국 박사의 말씨는 점잖게 가라앉았다.

"뭐 말이에요?"

아내는 젖꼭지를 물린 채 고개만을 돌려 되묻는다.

"저, 병 말이오."

그는 화장대 위에 놓은 골동품을 가리켰다.

"어디 가져가셔요?"

"저 미 대사관 브라운 씨 말이야. 늘 신세만 졌는데……."

아내가 꼼꼼히 싸 놓은 포장물을 들고 이인국 박사는 천천히 현관을 나섰다.

벌써 석간 신문[9]이 배달되었다.

아무리 생각해도 그것은 분명 기적임에 틀림없는 일이었다. 간헐적으로 반복되어 공포와 감격을 함께 휘몰아치는 착잡한 추억. 늘 어제 일마냥 생생하기만 하다.

1945년 8월 하순.

아직 해방의 감격이 온 누리를 뒤덮어 소용돌이칠 때였다.

중요 어구

9) 석간 신문 : 글의 뒷부분에서 현재와 과거 회상을 연결해 주는 구성물 역할을 함.
10) 훈도시와 유까다 : 남성용 속옷과 실내용 가운. 일제시대에 완전한 일본인 행세를 했음을 알 수 있음.

말복(末伏)도 지난 날씨언만 여전히 무더웠다. 이인국 박사는 이 며칠 동안 불안과 초조에 휘몰려 잠도 제대로 자지 못했다. 무엇인가 닥쳐 올 사태를 오돌오돌 떨면서 대기하는 상태였다.

그렇게 붐비던 환자도 하나 얼씬하지 않고 쉴 사이 없던 전화도 뜸하여졌다. 입원실은 최후의 복막염 환자였던, 도청의 일본인 과장이 끌려간 후 텅 비었다.

조수와 약제사는 궁금증이 나서 고향에 다녀오겠다고 떠나갔고 서울 태생인 간호원 혜숙이만이 남아 빈집 같은 병원을 지키고 있었다.

이층 십조 다다미방에 훈도시와 유까다[10] 바람에 뒹굴고 있던 이인국 박사는 견디다 못해 부채를 내던지고 일어났다.

그는 목욕탕으로 갔다. 찬물을 퍼서 대야째로 머리에서부터 몇 번이고 내리부었다. 등줄기가 시리고 몸이 가벼워졌다.

그러나 수건으로 몸을 닦으면서도 무엇엔가 짓눌려 있는 것 같은 가슴 속의 갑갑증을 가셔 낼 수가 없었다.

그는 창문으로 기웃이 한길가를 내려다보았다. 우글거리는 군중들은 아직도 소음 속으로 밀려가고 있다.

굳게 닫혀 있는 은행 철문에 붙은 벽보가 한길을 건너, 하얀 윤곽만이 두드러져 보인다.

아니 그 곳에 씌어 있는 구절.

'친일파(親日派), 민족반역자(民族反逆者)를 타도(打倒)하자.'

옆에 붙은 동그라미를 두 겹으로 친 글자가 그대로 눈앞에 선명하게 보이는 것만 같다.

어제 저물녘에 그것을 처음 보았을 때의 전율이 되살아 왔다.

순간 이인국 박사는 방 쪽으로 머리를 획 돌렸다.

"나야 원 괜찮겠지……."

혼자 뇌까리면서 그는 다시 부채를 들었다. 그러나 벽보를 들여다보고 있을 때, 자기와 눈이 마주치는 순간, 일그러지는 얼굴에 경멸인지 통쾌인지 모를 웃음이 비죽거리면서 아래위로 훑어보던 그 춘석이 녀석의 모습이 자꾸만 머릿속으로 엄습하여 어두운 밤에 거미줄을 뒤집어쓴 것처럼 꺼림텁텁하기만 했다.

그깐놈 하고 머리에서 씻어 버리려도 거머리처럼 자꾸만 감아 붙는 것만 같았다.

벌써 육 개월 전의 일이다.

형무소에서 병보석으로 가출옥되었다는 중환자가 업혀서 왔다.

휑뎅그런 눈에 앙상하게 뼈만 남은 몸을 제대로 가누지도 못하는 환자, 그는 간호원의 부축으로 겨우 진찰을 받았다.

청진기의 상아 꼭지를 환자의 가슴에서 등으로 옮겨 두 줄기의 고무줄에서 감득되는 숨소리를 감별하면서도, 이인국 박사의 머릿속은 최후 판정의 분기점을 방황하고 있었다.

입원시킬 것인가 거절할 것인가…….

환자의 몰골이나 입고 온 사람의 옷매무시로 보아 경제 정도는 뻔한 일이라 생각되었다.

그러나 그것보다도 더 마음에 켕기는 것이 있었다. 일본인 간부급들이 자기 집처럼 들락날락하는 이 병원에 이런 사상범을 입원시킨다는 것은, 관선 시의원이라는 체면에서도 떳떳지 못할 뿐더러, 자타가 공인하는 모범적인 황국 신민의 공든 탑이 하루아침에 무너지는 결과를 가져오는 것이라는 생각이 들었다.

순간 그는 이런 경우의 가부 결정에 일도 양단하는 자기식으로 찰나적인 단안을 내렸다.

그는 응급 치료만 하여 주고, 입원실이 없다는 가장 떳떳하고도 정당한 구실로 애걸하는 환자를 돌려 보냈다.

환자의 집이 병원에서 멀지 않은 건너편 골목 안에 있다는 것은 후에 간호원에게서 들었다. 그러나 그쯤은 예사로운 일이었기에 그는 그대로 아무렇지도 않게 흘려 버렸다.

그런데 며칠 전, 시민 대회 끝에 있는 해방 경축 시가 행진을 자기도 흥분에 차 구경하느라고 혜숙이와 함께 대문 앞에 나갔다가, 자위대 완장(腕章)을 두르고 대열에 끼인 젊은이와 눈이 마주쳤다.

이 쪽을 노려보는 청년의 눈에서 불똥이 튀는 것 같은 살기를 느꼈다.

무슨 영문인지 모르고 어리벙벙하던 이인국 박사는, 그것이 언젠가 입원을 거절당한 사상범 환자 춘석이라는 것을 혜숙에게서 듣고야 슬금슬금 주위의 눈치를 살피며 집으로 기어들어왔다.

그 후 그는 될 수 있는 대로 거리로 나가는 것을 피하였지마는 공교롭게도 어제 저녁에 그 벽보 앞에서 마주쳤었다.

갑자기 밖이 왁자지껄 떠들어 대었다. 머리에 깍지를 끼고 비스듬히 누워서 갈피를 잡을 수 없는 생각에 골똘하던 이인국 박사는 일어나 앉아 한길 쪽에 귀를 기울였다. 들끓는 소리는 더 커 갔다. 궁금증에 견디다 못해 근 엉거주춤 꾸부린 자세로 밖을 내다보았다. 포도에 뒤끓는 사람들은 손에 손에 태극기와 적기를 들고 환성을 올리고 있었다.

'무엇일까?'

그는 고개를 갸웃하며 다시 자리에 주저앉았다.

계단을 구르며 급히 올라오는 발자국 소리가 들려왔다.

혜숙이다.

"아마 소련군이 들어오나 봐요. 모두들 야단법석이에요……."

숨을 헐레벌떡이며 이야기하는 혜숙이의 말에 이인국 박사는 아무 대꾸도 없이 눈만 껌벅이며 도로 앉았다. 여러 날째 라디오에서 오늘 입성 예정이라고 했으니 인제 정말 오는가 보다 싶었다.

혜숙이 내려간 뒤에도 이인국 박사는 한참 동안 아무 거동도 못하고 바깥 쪽을 내다보고만 있었다.

무엇을 생각했던지 그는 움찔 자리에서 일어났다.[11] 그리고는 벽장문을 열었다. 안쪽에 손을 뻗쳐 액자틀을 끄집어내었다.

'국어상용(國語常用)의 가(家).'

해방되던 날 떼어서 집어 넣어 둔 것을 깜박 잊고 있었다.

그는 액자의 뒤를 열어 음식점 면허장 같은 두터운 모조지를 빼내어, 글자 한 자도 제대로 남지 않게 손 끝에 힘을 주어 꼼꼼히 찢었다.[12]

이 종잇장 하나만 해도 일본인과의 교제에 있어서 얼마나 떳떳한 구실을 할 수 있었던 것인가. 야릇한 미련 같은 것이 섬광처럼 머릿속을 스쳐갔다.

환자도 일본 말을 모르는 축은 거의 오는 일이 없었지만, 대외 관계는 물론 집안에서도 일체 일본 말만을 써 왔다. 해방 뒤 부득이 써 오는 제 나

중요 어구

11) 무엇을 생각했던지~일어났다 : 이제껏 느긋했으나 상황이 급박하게 변하기 때문에 자신도 변화를 서둘러야 한다는 사실을 깨달았다.
12) 글자 한 자도~꼼꼼히 찢었다 : 새로운 시류에 재빠르게 적응하는 이인국 박사의 인물상을 그리고 있다.
13) 단스 : 장롱, 옷장의 일본말.
14) 당꾸 : 탱크(tank).

라 말이 오히려 의사 표현에 어색함을 느낄 만큼 그에게는 거리가 먼 것이었다.

마누라의 솔선 수범하는 내조지공도 컸지만, 애들까지도 곧잘 지켜 주었기에 이 종잇장을 탄 것이 아니던가. 그것을 탄 날은 온 집안이 무슨 큰 경사나 난 것처럼 기뻐들 했었다.

"잠꼬대까지 국어로 할 정도가 아니면, 이 영예로운 기회야 얻을 수 있겠소."

하던 국민총력연맹지부장의 웃음 띤 치하 소리가 떠올랐다.

그 순간 자기 자신은, 아이들을 소학교로부터 일본 학교에 보낸 것을 얼마나 다행으로 여겼던 것인가.

그는 '후' 한숨을 내뿜었다. 그리고는 저금 통장의 잔액을 깡그리 내 주던 은행지점장의 호의에 새삼 고마움을 느끼는 것이었다.

그것마저 없었더라면…… 등골에 오싹하는 한기가 느껴 왔다.

무슨 정치가 오든 그것만 있으면, 시내 사람의 절반 이상이 굶어 죽기 전에야 우리 집 차례는 아니겠지. 그는 손금고가 들어 있는 안방 단스[13]를 생각하면서 혼자 중얼거렸다.

이인국 박사는 무슨 일이 일어나도 꼭 자기만은 살아 남을 것 같은 막연한 기대를 곱씹고 있다.

주위가 어두워 왔다.

지축이 흔들리는 것 같은 동요와 소음이 가까워졌다. 군중들의 환호성이 터져 나왔다. 만세 소리가 연방 계속되었다.

세상 형편을 알아보려고 거리에 나갔던 아내가 돌아왔다.

"여보 당꾸[14] 부대가 들어왔어요. 거리는 온통 사람들 사태가 났는데 집안에 처박혀 뭘 하구 있어요……."

"뭘 하기는?"

"나가 보아요, 마우재[15]가 들어왔어요……."

어둠 속에서 아내의 음성은 격했으나 감격인지 당황인지 알 길이 없었다.

'계집이란 저렇게 우둔하구두 대담한 것일까……'

이인국 박사는 엷은 어둠 속에서 마누라 쪽을 주시하면서 입맛을 다셨다.

"불두 엽때 안 켜구."

마누라가 전등 스위치를 틀었다. 이인국 박사는 백촉 전등이 너무 환한 것이 못마땅했다.

"불은 왜 켜는 거요?"

"그럼 켜지 않구, 캄캄한데…… 자, 어서 나가 봅시다."

마누라의 이끄는 데 따라, 이인국 박사는 마지못하면서 시침을 떼고 따라 나섰다.

헤드라이트의 눈부신 광선. 탱크 부대의 진주는 끝을 알 수 없이 계속되고 있다.

이인국 박사는 부신 불빛을 피하면서 가로수에 기대어 섰다. 박수와 환호성, 만세 소리가 그칠 줄 모르는 양안(兩岸)을 끼고, 탱크는 물밀듯 서서히 흘러간다. 위 뚜껑을 열고 반신을 내민 중대가리의 병정은 간간이 '우라아' 하면서 손을 내흔들고 있다.

이인국 박사는 자기와는 아무 관련도 없는 이방 부대라는 환각을 느끼면

중요 어구

15) 마우재 : 러시아인의 함경도 방언.
16) 이인국 박사는~쳐다보고만 있다 : 오로지 자신의 안녕만이 관심사일 뿐 다른 일은 관심의 대상이 되지 못한다.

서, 박수도 환성도 안 나가는 멋쩍은 속에서 멍하니 쳐다보고만 있다.[16] 그는 자기의 거동을 주시하지나 않나 해서 주위를 두리번거렸다.

그러나 아무도 그에게는 관심을 두는 일 없이, 탱크를 향하여 목청이 터지도록 거듭 만세만 부르고 있지 않은가.

'어떻게 되겠지…….'

그는 밑도 끝도 없는 한 마디를 뇌이면서 유유히 집으로 돌아왔다.

민요 뒤에 계속되던 행진곡이 그치고 주둔군 사령관의 포고문이 방송되고 있다.

이인국 박사는 라디오 앞에 다가앉아 귀를 기울였다.

시민의 생명 재산은 절대 보장한다. 각자는 안심하고 자기의 직장을 수호하라. 총기(銃器), 일본도(日本刀) 등 일체의 무기 소지는 금하니 즉시 반납하라는 등의 요지였다.

그는 문득 단스 속에 넣어둔 엽총(獵銃)에 생각이 미치었다. 그러면 저것도 바치어야 하는 것일까. 영국제 쌍발, 손때 묻은 애완물같이 느껴져 누구에게 단 한 번도 빌려주지 않았던 최신형 특제품이다.

이인국 박사는 다이얼을 돌렸다. 대체 서울에서는 어떻게들 하고 있는 것일까.

거기도 마찬가지다. 민요가 아니면 행진곡이 나오고 그러다가는 전국준비위원회 누구인가의 연설이 계속된다.

대체 앞으로 어떻게 될 것인가 궁금증을 해결할 방법이 없다.

해방 직후 이삼 일 동안은, 자기도 태연하였지만, 번지르르하게 드나들던 몇몇 친구들도 소련군 입성이 보도된 이후부터는 거의 나타나질 않는다. 그렇다고 자기 자신이 뛰어다니며 물을 경황은 더욱 없다.

밤이 이슥해서야 중학교와 국민학교를 다니는 아들딸이 굉장한 구경이나 한 것처럼 탱크와 로스케[17]의 이야기를 늘어놓으며 돌아왔다.

그들은 아버지의 심중은 아랑곳없다는 듯이 어머니, 혜숙이와 함께 저희들 이야기에만 꽃을 피우고 있었다.

이인국 박사는 슬그머니 일어나 이층으로 올라와 다다미 방에서 혼자 뒹굴었다.

앞일은 대체 어떻게 전개될 것인지, 뛰어넘을 수가 없는 큰 바다가 가로놓인 것만 같았다. 풀어 낼 수 있는 실마리가 전연 더듬어지지 않는 뒤헝클어진 상념 속에서, 그대로 이인국 박사는 꺼지려는 짚불을 불어 일으키는 심정으로 막연한 한 가닥의 기대만을 끝내 포기하지 않은 채 천장을 멍청히 쳐다보고만 있었다.

지난 일에 대한 뉘우침이나 가책 같은 건 아예 있을 수 없었다.

자동차 속에서 이인국 박사는 들고 나온 석간을 펼쳤다.[18]

일면의 제목을 대강 훑고 난 그는 신문을 뒤집어 꺾어 삼면으로 눈을 옮겼다.

'북한(北韓) 소련유학생(蘇聯留學生) 서독(西獨)으로 탈출(脫出).'

바둑돌 같은 굵은 활자의 제목. 왼편 전단을 차지한 외신 기사. 손바닥만한 사진까지 곁들여 있다.

그는 코허리에 내려온 안경을 올리면서 눈을 부릅떴다.

그의 시각은 활자 속을 헤치고 머릿속에는 아들의 환상이 뒤엉켜 들이차

중요 어구

17) 로스케 : 러시아인을 낮잡아 이르는 말. 러시아어 Ruskii.
18) 자동차 속에서~펼쳤다 : 현재와 회상을 통한 과거가 교차해서 서술되고 있다. 석간 신문은 앞선 현재와 연결해 주는 역할을 한다.
19) 낫세 : 나잇살의 잘못된 표현.

왔다. 아들을 모스크바로 유학시킨 것은 자기의 억지에서였던 것만 같았다.

출신 계급, 성분, 어디 하나나 부합될 조건이 있었단 말인가. 고급 중학을 졸업하고 의과 대학에 입학된 바로 그 해다.

이인국 박사는 그 때나 지금이나 자기의 처세 방법에 대하여 절대적인 자신을 가지고 있다.

"얘, 너 그 노어 공부를 열심히 해라."

"왜요?"

아들은 갑자기 튀어나오는 아버지의 말에 의아를 느끼면서 반문했다.

"야, 원식아, 별 수 없다. 왜정 때는 일본 말이 출세를 하게 했고 이제는 노어가 또 판을 치지 않니. 고기가 물을 떠나서 살 수 없는 바에야, 그 물 속에서 살 방도를 궁리해야지. 아무튼 그 노서아 말 꾸준히 해라."

아들은 아버지 말에 새삼스러이 자극을 받는 것 같진 않았다.

"내 나이로도 인제 이만큼 뜨내기 회화쯤은 할 수 있는데, 새파란 너희 낫세[19]로야 그걸 못하겠니."

"염려 마세요, 아버지……."

아들의 대답이 그에게는 믿음직스럽게 여겨졌다.

이인국 박사는 심각한 표정으로 말을 이었다.

"어디 코 큰 놈이라구 별것이겠니, 말 잘해서 진정이 통하기만 하면 그것들두 다 그렇지……."

이인국 박사는 끝내 스텐코프 소좌의 배경으로 요직에 있는 당 간부의 추천을 받아 아들의 소련 유학을 결정짓고야 말았다.

"여보. 보통으로 삽시다. 거저 표나지 않게 사는 것이 이런 세상에선 가장 편안할 것 같아요. 이제 겨우 죽을 고비를 면했는데 또 재까지 그 '높이

드는' 복판에 휘몰아 넣으면 어쩔라구……."

"가만 있어요. 호랑이두 굴에 가야 잡는 법이요. 무슨 세상이 되던 할 대로 해 봅시다."

"그래도 저 어린것을 어떻게 노서아까지 보낸단 말이오."

"아니, 중학교 애들도 가지 못해 골들을 싸매는데, 대학생이 못 가 견딜라구."

"그래도 어디 앞일을 알겠소……."

"괜한 소리, 재가 소련 바람을 쏘이구 와야, 내게 허튼 소리 하는 놈들도 찍소리를 못할 거요. 어디 보란 듯이 다시 한 번 살아 봅시다."

아들의 출발을 앞두고, 걱정하는 마누라를 우격다짐으로 무마시키고 그는 아들 유학을 관철하였다.

'흥, 혁명 유가족도 가기 힘든 구멍을 친일파 이인국의 아들이 뚫었으니 어디 두고 보자…….'

그는 만장[20]의 기염을 토하며 혼자 중얼거리고는 희망에 찬 미소를 풍겼다.

그 다음 해에 사변이 터졌다.

잘 있노라는 서신이 계속하여 왔지만, 동란 후 후퇴할 때까지 소식은 두절된 대로였다.

마누라의 죽음은 외아들을 사지로 보낸 것 같은 수심에도 그 원인이 있었다고 그는 생각하고 있다.

이인국 박사는 신문 다찌기리 속에 채워진 글자를 하나도 빼지 않고 다

중요 어구

20) 만장 : 높이가 만 길이나 된다는 뜻으로, 아주 높거나 대단함을 이르는 말.

훑어 내려갔다.

그러나 아들의 이름에 연관되는 사연은 한 마디도 없었다.

'이 자식은 무얼 꾸물꾸물하느라고 이런 축에도 끼지 못한담…… 사태를 판별하고 임기 응변의 선수를 쓸 줄 알아야지, 맹추같이…….'

그는 신문을 포개어 되는 대로 말아 쥐었다.

'개천에서 용마가 난다는데 이건 제 애비만도 못한 자식이야.'

그는 혀를 찍찍 갈겼다.

'어쩌면 가족이 월남한 것조차 모르고 주저하고 있는 것이나 아닐까. 아니 이제는 그 쪽에도 소식이 가서 제게도 무언중의 압력이 퍼져 갈 터인데…… 역시 고지식한 놈이 아무래도 모자라…….'

그는 자동차에서 내리자 건 가래침을 내뱉었다.

"독또오루 리, 내가 책임지고 보장하겠소. 아들을 우리 조국 소련에 유학시키시오."

스텐코프의 목소리가 고막에 와 부딪는 것만 같았다.

자위대가 치안대로 바뀐 다음날이다. 이인국 박사는 치안대에 연행되었다.

시멘트 바닥에 무릎을 꿇고 앉은 그는 입술이 파랗게 질려 있었다. 하반신이 저려 오고 옆구리가 쑤신다. 이것만으로도 자기의 생애를 통한 가장 큰 고역이라고 그는 생각하고 있다. 그러나 그것보다는 앞으로 닥쳐올 예기할 수 없는 사태가 공포 속에 그를 휘몰았다.

지나가고 지나오는 구둣발 소리와 목덜미에 퍼부어지는 욕설을 들으면서 꺾이듯이 축 늘어진 그의 머리는 들릴 줄을 몰랐다.

시간만이 흘러가고 있었다.

그의 머릿속에는 짓눌렸던 생각들이 하나씩 꼬리를 치켜들기 시작했다.

'이럴 줄 알았더면 어디든지 가 숨거나, 진작 남으로라도 도피했을 걸……. 그러나 이 판국에 나를 감싸 줄 사람이 어디 있담. 의지할 만한 곳은, 다 나와 같이 코스를 밟았거나 조만간에 밟을 사람들이 아닌가. 일본인! 가장 믿었던 성벽이 다 무너지고 난 지금 누구를…….'

'그래도 어떻게 되겠지…….'

이 막연한 기대는 절박한 이 순간에도 그에게서 완전히 떠나 버리지는 않았다.[21]

'다행이다. 인민 재판의 첫코에 걸리지 않은 것만 해도. 끌려간 사람들의 행방은 전연 알 길이 없다. 즉결 처형을 당하였다는 소문도 떠돈다. 사흘의 여유만 더 있었더라면 나는 이미 이 곳을 떴을는지도 모른다. 다 운명이다. 아니 그래도 무슨 수가 있겠지…….'

"쪽발이 끄나풀, 야 이 새끼야."

고함 소리에 놀라 이인국 박사는 흠칫 머리를 들었다.

때도 묻지 않은 일본 병사 군복에 완장을 찬 젊은이가 쏘아보고 있다. 춘석이다.

이인국 박사는 다시 쳐다볼 힘도 없었다. 모든 사태는 짐작되었다.

이제는 죽는구나, 그는 입 속으로 뇌까렸다.

"왜놈의 밑바시, 이 개새끼야."

일본 군용화가 그의 옆구리를 들이찬다.

"이 새끼, 어디 죽어 봐라."

구둣발은 앞뒤를 가리지 않고 전신을 내지른다.

중요 어구

21) 이 막연한~않았다 : 이런 기대는 그의 처세술에 대한 자신에서 비롯된다.

등골 척수에 다급한 충격을 받자, 이인국 박사는 비명을 지르고 꼬꾸라졌다.

그는 현기증을 일으켰다. 어깻죽지를 끌어 바로 앉혀도 몸을 가누지 못하고 한쪽으로 쓰러졌다.

"민족과 조국을 팔아 먹은 이 개돼지 같은 놈아, 너는 총살이야, 총살……."

어렴풋이 꿈 속에서처럼 들려왔다. 그러나 그에게는 그 말도 아무런 반향을 일으키지 못했다.

시간이 얼마나 흘렀을까, 자기 앞자락에서 부스럭거리는 감촉과 금속성의 부닥거리는 소리를 듣고 어렴풋이 정신을 차렸다.

노란 털이 엉성한 손목의 시계 줄을 끄르고 있다. 그는 반사적으로 앞자락의 시계 주머니를 부둥켜 쥐면서 손의 임자를 힐끔 쳐다 보았다. 눈동자가 파란 중대가리 소련 병사가 시계 줄을 거머쥔 채 이빨을 드러내고 히죽이 웃고 있다.

그는 두 손으로 있는 힘을 다해 양복 주머니를 감싸 쥐었다.

"흥…… 야뽄스끼……."

병사의 눈동자는 점점 노기를 띠어 갔다.

"아니, 이것만은!"

그들의 대화는 서로 통하지 않는 대로, 손아귀와 눈동자의 대결은 그대로 지속되고 있다.

병사는 됫박만한 손으로 이인국 박사의 손을 뿌리치면서 시계를 채어냈다. 시계 줄은 끊어져 고리가 달린 끝 머리가 이인국 박사의 손가락 끝에서 달랑거렸다.

병사는 밖으로 나가 버렸다.

'죽음과 시계…….'

이인국 박사는 토막난 푸념을 되풀이하고 있다.

양쪽 팔목에 팔뚝 시계를 둘씩이나 차고도 만족이 안 가, 자기의 회중 시계까지 앗아가는 그 병정의 모습을 머릿속에 똑똑히 새겨갈 뿐이다.

감방 속은 빼곡이 찼다.

그러나 고참자와 신입자의 서열은 분명했다. 달포가 지나는 사이에 맨 안쪽 똥통 위에 자리잡았던 이인국 박사는 삼분지 이의 지점으로 점차 승격되었다.

그는 하루 종일 말이 없었다. 범인 속에 섞여 있던 감방 밀정이 출감된 다음 날부터는, 불평만을 늘어놓던 축들이 불려 나가 반송장이 되어 들어왔지만, 또 하루 이틀이 지나자 감방 속의 분위기는 여전히 불평과 음식 이야기로 소일되었다.

이인국 박사는 자기의 죄상이라는 것을 폭로하기도 싫었지만, 예전에 고등계 형사들에게서 실컷 얻어 들은 지식이 약이 되어, 함구령이 지상 명령이라는 신념을 일관하고 있었다.[22]

그는 간밤에 출감한 학생이 내던지고 간 노어 회화 책을 첫 장부터 곰곰이 뒤지고 있을 뿐이다.

등골이 쏘고 옆구리가 결려 온다. 이것으로 고질이 되는가 하는 생각이 없지 않다. 아침저녁으로 기온이 사뭇 내려가고 있다. 아무리 체념한다면서도 초조감을 막을 길 없다.

중요 어구

22) 함구령이~일관하고 있었다 : 자신의 죄상을 부인하고 구체적 진술을 하지 않고 버틴다는 것을 짐작할 수 있다.

노어 책을 읽으면서도 그의 청각은 늘 감방 속의 이야기를 놓치지 않고 있다.

그들이 예측하는 식대로의 중형으로 치른다면 자기의 죄상은 너무도 어마어마하다. 양곡 조합의 쌀을 몰래 팔아 먹은 것이 7년, 양민을 강제로 보국대에 동원했다는 것이 10년, 감정적인 즉결이 아니라 법에 의한 처단이라고 내대지만, 이 난리 판국에 법이고 뭣이고 있을까, 마음에만 거슬리면 총살일 판인데…….

'친일파, 민족반역자, 반일 투사 치료 거부, 일제의 간첩 행위…….'

이건 너무도 어마어마한 죄상이다. 취조할 때 나열하던 그대로 한다면 고작해야 무기 징역, 사형감일지도 모른다.

그는 방 안을 둘러보며 후 큰 숨을 내쉬었다.

처마 밑에 바싹 달라붙은 환기창에서 들이비치던 손수건만한 햇살이, 참대자처럼 길어졌다가 실오리만큼 가늘게 떨리며 사라졌다. 그 창살을 거쳐 아득히 보이는 가을 하늘이, 잊었던 지난 일을 한덩어리로 얽어 휘몰아 오곤 했다. 가슴이 찌릿했다.

밖의 세계와는 영원한 단절이다.

그는 눈을 감았다. 마누라, 아들, 딸, 혜숙이, 누구누구…… 그러다가 외과계의 원로 이인국 박사에 이르자, 목구멍이 타는 것같이 꽉 막혔다.

그는 헛기침을 하고 침을 삼켰다.

'그럼, 어쩐단 말이야, 식민지 백성이 별 수 있었어? 날구 뛴들 소용이 있었느냐 말이야. 어느 놈은 일본 놈한테 아첨을 안 했어? 주는 떡을 안 먹은 놈이 바보지. 흥, 다 그놈이 그놈이었지."

이인국 박사는 자기 변명을 합리화시키고 나면 가슴이 좀 후련해 왔다.

거기다 어저께의 최종 취조 장면에서 얻은, 소련 고문관의 표정은 그에

게 일루[23]의 희망을 던져 주는 것이 있었다. 물론 그것이 억지의 자위(自慰)일지도 모른다고 생각되었지만.

아마 스텐코프 소좌라고 했지. 그 혹부리 장교. 직업이 의사라고 했을 때, 똑또오루 똑또오루 하고 고개를 기웃거리던 순간의 표정, 그것이 무슨 기적의 예시 같기만 했다.

이인국 박사는 신음 소리에 놀라 눈을 떴다.

복도에 켜 있는 엷은 전등불 빛이 쇠창살을 거쳐 방 안에 줄무늬를 놓으며 비쳐 들어왔다. 그는 환기창 쪽을 올려다보았다. 아직도 동도 트지 않은 깜깜한 밤이다.

생똥 냄새가 코를 찌른다. 바지 가랑이 한 쪽이 축축하다. 만져 본 손을 코에 갔다 댔다. 구역질이 난다. 역시 똥 냄새다.

옆에 누운 청년의 앓는 소리는 계속되고 있다. 찬찬히 눈여겨 보았다. 청년 궁둥이도 젖어 있다.

'설산가 부다.'

그는 창살문을 흔들며 교화소원을 고함쳐 불렀다.

"뭐야."

자다가 깬 듯한 흐린 소리가 들려왔다.

"환자가…… 이거, 이거 봐요."

창살 사이로 들여다보이는 소원의 얼굴은 역광 속에서 챙 붙은 모자 밑

중요 어구

23) 일루 : 한 오리의 실이라는 뜻으로, 몹시 미약하거나 불확실하게 유지되는 상태를 이르는 말. '한 올'로 순화.
24) 적리 : 급성 전염병인 이질의 하나. 여름철에 많이 발생하며, 입을 통하여 전염되어 2~3일 동안의 잠복기가 지난 후, 발열과 복통이 따르고, 피와 곱이 섞인 대변을 누게 됨.
25) 새로운 위협에~시작했다 : 친일 행위에 대한 처벌과 전염병에 의한 위협.

의 둥그스름한 윤곽밖에 알려지지 않는다.

이인국 박사는 청년의 궁둥이께를 손가락으로 가리키며 들여다보고 있다.

"이거, 피로군, 피야."

그는 그제서야 붉은 빛을 발견하곤 놀란 소리를 질렀다.

"적리[24]야, 이질……."

그는 직업 의식에서 떠오르는 대로 큰 소리를 질렀다.

"뭐, 적리?"

바깥 소리는 확실히 납득이 안 간 음성이다.

"피똥 쌌소. 피똥을…… 이것 봐요."

그는 언성을 더욱 높였다.

"응, 피똥……."

아우성 소리에 감방 안의 사람들은 하나 둘 눈을 뜨며 저마다 놀란 소리를 쳤다.

"적리, 이거 전염병이요, 전염병."

"뭐, 전염병……."

그제서야 교화소원이 문을 열고 들어왔다.

얼마 후 환자는 격리되었고 남은 사람들은 똥을 닦느라고 한참 법석을 치고 다시 잠을 불러 일으키질 못했다.

이튿날, 미결감 다른 감방에서 또 같은 증세의 환자가 두셋 발생했다. 날이 갈수록 환자는 늘기만 했다.

이 판국에 병만 나면 열의 아홉은 죽는 길밖에 없다고 생각한 이인국 박사는 새로운 위협에 사로잡히기 시작했다.[25]

저녁 후 이인국 박사는 고문관실로 불려 나갔다.

"동무는 당분간 환자의 응급 치료실에서 일하시오."

이게 무슨 청천벽력 같은 기적일까, 그는 통역의 말을 의심했다.

소련 장교와 통역관을 번갈아 쳐다보는 그의 눈동자는 생기를 띠어 갔다.

"알겠소 엥……."

"네."

다짐에 따라 이인국 박사는 기쁨을 억지로 감추며 평범한 어조로 대답했다.

'글쎄 하늘이 무너져도 솟아날 구멍은 있다니까.'

그는 아무 표정도 나타내지 않으려고 이를 악물었다.

죽어 넘어진 송장이 개 치우듯 꾸려져 나가는 것을 보고 이인국 박사는 꼭 자기 일같이만 느껴졌다.

"의사, 이것이 나의 천직이다."[26]

그는 몇 번이고 감격에 차 중얼거렸다. 그는 있는 힘을 다해 자기 담당의 환자를 치료했다. 이러한 일은 그의 실력이 혹부리 고문관의 유다른 관심을 끌게 한 계기를 만들어 주었다.

사상범을 옥사시키는 경우는 책임자에게 큰 문책이 온다는 것은 훨씬 후에야 그가 안 일이다.

소련 군의관에게 기술이 인정된 이인국 박사는 계속 병원에서 근무하게

중요 어구

26) 의사~천직이다 : 인술(仁術)로서의 의술이 아니라 일신의 안녕을 보장해 주는 의술이다.

27) 하라쇼 : 러시아어로 '좋아요' 라는 뜻.

되었다. 그러나 죄상 처벌의 결말에 대하여는 알 길이 없었다.

그는 이 절호의 기회를 최대한으로 활용하고 싶었다. 이제는 죽어도 한이 없을 것만 같았다.

어떻게 하여 이 보이지 않는 구속에서까지 완전히 벗어날 수는 없을까.

그는 환자의 치료를 하면서도 늘 스텐코프의 왼쪽 뺨에 붙은 오리알만한 혹을 생각하고 있었다.

불구라면 불구로 볼 수 있는 그 혹을 가지고 고급 장교에까지 승진했다는 것은, 소위 말하는 당성(黨性)이 강하거나, 그렇지 않으면 전공(戰功)이 특별했음에 틀림없다는 생각이 들었다.

그것 하나만 물고 늘어지면, 무엇인가 완전히 살아날 틈바귀가 생길 것만 같았다.

이인국 박사의 뜨내기 노어도 가끔 순시하는 스텐코프와 인사말을 주고받을 수 있을 정도로 진전되었다.

이 안에서의 모든 독서는 금지되었지만 노어 교본과 당사(黨史)만은 허용되었다.

이인국 박사는 마치 생명의 열쇠나 되는 듯이 초보 노어책을 거의 암송하다시피 했다.

크리스마스를 전후하여 장교들의 주연이 베풀어지는 기회가 거듭되었다.

얼근히 주기를 띤 스텐코프가 순시를 돌았다.

이인국 박사는 오늘의 이 기회를 놓치지 않겠다고 마음먹었다.

수일 전, 소련군 장교 한 사람이 급성 맹장염이 터져 복막염으로 번졌다.

그 환자의 실을 뽑는 옆에 온 스텐코프에게, 이인국 박사는 말 절반 손짓 절반으로 혹을 수술하겠다는 의사를 표명했다.

스텐코프는 하라쇼[27]를 연발했다.

그 후, 몇 번 통역을 사이에 두고 수술 계획에 대한 자세한 의사를 진술할 기회가 생겼다.

이인국 박사는 일본인 시장의 혹을 수술하던 일을 회상하면서 자신 있는 설복을 했다.

'동경 경응 대학 병원에서도 못하겠다는 것을 내가 거뜬히 해치우지 않았던가.'

그는 혼자 머릿속에서 자문 자답하면서 이번 일에 도박 같은 심정으로 생명을 걸었다.

소련 군의관을 입회시키고 몇 차례의 예비 진단이 치뤄졌다.

수술일은 왔다.

이인국 박사는 손에 익은 자기 병원의 의료기재를 전부 운반하여 오게 했다.

군의관 세 사람이 보조하기로 했지만 집도는 이인국 박사 자신이 했다. 야전 병원의 젊은 군의관들이란 그에게 있어선 한갓 풋내기로밖에 보이지 않았다.

그는 수술을 진행하는 동안 그들 군의관들을 자기 집 조수 부리듯 했다. 집도 이후의 수술대는 완전히 자기 전단하의 왕국이라고 생각되었다.

그러나 아까 수술 직전에 사인한, 실패되는 경우에는 총살에 처한다는 서약서가 통일된 정신을 순간순간 흐려놓곤 한다.

수술대에 누운 스텐코프의 침착하면서도 긴장에 찼던 얼굴, 그것도 전신 마취가 끝난 후 삼 분이 못 갔다.

간호사는 가제로 이인국 박사의 이마에 내맺힌 땀방울을 연방 찍어 내고 있다.

기구가 부딪는 금속성과 서로의 숨소리만이, 고촉의 반사등이 내리비치는 방 안의 질식할 것 같은 침묵을 헤살짓고 있다.

수술은 예상 이상의 단시간으로 끝났다.

위생복을 벗은 이인국 박사의 전신은 땀으로 흠뻑 젖었다.

완치되어 퇴원하는 날, 스텐코프는 이인국 박사의 손을 부서져라 쥐면서 외쳤다.

"꺼삐딴 · 리, 스바씨보."

이인국 박사는 입을 헤벌리고 웃기만 했다. 마음의 감옥에서 해방된 것만 같았다.

"아진, 아진…… 오첸 하라쇼."

스텐코프는 엄지손가락을 높이 들면서, 네가 첫째라는 듯이 이인국 박사의 어깨를 치며 찬양했다.

다음 날 스텐코프는 이인국 박사를 자기 방으로 불렀다.

그가 이인국 박사에게 스스로 손을 내밀어 예절적인 악수를 청한 것은 이것이 처음이었다.

'적과 적이 맞부딪치면서 이렇게 백팔십 도로 전환될 수가 있을까, 노랑대가리도 역시 본심에서는 하나의 인간임에는 틀림없는 것이 아닌가.'

"내일부터는 집에서 통근해도 좋소."[28]

이인국 박사는 막혔던 둑이 터지는 것 같은 큰 숨을 삼켜 가면서 내쉬었다.

이번에는 이인국 박사가 스텐코프의 손을 잡았다.

"스바씨보, 스바씨보."

중요 어구

28) 내일부터는~좋소 : 이인국 박사의 죄를 모두 덮어 주겠다는 뜻을 나타내고 있다.

"혹 나한테 무슨 부탁이 없소?"

이인국 박사는 문득 시계가 머리에 떠올랐다.

그러면서도 곧이어 이 마당에 그런 이야기를 꺼낸다는 것은 오히려 꾀죄죄하게 보이지 않을까 하는 생각이 뒤따랐다. 그러나 아무래도 그 미련이 가셔지지 않았다.

이인국 박사는 비록 찾지 못하는 경우가 있더라도 솔직히 심중을 털어놓으리라고 마음먹었다.

그는 통역의 보조를 받아 가며, 시간과 장소를 정확히 회상하면서 시계를 약탈당한 경위를 상세히 설명했다.

스텐코프는 혹이 붙었던 뺨을 쓰다듬으면서 긴장된 모습으로 듣고 있었다.

"염려 없소. 독또오루 리, 위대한 붉은 군대가 그럴 리가 없소. 만약 있었다 하더라도 그것은 무슨 착각이었을 것이오. 내가 책임지고 찾도록 하겠소."

스텐코프의 얼굴에 결의를 띤 심각한 표정이 스쳐가는 것을 이인국 박사는 똑바로 쳐다보았다.

'공연한 말을 끄집어내어 일껏 잘 되어 가는 일에 부스럼을 만드는 것은 아닐까?'

그는 솟구치는 불안과 후회를 짓눌렀다.

"안심하시오, 독또오루 리, 하하하."

스텐코프는 큰 웃음으로 넌즈시 말끝을 막았다.

이인국 박사는 죽음의 직전에서 풀려나 집으로 향했다.

어느 사이에 저렇게 노어로 의사 표시를 할 수 있게 되었느냐고 스텐코프가 감탄하더라는 통역의 말을 되뇌이면서…….

차가 브라운 씨의 관사 앞에 닿았다.

성조기(星條旗)를 보면서, 이인국 박사는 그날의 적기(赤旗)와 돌려 온 시계를 생각했다.

응접실에 안내된 이인국 박사는 주인이 나오기를 기다리면서 방 안을 둘러보았다. 대사관으로는 여러 번 찾아 갔지만 집으로 찾아온 것은 이번이 처음이다.

삼 년 전 딸이 미국으로 갈 때부터 신세진 사람이다.

벽 쪽 책꽂이에는 이조실록(李朝實錄), 대동야승(大東野乘) 등 한적[29](漢籍)이 빼곡이 차 있고 한 쪽에는 고서(古書)의 질책(帙冊)이 가지런히 쌓여져 있다.

맞은편 책장 위에는 작은 금동불상(金銅佛像) 곁에 몇 개의 골동품이 진열되어 있다. 십이 폭 예서(隸書) 병풍 앞 탁자 위에 놓인 재떨이도 세월의 때묻은 백자기다.

저것들도 다 누군가가 가져다 준 것이 아닐까 하는 데 생각이 미치자 이인국 박사는 얼굴이 화끈해졌다.

그는 자기가 들고 온 상감진사(象嵌眞砂) 고려 청자 화병에 눈길을 돌렸다. 사실 그것을 내놓는 데는 얼마간의 아쉬움이 없지 않았다. 국외로 내어 보낸다는 자책감 같은 것은 아예 생각해 본 일이 없는 그였다.

차라리 이인국 박사에게는, 저렇게 많으니 무엇이 그리 소중하고 달갑게 여겨지겠느냐는 망설임이 더 앞섰다.

브라운 씨가 나오자 이인국 박사는 웃으며 선물을 내어 놓았다. 포장을

중요 어구

29) 한적 : 한문으로 쓴 책.

풀고 난 브라운 씨는 만면에 미소를 띄며 기쁨을 참지 못하는 듯 땡큐를 거듭 부르짖었다.

"참 이거 귀중한 것입니다."

"뭐 대단한 것이 아닙니다만, 그저 제 성의입니다."

이인국 박사는 안도감에 잇닿은 만족을 느끼면서 브라운 씨의 기쁨에 맞장구를 쳤다.

브라운 씨의 영어 반, 한국 말 반으로 섞어 하는 이야기를 들으면서, 이인국 박사는 흐뭇한 기분에 젖었다.

"닥터 리는 영어를 어디서 배웠습니까?"

"일제 시대에 일본 말 식으로 배웠지요. 예를 들면 '잣도 이즈 아캇도' 식으루요."

"그런데 지금 발음은 좋은데요. 문법이 아주 정확한 스탠다드 잉글리쉬입니다."

그는 이 말을 들을 때 문득 스텐코프의 말이 연상됐다. 그러고 보면 영국에 조상을 가진다는 브라운 씨는 알(R) 발음을 그렇게 나타내지 않는 것 같게 여겨졌다.

"얼마 전부터 개인 교수를 받고 있습니다."

"아, 그렇습니까."

이인국 박사는 자기의 어학적 재질에 은근히 자긍을 느꼈다.[30]

브라운 씨가 부엌 쪽으로 갔다오더니 양주 몇 병이 놓인 쟁반이 따라 나

중요 어구

30) 이인국 박사는~자긍을 느꼈다 : 이인국 박사에게는 의술과 더불어 어학이 처세술의 가장 중요한 수단이다.
31) 스텐코프를~보고 있다 : 완전히 다른 시대 상황을 대표하는 인물들이나 이인국 박사에게는 자신의 안녕을 보장해 주는 사람이라는 가치밖에 없을 뿐이다.

왔다.

"아무 거라도 마음에 드는 것으로 하십시오."

이인국 박사는, 워드카 한 잔을 신통한 안주도 없이 억지로라도 단숨에 들이켜야 속 시원해하던 스텐코프를, 브라운 씨 얼굴에 겹쳐 보고 있다.

그는 혈압 때문에 술을 조절해야 하는 자기 체질에 알맞게, 스카치 잔을 핥듯이 조금씩 목을 축이면서 브라운 씨의 이야기를 기다렸다.

"그거, 국무성에서 통지 왔습니다."

이인국 박사는 뛸 듯이 기뻤으나 솟구치는 흥분을 억제하면서 천천히 손을 내밀어 악수를 청했다.

"땡큐, 땡큐."

어쩌면 이것은 수술 후의 스텐코프가 자기에게 하던 방식 그대로인지도 모른다는 생각이 들었다.

이인국 박사는 지성이면 감천이라구, 나의 처세법은 유에스에이에도 통하는구나 하는 기고만장한 기분이었다.

청자병을 몇 번이고 쓰다듬으면서 술잔을 거듭하는 브라운 씨도 몹시 즐거운 기분이었다.

"미국에 가서의 모든 일도 잘 부탁합니다."

"네, 염려 마십시오. 떠나실 때 소개장을 써 드리지요."

"감사합니다."

"역사는 짧지만, 미국은 지상의 낙토입니다. 양국의 우호와 친선에 도움이 되기를 바랍니다."

"땡큐……."

다음날 휴전선 지대로 같이 수렵하러 가기로 약속하고 이인국 박사는 브라운 씨 대문을 나섰다.

이번 새로 장만한 영국제 쌍발 엽총의 짓푸른 총신을 머리에 그리면서 그의 몸은 날기라도 할 듯이 두둥실 가벼웠다. 이인국 박사는 아까 수술한 환자의 경과가 궁금했으나 그것은 곧 씻겨져 갔다.

그의 마음 속에는 새로운 포부와 희망이 부풀어 올랐다.

신체 검사는 이미 끝난 것이고 외무부 출국 수속도 국무성 통지만 오면 즉일 될 수 있게, 담당 책임자에게 교섭이 되어 있지 않은가? 빠르면 일 주일 내에 떠나게 될지도 모른다는 브라운 씨의 말이 떠올랐다.

대학을 갓 나와 임상 경험도 신통치 않은 것들이 미국에만 갔다오면 별이라도 딴 듯이 날치는 꼴이 눈꼴 사나웠다.

'어디 나두 댕겨오구 나면 보자!'

문득 딸 나미와 아들 원식의 얼굴이 한꺼번에 망막으로 휘몰아 왔다. 그는 두 주먹을 불끈 쥐며 얼굴에 경련을 일으키듯 긴장을 띠다가 어색한 미소를 흘려보냈다.

'흥, 그 사마귀 같은 일본놈들 틈에서도 살았고, 닥싸귀 같은 로스케 속에서도 살아났는데, 양키라고 다를까…… 혁명이 일겠으면 일구 나라가 바뀌겠으면 바뀌구, 아직 이 이인국의 살 구멍은 막히지 않았다. 나보다 얼마든지 날뛰던 놈들도 있는데, 나쯤이야…….'

그는 허공을 향하여 마음껏 소리치고 싶었다.

'그러면 우선 비행기 회사에 들러 형편이나 알아볼까…….'

이인국 박사는 캘리포니아 특산 시가[32]를 비스듬히 문 채 지나가는 택시

중요 어구

32) 캘리포니아 특산 시가 : 미군정이라는 시대 상황에 편승한 모습을 나타내고 있음. 이는 일제하에서 훈도시와 유까다를 입고 있던 것과 동일한 의미를 지님.
33) 맑은 가을 하늘은~드높게만 느껴졌다 : 이인국 박사의 기회주의적인 성격이 변화하지 않을 것임을 짐작할 수 있다.

를 불러 세웠다.

그는 스프링이 튈 듯이 복스에 털썩 주저앉았다.

"반도 호텔로……."

차창을 거쳐 보이는 맑은 가을 하늘은 이인국 박사에게는 더욱 푸르고 드높게만 느껴졌다.[33]

《註》'꺼삐딴'은 영어의 Captain에 해당되는 노어이다. 8 · 15 직후 소련군이 북한에 진주하자 '꺼삐딴'이 '우두머리'나 '최고'라는 뜻으로 많이 쓰였는데, 그 발음이 와전되어 '꺼삐딴'으로 통용되었다.

작품 이해 및 논술 다지기

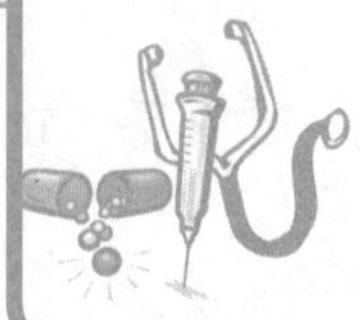

작품 이해

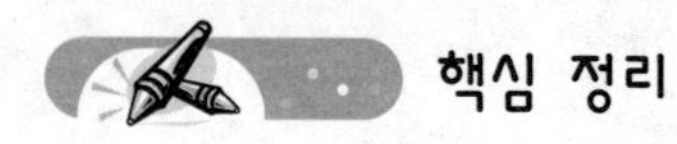

핵심 정리

- 갈래 : 단편 소설, 인물 소설, 풍자 소설
- 시점 : 전지적 작가 시점
- 배경 : 시간적 — 해방과 6·25를 전후한 1940~1950년대
  공간적 — 북한과 남한
- 구성 : 역순행적 구성, 몽타주 구성
- 문체 : 간결체, 풍자적인 서술
- 주제 : 시류와 타협하면서 변절적으로 순응해 가는 기회주의적 인간에 대한 비판.

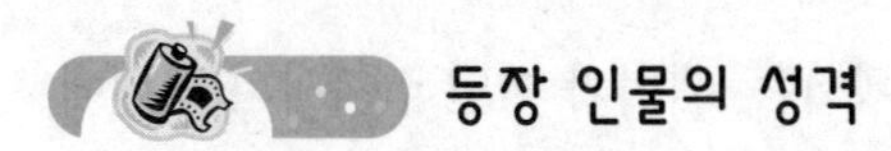

등장 인물의 성격

- 이인국 : 상업적인 외과 의사로서 인술(仁術)보다는 권력에 기생하고 돈을 버는 데만 몰두하는 이기주의자. 시대의 변화에 민감하게 적응해 가는, 변신술에 능한(카멜레온을 닮은) 기회주의자(機會主義者)로서 지조나 신념, 공동체 의식이 희박한 변절적 순응주의자.
- 나미(일본식-나미꼬) : 미국에 가 있는 딸. 영문학 전공. 동양학을 전공하는 외국인 교수와 결혼하려고 아버지에게 편지를 보냄.
- 아내 : 거제도 수용소에 있을 때 죽음.
- 아들(원식) : 광복 후 스텐코프 소좌의 배경으로 요직에 있는 당 간부의 추천을 받아 소련 유학을 갔으나 생사를 알 수 없음.
- 혜숙 : 서울에서 만나 후처로 들어온 여인. 20년의 연령 차가 있음. 사이에 돌 지난 어린것이 있음.
- 스텐코프 : 이인국이 왼쪽 뺨에 있는 혹을 제거해 준 소련군 장교.
- 브라운 : 미 대사관 관리로 이인국을 도와 줌.

이해와 감상

이 소설은《사상계(1962. 7)》에 발표한 작품이다. 외과 의사인 이인국 박사의, 일제 말기에서부터 해방 이후, 미 대사관에 드나들게 되기까지의 삶을 통해서, 역사적 전환기마다 카멜레온 같은 변신으로 살아남는 기회주의적인 인간의 모습을 보여 주고 있다. 이인국 박사가 브라운 씨를 만나러 가는 현재의 상황으로부터 시작하는 이 소설은, 이인국 박사가 자신의 과거를 회상하는 형식으로 되어 있다. 그리고 이인국 박사가 회상하는 내용을 작가가 옆에서 바라보는 듯이 서술되어 있다. 그러므로 이 소설의 시점은 작가 관찰자 시점으

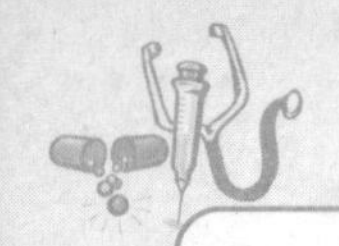

로 보는 것이 옳을 것이다. 그러나 서두에서는, 작가가 이인국 박사의 병원에 대해서 직접 말하는 방식을 취하고 있기 때문에, 이 부분은 전지적 작가 시점이 나타나기도 한다.

이 작품에서, 여러 인물들이 등장하기는 하지만 소설의 중심은 이인국 박사에게 고정되어 있다. 이인국 박사는 '일제 말기 → 해방 → 소련군 진주 → 6 · 25와 월남 → 6 · 25 이후 미국의 영향' 을 받는 역사적 과정에서, 상황에 따라서 재빠르게 변화하여 살아남는 기회주의적인 인간의 전형으로 나타난다. 그에게는 지조도 신념도 없으며 오직 살아남는 문제와 안락하게 지내는 문제만이 절실할 뿐이다. 그는 일제 때 '국어상용어의 가(家)' 라는 상장을 받을 정도로 일제 정책을 충실히 따르고 일본인에게 아첨을 한다. 해방이 되어서 소련군이 진주했을 때에는, 일본인에게 아첨한 인민의 적이라 하여 옥에 갇히지만 약삭빠르게 러시아 어를 배우고 소련군 장교를 치료해 주어 석방된다. 1 · 4후퇴 때에는 왕진 가방과 회중 시계만을 들고 월남하여, 이번에는 영어를 배우고 미국인에게 아첨하고 권력층과 부단히 교제를 한다. 이인국 박사는 한마디로 말해서 권력에 붙어서 자신의 안일만을 추구하는 인물이며, 의사이면서도 전혀 인도주의적이지 않을 뿐만 아니라, 의사라는 직업을 치부의 수단으로만 사용하는 인물이다. 그의 성격은 역사적인 격변의 과정을 거치면서도 조금도 달라지지 않으며, 계속적으로 기회주의적이고 이기적인 속성을 보인다.

이는 이 소설에서 이인국 박사가 평면적인 인물로 나타나고 있음을 의미한다. 소설의 인물은 평면적인 인물과 입체적인 인물로 나누어 볼 수 있다. 평면적인 인물이란, 소설이 시작해서 끝날 때까지 성격 변화가 이루어지지 않고 동일한 모습을 보이는 인물이다. 반면에 입체적인 인물이란 주로 장편 소설에서 볼 수 있는 인물로서, 사건이나 상황에 의해서 성격 변화를 보이는 인물이다. 이 소설에서는 평면적인 인물을 등장시켜서 그 평면성, 즉 변화하지 않는 속성을 강조하고 있다. 그를 통해서, 이인국 박사의 기회주의적인 성격이 강조되고 있는 것이다.

그러나 이러한 이인국 박사의 성격은 단순히 한 개인의 성격을 표현하고 있는 것은 아니다. 작가는 이인국 박사를 통해서 수난의 역사를 가진 우리 민족의 운명의 비애를 나타내고 있다. 일본으로부터 지배를 받다가 해방되자, 이제는 소련과 미국이 우리 민족의 미래를 가로채고 그러한 상황을 겪으면서 정신적인 뿌리도, 지조도, 신념도 잃어버리고 다만 상황에 적응하여 살기에 급급한 우리 민족의 모습을 자조적으로 그리고 있는 것이다. 이 작품이 의미를 가지는 것은 이렇게 개인의 기회주의적인 모습을 통해서 우리 민족의 상황을 보여 주고 있기 때문이다.

생각 나누기

1. 이 작품에서 이인국 박사가 회상을 하도록 해주는 매개체는 무엇인가? 그리고 이인국 박사에게 있어서 그 매개체의 의미는 무엇인가?
2. 이인국 박사의 삶의 방식을 우리 민족의 역사와 연관시켜서 생각해 볼 때 작가가 궁극적으로 말하고자 하는 바는 무엇이라고 생각하는지 간단히 써 보자.
3. 이 소설의 주인공인 이인국 박사가 평면적 인물로 설정되고 있는 의미는 무엇인가?

모범 답안

1. 매개체는 십팔금 회중 시계이다. '이인국'은 미 대사관의 '브라운'과 만날 시간을 맞추려고 회중 시계를 꺼내 보다가 30년 전 과거를 회상한다.

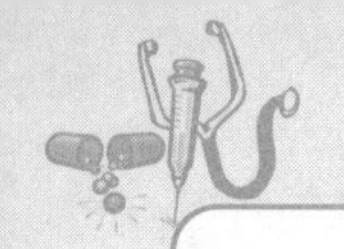

이 회중 시계는 일제 시대에 이인국이 제국 대학을 졸업할 때 부상으로 받은 것이다. 그 때 이인국은 완전한 황국 신민으로 동화되고 철저히 일본인으로 살겠다고 다짐한다. 그는 일본이 물러간 후 소련군 점령하나 미군 주둔시에도 카멜레온처럼 변신해 시류와 타협하면서 살아왔다. 이렇게 볼 때 이 시계는 이인국 박사에게 있어서는 삶의 동반자이자 인생의 반려자의 의미를 지니고 있다.

2. 이인국 박사는 상황에 따라서 변신하여 살아남고 자신의 안락을 지켜나가는 인물로서, 신념이나 지조 같은 것은 그에게 없다. 이는 우리 민족이 일제 시대와 해방 이후의 격동기, 그리고 6·25라는 거대한 사건을 겪으면서 정신의 뿌리가 흔들리고 부동하였음을 보여 주는 것이다.
3. 평면적 인물이란, 소설이 시작해서 끝날 때까지 성격 변화가 이뤄지지 않고 동일한 모습을 보이는 인물이다. 이인국 박사를 이런 평면적인 인물로 등장시켜서 그 평면성, 즉 변화하지 않는 속성을 강조하고 있다. 이를 통해서, 이인국 박사의 기회주의적인 성격이 강조되고 있는 것이다.

연관 작품 더 읽기

- 〈맹순사〉(채만식) : 일제시대에 설치고 다닌 무리들이 해방 후 다시 세상에 나와서 기득권을 얻으면서 살아가는 모습을 그린 소설. 일제시대의 순사가 해방 후에도 그대로 순사가 되는 모습을 통해 일제 잔재의 청산이 이루어지지 않은 것을 비판하고 있음. 또, 일제 잔재 청산을 통해 새로운 질서가 막 자리잡혀 가려고 했던 것들이 낡은 것의 완강한 버팀 때문에 좌절되어 가는 것을 풍자적으로 보여 줌.
- 〈해방전후〉(이태준) : 주인공 '현'을 통해 해방 전후 혼란한 시국을 드러냄. 특히 주인공 현과 대립적인 인물로 김 직원 노인을 등장시켜 해방 직

후의 이데올로기의 선택 문제를 그리고 있음. 또한 해방 직후의 혼돈된 상황에서 적절하고 정당한 방향을 찾아 문학인으로서 새로운 삶을 실천하는 문제를 차분하게 그려내고 있음.

좀더 알아보기

• 풍자소설 : 사회, 인물의 결함, 죄악, 모순 등을 정면에서가 아니라 여러 가지 비유 등의 표현을 사용하고 재치를 활용하여 어르거나 혹평 또는 폭로하는 소설. 주로 자유롭게 말을 할 수 없는 암담하고 압박된 시대에 많음. 이러한 풍자 소설은 단순히 현상을 향해 독설을 뿜을 뿐만 아니라, 현상의 그늘에 숨겨진 본질을 꼬집어 내는 뚜렷한 비평 정신이 있어야 함. 그것은 현상의 결함을 꼬집을 뿐 아니라 결과적으로는 인간의 행복을 기원하는 목적에 결부되게 마련임.

논술 다지기

❖ 제시문에 나타난 소외에 대한 논의를 바탕으로 '이인국'의 삶의 태도를 비판하면서, 자신이 생각하는 대안적 삶의 태도에 대해 논하라.

> 사람이 타인과의 관계뿐 아니라 자기 자신과의 관계에 있어서도 비이성적 열정에 빠져들 때 그것을 우상 숭배 또는 소외라고 말할 수 있다. 권력욕에 크게 좌우되는 사람은 인간 존재의 풍요

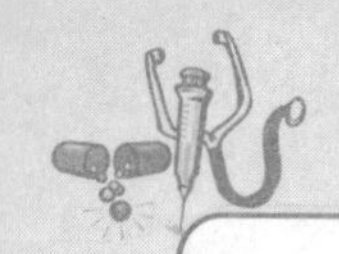

함과 무한함 속에서의 자신을 인식하지 못하고 그를 사로잡고 있는 외부의 목적을 향한 자기 내부의 한 부분적인 열망의 노예가 된다. 배타적으로 돈만을 추구하는 데 빠져 있는 사람은 돈을 얻기 위한 열망에 사로잡혀 있는 것이다. 돈은 그가 숭배하는 우상이다. 그것은 자기 내부에 있는 격리된 힘의 투사, 즉 돈에 대한 탐욕으로서의 우상인 것이다. 그는 자기가 하고 싶은 행동을 하고 있다는 착각에 빠져 있지만 실은 자아와는 분리된, 자기의 배후에서 작용하는 어떤 힘에 의해 움직이고 있는 것이다.

모범 답안

제시문에 따르면 우상 숭배 또는 소외란 외부의 목적에 집착한 나머지 그것의 노예가 되는 것을 뜻한다. 그런 의미에서 권력을 얻기 위해 양심을 버리고 비리를 저지르는 정치인이나 돈을 얻기 위해 인간성을 버리고 살인을 저지르는 범죄자는 모두 소외되어 있는 사람들이다. 높은 시험 점수를 받아 대학에 잘 가는 것에만 집착하는 수험생들이 스트레스를 못 견디고 자살을 행하는 현실 역시 이와 관련된다. 겉으로 보기에는 성공적인 삶을 사는 것처럼 보이던 영화배우가 자살을 한 것 역시 그가 인생의 진정한 의미에서 소외되어 있었기 때문이라고 할 수 있다. 그런 의미에서 이들은 불행한 삶을 사는 사람들이라고 평가받을 만하다.

소외되어 있는 사람들이 불행한 것은 그들이 만족감을 느끼기 힘들기 때문이다. 자기 자신을 위해서가 아니라 돈을 위해서 살아가는 사람들은 상당한 돈을 번 이후에도 더 많은 돈을 벌어야만 행복해질 것처럼 느낀다. '이인국 박사' 의 모습이 이와 같다. 그에게 신념이나 양심 등은 별로 중요한 것이 아니다. 단지 자신이 처한 상황에서 가장 많은 돈을 벌 수 있는 길이 무엇인지, 가장 유명해질 수 있는 길이 무엇인지에만 집착하는 모습을 보인다. 그렇기에 겉으로는 세상에 잘 적응하면서 살아가는 사람처럼 보이지만, 사실은 이기적인 목적에 따라 여러 기회를 양심 없이 활용하는 인물일 뿐이다. 돈과 권력에 집착하는 '이인국 박사' 는 만족을 모른 채 끊임없이 욕심을 부리는 미성숙한 인물이다. 스스로는 아무리 성공한 삶을 살았다고 착각하더라도, 결국 그는 이기적인 기회주의자에 불과하다는 평에서 벗어날 수 없는 인물이다.

철학자 버트란드 러셀은 《게으름에 대한 찬양》이라는 책에서 '행복해지기 위해서는 게을러지라.' 라고 당부한 바 있다. 이는 결국 노동이나 물질에 연연하여 자신에게서 소외되는 삶을 사는 것보다는, 자기 자신이 좋아하는 일을 즐기면서 살아가는 삶이 더욱 바람직하다는 관점을 드러낸다.

스스로를 진정으로 위하는 사람이 많아질 때 문명이 발달하고 양심과 도덕이 바로 서게 되는 것이다. '이인국 박사' 처럼 외적 목적에 연연하여 양심을 버리는 인물들이 많아지는 현실에서, 진실한 내적 목적을 찾기 위해 게을러지는 방법을 아는 것이야말로 절실히 필요하다는 생각이 든다.

다른 사람의 행복을 위해 마음을 쓸 때 우리는 자신의 행복을 얻을 수 있다.

-플라톤(Platon)-

바비도

김성한(1919~)

함남 풍산 출생. 일본 동경대학 중퇴. 영국 맨체스터 대학 사학과에서 수학. 서울대와 한국외대 강사 역임. 1950년 단편 〈무명로〉가 《서울신문》 신춘문예에 당선되어 문단에 등단. 1955년부터 1958년까지 사상계 주간 역임. 이후 《동아일보》 논설위원과 편집국장 역임. 현대사회에 있어서 지식인의 고뇌와 방황을 간결하고 지적인 문장으로 묘사한 〈개구리 — 원제 제우스의 자살〉, 〈오분간〉, 〈극한〉, 〈방황〉 등을 발표. 1956년, 〈바비도〉로 동인문학상 수상. 1958년, 〈오분간〉으로 자유문학상 수상.

미리 엿보기...

생각해 봅시다

1. 이 소설에 나타난 내용은 우리 나라에서 현재 벌어지고 있는 상황이 아니라 중세의 영국의 상황이다. 중세 영국의 상황을 소설화함으로써 작가가 말하고자 하는 바는 무엇인지 생각해 보자.
2. 이 소설을 통해서 소설 기법이 하나인 패러디에 대해서 이해해 보자.

작품의 줄거리

교회의 부정과 부패가 날로 심해지자 영국 사람들은 위클리프의 영역 복음서를 몰래 읽는다. 교회는 자신의 권위와 힘을 지키기 위해서 영역 복음서를 읽은 사람들을 이단으로 몰아 처형한다. 영역 복음서 비밀 독서회에서 돌아온 바비도는 교구마다 순회하면서 이단을 처단하는 순회 종교 재판이 내일 이 교구에서 열리게 될 것을 생각하고 많은 동지들이 목숨을 위해서 변신하였던 일을 회상한다. 종교 재판정에서 바비도는 재판장의 마지막 사죄의 요구를 거절하고 당당히 스미스필드 사형장으로 끌려간다. 사형장은 화형을 구경하러 온 사람들로 가득 차 있다. 사형수 바비도가 들어오자 교회의 권위에 맹목적인 사람들은 바비도에게 돌을 던지고 헨리 태자는 바비도를 설득하려고 한다. 그러나 바비도는 끝내 거절하면서, 교회와 왕정의 부조리와 모순을 지적한다. 불이 붙여졌을 때 헨리 태자는 바비도에게 다시 회개할 것을 제의하지만, 바비도는 죽음을 통해서 교회와 권력의 횡포 속에서도 양심과 정의는 살아 있음을 보여 준다.

바비도는 1410년 이단으로 지목되어 분형(焚刑)을 받은 재봉 직공이다. 당시의 왕은 헨리 4세. 태자는 헨리, 후일의 헨리 5세다.— (작가 주)

일찍이 위대하던 것들은 이제 부패하였다. 사제는 토기 사냥에 바쁘고 사교는 회개와 순례를 팔아 별장을 샀다.

살찐 수도사들을 외면하고 위클리프의 영역 복음서[1]를 몰래 읽는 백성들은, 성서의 진리를 성직자의 독점에서 뺏고 독단과 위선의 껍대기를 벗기거나 하지만, 교회의 종 소리는 헛되이 울리고 김빠진 찬송가는 먼지 낀 공

중요 어구

1) 영역 복음서 : 영어로 번역한 성서. 중세에는 라틴 어 이외의 언어로 성서를 번역하는 것이 금지되어 있었으며, 이는 교회가 권위주의로 흐르고 부패하는 주된 원인이 됨.

기의 진동에 불과하였다. 불신과 냉소의 집중 공격으로 송두리째 뒤흔들리는 교회를 지킬 유일한 방패는, 이단 분형령(異端焚刑令)과 스미스필드의 사형장뿐이었다.

영역 복음서 비밀 독회에서 돌아온 재봉 직공 바비도는 일하던 손을 멈추고 멍하니 생각에 잠겼다. 희미한 등불은 연방 깜박인다. 가끔 무서운 소름이 온몸을 스쳐 지나갔다. 생각하면 할수록 못 된 세상에 태어난 것만 같다. 순회 재판소는 교구(敎區)마다 돌아다니면서 차례차례로 이단을 숙청하고 있다. 내일은 이 교구가 걸려들 판이다. 성경만이 진리요, 그 밖의 모든 것은 성직자들의 허구라고 일변을 토하던 경애하는 지도자들도 대개 재판정에서는 영역을 읽는 것이 잘못이요, 성찬의 빵과 포도주는 틀림없이 그리스도의 살과 피라고 시인하고 전비(前非)를 눈물로써 회개하였다. 자기와 나란히 앉아 같은 지도자의 혁신적 성서 강의를 듣고, 그 정당성을 인정하고, 그것을 목숨으로써 지키기를 맹세하던 같은 재봉 직공이나 가죽 직공들도 모두 맹세를 깨뜨리고 회개함으로써 목숨을 구하였다. 온 영국을 휩쓸고 있는 죽음의 공포 앞에서 구차한 생명들이 풀잎같이 떨고 있다. 권력을 쥔 자들은 권력 보지(保持)[2]에 양심과 양식이 마비되어 이 폭풍에 장단을 맞추고, 힘없는 백성들은 생명의 보전이라는 동물의 본능에 다른 것을 돌아볼 여지가 없다.

어저께까지 옳았고, 아무리 생각하여도 아무리 보아도 틀림없이 옳던 것

중요 어구

2) 보지 : 온전하게 잘 지켜 지탱해 나감.
3) 어저께까지 옳았고~그르단 말이냐 : 바비도 스스로 자신의 내면을 말하고 있다. 이런 서술 방식으로 작품의 생동감을 더해 주고 있다.
4) 벽을~것이냐 : 진실이 아닌 것을 진실인 것으로 강요함을 비판하고 있다.

이 하루 아침에 정반대인 극악으로 변하는 법이 있을 수 있는 일이냐? 비위에 맞으면 옳고 비위에 거슬리면 그르단 말이냐?[3]

가난한 자, 괴로워하는 자를 구하는 것이 그리스도의 본의일진대, 선천적으로 결정된 운명의 밧줄에 묶여서 라틴 말을 배우지 못한 그들이, 쉬운 자기 말로 복음의 혜택을 받는 것이 어째서 사형을 받아야만 하는 극악무도한 짓이란 말이냐? 성찬의 빵과 포도주는 그리스도의 분신이니 신성하다지마는 아무리 보아도 빵이요, 먹어도 빵이다. 포도주 역시 다를 것이 없다. 말짱한 정신으로는 거짓이 아니고야 어찌 인정할 도리가 있을 것이냐? 무슨 까닭에 벽을 문이라고 내미는 것이냐?[4] 절대적으로 보면, 같은 수평선상에서 있는 사람이 제멋대로 꾸며 낸 것을 다른 사람에게 강요할 근거가 어디 있단 말이냐?

바비도는 울화가 치밀었다.

그러나 다음 순간, 위로 로마 교황부터 아래는 사제에 이르기까지 거창한 조직체가 자기를 억누르고 목을 졸라매는 위압을 느꼈다. 전체 로마 교회와 일개 재봉 직공과는 너무나 어처구니없는 대조였다. 선택의 자유는 있을 수 없었다. 죽음이냐, 굴복이냐, 두 갈래 길밖에는 없다. 죽음!……소름이 끼친다. 등불에 비친 손을 어루만지고, 다시 손으로 얼굴을 만져 보았다. 이 손, 이 얼굴이 타서 재가 되어 버린다! 이렇게 생각하고 있는 내 자체가 없어진다!

아무것도 없이, 생각이라는 것도 없어진다!

그는 공포에 떨었다.

그래도 사람이라는 것이 자기의 똑바른 마음을 속이지 않을 권리가 이 천하의 어느 한 구석에 있을 것만 같았다.

— 그러나 이렇게 생각하는 자체가 현실에서는 망상이다. 이런 조건하

에서도 흑백을 똑바로 말해야 하느냐? 그럼으로써 재가 되고 영원한 시간의 흐름의 이 일점에 단 한 번 존재하는 이 주체가 없어져야만 하느냐?

전신의 힘이 일시에 풀렸다.

— 나같이 천한 놈이 양심을 속였다고 별수 있을 것도 아닌데…… 되는 대로 대답하고 목숨을 구하는 것이 상책이 아닐까?

이렇게 변명하면 할수록 마음 속은 더욱더 께름직하고 가슴이 답답하였다. 맥이 풀린 손에서는 일감이 저절로 떨어졌다.

일이 손에 붙지 않아서 그냥 자리에 드러누웠다. 얼빠진 사람같이 등불을 물끄러미 보았다. 사형의 선풍이 전국을 휩쓸자 거짓 회개와 거짓 눈물을 방패로 앙달방달 이것을 막아 내는 짓밟힌 백성들의 눈물겨운 모습이 눈앞에 선하다. 하루살이가 등불에 뛰어들어 씩 하고 죽는다.

— 불행의 시초는 도대체 인간 세상에 태어났다는 사실에 있다. 누가 이 세상에 나고 싶다고 했더냐? 이놈은 이 소리 하고 저놈은 저 소리 하다가 자기 말을 안 듣는다고 도끼질할 권리는 어디서 얻었단 말이냐? 너희들은[5] 자기가 옳다는 것, 아니 자기에게 이익 되는 것을 창을 들고 남에게 강요할 권리가 있고, 나는 왜 내가 옳다고 생각하는 것을 내 자신만 행할 권리, 가슴에 간직할 권리조차 없단 말이냐?

식은땀이 온몸을 적셨다.

— 힘이다. 너희들이 가진 것도 힘이요, 내게 없는 것도 힘이다. 옳고 그른 것이 문제가 아니라 세고 약한 것이 문제다. 힘은 진리를 창조하고 변경

중요 어구

5) 너희들은 : 교회 조직과 성직자를 뜻함.
6) 자기 집~개 : 교회 권력을 유지하기 위한 수단으로 진리가 강요되고 있음.
7) 저주를 받아라 : 권력에 압도되어 진리를 외면하고 거짓으로 창조하여 강요하는 인간의 세속적인 모습에 대한 저주이다.

하고 이것을 자기 집 문지기 개[6]로 이용한다. 힘이여, 저주를 받아라!

바비도는 가래침을 뱉었다. 흉칙한 힘의 낯짝에 검푸른 가래침을 뱉어 짓밟힌 자의 불붙은 증오심을 내뿜고 싶었다.

자리에서 핑 돌아누웠다.

가물거리는 등불과 더불어 그림자가 깜박인다. 주먹으로 힘껏 벽을 두드렸다. 쿵 소리와 함께 약간 울리고는 도로 잠잠해진다. 벽에다 또 가래침을 뱉었다. 그는 자기 자신이 정의 자체인 양 참을 수 없이 화가 치밀었다. 힘이란 불의의 추구였다.

— 가래침아, 너는 영원히 남아서 바비도의 모멸을 기념하여라!

쳐다보니 일전에 주문을 받아 어저께 완성한 무에라고 하는 귀족의 옷이 걸려 있다. 그놈의 옷이 공연히 사람의 부아를 돋운다. 번개같이 일어나서 잡아채었다. 힘껏 마룻바닥에 내동댕이치고 짓밟았다. 그래도 시원치 않다. 옷을 겨누고 오줌을 쌌다.

이번에는 구석에 있는 궤짝이 밉살스럽다. 발길로 젱겨찼다. 문짝이 부서졌다. 잡아서 모로 쓰러뜨리고 두 발로 힘껏 구르고 문질러서 쪼각쪼각 부숴 버렸다. 사람이 꾸며 낸 것은 무엇이든지 눈에 불이 나듯 원수 같았다. 닥치는 대로 찢고 물어뜯어서 짓밟았다. 깜박이는 등불이 얄밉다. 문을 열어젖히고 힘자라는 대로 멀리 냅다 던졌다.

숨을 허덕이면서 자리에 쓰러졌다. 사람 허울을 쓴 놈이 눈 앞에 나타나기만 하면 단번에 모가지를 비틀어서 쑥 잡아 빼어 버리고 싶었다. 큼직한 빗자루가 있으면 영국에 사는 놈을 모조리 쓸어다가 템즈 강에 처박고 침을 뱉어 주구 싶었다. 이러구 저러구 꾸미구 죽이구 뽐내구 눈물을 짜구 애걸하구 손을 비비는 인간의 연극이여, 저주를 받아라![7]

뒷짐을 묶인 바비도는 종교 재판정에 나타났다.

검은 옷을 입은 사교는 가슴에 십자를 그리고 엄숙하게 개정을 선언하였다.

"네가 재봉 직공 바비도냐?"

"그렇습니다."

"밤이면 몰래 모여들어서 영역 복음서를 읽었다지?"

"그렇습니다."

"그것이 옳다고 생각하느냐."

"옳다고도 그르다고도 생각지 않습니다."

"옳으면 옳고 그르면 그르지 그런 말이 어딨단 말이냐? 똑바루 말해!"

"전에는 옳다구 생각했습니다."

"그럼 그렇지, 지금은 그르다구 생각한다는 말이지?"

"그렇지 않습니다."

사교는 상을 찌푸렸다.

"그렇지 않으면 어떻단 말이냐?"

"다 흥미가 없어졌다는 말입니다."

"흥미가 없어지다니, 신성한 교회에 흥미가 없단 말이냐?"

"교회뿐만 아니라 온 인간 세상, 나 자신에 대해서까지 흥미가 없어졌습니다."

"오오, 이 무슨 독신인고!"

사교는 눈을 감고 외쳤다.

"내가 이렇게 재판을 연 것은 어떻게 해서든지 너를 구하려는 의도에서 나온 것이다. 이 간절한 심정을 살펴서 회개하고 바른 대로 대답하라."

"그렇게 간절하걸랑, 아무치도 않은 사람을 구한다고 수다를 떨지 말고 내버려 두시죠."

사교는 온 낯이 새빨개지면서 북받쳐 오르는 감정을 억누르고 있었다.

"아무치도 않다니?"

"보시는 바와 같이 말짱한 사람을 미치광이 취급을 해서 구하느니 마느니 들볶는 그 심보가 틀렸다는 말입니다."

이런 일에 능란한 사교는, 성난 얼굴에서 곧 미소로 변하고, 부드러운 목소리로 묻기 시작하였다.

"처음부터 묻기루 하자. 무슨 마귀의 장난으로써 영어 복음서를 읽구 듣구 했지?"

"마귀의 장난이라뇨? 천만에. 우리말루 읽는 것이 왜 그렇게까지 옳지 못하다는 말입니까?"

"교회에서 금하니까 옳지 못하지."

"교회에서 하는 일은 무어든지 다 옳습니까?"

"암 구렇구말구, 교회는 성 페테로(베드로)[8]에 시작되고 페테로는 직접 그리스도의 위임을 맡으셨으니까."

"그러니까 무조건 옳단 말씀이죠?"

"그렇지, 교회의 명령은 교황의 명령이요, 교황의 명령은 성 페테로의 명령, 성 페테로의 명령은 그리스도의 명령이시니까."

"사실 당신과 이러니저러니 말하고 싶지도 않습니다마는 기왕 말이 났으니 한 가지 더 묻지요. 간통죄를 용서하고 대신 돈 받는 것도 그리스도의

중요 어구

8) 성 페테로 : 예수의 열두 제자 가운데 제일인자. 예수의 승천 후 예루살렘 교회의 기초를 굳히고 복음 선교에 전력하였음. 후대의 가톨릭교회는 베드로를 사도직(使徒職)의 대표자로 간주하고 로마 교황을 베드로 이래 사도권의 계승자로 보고 있음.

명령인가?"

"독신(瀆神)[9]두 유분수지 그런 법이 어딨단 말이냐!"

사교는 흥분한 나머지 주먹으로 책상을 쳤다.

"허어, 저의 옆엣집 프란시스코의 처가 당장 당신한테서 지난 봄에 그런 판결을 받지 않았습니까?"

사교는 안색이 확 변했다.

"아— ㅁ, 더 고칠 수 없는 마귀에 걸려들었구나."

사교는 수염을 쓰다듬으면서 될 수 있는 대로 침착을 보이려고 애썼다.

"내가 여기서 말하는 건 너와 교리를 다투자는 건 아니다. 이러다가는 끝이 없으니 사실만 물어 보기로 한다. 그래, 네 소행을 어떻게 생각하느냐?"

"이렇게도 저렇게도 생각지 않습니다."

"회개한단 말이냐, 안 한단 말이냐?"

"잘못이 없는데 무슨 회갭니까?"

"으— ㅁ, 알겠다. 성찬의 빵과 포도주는?"

"빵은 빵, 포도주는 포도주죠."

"너는 그 신성함을 모르느냐?"

"신성이라는 그 자체가 인간의 조작이죠. 하여튼 그리스도가 이 자리에 계시다면 당신과 나는 자리를 바꿔야 할 것입니다."

나졸들이 달려들어 바비도의 입을 틀어막으려 하였으나 사교는 손짓으로 말린다.

"바비도, 한 마디 회개한다고 말할 수 없느냐?"

중요 어구

9) 독신 : 신을 모독함.

사교는 애걸하는 어조였다.

"당신은 내게 강요하는 것을 모두 옳다구 확신하십니까?"

"그렇다."

사교는 서슴지 않고 대답하였다.

"그것은 당신 자신의 양심입니까?"

사교는 안색이 변하면서 입을 머뭇거리다가 손을 내저으면서 외쳤다.

"나는 조직, 교회라는 조직에 복종하는 사람이다. 내게는 교회의 명령이 있을 뿐이요, 양심은 문제가 안 된다."

"사람을 위한 교횐가요, 교회를 위한 사람인가요?"

"사람은 하느님의 교회에 모든 것을 바쳐야지. 교회 앞에서는 죄 많은 사람은 보잘것없는 물건이야."

"그럼 사람은 교회의 도구에 불과하군요."

"도구라도 하느님의 도구니 얼마나 영광이냐."

사교는 미소를 띄면서 바비도를 내려다보았다.

"……잘 알았습니다."

"그럼 회개한단 말이지?"

바비도는 고개를 옆으로 흔들었다.

"얼마든지 살 길이 있는데 구태여 죽음을 택하는 그 심사를 모르겠구나."

"산다는 것과 존재한다는 것은 다른 문제죠. 당신같이 썩은 사람은 살아 있지도 않고 살 가망도 없습니다. 산송장이죠, 구데기가 이물이물하는."

참는 것이 자기의 직분이라는 듯이 침을 꿀꺽 삼키면서 사교는 미소를 띠었다.

"무슨 곡절이 있구나, 왜 그러지?"

"곡절은 내게 있는 것이 아니라 명명백백한 것을 이리저리 비틀어 놓은 당신네들한테 있죠."

"도저히 안 되겠느냐?"

"나는 나대로 인간을 폐업하렵니다.[10] 이 인간사를 뛰어넘은 길을 가야겠습니다."

"아, 바비도……."

사교의 가슴 속에서는 압도적인 교회 조직에 억눌린 인간 양심이 꿈틀거렸다. 바비도의 눈에서도 눈물이 한 방울 뚝 떨어졌다.

"……회개하지?"

바비도는 고개를 옆으로 흔들었다. 장내에 있는 모든 사람들은 머리를 떨어뜨리고 발끝만 보고 있다.

"……그럼 마지막으로 할 말은 없느냐?"

"……별로 없습니다. 다만 어지러운 인간 세상에 태어난 것을 슬퍼할 뿐입니다."

스미스필드의 사형장에는 사람이 구름같이 모여들었다.[11] 런던 시민뿐만 아니라 멀리 시골에서까지, 사람이 사람을 불에 태워 죽이는 구경을 하러 보따리를 짊어지고 온 친구도 적지 않았다. 개중에는 어린것을 등에 업고 있는 아낙네들도 간간이 보였다.

"어이 울지 마라 응, 좋은 구경시켜 주께, 엄마하구 같이 가 보자 응?"

"왜 이리 늑장부릴까? 얼른 해치우지, 벌써 사흘 묵었는데. 오늘은 꼭 보

중요 어구

10) 나는 나대로~폐업하렵니다 : 권력에 굴복하여 양심을 속이는 인간이기를 거부하고 있다.

11) 스미스필드의~모여 들었다 : 교회의 권위에 맹목적으로 순종하는 대중을 나타내고 있다.

구 내려가야 할 텐데."

여기저기서 이런 말소리가 들려왔다.

"우리네가 젊었을 땐 목을 매 죽이더니만, 세상이 달라지니 죽이는 법두 달라지나베."

백발이 성성한 꼬부랑 할머니가, 장작을 산더미같이 쌓아올린 현장을 중심으로 빽빽이 둘러선 친구들을, 지팡이로 이리저리 헤치고 맨 앞에 나서면서 이렇게 중얼거렸다.

"……이제 보일 만하군, 자제들은 몇 번이나 구경했나?"

옆에 서서 떠들썩하는 젊은 친구들을 보고 이렇게 묻는다.

"열 번은 더 되죠. 연극은 문제두 안 되니까요. 볼 만합니다."

"그래두 목을 졸라 죽여 버리는 거에 대면 어림이나 있을라구?"

눈깔이 툭 튀어나오고 혓바닥이 길쭉한 것이 볼 만허이."

"목을 졸라 죽이는 건 보지 못했소이다만 불에 태우는 것두 통쾌합니다. 꽁꽁 묶여 가지구두 꼬푸라질을 하는 꼴이란 별맛이거든요."

헤챙이 젊은 친구가 두 팔을 걷어 올리면서 기염을 토하니 노파는 끄덕였다.

"허지만 그놈의 냄새만은 고약해. 목을 졸라 죽이면 냄샌 없겠죠?"

"없구말구. 그러니까 졸라 죽이는 편이 낫다니까……."

이 때 모두들 조용하라고 외치는 소리가 들려왔다. 태자 헨리가 오신다는 것이다. 군중은 길을 비키고 태자를 향해 경의를 표하였다. 마차에서 내린 태자는 군중을 한 바퀴 휘둘러보고 천천히 걸음을 옮겨 장작더미 옆에 있는 의자에 앉았다. 한때 물을 끼얹은 듯이 잠잠하던 군중 속에서는 조심성 있는 귓속말이 새어나오기 시작하였다.

"태자두 매한가진가 부지."

"뭐가?"

"보구 싶어하니까."

"그두 사람 아냐."

"별수없군."

"그렇잖으면 별수 있다던?"

"쉬쉬, 듣겠다. 모가지가 달아날라구."

사형수 바비도를 실은 마차가 들어왔다. 온몸은 볼 모양이 없이 되었다. 옷은 찢기고 얼굴에서는 피가 흘렀다. 거리를 끌려다니면서, 믿음이 두텁고 나라에 충성된 백성들로부터 받은 모멸의 흔적이었다. 입구에 들어서자 군중은 앞을 다투어 덤벼들었다. 아기 업은 중년 부인은 앞장서서 침을 뱉었다. 돌멩이도 수없이 날아왔다. 진흙을 묘하게 뭉쳐서 바비도의 얼굴에 명중시킨 용사도 있었다. 가장 용감한 친구는 마차에 뛰어올라 발길로 한 대 차고 침을 뱉고 나서 춤추듯이 내려 뛰었다. 멀리 서 있는 사람들도 기회를 놓칠까 두려워서 애써 침을 뱉고, 노파들은 주먹질하고 젊은 여자들은 생각할 수 있는 욕설을 빠뜨리지 않고 퍼부었다. 나무 꼬챙이를 휘두르면서 처음부터 이 사형수의 뒤를 따르던 아이들은 행렬이 걸음을 멈추자, 손에 든 것으로 마차의 꽁무니를 갈기고 발길로 차면서 외쳤다. 인간 세상의 증오라는 증오는 모조리 바비도를 향하고 두터운 신앙과 충성은 뜨거운 물같이 뒤끓고 있었다.

바비도는 고개를 떨어뜨린 채 아무 반응도 없었다. 그가 목숨이 아직 붙어 있다는 증거는 가끔 떴다 감는 두 눈뿐이었다.

헨리 태자는 버럭 자리에서 일어나 조급히 바비도의 옆으로 걸어갔다. 무질서한 군중을 제지하고 두 손으로 바비도를 부축하여 차에서 내리게 하였다. 수선대던 군중은 깜짝 놀라 잠잠해졌다. 가장 용감하던 자들 중에는 태자의 이 거동을 보고 도리어 화가 자기에게 미칠까 두려워서 슬금슬금 맨 뒤꽁무니로 물러서는 자도 있었다. 바비도와 태자는 나란히 걸어서 장작더미 옆으로 갔다. 태자는 앉고 두 팔을 묶인 바비도는 장작더미에 기대섰다.

태자는 친절하게 말을 건넸다.

"바비도, 나는 태자 헨리다."

바비도는 흥미없다는 듯이 한 번 태자를 내려다보고, 이어 시선을 옆으로 돌렸다.

"바비도, 나는 너를 구하러 왔다."

태자는 손수 의자를 갖다 앉기를 권하였다. 바비도는 물끄러미 태자를 바라보다가 입맛을 다시고는 말없이 의자에 앉았다. 태자는 형리(刑吏)를 불러 포승[12]을 풀게 하였다.

"바비도, 나는 너를 구하러 왔다."

태자는 다가 앉으면서 같은 말을 되풀이하였다.

"왜요?"

바비도는 비로소 입을 열었다.

"너두 사람인 이상 죽구 싶지는 않을 테지?"

"……구태여 죽구 싶은 것두 아니지만 악착같이 살구 싶지두 않습니다."

"죄를 씻구 천국으로 들어갈 마련을 해야지, 멸망의 길을 걸어서야 쓰겠나? 이브의 조그만 죄[13]는 인류를 영원한 괴로움으로 몰아넣지 않았던

중요 어구

12) 포승 : 죄인을 잡아 묶는 노끈. 박승(縛繩).
13) 이브의 조그만 죄 : 에덴 동산에서 금지된 선악과를 먹고 인간의 원초적 저주를 초래한 이브의 원죄.

가?"

바비도는 대답이 없었다.

"……죄의 씨는 영원히 퍼져서 걷잡을 수 없는 화를 가져오거든."

"선은 그 보수를 받고 악은 반드시 화를 당한다는 말씀이죠?"

"그렇지, 바비도."

태자는 고개를 끄덕였다.

"세상사는 그렇지두 않은가 봅니다. 우선 당신의 조상 헨리 2세만 하더라도 사냥터에서 쓰러진 자기 형의 시체를 팽개치구 부리나케 돌아와서 왕위를 가로채지 않았습니까? 자자손손이 그 덕분에 영화를 누리고 당신도 그 '악'의 혜택으로 일국의 태자요, 장차의 천자가 아닙니까?……"

태자는 침을 삼키고 흥분한 빛을 띠었다.

"……나는 대대로 종살이하는 가난한 집에 태어나서 앉으라면 앉고 서라면 서고, 일 년 삼백육십여 일을 일만 해 왔습니다. 이 손을 보시우, 남한테 싫은 소리 한 마디 한 일 없고 남의 것을 넘겨다본 일도 없고 양심대로 살아 오고 양심대로 말한 결과가 사형입니다."

"바비도, 나로선 더 할 말이 없는가 보구나. 시비는 어떻든 간에 너는 한 마디만 하면 목숨을 구하고 새출발을 할 수도 있지 않느냐? 나두 내 힘 자라는 데까지 네 앞날을 개척하는 데 조력하지."

바비도는 말없이 빙그레 웃었다.

"어때?"

"오히려 나는 내가 걸어온 길이 지금 생각하면 즐거운 길이었습니다. 이 길을 그냥 가렵니다. 다행히 하찮은 영혼이라도 없어지지 않고 지옥 한 구석에 남아 있다면 오시는 걸 기다리고 있겠습니다. 그 동안 될 수만 있다면 권력 세계의 주역을 깨끗이 치르고 오십시오."

태자는 한숨을 쉬었다.

"……할 수 없구나. 법은 법이니까, 집행해라!"

"법……."

하고 빙그레 웃는 바비도에게 달려들어 사형집행리들은 다시 포승으로 묶고 장작더미 위에 비끌어매었다.

바짝 마른 장작에 불은 순식간에 퍼져서 불길은 각각으로 바비도에게 육박하고 있었다.

고개를 떨어뜨리고 생각에 잠겨 있던 태자는 별안간 뛰어 일어나면서 고함을 질렀다.

"불을 꺼라, 사람을 끌어내려라!"

사형집행리와 포졸들은 벌 떼같이 달려들어 불을 끄고 바비도를 끌어내렸다.

태자는 불티 묻은 옷을 털면서 연기에 거멓게 된 바비도를 달래기 시작하였다.

"바비도, 누가 옳고 그른 것은 논하지 말자, 하여간 네 목숨이 아깝구나."

"감사합니다."

"마음을 돌렸느냐?"

"그 뜻은 잘 알겠습니다마는 내 스스로 이 방에서 저 방으로 가는 심사로 떠나는 길[14]이니 염려할 건 없습니다. 이미 동정으로 해결될 문제는 아닌가 합니다."

중요 어구

14) 내 스스로~떠나는 길 : 죽음의 공포에 대해 이미 초월한 바비도의 심정.

땅에 주저앉은 바비도는 한 마디 한 마디 고요한 어조로 말하고 나서 맑게 개인 하늘을 쳐다보았다.

"도저히 안 되겠느냐?"

바비도는 말없이 고개를 옆으로 흔들었다.

"할 수 없구나, 잘 가거라. 나는 오늘날까지 양심이라는 것은 비겁한 놈들의 겉치장이요, 정의는 권력의 버섯인 줄로만 알았더니, 그것들이 진짜로 존재한다는 것을 내 눈으로 보았다.[15] 네가 무섭구나, 네가……."

스미스필드의 창공에는 다시 연기가 오르고 장작더미는 불을 토하였다. 이따금 일어나는 군중의 고함 소리에 섞여서 한결 높은 폭소도 들려왔다.

한 생명은 연기와 더불어 사라지고, 구경에 도취한 군중이 흩어진 뒤에도 하늘은 여전히 푸르렀다.

중요 어구

15) 정의는 권력의~보았다 : 권력이 있어야만 정의로울 수 있다고 생각했는데, 권력이 없어도 정의롭게 행동하는 것을 보았다는 뜻.

작품 이해 및 논술 다지기

작품 이해

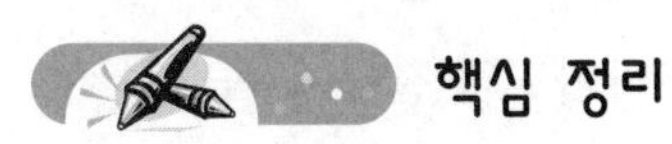

핵심 정리

- 갈래 : 단편 소설, 종교 소설, 역사 소설
- 배경 : 시간적 — 15세기 초
  공간적 — 영국의 교회 사회
- 시점 : 3인칭 전지적 작가 시점, 1인칭 주인공 시점(주로 독백 부분에)
- 구성 : '갈등 → 반항 → 죽음' 의 상승적인 곡선을 그림
- 문체 : 강건체
- 주제 : 불의에 굴하지 않는 정의롭고 신념에 찬 인간의 삶

등장 인물의 성격

- 바비도 : 주인공. 1401년 이단으로 지목되어 분형(焚刑)을 받은 영국의 재

봉 직공. 태자 헨리를 감동시키나 끝내 죽음을 선택함.

· 헨리 5세 : 바비도를 회유하는 태자. 헨리 4세의 아들.

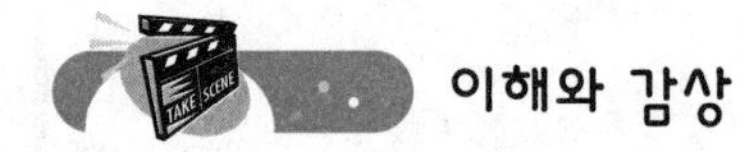

이해와 감상

《사상계(1956.5)》에 발표한 소설로서, 교회의 횡포에 저항하는 가난한 재봉 직공 바비도의 모습을 통해서 인간의 양심과 정의의 문제를 다루고 있다. 이 작품은 전체적으로 작가 시점을 취하고 있으나, 바비도의 내면을 그리는 부분에서는 바비도 스스로 자신의 내면에 대해서 말하는 듯한 서술을 함으로써 생생함을 더해 주고 있다. 이는 바비도를 초점인물로 만들어서 스스로 자신의 내면을 드러내게 하는 방식이다. 이 작품의 구성은 프롤로그를 포함하여 모두 네 단계로 짜여져 있다. 첫째는 프롤로그, 둘째는 바비도의 갈등이 독백적 서술로 나타나고 있는 부분, 셋째는 바비도의 종교 재판 과정, 넷째는 스미스필드에서의 사형 집행 과정 등으로 되어서 점층적인 구성을 보이고 있다. 즉 단계가 거듭될수록 바비도가 교회의 횡포에 대해 저항하려는 의지가 굳세어지고 있으며 갈등 → 반항 → 죽음의 과정이 상승적인 곡선을 그리면서 주제를 부각시키고 있다.

이 작품에서 특징적인 것은 시공간적인 배경이다. 중세 영국이라는 배경은 우리의 현실과는 매우 동떨어진 것이다. 그러나 이 소설의 내용은 중세 영국에서 있을 법한 이야기이기도 하다. 이렇게 역사적인 상황을 현재적인 관점에서 동일성과 차이성을 부각시키면서 다시 재현하는 것을 패러디라고 한다. 그 대상이 역사적 상황이기 때문에 이 작품은 역사에 대한 패러디라고 말할 수 있다. 그렇다면 이러한 패러디를 통해서 작가가 말하고자 하는 바는 무엇일까? 이 소설의 내용을 1950년대의 상황과 결부시켜 봄으로써 그 해답을 찾을 수 있다. 6 · 25전쟁 이후의 한국은 반공 이데올로기에 의해서 모든 사상의 자유가 봉쇄된 상황이었지만 지식인들은 내면적인 갈등만을 느낄 뿐 저항하지 못하고 있는 상황이었다. 이 작품에서 교회라는 거대한 권력 집단과 그에 저항하는 바비도의 모습은 바로 그러한 상황을 암시적으로 드러내고 있는 것이다.

이 작품의 의미는 역사를 패러디함으로써 1950년대의 상황을 암시적으로 나타내고 있다는 점, 권력과 그에 대항하는 개인의 양심과 정의를 부각시키고 있다는 점에 있다. 그러나 현실의 상황을 직접적으로 그리지 않고 과거의 역사를 빗댐으로써 추상성과 관념성을 면치 못한 한계를 가지는 것이 사실이다. 권위와 그에 대항하는 개인의 양심만이 부각되고 있을 뿐, 그러한 상황이 구체적이고도 현실적으로 다가오지 않는 것은 그 때문이다. 이는 이 작품에서 사건에 대한 묘사가 서술자에 의해서 요약되어 제시되고 있는 점과도 연관이 있다.

생각 나누기

1. 이 소설의 구성 방식의 특징을 서술하라.
2. 작가가 중세 영국 교회의 부패와 그에 대항하는 바비도의 모습을 통해서 궁극적으로 나타내고자 하는 바는 무엇인지 쓰라.
3. 소설의 말미에 태자는 바비도를 보고 '네가 무섭구나' 라고 말한다. 이 말의 의미를 주제와 연관해 간단하게 서술하라.

모범 답안

1. 바비도는 불의가 판을 치는 사회 현실에 분개하고, 정의와 권리라는 것이

힘있는 자들이 가진 특권임을 깨닫는다. 그 후 바비도는 사교의 비리를 폭로하고 교리의 허구성을 공격한다. 그리고 헨리 태자가 나타나 죄를 씻고 영혼을 구제받기를 회유하나 바비도는 거절하고 당당히 불에 타죽는 길을 선택한다. 이러한 과정을 볼 때 영국 교회의 부패에 대항하는 바비도의 의지는 점점 굳세어지고 있다. '바비도'의 행동을 중심으로 소설의 구성을 살펴본다면, 단계가 나아갈수록 주제가 부각되는 점층적 구성 방식을 보인다.

2. 작가는 과거의 역사를 통해 현재의 모습을 조명하려는 태도를 드러낸다. 그래서 이 작품은 어떤 진리를 우회적으로 깨닫게 하는 일종의 알레고리적 태도를 견지하고 있다. 즉 작가는 1400년대 영국 사회를 통해, 전쟁 직후의 혼란스럽던 1950년대의 한국 사회를 바라보고 있는 것이다. 요컨대 작가는 권위나 권력이 자신의 기반을 유지하기 위해서 얼마나 비합리적인 행위를 할 수 있는가를 보여 주려고 하였으며, 이러한 행위 앞에서도 꿋꿋하였던 바비도의 모습을 통해 개인의 양심과 정의의 가치를 일깨우고자 하였다. 결국 진정한 삶의 의미가 무엇이며, 이 불의의 시대 속에서 어떻게 사는 삶이 가치 있는 삶인가 하는 심각한 질문을 독자에게 던진 셈이다.

3. 태자는 정의는 권력의 버섯이라 하여, 권력에 기생하여 그 본질을 바꾸는 것이 정의인 줄 알고 있었다. 하지만 스스로 죽음을 택하는 바비도의 모습을 보고 권력의 횡포에 굴하지 않는 진정한 정의가 있음을 보았다. 여기서 목숨을 걸고 자유 신념을 지키려는 인간의 의지를 보여 주는 바비도에게서 고결한 인간상을 보았기에 태자는 '네가 무섭구나'라고 말한 것이다.

연관 작품 더 읽기

- 〈암야행(暗夜行)〉(김성한) : 전쟁 직후 부조리로 가득 찬 현실 속에서 지식인의 양심을 갖고 살아가려 하는 주인공 '한빈'의 이야기임. 이 작품은 당시 교육계와 종교계의 비리, 나아가 사회 전체의 비리를 보여 줌. 작품의 후반부에서 한빈은 조각의 재료인 대리석의 가능성을 통해 자신의 가능성을 발견하게 되는데, 이는 희미하게나마 한빈이 극도의 무력감에서 벗어나리라는 암시를 주고 있음.
- 〈등신불〉(김동리) : 앉은 채로 몸을 불살라 소신공양(燒身供養)을 하고 불상이 된 어느 스님의 사연을 소개하고 있음. 만적의 소신공양에는 자신의 존재 자체가 이복형제에게 고통을 가져오게 된 근원적인 죄라는 인식, 그리고 그 죄의식이 가져온 번뇌로부터 자기를 구원하면서도 모든 인간들이 가진 숙명적인 고통에 대한 절대자의 자비를 구한다는 의미가 담겨져 있음.

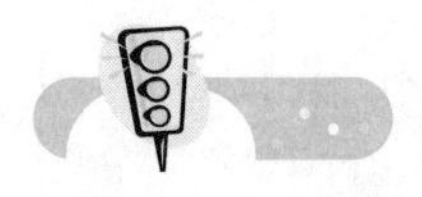

좀더 알아보기

- 알레고리(Allegory) : '다르게 말한다.'는 그리스의 'allegoria'라는 말에서 나온 것으로 이중적 의미를 가진 이야기 유형을 지칭함. 즉 말 그대로의 표면적인 의미와 이면적인 의미를 가지는 이야기의 유형임. 우화나 비유담과 밀접한 관계를 가지고 있음. 동물 우화들은 동물 세계의 이야기도 되지만, 2차적 의미는 인간 세계를 빗대어 말하는 이중 구조를 가지고 있으므로 알레고리의 한 종류가 됨.

논술 다지기

❖ 다음 제시문에는 '선인'에 대한 관점이 나타나 있다. 이를 바탕으로 '바비도'의 행위를 어떻게 평가할 수 있을지 논술하고, 이와 같은 인물들의 존재가 현대 사회를 살아가는 우리에게 주는 의의를 쓰시오. (2,000자 내외)

백이와 숙제는 주(周)나라의 문왕(文王)이 노인을 잘 대우한다는 말을 듣고 귀의하려고 찾아갔다.

주나라에 이르니 마침 문왕은 죽고, 그 뒤를 이어 즉위한 아들 무왕이 나무로 만든 문왕의 신주(神主)를 수레에 싣고 은(殷)나라의 주(紂) 임금을 정벌하러 가는 중이었다. 백이와 숙제는 말고삐를 잡고 간언하였다.

"아버지가 돌아가셨는데 장사를 지내지 않고 곧장 군사를 일으키는 것을 효라고 할 수 있겠습니까? 또 신하가 주인 격인 은나라를 치는 것은 인(仁)이라 할 수 있겠습니까?"

무왕의 좌우에 있던 사람들이 그들을 해치려 하자, 태공망이라는 사람이 "이들은 의인(義人)이다."라고 하며 무사히 떠나게 하였다. 무왕이 은나라를 정벌하자 천하는 무왕의 주나라를 종주(宗主)로 받들었다.

그러나 백이와 숙제는 그것을 부끄러이 여기고 의(義)를 지켜 주나라 땅에서 나는 곡식을 먹지 않고, 수양산에 숨어서 고사리만 캐먹다가 마침내 굶어죽고 말았다.

백이와 숙제 같은 사람은 정말 선인(善人)이라고 할 수 있지 않겠는가? 이처럼 인(仁)을 쌓고 깨끗한 행동을 하였는데 굶어 죽고 말다니!

사마천, 《사기(史記)》

모범 답안

'백이' 와 '숙제' 는 인간으로서의 도리를 저버리지 않는 것이 '인(仁)' 이라고 생각하고, 이를 적극적으로 실천한 인물들이다. 제시문에서도 드러나듯, 이 두 사람은 노인을 잘 대우하는 나라에 귀의할 결심을 할 만큼 예의와 덕을 중시하는 인물들이었다. 나아가 굶어 죽을지언정 예를 모르는 무왕이 다스리는 나라를 따르지 않겠다는 뜻을 굽히지 않았다. 이처럼 이들은 자신이 추구하는 신념이 반드시 옳은 것이라는 강한 확신을 지닌 인물들인 동시에, 이를 생활 속에서 그대로 실천할 만큼의 강인한 정신을 갖춘 인물들이었다. 따라서 제시문 속의 '선인' 은 단지 양심적인 정신뿐만 아니라 강한 실천력과 의지를 겸비하고 있다는 점을 알 수 있다.

'바비도' 역시 사회적 타락상에 맞서는 양심을 갖춘 것은 물론이고 그러한 양심을 행동에 옮길 만큼의 강한 실천력과 의지를 지닌 인물이다. 그런 점에서 '바비도' 역시 '백이' 와 '숙제' 못지않은 선인이라고 평할 만하다. 또한 '바비도' 역시 '백이' 와 '숙제' 처럼 불운하게 죽어 간다. 타락한 교회와 타협하지 않겠다고 강력히 저항한 끝에 화형을 당하는 모습은 '백이' 와 '숙제' 가 굶어 죽는 광경과 유사한 느낌을 준다. 모두 자신의 신념을 지키는 것이 얼마나 어려운 일인지 시사하는 것이다.

지나치게 고지식하다고 느껴질 만큼 올곧은 이들의 행동은 타협과 안주에 익숙해지기 쉬운 현대인에게 자극과 감동을 준다. 문화와 의견의 다양성을 존중하는 것이 민주적인 처사로 여겨지는 현대의 사회 풍토에서 자칫 윤리적 선택마저 다양성의 미명으로 치장되기 쉬운 것이 사실이기 때문이다. 문화적 다원주의가 윤리적 다원주의로 오인되는 순간, 옳고 그름에 대한 판단력과 이를 실천하고자 하는 의지는 박약해지기 쉽다. '리셋 증후군' 이라는 말이 유행할 만큼 모든 일을 너무 손쉽게 포기하고 다시 시작하려는 태도가 만연한 요즘 세상에, 비극적인 죽음을 맞이할 것을 예상하고도 자신의 신념을 굽히지 않은 이들의 태도는 시사하는 바가 크다. 비록 불운한 죽음을 맞이하더라도 자신의 뜻을 포기하지 않으려는 강인하고 양심적인 태도가 무엇보다도 필요한 시기라고 생각한다.

오발탄

이범선(1920 ~ 1981)

평남 신안주 출생. 동국대 국문과 졸업. 1955년 단편 〈암표〉와 〈일요일〉을 《현대문학》에서 추천 받아 문단에 등단. 1957년, 〈학마을 사람들〉을 발표하여 문단의 주목을 받게 되었으며, 이 작품으로 현대문학상을 수상함. 그의 작품은 대부분이 자신의 체험을 바탕으로 한 것으로 어두운 사회의 단면과 현실에 적응하지 못하는 인간들의 모습을 조명하고 있음. 동인문학상, 월탄문학상 수상. 대표작으로는 〈학마을 사람들〉, 〈사망보류〉, 〈오발탄〉 등이 있음.

미리 엿보기...

생각해 봅시다

1. 이 작품을 통해서 전후의 비참하고 불행한 삶을 이해해 보자.
2. 이 작품의 제목인 오발탄이 의미하는 것은 무엇인가를 송철호의 삶의 방식과 연관시켜서 생각해 보자.

작품의 줄거리

계리사 사무실 서기인 철호는 월남 가족의 가장이다. 그는 전쟁통에 정신이상이 된 어머니를 모시고, 만삭이 된 아내, 제대하고 2년이 넘도록 방황만하고 있는 동생 영호, 그리고 양공주가 된 여동생 명숙과 함께 살고 있다. 산비탈 해방촌, 다 쓰러져 가는 판잣집인 그의 집에 돌아가면 어머니의 가자! 가자! 하는 소리가 들린다. 삼팔선 때문에 고향으로 돌아갈 수 없다고 수없이 말했으나, 어머니는 그 소리를 멈추지 않는다. 동생 영호는 자기 방식대로 마음대로 살겠다고 하면서 철호를 힐난한다. 이튿날 영호가 권총 강도를 하다가 붙잡힌다. 경찰서를 들렀다가 집으로 돌아간 철호는 아내가 위독하다는 소식을 듣고 명숙에게 돈을 빌려서 병원으로 가지만 아내는 이미 죽어 있다. 철호는 치과 앞을 지나다가 갑자기 충치가 아파옴을 느끼고, 의사의 만류에도 불구하고 충치를 모두 뽑아 버린다. 택시를 잡아탄 철호는 해방촌에서 경찰서로, 병원으로, 행선지를 바꾸면서 정신의 혼란에 빠진다. 철호가 탄 택시는 목적지도 없이 달려가고 철호는 선지 같은 피를 흘린다.

계리사(計理士)[1] 사무실 서기 송철호(宋哲浩)는 여섯 시가 넘도록 사무실 한구석 자기 자리에 멍하니 앉아 있었다. 무슨 미진한 사무가 있는 것도 아니었다. 장부는 벌써 집어치운지 오래고 그야말로 멍청하니 그저 앉아 있는 것이었다. 딴 친구들은 눈으로 시계 바늘을 밀어 올리다시피 다섯 시를 기다려 후다닥 나가 버렸다. 그런데 점심도 못 먹은 철호는 허기가 나서만이 아니라 갈 데도 없었다.

"송 선생은 안 나가세요?"

이제 청소를 해야 할테니 그만 나가달라는 투의 사환애의 말에, 철호는 다 낡아빠진 해군 작업복 저고리 호주머니에 깊숙이 찌르고 있던 두 손을

중요 어구

1) 계리사 : 공인 회계사의 이전 용어.

빼내어서 무겁게 책상 위에 올려 놓았다.

"나가야지."

하품 같은 대답이었다.[2]

사환애는 저 쪽 구석에서부터 비질을 하기 시작하였다. 먼지가 사정없이 철호의 얼굴로 몰려왔다.

철호는 어슬렁 일어섰다. 이 쪽 모서리 창가로 갔다. 바께쓰의 물을 대야에 따랐다. 두 손을 끝에서부터 가만히 물 속에 담갔다. 아직 이른 봄이라 물이 꽤 손끝에 시렸다. 철호는 물 속에 잠긴 두 손을 물끄러미 내려다보고 있었다. 펜대에 시달린 오른손 장지 첫마디에 콩알만 한 못이 박혔다. 그 못에서 파란 명주실 같은 것이 사르르 물 속으로 풀려났다. 잉크, 그것은 잠시 대야 밑바닥을 기다 말고 사뿐히 위로 떠올라 안개처럼 연하게 피어서 사방으로 번져 나갔다. 손가락 끝을 중심으로 하고 그 색의 농도가 점점 연해져 나갔다. 맑게 개인 가을 하늘 색으로 대야 가장자리까지 번져나간 그것은 다시 중심의 손끝을 향해 접어들며, 약간 진한 파랑색으로 달무리 모양 동그란 원을 그렸다.

피! 이건 분명히 피다!

철호는 엉뚱한 생각을 하고 있었다. 슬그머니 물 속에서 손을 빼내었다. 그러자 이번엔 대야 밑바닥에 한 사나이의 얼굴을 보았다. 철호의 눈을 마주 쳐다보는 그 사나이는 얼굴의 온 근육을 이상스레 히물히물 움직이며 입을 비죽거려 웃고 있었다.

중요 어구

2) 하품 같은 대답이었다 : 반사적으로 나온 의미 없는 대답이었다.
3) 한 사나이였다 : 철호 자신의 모습을 형상화하고 있다.
4) 우구구~끓어올랐다 : 자신의 힘으로는 어쩔 수 없는 절박한 현실에 대한 울분을 표현하고 있다.

이마에 길게 흐트러진 머리카락. 그 밑에 우묵하니 패인 두 눈. 깎아진 볼. 날카롭게 여윈 턱. 손장처럼 꺼멓고 윤기 없는 얼굴. 그것은 까마득한 원시인(原始人)의 한 사나이였다.[3]

몽둥이 끝에, 모난 돌을 하나 칡덩굴로 아무렇게나 잡아매서 들고, 동굴 속에 남겨 두고 나온 식구들을 위하여 온종일 숲 속을 맨발로 헤매고 다니던 사나이.

곰? 그건 용기가 부족하다.

멧돼지? 힘이 모자란다.

노루? 너무 날쌔어서.

꿩? 그놈은 하늘을 난다.

토끼? 토끼. 그래, 그놈쯤은 꽤 때려 잡음직하다. 그런데 그것마저 요즈음 몫에 잘 돌아오지 않는다. 사냥꾼이 너무 많다. 토끼보다도 더 많다.

그래도 무어든 들고 들어가야 하는 것이다.

사나이는 바위 잔등에 무릎을 꿇고 앉아 냇물에 손을 씻는다. 파란 물 속에 빨간 노을이 잠겼다. 끈적끈적하게 사나이의 손에 묻었던 피가 노을빛보다 더 진하게 우러난다.

무엇인가 때려잡은 모양이다. 곰? 멧돼지? 노루? 꿩? 토끼?

그런데 사나이가 들고 일어선 것은 그 어느 것도 아니었다. 보기에도 징그러운 내장. 그것이 무슨 짐승의 내장인지는 사나이 자신도 모른다. 사나이는 그 짐승의 머리도 꼬리도 못 보았다. 누군가가 숲 속에 끌어내어 버린 것을 주워 오는 것이었다.

철호는 옆에 놓인 비누를 집어 들었다. 마구 두 손바닥으로 비볐다. 우구구 까닭모를 울분이 끓어올랐다.[4]

빈 도시락마저 들지 않은 손이 홀가분해 좋긴 하였지만, 해방촌 고개를

추어오르기에는 뱃속이 너무 허전했다.

산비탈을 도려내고 무질서하게 주워 붙인 판잣집들이었다. 철호는 골목으로 접어 들었다. 레이션 곽을 뜯어 덮은 처마가 어깨를 스칠 만치 비좁은 골목이었다. 부엌에서들 아무 데나 마구 버린 뜨물이, 미끄러운 길에는 구공탄 재가 군데군데 헌데 더뎅이[5] 모양 깔렸다.

저만치 골목 막다른 곳에, 누런 시멘트 부대 종이를 흰 실로 얽기설기 문살에 얽어맨 철호네 집 방문이 보였다. 철호는 때에 절어서 마치 가죽 끈처럼 된 헝겊이 달린 문걸쇠를 잡아 당겼다. 손가락이라도 드나들 만치 엉성한 문이면서 찌걱찌걱 집혀서 잘 열리지를 않았다. 아래가 잔뜩 집힌 채 비틀어진 문 틈으로 그의 어머니의 소리가 새어 나왔다.

"가자! 가자!"

미치면 목소리마저 변하는 모양이었다. 그것은 이미 그의 어머니의 조용하고 부드럽던 그 목소리가 아니고, 쨍쨍하고 간사한 게 어떤 딴 사람의 목소리였다.

문을 열고 들어서는 철호의 얼굴에 걸레 썩는 냄새 같은 것이 확 풍겨왔다. 철호는 문 안에 들어선 채 우두커니 아랫목을 내려다보고 있었다.

중학교 시절에 박물관에서 미이라— 를 본 일이 있었다. 그건 꼭 솜 누더기에 싸 놓은 미이라였다.[6] 흰 머리카락은 한 오리도 제대로 놓인 것이 없었다. 그대로 수세미였다. 그 어머니는 벽을 향해 돌아누워서 마치 딸국질처럼 어떤 일정한 사이를 두고, 가자 가자 하는 외마디 소리를 지르고 있

중요 어구

5) 더뎅이 : 부스럼 딱지나 때가 거듭 붙어서 된 조각.
6) 그건 꼭~미이라였다 : 미이라가 현재가 아닌 다른 세상을 사는 존재이듯이 어머니도 현재가 아니라 자신의 의식 속에 있는 세상을 살고 있는 것이다.

었다. 그 해골 같은 몸에서 어떻게, 그런 쨍쨍한 소리가 나오는지 이상하였다.

철호는 윗방으로 올라가 털썩 벽에 기대어 앉아 버렸다. 가슴에 커다란 납 덩어리를 올려놓은 것 같았다. 정말 엉엉 소리를 내어 울고 싶었다. 눈을 꼭 지리 감으며 애써 침을 삼켰다.

두 달 전까지만 해도 철호는 저녁때 일터에서 돌아오면 어머니야 알아듣건 말건 그래도 "어머니 지금 돌아왔습니다." 하고 인사를 하곤 하였다. 그러나 요즈음은 그것마저 안하게 되었다. 그저 한참 물끄러미 굽어보고 섰다가 그대로 윗방으로 올라와 버리는 것이었다.

컴컴한 구석에 앉아 있던 철호의 아내가 슬그머니 일어섰다. 담요 바지 무릎을 한 쪽은 꺼멍, 또 한 쪽은 회색으로 기웠다. 만삭이 되어서 꼭 바가지를 엎어 놓은 것 같은 배를 안은 아내는 몽유병자처럼 철호의 앞을 지나 나갔다. 부엌으로 나가는 것이었다. 분명 벙어리는 아닌데 아내는 말이 없었다.

"아버지."

철호는 누가 꼭대기를 쿡 쥐어박기나 한 것처럼 흠칠했다.

바로 옆에 다섯 살 난 딸애가 눈을 동그랗게 뜨고 철호를 쳐다보고 있었다. 철호는 어린것에게로 얼굴을 돌렸다. 웃어 보이려는 철호의 얼굴이 도리어 흉하게 이지러졌다.

"나아, 삼촌이 나이롱 치마 사 준댔다."

"응."

"그리구 구두두 사 준댔다."

"응."

"그러면 나 엄마하고 화신 구경 간다."

"……"

철호는 그저 어린것의 노랗게 뜬 얼굴을 바라보고 있을 뿐이었다. 철호의 헌 셔츠 허리통을 잘라서 위에 끈을 꿰어 스커트로 입은 딸애는 짝짝이 양말 목다리에다 어디서 주운 것인지 가는 고무줄을 끼었다.[7]

"가자! 가자!"

아랫방에서 또 어머니의 그 저주 같은 소리가 들려왔다. 벌써 칠 년을 두고 들어와도 전연 모를 그 어떤 딴 사람의 목소리.

철호는 또 눈을 꼭 감았다. 머릿속의 뇟줄이 팽팽히 헤어졌다. 두 주먹으로 무엇이건 콱 때려부수고 싶은 충동에 철호는 어금니를 바스러져라 맞씹었다.

좀 춥기는 해도 철호는 집 안보다 이 바위 잔등이 더 좋았다. 그래 철호는 저녁만 먹으면 언제나 이렇게 집 뒤 산등성이에 있는 바위 위에 두 무릎을 세워 안고 앉아서 하염없이 거리의 등불들을 바라보며 밤 깊기를 기다리는 것이었다. 어느 거리쯤인지 잘 분간할 수 없는 저 밑에서 술 광고 네온사인이 핑그르르 돌고 깜빡 꺼졌다가 또 번뜩 켜지고 핑그르르 돌고는 깜빡 꺼지고 하였다.

철호는 그저 언제까지나 그렇게 그 네온사인[8]을 지켜보고 있었다.

바위 잔등이 차츰차츰 식어 왔다. 마침내 다 식고 겨우 철호가 깔고 앉은 그 부분에만 약간 온기가 남았다. 이제 조금만 더 있으면 밑이 시려 올 것이다. 그러면 철호는 하는 수 없이 일어서야 하는 것이다.

중요 어구

7) 철호의 헌 셔츠~끼었다 : 생활의 궁핍함의 단면을 가족들의 옷차림에서 알 수 있다.
8) 그 네온사인 : 철호의 절박한 현실과 대조되는 문명의 휘황한 모습을 상징하고 있다.

드디어 철호는 일어섰다. 오래 꾸부려 붙이고 있던 두 다리가 저렸다. 두 손을 작업복 호주머니에 깊숙이 찔렀다. 철호는 밤 하늘을 한 번 쳐다보았다. 지금까지 바라보던 밤거리보다 더 화려하게 별들이 뿌려져 있었다. 철호는 그 많은 별들 가운데서 북두칠성을 찾아보았다. 머리를 뒤로 젖혀 하늘을 쳐다보는 채 빙그르르 그 자리에서 돌았다. 꺼꾸로 달린 물주걱 같은 북두칠성은 쉽사리 찾아 낼 수 있었다. 그 북두칠성 앞에 딴 별들보다 좀 크고 빛나는 별, 그건 북극성이었다. 철호는 지금까지 자기가 서 있는 지점과 북극성을 연결하는 직선을 밤 하늘에 길게 그어 보았다. 그리고 그 선을 눈이 닿는 데까지 연장시켰다. 철호는 그렇게 정북(正北)을 향하여 한참이나 서 있었다. 고향 마을이 눈앞에 떠올랐다. 마을의 좁은 길까지, 아니 그 길에 박혀 있던 돌 하나까지도 선히 볼 수 있었다.

으스스 몸이 떨렸다. 한기(寒氣)가 전기처럼 발끝에서 튀어 콧구멍으로 빠져 나갔다. 철호는 크게 재채기를 하였다. 그리고 또 한 번 부르르 몸을 떨며 바위 밑으로 내려왔다.

철호는 천천히 골목 안으로 들어섰다.

"가자!"

철호는 멈칫 섰다. 낮에는 이렇게까지 멀리 들리는 줄은 미처 몰랐던 어머니의 그 소리가 골목 어귀에까지 들려왔다.

"가자!"

그러나 언제까지 그렇게 골목에 서 있을 수도 없는 노릇이었다. 철호는 다시 발을 옮겨 놓았다. 정말 무거운 발걸음이었다. 그건 다리가 저려서만이 아니었다.

"가자!"

철호가 그의 집 쪽으로 걸음을 옮겨 놓을 때마다 그만치 그 소리는 더 크게 들려왔다.

가자는 것이었다. 돌아가자는 것이었다. 고향으로 돌아가자는 것이었다.[9] 옛날로 되돌아가자는 것이었다. 그것은 이렇게 정신 이상이 생기기 전부터 철호의 어머니가 입버릇처럼 되풀이하던 말이었다.

삼팔선. 그것은 아무리 자세히 설명을 해 주어도 철호의 늙은 어머니에게만은 아무 소용 없는 일이었다.

"난 모르겠다. 암만 해도 난 모르겠다. 삼팔선. 그래 거기에다 하늘에 꾹 닿도록 담을 쌓았단 말이냐 어쨌단 말이냐. 제 고장으로 제가 간다는데 그래 막는 놈이 도대체 누구란 말이냐."

죽어도 고향에 돌아가서 죽고 싶다는 철호의 어머니였다.

그리고는,

"이게 어디 사람 사는 게냐. 하루 이틀도 아니고."
하며 한숨과 함께 무릎을 치며 꺼지듯이 풀썩 주저앉곤 하는 것이었다.

그럴 때마다 철호는,

"어머니, 그래도 남한은 이렇게 자유스럽지 않아요?"
하고, 남한이니까 이렇게 생명을 부지하고 살 수 있지, 만일 북한 고향으로 간다면 당장에 죽는 것이라고, 자유라는 것이 얼마나 소중한 것인가를, 갖은 이야기를 다 예로 들어가며 어머니에게 타일러 보는 것이었다. 그러나 자유라는 것을 늙은 어머니에게 이해시키기란 삼팔선을 인식시키기보다도 몇 백 갑절 더 힘드는 일이었다. 아니 그것은 거의 불가능한 일이라 했다.

중요 어구

9) 고향으로~것이었다 : 어머니에게는 고향이 자유나 이념과 같은 문제보다는 소중한 삶의 실체일 뿐이다.
10) 끝내 철호는~것이었다 : 어머니는 정신이 나가 버렸던 것이다.

그래 끝내 철호는 어머니에게 자유라는 것을 설명하는 일을 단념하고 말았다. 그렇게 되고 보니 철호의 어머니에게는 아들— 지지리 고생을 하면서도 고향으로 돌아갈 생각만은 죽어도 하지 않는 철호가 무슨 까닭인지는 몰라도 늙은 에미를 잡으려고 공연한 고집을 피우고 있는 천하에 고약한 놈으로만 여겨지는 것이었다.

그야 철호에게도 어머니의 심정이 이해되지 않는 것은 아니었다.

무슨 하늘이 알 만치 큰 부자는 아니었지만 그래도 꽤 큰 지주로서 한 마을의 주인격으로 제법 풍족하게 평생을 살아오던 철호의 어머니 눈에는 아무리 그네가 세상을 모른다고는 해도 산등성이를 악착스레 깎아 내고 거기에다 게딱지 같은 판잣집들을 다닥다닥 붙여 놓은 이 해방촌이 이름 그대로 해방촌(解放村)일 수는 없는 노릇이었다.

"나두 내 나라를 찾았다 게 기뻐서 울었다. 엉엉 울었다. 시집 올 때 입었던 홍치마를 꺼내 입구 춤을 추었다. 그런데 이 꼴 좋다. 난 싫다. 아무래두 난 모르겠다. 뭐가 잘못됐건 잘못된 너머 세상이디그래."

철호의 어머니 생각에는 아무리 해도 모를 일이었던 것이었다. 나라를 찾았다면서 집을 잃어버려야 한다는 것은, 그것은 정말 알 수 없는 일이었던 것이었다.

철호의 어머니는 남한으로 넘어온 후로 단 하루도 이 가자는 말을 하지 않은 날이 없었다.

그렇게 지내오던 그날, 6 · 25 사변으로 바로 발밑에 빤히 내려다보이는 용산 일대가 폭격으로 지옥처럼 무너져 나가던 날, 끝내 철호는 어머니를 잃어버리고 말았던 것이었다.[10]

"큰애야 이젠 정말 가자. 데것 봐라. 담이 홈싹 무너뎄는데 삼팔선의 담이 데렇게 무너뎄는데 야."

그 때부터 철호의 어머니는 완전히 정신 이상이었다. 지금의 어머니, 그것은 이미 철호의 어머니는 아니었다. 아무리 따져 보아도 그것이 철호 자기의 어머니일 수는 없었다. 세상에 아들딸마저 알아보지 못하는 어머니가 있을 수 있는 것일까? 그 날부터 철호의 어머니는,

"가자! 가자!"

하고 저렇게 쨍쨍한 목소리로 외마디 소리를 지를 뿐, 그 밖의 모든 것을 완전히 잃어버리고 있었다. 철호에게 있어서 지금의 어머니는, 말하자면 어머니의 시체에 지나지 않았다. 뚫어진 창호지 구멍으로 그래도 희미한 불빛이 새어나오고 있었다. 철호는 윗방 문을 열었다. 아랫방과 윗방 사이 문턱에 위태롭게 올려놓은 등잔이 개똥벌레처럼 가물거리고 있었다. 윗방 아랫목에는 딸애가 반듯이 누워서 잠이 들었다. 담요를 몸에다 돌돌 말고 반듯이 누운 것이 꼭 송장 같았다. 그 옆에 철호의 아내가 두 무릎을 꿇고 앉아 있었다. 꺼먼 헝겊과 회색 헝겊으로 기운 담요 바지 무릎 위에는 빨간색 유단으로 만든 조그마한 운동화가 한 켤레 놓여 있었다. 철호가 방 안에 들어서자 아내는 그 어린애의 빨간 신발을 모두어 자기 손바닥에 올려 놓아 철호에게 들어 보였다.

"삼촌이 사 왔어요."

유난히 속눈썹이 긴 아내의 눈이 가늘게 웃었다. 참으로 오래간만에 보는 아내의 웃음이었다. 자기가 미인이었다는 것을 잊어버리고 만 지 오랜 아내처럼, 또 오래 보지 못하여 거의 잊어버려 가던 아내의 웃는 얼굴이었다.

철호는 등잔이 놓인 문턱 가까이 가서 앉으며 아내의 손에서 빨간 어린애의 신발을 받아 눈앞에서 아래위를 살펴 보았다.

"산보 갔었소?"

거기 등잔불을 사이에 두고 윗방을 향해 앉은 철호의 동생 영호(英浩)가 웃으며 철호를 쳐다보았다.

"언제 들어왔니?"

"지금 막 들어와 앉는 길입니다."

그러고 보니 영호는 아직 넥타이도 끄르지 않고 있었다.

"형님!"

새삼스레 부르는 동생의 소리에 철호는 손에 들었던 어린애의 신발을 아내에게 돌리며 영호의 얼굴을 빤히 바라보았다.

"이제 우리두 한 번 살아 봅시다. 제길, 남 다 사는데 우리라구 밤낮 이렇게만 살겠수? 근사한 양옥도 한 채 사구, 장기판만 한 문패에다 형님의 이름 석 자를, 제길 장님도 보게 써서 대못으로 땅땅 때려박구 한 번 살아 봅시다."

군대에서 나온 지 이 년이 넘도록 아직도 직업도 못 잡은 영호가 언제나 술만 취하면 하는 수작이었다.

"그리구 이천만 환짜리 세단 차[11]도 한 대 삽시다. 거기다 똥통이나 싣고 다니게. 모든 새끼들이 아니꼬와서. 일이야 있건 없건 종일 빵빵 울리면서 동리를 들락날락해야지. 제길, 하하하."

비스듬히 벽에 기대어 앉은 영호는 벌겋게 열에 뜬 얼굴을 하고 담배 연기를 푸 내뿜었다.

"또 술 마셨구나."

고학으로 고생고생 다니던 대학 삼 학년에서 군대에 들어갔다가 나온 영

중요 어구

11) 세단 차 : 좀 납작한 상자 모양에 지붕이 있고 운전석과 뒷좌석 사이에 칸막이를 하지 않았으며, 4~5명이 타게 되어 있는 보통의 승용차.

호로서는, 특별한 기술이 없이 직업을 잡지 못하는 것은 별도리도 없는 노릇이라 칠 수도 있었지만, 이건 어디서 어떻게 마시는 것인지 거의 저녁마다 이렇게 취해 들어오는 동생 영호가 몹시 못마땅한 철호의 말이었다.

"네, 조금 했습니다. 친구들이……."

그것도 들으나마나 늘 같은 대답이었다. 또 그것이 거짓말이 아니라는 것도 철호는 알고 있었다.

"이제 술 좀 그만 마셔라."

"친구들과 어울리면 자연히 마시게 되는 걸요."

"글쎄 그러니까 그 어울리는 걸 좀 삼가란 말이다."

"그럴 수도 없구요. 하하하."

"그렇다구 언제까지 그저 그렇게 어울려서 술이나 마시면 뭐가 되나?"

"되긴 뭐가 돼요. 그저 답답하니까 만나는 거구, 만나면 어찌어찌하다 한 잔씩 하며 이야기나 하는 거죠 뭐."

"글쎄 그게 맹랑한 일이란 말이다."

"그렇지만 형님. 그런 친구들이라도 있다는 게 좋지 않수. 그게 시시한 친구들이라 해도. 정말이지 그놈들마저 없었더라면 어떻게 살 뻔했나 하고 생각할 때가 많아요. 외팔이, 절름발이 그런 놈들. 무식한 놈들. 참 시시한 놈들이지요. 죽다 남은 놈들. 그렇지만 형님, 그놈들 다 착한 놈들이야요. 최소한 남을 속이지는 않거던요. 공갈을 때릴 망정. 하하하하 전우, 전우."

영호는 고개를 뒤로 젖히고 천장을 향해 후— 담배 연기를 내뿜었다. 철호는 그저 물끄러미 영호의 모습을 쳐다볼 뿐 아무 말도 없었다. 영호는 여전히 천장을 향한 채 피어오르는 연기를 바라보며 한 손으로 목의 넥타이를 앞으로 잡아당겨 반쯤 끌러 늦추어 놓았다.

"가자!"

아랫목에서 어머니가 소리를 질렀다.

영호는 슬그머니 아랫목으로 고개를 돌렸다. 한참이나 그렇게 어머니 쪽으로 고개를 돌리고 있는 영호는 아무 말도 없이 그저 눈만 껌뻑껌뻑 하고 있었다.

철호는 길게 한숨을 쉬었다. 앞에 놓인 등잔불이 거물거물 춤을 추었다. 철호는 저고리 호주머니에서 담배를 꺼내었다. 꼬기꼬기 구겨진 파랑새 갑 속[12]에서 담배를 한 개비 뽑아내었다. 바삭바삭 마른 담배는 양끝이 반쯤 빠져 나갔다. 철호는 그 양끝을 비벼 말았다. 흡사 비과 모양으로 되었다. 철호는 그 비과 모양의 담배 한 끝을 입에다 물었다.

"이걸 피슈. 형님."

영호가 자기 앞에 놓였던 담뱃갑을 집어서 철호의 앞으로 내어 밀었다. 빨간색 양담배 갑이었다. 철호는 그 여느 것보다 좀 긴 양담배 갑을 한 번 힐끔 쳐다보았을 뿐, 아무 소리도 없이 등잔불로 입에 문 파랑새 끝을 가져갔다. 영호는 등잔불 위에 꾸부린 형 철호의 어깨를 넌지시 바라보고 있었다. 지지지 소리가 났다. 앞 이마에 흐트러져 내렸던 철호의 머리카락이 등잔불에 타며 또르르 말려 올랐다. 철호는 얼굴을 들었다. 한 모금 빨자 벌써 손끝이 따갑게 되어 꽁초가 되어 버린 담배를 입에서 떼었다. 천천히 연기를 내뿜는 철호의 미간에는 세로 석 줄의 깊은 주름이 패어졌다. 영호는 들었던 담뱃갑을 도로 방바닥에 내려놓았다. 그리고 조용히 등잔불로 시선을 떨구었다. 그의 입가에서 야릇한 웃음이— 애달픈 아니 그 누군가를 비웃는 듯한, 그런 미소가 천천히 흘러 지나갔다.

중요 어구

12) 꼬기꼬기 구겨진 파랑새 갑 속 : 철호와 영호의 극명한 가치관 대조를 담배의 종류를 통해 상징적으로 표현하고 있음.

한참 동안 아무도 말이 없었다.

"가자!"

아랫방 아랫목에서 몸을 뒤채는 어머니가 잠꼬대를 했다. 어머니는 이제 꿈 속에서마저 생활을 잃어버린 모양이었다. 아주 낮은 그 소리는 한숨처럼 느리게 아래 윗방에 가득 차 흘러 사라졌다.

여전히 아무도 말이 없었다.

철호는 꽁초를 손끝에 꼬집어 쥔 채 넋빠진 사람 모양 가물거리는 등잔불을 지켜 보고 있었고, 동생 영호는 비스듬히 벽에 기대어 앉은 채 철호의 손끝에서 타고 있는 담배 꽁초를 바라보고 있었고, 철호의 아내는 잠든 딸애의 머리맡에 가지런히 놓인 빨간 신발을 요리조리 매만지고 있었다.

"가자!"

또 한 번 어머니의 소리가 저 땅 밑에서 새어나오듯이 들려왔다.

"형님은 제가 이렇게 양담배를 피우는 게 못마땅하지요?"

영호는 반쯤 탄 담배를 자기의 눈앞에 가져다 그 빨간 불티를 들여다보며 말했다.

"분에 맞지 않지."

철호는 여전히 등잔불을 바라보며 대답했다.

"그렇지만 형님. 형님은 파랑새와 양담배 두 가지 중에서 어느 것이 더 좋으슈?"

"……? 그야 양담배가 좋지. 그래서?"

그래서 너는 보리밥도 못 버는 녀석이 그래 좋은 것은 알아서 양담배를 피우는 거냐 하는 철호의 눈초리가 번뜩 영호의 면상을 때렸다.

"그래서 전 양담배를 택했어요."

"뭐가?"

"형님은 절 오해하시고 계셔요."

"……?"

"제가 무슨 돈이 있어서 양담배를 사서 피우겠어요. 어쩌다 친구들이 사 주는 것이니 피우는 거지요. 형님은 제가 거의 저녁마다 술을 마시고 또 제법 합승을 타고 들어오는 것도 못마땅하시죠. 저도 알고 있어요. 형님은 때때로 이십오 환 전차값도 없어서 종로서 근 십 리를 집에까지 터덜터덜 걸어서 돌아오시는 것을. 그렇지만 형님이 걸으신다고 해서, 한사코 같이 타고 가자는 친구들의 호의, 아니 그건 호의도 채 못되는 싱거운 수작인지도 모르죠. 어쨌든 그것을 굳이 뿌리치고 저마저 걸어야 할 아무 까닭도 없지 않습니까? 이상한 놈들이죠. 술, 담배는 사 주고 합승은 태워 줘도 돈은 안 주거든요."

영호는 손끝으로 뱅글뱅글 비벼 돌리는 담뱃불을 들여다보며 말했다.

"어쨌든 너도 이젠 좀 정신 차려 줘야지. 벌써 군대에서 나온 지도 이태나 되지 않니."

"정신 차려야죠. 그렇지 않아도 이 달 안으로는 어찌되든간에 결판을 내구 말 생각입니다."

"어디 취직을 해야지."

"취직이요? 형님처럼요? 전차값도 안 되는 월급을 받고 남의 살림이나 계산해 주란 말이지요?"[13]

"그럼 뭐 별 뾰족한 수가 있는 줄 아니."

"있지요. 남처럼 용기만 있으면."

중요 어구

13) 전차값도 안 되는~말이지요? : 계리사인 철호의 직업을 비꼬고 있다. 이를 통해 철호의 삶의 방식 전체를 비판하고 있는 것이다.

"……?"

어처구니 없는 영호의 수작에 철호는 그저 멍청하니 영호의 얼굴을 쳐다보았다. 손끝이 따가왔다. 철호는 비루 깡통으로 만든 재떨이에 담배를 비벼 껐다.

"용기?"

"네. 용기."

"용기라니?"

"적어도 까마귀만 한 용기만이라도 말입니다. 영리할 필요는 없더군요. 우둔해도 상관 없어요. 까마귀는 도무지 허수아비를 무서워하지 않습니다. 참새처럼 영리하지 못한 탓으로 그놈의 까마귀는 애당초에 허수아비를 무서워할 줄조차 모르거든요."

영호의 입가에는 좀 전에 파랑새 꽁초에다 불을 당기는 철호를 바라보던 때와 같은 야릇한 웃음이 또 소리없이 감돌고 있었다.

"너, 설마 무슨 엉뚱한 계획을 세우고 있는 것은 아니겠지?"

철호는 약간 긴장한 얼굴을 하고 영호를 바라보며 꿀꺽 하고 침을 삼켰다.

"아니요. 엉뚱하긴 뭐가 엉뚱해요. 그저 우리들도 남처럼 다 벗어 던지고 홀가분한 몸차림으로 달려 보자는 것이죠 뭐."

"벗어 던지고?"

"네. 벗어 던지고. 양심(良心)이고, 윤리(倫理)고, 관습(慣習)이고, 법률(法律)이고 다 벗어 던지고 말입니다."[14]

중요 어구

14) 네. 벗어 던지고~말입니다 : 현실에 대한 좌절과 분노로 인해 기성의 것을 깨부수려는 모습을 보인다.

영호의 큰 두 눈이 유난히 빛나는가 하자 철호의 눈을 정면으로 밀고 들었다.

"양심이고, 윤리고, 관습이고, 법률이고?"

"……."

"너는, 너는……."

"……."

영호는 아무 대답도 하지 않았다. 그러나 눈만은 똑바로 형 철호를 쳐다보고 있었다.

"그렇게나 살자면 이 형도 벌써 잘 살 수 있었다."

철호의 목소리는 떨리고 있었다.

"그렇게나라니요?"

"양심을 버리고, 윤리와 관습을 무시하고, 법률까지도 범하고!"

흥분한 철호의 큰 목소리에 영호는 지금까지 철호의 얼굴에 있었던 시선을 앞으로 쭉 뻗치고 앉은 자기의 발끝으로 떨구었다.

"저도 형님을 존경하고 있어요. 고생하시는 형님을, 용케 이 고생을 참고 견디는 형님을. 그렇지만 형님은 약한 사림이야요. 용기가 없는 거지요. 너무 양심이 강해요. 아니 어쩌면 사람이 약하면 약한 만치, 그만치 반대로 양심이란 가시는 여물고 굳어지는 것인지도 모르죠."

"양심이란 가시?"

"네. 가시지요. 양심이란 손끝의 가십니다. 빼어 버리면 아무렇지도 않은데 공연히 그냥 두고 건드릴 때마다 깜짝 깜짝 놀라는 거야요. 윤리요? 그건 나이롱 빤쯔 같은 것이죠. 입으나 마나 불알이 덜렁 비쳐 보이기는 매한가지죠. 관습이요? 그건 소녀의 머리 위에 달린 리본이라고나 할까요? 있으면 예쁠 수도 있어요. 그러나 없대서 뭐 별일도 없어요. 법률? 그건 마치 허수아비 같은 것입니다. 허수아비. 덜 굳은 바가지에다 되는대로 눈과 코를 그리고 수염만 크게 그린 허수아비. 누더기를 걸치고 팔을 쩍 벌리고 서 있는 허수아비. 참새들을 향해서는 그것이 제법 공갈이 되지요. 그러나 까마귀 쯤만 돼도 벌써 무서워하지 않아요.[15] 아니 무서워하기는커녕 그놈의 상투 끝에 턱 올라 앉아서 썩은 흙을 쑤시던 더러운 주둥이를 쓱쓱 문질러도 별일 없거든요. 흥."

영호는 코웃음을 쳤다. 그리고 거기 문턱 밑에 담뱃갑에서 새로 담배를 한 개 빼어 물고 지금까지 들고 있던 다 탄 꽁다리에서 불을 옮겨 빨았다.

"가자!"

어머니의 그 소리가 또 들렸다. 어머니는 분명히 잠이 들어 있는 것이었다. 그러면서도 간간이 저렇게 가자, 가자 소리를 지르는 것이었다. 그것은 어쩌면 어머니에게는 호흡(呼吸)처럼 생리화해 버린 것인지도 몰랐다.

철호는 비스듬히 모로 앉은 동생 영호의 옆 얼굴을 한참이나 노려보고 있었다. 영호는 영호대로 퀭한 두 눈으로 깜박이기를 잊어 버린 채 아까부터 앞으로 뻗힌 자기의 발끝을 바라보고 있었다. 이윽고 철호는 영호에게서 눈을 돌려 버렸다. 그리고 아랫방과 윗방사이 칸막이를 한 널쪽에 등을 기대며 모로 돌아앉았다. 희미한 등잔 불빛에 잠든 딸애의 조그마한 얼굴이 애처로왔다. 그 어린것 옆에 앉은 철호의 아내는 왼쪽 무릎을 세우고 그 위에 손을 펴 깔고 턱을 괴었다. 아까부터 철호와 영호, 형제가 하는 말을 조용히 듣고만 있는 그네는 무엇을 생각하고 있는지 한 쪽 손끝으로, 거기

중요 어구

15) 참새들을 향해서는~무서워하지 않아요 : 참새는 민중을 뜻하고 까마귀는 권세를 조금이라도 가진 사람들을 말한다. 못 가진 사람에게는 추상같고 가진 사람에게는 큰 힘을 발휘하지 못하는 법률을 풍자하고 있다.

방바닥에 가지런히 놓은 빨간 어린애의 신발만 몇 번이고 쓸어 보고 있었다.

철호는 고개를 푹 떨구어 턱을 가슴에 묻었다. 영호는 새로 피워 문 담배를 연거푸 서너 번 들이 빨았다. 그리고 또 말을 계속하였다.

"저도 형님의 그 생활 태도를 잘 알아요. 가난하더라도 깨끗이 살자는. 그렇지요, 깨끗이 사는 게 좋지요. 그런데 형님 하나 깨끗하기 위하여 치루는 식구들의 희생이 너무 어처구니 없이 크고 많단 말입니다. 헐벗고 굶주리고. 형님 자신만 해도 그렇죠. 밤낮 쑤시는 충치(蟲齒)하나 처치 못하시고 이가 쑤시면 치과에 가서 치료를 하거나 빼어 버리거나 해야 할 거 아니야요. 그런데 형님은 그것을 참고 있어요. 낯을 잔뜩 찌푸리고 참는단 말입니다. 물론 치료비가 없으니까 그러는 수밖에 없겠지요. 그겁니다. 바로 그겁니다. 그 돈을 어떻게든가 구해야죠. 이가 쑤시는데 그럼 어떻게 해요. 그걸 형님처럼, 마치 이쑤시는 것을 참고 견디는 그것이 돈을— 치료비를 버는 것이기나 한 것처럼 생각하는 것. 안 쓰는 것을 혹 버는 셈이 된다고 할 수도 있을 거야요. 그렇지만 꼭 써야 할 데 못 쓰는 것이 버는 셈이라고는 할 수 없지 않아요. 세상에는 이런 세 층의 사람들이 있다고 봅니다. 즉 돈을 모으기 위해서만으로 필요 이상의 돈을 버는 사람과, 필요하니까 그 필요하니 만치의 돈을 버는 사람과, 또 하나는 이건 꼭 필요한 돈도 채 못 벌고서 그대신 생활을 졸이는 사람들. 신발에다 발을 맞추는 격으로 형님은 아마 그 맨 끝의 층에 속하겠지요. 필요한 돈도 미처 벌지 못하는 사람. 깨끗이 살자니까 그럴 수밖에 없다고 하시겠지요. 그래요. 그것은 깨끗하기는 할지 모르죠. 그렇지만 그저 그것 뿐이지요. 언제까지나 충치가 쏘아 부은 볼을 싸 쥐고 울상일 수밖에 없지요. 그렇지 않습니까? 그야 형님! 인생이 저 골목 안에서 십 환짜리를 받고 코흘리는 어린애들에게 보여 주

는 요지경이라면야 자기가 가지고 있는 돈값만치 구멍으로 들여다보고 말을 수도 있겠지요. 그렇지만 어디 인생이 자기 주머니 속의 돈 액수만치만 살고 그만 두고 싶으면 그만둘 수 있는 요지경인가요 어디. 돈만치만 먹고 말을 수 있는 그런 편리한 목구멍인가요 어디. 싫어도 살아야 하니까 문제지요. 사실이지 자살을 할 만치 소중한 인생도 아니고요. 살자니까 돈이 필요하구요. 필요한 돈이니까 구해야죠. 왜 우리라고 좀더 넓은 테두리, 법률선(法律線)까지 못 나가란 법이 어디 있어요. 아니 남들은 다 벗어던지구 법률선까지도 넘나들면서 사는데,[16] 왜 우리만이 옹색한 양심의 울타리 안에서 숨이 막혀야 해요. 법률이란 뭐야요. 우리들이 피차에 약속한 선이 아니야요?"

영호는 얼굴을 번쩍 들며 반쯤 끌러 놓았던 넥타이를 마저 끌러서 방구석에 픽 던졌다.

철호는 여전히 턱을 가슴에 푹 묻은 채 묵묵히 앉아 두 짝 다 엄지발가락이 몽땅 밖으로 나온 뚫어진 양말을 내려다보고 있었다. 나일론 양말을 한 켤레 사면 반 년은 무난히 뚫어지지 않고 견딘다는 말은 들었다. 그러나 뻔히 알면서도 번번이 백 환짜리 무명 양말을 사 들고 들어오는 철호였다. 칠백 환이란 돈을 단번에 잘라낼 여유가 도저히 없는 월급이었던 것이다.

"가자!"

어머니는 또 몸을 뒤채었다.

"그건 억설이야."

중요 어구

16) 남들은~사는데 : 이미 현실에서는 양심도 도덕도 사라진 지 오래이다. 이런 현실과 타협하지 못한 결과 철호 일가의 궁핍이 초래된 것이다.

17) 무슨 둔한~그녀 : 생활의 고난이 아내의 감정과 희망을 모두 앗아가 버렸다.

철호는 천천히 고개를 들었다. 신문지를 바른 맞은편 벽에, 쭈그리고 앉은 아내의 그림자가 커다랗게 비쳐 있었다. 꼽추처럼 꼬부리고 앉은 아내의 그림자는 헝클어진 머리카락이 괴물스러웠다. 철호는 눈을 감았다. 머리마저 등 뒤 칸막이 반자에 기대었다.

철호의 감은 눈앞에 십여 년 전 아내가 흰 저고리 까만 치마를 입고 선히 나타났다. 무대에 나선 그녀는 더욱 예뻤다. E여자 대학 졸업 음악회였다. 노래가 끝나자 박수 소리가 그칠 줄을 몰랐다. 그 날 저녁 같이 거리를 거닐던 그녀는 정말 싱싱하고 예뻤었다. 그러나 지금 철호 앞에 쭈그리고 앉은 아내는 그 때의 그녀가 아니었다. 무슨 둔한 동물처럼 되어 버린 그녀.[17] 이제 아무런 희망도 가져 보려고 하지 않는 아내. 철호는 가만히 눈을 떴다. 그래도 아내의 속눈썹만은 전처럼 까맣고 길었다.

"가자!"

철호는 흠칠 놀라 환상에서 깨어났다.

"억설이요? 그런지도 모르죠."

한참이나 잠잠하니 앉아 까물거리는 등잔불을 바라보던 영호의 맥빠진 대답이었다.

"네 말대로 한다면 돈 있는 사람들은 다 나쁜 사람이란 말밖에 더 되나 어디."

"아니죠. 제가 어디 나쁘고 좋고를 가렸어요. 나쁘긴 누가 나빠요? 왜 나빠요. 아, 잘 사는 게 나빠요? 도시 나쁘고 좋고부터 따질 아무런 금도 없지요 뭐."

"그렇지만 지금 네 말로는 잘 살자면 꼭 양심이고 윤리고 뭐고 다 버려야 한다는 것이 아니고 뭐야."

"천만에요. 잘못 이해하신 겁니다. 간단히 말씀드리면 이렇다는 것입니

다. 즉, 양심껏 살아가면서 잘 살 수도 있기는 있다. 그러나 그것은 극히 적다. 거기에 비겨서 그 시시한 것들을 벗어던지기만 하면 누구나 틀림없이 잘 살 수 있다."

"그것이 바로 억설이란 말이다. 마음 한구석이 어딘가 비틀려서 하는 억지란 말이다."

"글쎄요. 마음이 비틀렸다고요. 그건 아마 사실일는지 모르겠어요. 분명히 비틀렸어요. 그런데 그 비틀리기가 너무 늦었어요. 어머니가 저렇게 미치기 전에 비틀렸어야 했지요. 한강 철교를 폭파하기 전에 말입니다. 하나밖에 없는 누이동생 명숙(明淑)이가 양공주[18]가 되기 전에 비틀렸어야 했지요. 환도령(還都令)이 내리기 전에 하다 못해 동대문 시장에 자리라도 한자리 비었을 때 말입니다. 그러구 이놈의 배때기에 지금도 무슨 내장이기나 한 것처럼 박혀 있는 파편(破片)이 터지기 전에 말입니다. 아니 그보다도 더 전에, 제가 뭐 무슨 애국자나 되는 것처럼 남들은 다 기피하는 군대에 어머니의 원수를 갚겠노라고 자원하던 그 전에 말입니다.

"……"

"……그보다도 더 전에 썩 전에 비틀렸어야 했을지 모르죠. 나면서부터 비틀렸더라면 더 좋았을지도 모르죠."

영호는 푹 고개를 떨구었다. 길게 한숨을 내쉬었다. 그 한숨이 후르르 떨고 있었다. 철호는 한참 동안 아무 말도 하지 않았다. 윗목에 앉아 있던 철호의 아내가 방바닥에 떨어진 눈물을 손끝으로 장난처럼 문지르고 있었다. 영호도 훌쩍훌쩍 코를 들이키고 있었다.

중요 어구

18) 양공주 : 서양 사람에게 몸을 파는 여자.
19) 집 전체가~같았다 : 가족들 모두가 위태한 지경에 놓여 있음을 보여 준다.

"그렇지만 인생이란 그런 게 아니야. 너는 아직 사람이란 어떻게 살아야만 하는 것인지조차도 모르고 있어."

"그래요. 사람이란 과연 어떻게 살아야 하는 것인지는 정말 모르겠어요. 그렇지만 이제 이 물고 뜯고 하는 마당에서 살자면, 생명만이라도 유지하자면 어떻게 해야 할는지는 알 것 같애요. 허허."

영호는 눈물이 글썽하니 고인 눈을 천장을 향해 쳐들며 자기 자신을 비웃듯이 허허 하고 웃었다.

"가자!"

또 어머니는 가자고 했다. 영호는 아랫목으로 눈을 돌렸다. 철호는 길게 한숨을 쉬었다. 앞의 등잔불이 크게 흔들거렸다. 방 안의 모든 그림자들이 움직였다. 집 전체가 그대로 기울거리는 것 같았다.[19] 그것뿐 조용했다. 밤이 꽤 깊은 모양이었다. 세상이 온통 잠들고 있었다.

저만치 골목 밖에서부터 딱 딱 딱 딱 구둣발 소리가 뾰족하게 들려왔다. 점점 가까와 왔다. 바로 아랫방 문 앞에서 멎었다. 영호는 문께로 얼굴을 돌렸다. 삐걱삐걱 두어 번 비틀리던 방문이 열렸다. 여동생 명숙이가 들어섰다. 싱싱한 몸매에 까만 투피스가 제법 어느 회사의 여사무원 같았다.

"늦었구나."

영호가 여전히 두 다리를 쭉 뻗고 앉은 채 고개만 뒤로 젖혀서 명숙을 쳐다보았다.

명숙은 영호의 말에 아무런 대꾸도 없이 돌아서서 문 밖에서 까만 하이힐을 집어 올려 아랫방 모서리에 들여놓았다. 그리고 백을 휙 방구석에 던졌다. 겨우 윗저고리와 스커트를 벗어 걸은 명숙은 아랫방 뒷구석에 가서 털썩하고 쓰러지듯 가로누워 버렸다. 그리고 거기 접어 놓은 담요를 끌어다 머리 위에서부터 푹 뒤집어 썼다.

철호는 명숙을 거들떠 보지도 않고 덤덤히 등잔불만 지켜보고 있었다.

철호는 언젠가 퇴근하던 길에 전차 창문 밖으로 본 명숙의 꼴을 생각하고 있는 것이었다.

철호가 탄 전차가 을지로 입구 십자거리에 머물러 신호를 기다리고 있었다. 손잡이를 붙들고 창을 향해 서 있던 철호는 무심코 밖을 내다보았다. 전차 바로 옆에 미군 지프차가 한 대 와 섰다. 순간 철호는 확 낯이 달아올랐다.

핸들을 쥔 미군 바로 옆자리에 색안경을 쓴 한국 여자가 앉아 있었다. 그것이 바로 명숙이였던 것이다. 바로 철호의 턱밑에서였다. 역시 신호를 기다리는 그 지프차 속에서 미군이 한 손을 핸들에 걸치고 또 한 팔로는 명숙의 허리를 넌지시 끌어안는 것이었다. 미군이 명숙의 얼굴을 들여다보며 뭐라고 수작을 걸었다. 명숙은 다리를 겹치고 앉은 채 앞을 바라보는 자세 그대로 고개를 까딱거렸다. 그 미군 지프차 저편에 선 택시 조수가 명숙이와 미군을 쳐다보며 피시시 웃었다. 전차 칸에서도 마찬가지였다. 철호 바로 옆에 나란히 서 있던 청년 둘이 쑥덕거렸다.

"그래도 멋은 부렸네."

"멋? 그래 색안경를 썼으니 말이지?"

"장사치곤 고급이지, 밑천 없이."

"저것도 시집을 갈까?"

"흥."

철호는 손잡이를 놓았다. 그리고 반대편 가운데 문께로 가서 돌아서고 말았다. 그것은 분명히 슬픈 감정만은 아니었다. 뭐라고 말할 수조차 없는 숯덩어리 같은 것이 꽉 목구멍을 치밀었다.[20] 정신이 아뜩해지는 것 같았다. 하품은 하고 난 뒤처럼 콧속이 싸하니 쓰리면서 눈물이 징 솟아올랐다.

철호는 앞에 있는 커다란 유리를 콱 머리로 받아 부수고 싶은 충동을 느끼며, 어금니를 꽉 맞씹었다. 찌르르 벨이 울렸다. 덜커덩 전차가 움직였다. 철호는 문짝에 어깨를 가져다 기대고 눈을 감아 버렸다.

그 날부터 철호는 정말 한 마디도 누이동생 명숙이와 말을 하지 않았다. 또 명숙이도 철호를 본 체 만 체했다.

"자, 우리도 이제 잡시다."

영호가 가슴을 펴서 내어밀며 바로 앉았다.

등잔불을 끄고 두 방 사이의 문을 닫았다.

푹 가라앉는 것같이 피곤했다. 그러면서도 철호는 정작 잠을 이룰 수는 없었다. 밤은 고요했다. 시간이 그대로 흐르기를 멈추어 버린 것같이 조용했다. 철호의 아내도 이제 잠이 들었나보다. 앓는 소리를 내었다. 철호는 눈을 감았다. 어딘가 아득히 먼 것을 느끼고 있었다. 철호도 잠이 들어가고 있었다.

"가자!"

다들 잠든 밤의 어머니의 그 소리는 엉뚱하게 컸다. 철호는 흠칠 눈을 떴다. 차츰 눈이 어둠에 익어 갔다. 며칠인가, 문틈으로 새어 들은 달빛이 철호의 옆에서 잠든 딸애의 머리에서부터 발끝까지 죽 파란 줄을 그었다. 철호는 다시 눈을 감았다. 길게 한숨을 쉬며 벽을 향해 돌아누웠다.

"가자!"

또 어머니가 소리를 질렀다. 그러나 철호는 눈을 뜨지 않았다. 그도 마저 잠이 들어 버린 것이었다.

중요 어구

20) 뭐라고~치밀었다 : 가장으로서의 자신의 역할을 못했음에 대한 자책이다.

그런데 이번에는 아랫방에서 명숙이가 눈을 떴다. 아랫목에 어머니와 윗목에 오빠 영호 사이에 누운 명숙은 어둠 속에 가만히 손을 내밀었다. 어머니의 손을 더듬어 잡았다. 뼈 위에 겨우 가죽만이 씌워진 손이었다. 그 어머니의 손에서는 체온이 느껴지는 것이 아니라 축축히 습기가 미끈거렸다. 명숙은 어머니 쪽을 향하여 돌아누웠다. 한 쪽 손을 마저 내밀어서 두 손으로 어머니의 송장 같은 손을 감싸 쥐었다.

"가자!"

딸의 손을 느끼는지 못 느끼는지 어머니는 또 한 번 허공을 향해 가자고 소리 질렀다.

"엄마!"

명숙의 낮은 소리였다. 명숙은 두 손으로 감싸 쥔 어머니의 여윈 손을 가만히 흔들었다.

"가자!"

"엄마!"

기어이 명숙은 흐느끼기 시작하였다. 명숙은 어머니의 손을 끌어다 자기의 입에 틀어 막았다.

"엄마!"

숨을 죽여 가며 참는 명숙의 울음은 한숨으로 바뀌며 어머니의 손가락을 입 안에서 잘근잘근 씹어 보는 것이었다.

"겁내지 마라."

옆에서 영호가 잠꼬대를 했다.

"가자!"

어머니는 명숙의 손에서 자기의 손을 빼어가지고 저 쪽으로 돌아누워 버렸다.

명숙은 다시 담요를 끌어다 머리 위까지 푹 썼다. 그리고 담요 속에서 흐득흐득 울고 있었다.[21]

"엄마."

이번엔 윗방에서 어린것이 엄마를 불렀다.

철호는 잠 속에서 멀리 그 소리를 들었다. 그러면서도 채 잠이 깨어지지는 않았다.

"엄마."

어린것은 또 엄마를 불렀다.

"오 오. 왜 엄마 여기 있어."

아내의 반쯤 깬 소리였다. 어린것을 끌어다 안는 모양이었다. 철호는 그 소리를 멀리 들으며 다시 곤히 잠들어 버렸다.

"오줌."

"오, 오줌 누겠니. 자 일어나. 착하지."

철호의 아내는 일어나 앉으며 어린것을 안아 일으켰다. 구석에서 깡통을 끌어다 대어 주었다.

"참, 삼촌이 네 신발 사 왔지. 아주 예쁜 거. 볼래?"

깡통을 타고 앉은 어린것을 뒤에서 안아 주고 있는 철호의 아내는 한 손으로 어린것의 베개맡에 놓아 두었던 신발을 집어다 보여 주었다. 희미하게 달빛이 들이비쳤을 뿐인 어두운 방 안에서는 그것은 그저 겨우 모양뿐 색채를 잃고 있었다.

"내 꺼야? 엄마."

중요 어구

21) 명숙은~울고 있었다 : 명숙은 양공주라는 생각에 가족들에게 스스로 폐쇄적인 모습을 보이고 있기 때문에 가족들이 모두 잠든 후에 몰래 일어나 우는 것이다.

"그래. 네 꺼야."

"예뻐?"

"응……."

어린것은 잠에 취한 소리로 물으며 신발을 두 손에 받아 가슴에 안았다.

"자 이제 거기 놔 두고 자야지."

"응, 낼 신어도 돼?"

"그럼."

어린것은 오물오물 담요 속으로 파고 들어갔다.

"엄마, 낼 신어도 돼?"

"그럼."

뭐든가 좀 좋은 것은 아껴야 한다고만 들어오던 어린것은 또 한 번 이렇게 다짐하는 것이었다.

아내는 어린것의 담요 가장자리를 꼭 꼭 눌러 주고 나서 그 옆에 누웠다.

다들 다시 잠이 들었다. 어느 사이에 달빛이 비껴서 칼날 같은 빛을 철호의 가슴으로 옮겼다. 어린것이 부시시 머리를 들었다. 배를 깔고 엎드렸다. 어린것은 조그마한 손을 베개 너머로 내밀었다. 거기 가지런히 놓아 둔 신발을 만져 보았다. 어린것은 안심한 듯이 다시 베개를 베고 누었다. 또 다시 조용해졌다. 한참만에 또 어린것이 움직거렸다. 잠이 든 줄만 알았던 어린것은 또 엎드렸다. 머리맡에 신발을 또 끌어당겼다. 조그마한 손가락으로 신발 코를 꼭 눌러 보았다. 그리고는 이번에는 아주 자리 위에 일어나 앉았다. 신발을 무릎 위에 들어 올려놓았다. 달빛에다 신발을 들이대어 보았다. 바닥을 뒤집어 보았다. 두 짝을 하나씩 두 손에 갈라 들고 고무 바닥을 맞대어 보았다. 이번엔 발을 앞으로 내놓았다. 가만히 신발을 가져다 신었다. 앉은 채로 방바닥을 디디어 보았다.

"가자!"

어린것은 깜짝 놀랐다. 얼른 신발을 벗었다. 있던 자리에 도로 모아 놓았다. 그리고 한 번 더 신발을 바라보고 난 어린것은 살그머니 누었다. 오물오물 담요 속으로 기어들어 갔다.

점심을 못 먹은 배는 오후 두 시에서 세 시 사이가 제일 견디기 힘들었다. 철호는 펜을 장부 위에 놓았다. 저 쪽 구석에 돌아앉은 사환애[22]를 바라보았다. 보리차라도 한 잔 더 마시고 싶었다. 그러나 두 잔까지는 사환애를 시켜서 가져오랄 수 있었으나 세 번까지는 부르기가 좀 미안했다. 철호는 걸상을 뒤로 밀고 일어섰다. 책상 모서리에 놓인 찻잔을 집어 들었다. 그리고 출입문으로 나갔다. 복도의 풍로 위에서 커다란 주전자가 끓고 있었다. 보리차를 찻잔 하나 가득히 부었다. 구수한 냄새가 피어올랐다. 철호는 뜨거운 찻잔을 손가락으로 꼬집어 들고 조심조심 자기 자리로 돌아와 앉았다. 그리고 찻잔을 입으로 가져갔다. 후 불었다. 마악 한 모금 들이마시는 때였다.

"송 선생님, 전화입니다."

사환애가 책상 앞에 와 알렸다. 철호는 얼른 찻잔을 책상 위에 내려놓았다. 그리고 과장 책상 앞으로 갔다. 수화기를 들었다.

"네, 송철호올시다. 네? 경찰서요? ……전 송철호라는 사람인데요? 네? 송영호요? 네 바로 제 동생입니다. 무슨? ……네? 네? 송영호가요? 제 동생이 말입니까? 곧 가겠습니다. 네, 네."

중요 어구

22) 사환애 : 관청이나 회사, 가게 따위에서 잔심부름을 시키기 위하여 고용한 사람.

철호는 수화기를 걸었다. 그리고 걸어 놓은 수화기를 멍하니 내려다보고 서 있었다. 사무실 안 사람들의 시선이 모두 철호에게로 쏠렸다.

"무슨 일인가. 동생이 교통사고라도?"

서류를 뒤적이던 과장이 앞에 서 있는 철호를 쳐다보며 물었다.

"네? 네, 저 과장님, 잠깐 다녀오겠습니다."

철호는 마시던 보리차를 그대로 남겨둔 채 사무실을 나섰다.

영문을 모르는 동료들이 서로 옆의 사람의 얼굴을 힐끗 쳐다보는 것이었다.

철호는 전에도 몇 번 경찰서의 호출을 받은 일이 있었다.

양공주 노릇을 하는 누이동생 명숙이가 걸려 들면 그 신원 보증을 해야 하는 철호였다. 그 때마다 철호는 치안관 앞에서 낯을 못들고 앉았다가 순경이 앞세우고 나온 명숙을 데리고 아무 말도 없이 경찰서 뒷문을 나서곤 하였다. 그럴 때면 철호는 울었다. 하나밖에 없는 누이 동생이 정말 밉고 원망스러웠다. 철호는 명숙을 한 번 돌아다보는 일도 없이 전차 길을 따라 사무실로 걸었고, 또 명숙은 명숙이대로 적당한 곳에서 마치 낯도 모르는 사람처럼 딴 길로 떨어져 가 버리곤 하는 것이었다.

그런데 이번에는 누이 동생이 아니라 남동생 영호의 건이라고 했다. 며칠 전 밤에 취해서 지껄이던 영호의 말들이 머리를 스치고 지나갔다. 불안했다. 그런들 설마하고 마음을 다시 먹으며 철호는 경찰서 문을 들어섰다.

권총 강도.[23]

중요 어구

23) 권총 강도 : 양심을 벗어 던지고 법률선까지 넘나들겠다던 영호의 가치관이 극단으로 실행됨.

형사에게서 동생 영호의 사건 내용을 들은 철호는 앞에 앉은 형사의 얼굴을 바보 모양 멍청히 바라보고 있을 뿐이었다. 점점 핏기가 가셔가는 철호의 얼굴은 표정을 잃은 채 굳어 가고 있었다.

어느 회사에서 월급을 줄 돈 천오백만 환을 찾아서 은행 앞에 대기시켰던 지프차에 싣고 마악 떠나려고 하는데 중절모를 깊숙이 눌러 쓰고 색안경을 낀 괴한 두 명이 차 속으로 올라오며 권총을 내어들더라는 것이었다.

"겁 내지 말라! 차를 우이동으로 돌리라."

운전사와 또 한 명 회사원은 차가운 권총 구멍을 등에 느끼며 우이동까지 갔다고 한다. 어느 으슥한 숲 속에서 차를 세웠다고 한다. 그리고는 둘이 다 차 밖으로 나가라고 한 다음, 괴한들이 대신 운전대로 옮겨 앉더라고 한다. 운전사와 회사원은 거기 버려둔 채 차는 전속력으로 다시 시내로 향해 달렸단다. 그러나 지프차는 미아리도 채 못 와서 경찰에 붙들리고 말았다는 것이었다. 그런데 차 안에는 괴한이 한 사람밖에 없었다고 한다.

형사가 동생을 면회하겠느냐고 물었을 때도 철호는 그저 얼이 빠져서 두 무릎 위에 맥없이 손을 올려놓고 앉은 채 아무 대답도 못했다.

이윽고 형사실 뒷문이 열리더니 거기 영호가 나타났다.

"이리로 와."

수갑이 채워진 두 손을 배 앞에다 모으고 천천히 형사의 책상 앞으로 걸어 나오는 영호는 거기 걸상에 앉았다. 일어서는 철호를 향하여 약간 머리를 끄덕여 보였다. 동생의 얼굴을 뚫어져라고 바라보고 서 있는 철호의 여윈 볼이 히물히물 움직였다. 괴로울 때의 버릇으로 어금니를 꽉 꽉 씹고 있는 것이었다.

형사는 앞에 와서 선 영호에게 눈으로 철호를 가리켰다.

영호는 철호에게로 돌아섰다.

"형님 미안합니다. 인정선(人情線)에서 걸렸어요. 법률선까지는 무난히 뛰어 넘었는데. 쏘아 버렸어야 하는 건데."

영호는 철호의 얼굴을 들여다보며 빙그레 웃었다. 그리고는 옆으로 비스듬히 얼굴을 떨구며 수갑을 채운 오른손 엄지를 권총 방아쇠를 당기는 때처럼 까불어서 지그시 당겨 보는 것이었다.

철호는 눈도 깜박하지 않고 그저 영호의 머리카락이 흐트러져 내린 이마를 바라보고 있었다.

"돌아가세요. 형님."

영호는, 등신처럼 서 있는 형이 도리어 민망한 듯이 조용히 말했다.

"수감해."

형사가 문간에 지키고 서 있는 순경을 돌아보았다.

영호는 그에게로 오는 순경을 향해 마주 걸어갔다. 영호는 뒷문으로 끌려나가다 말고 멈춰섰다. 그리고 뒤를 돌아보았다.

"형님. 어린것 화신 구경이나 한 번 시키세요. 제가 약속했었는데."

뒷문이 쾅 닫혔다. 철호는 여전히 영호가 사라진 뒷문을 바라보고 서 있었다. 눈이 뿌옇게 흐려졌다. 아무것도 보이지 않았다.

"쏠 의사는 처음부터 없었던 것 같은데."[24]

조서를 한 옆으로 밀어 놓으며 형사가 중얼거렸다. 철호는 거기 걸상에 가만히 걸터앉았다.

"혹시 그와 같이 한 청년을 모르시나요?"

중요 어구

24) 쏠 의사는~같은데 : 영호는 극단적인 순간에서도 양심을 버리지 못했던 것이다.
25) 고리짝 : 고리버들의 가지나 대오리 따위로 엮어서 상자같이 만든 물건. 주로 옷을 넣어 두는 데 사용함.

철호의 귀에는 형사의 말소리가 아주 멀었다.

"끝내 혼자서 했다고 우기는데, 그러나 증인이 있으니까 이제 차츰 사실대로 자백하겠지만."

여전히 철호는 말이 없었다.

경찰서를 나온 철호는 어디를 어떻게 걸었는지 알 수 없었다. 철호는 술 취한 사람 모양 허청거리는 다리로 자기 집이 있는 언덕길을 올라가고 있었다. 철호는 골목길 어귀에 들어섰다.

"가자!"

철호는 거기 멈춰 섰다. 고개를 뒤로 젖혔다. 그러나 그는 하늘을 쳐다보는 것이 아니었다. 하— 하고 숨을 크게 내쉬는 철호는 울고 있었다. 눈물이 콧속으로 흘러서 찜찜하니 목구멍으로 넘어갔다.

"가자, 가자. 어딜 가잔 거야? 도대체 어딜 가잔 거야?"

철호는 꽥 소리를 지르고 있었다. 거기 처마 밑에 모여 앉아서 소꿉질을 하던 어린애들이 부시시 일어서며 그를 쳐다보았다. 철호는 그 앞을 모른 체 지나쳐 버렸다.

"오빤 어딜 그렇게 돌아다뉴?"

철호가 아랫방에 들어서자 윗방 구석에서 고리짝[25]을 열어 놓고 뒤지고 있던 명숙이가 역한 소리를 했다. 윗방에는 넝마 같은 옷가지들이 한 무더기 쌓여 있었다. 딸애는 고리짝 옆에 쪼그리고 앉아서 명숙이가 뒤져 내놓는 헌 옷들을 무슨 진귀한 것이나 되는 것처럼 지켜보고 있었다. 철호는 아내가 어딜 갔느냐고 물어 보려다 말고 그대로 윗방 아랫목에 털썩 주저앉아 버렸다.

"어서 병원에 가 보세요."

명숙은 여전히 고리짝을 들추며 돌아앉은 채 말했다.

"병원엘?"

"그래요."

"병원에라니?"

"언니가 위독해요. 어린애가 걸렸어요."

"뭐가?"

철호는 눈앞이 아찔했다.

점심때부터 진통이 시작되었는데 영 해산을 못하고 애를 썼단다. 그런데 죽을 악을 쓰다 보니까 어린애의 머리가 아니라 팔부터 나왔다고 한다. 그래 병원으로 실어갔는데, 철호네 회사에 전화를 걸었더니 나가고 없더라는 것이었다.

"지금 쯤은 아마 애기를 낳았거나, 그렇지 않으면……."

명숙은 흰 헝겊들을 골라 개켜서 한 옆으로 젖혀 놓으며 말했다. 아마 어린애의 기저귀를 고르고 있는 모양이었다. 그런데 이상했다. 좀전에 아찔했던 정신이 사르르 풀리며 온몸의 맥이 쏙 빠져 나갔다. 철호는 오래간만에 머릿속이 깨끗이 개이는 것을 느꼈다.

말라리아를 앓고 난 다음 날처럼 맥은 하나도 없으면서 머리는 비상히 깨끗했다. 뭐 놀랄 일이 있느냐 하는 심정이 되었다. 마치 회사에서 무슨 사무를 한 뭉텅이 맡았을 때와 같은 심사였다. 철호는 호주머니에서 담배를 꺼내어 물었다. 언제나 새로 사무를 맡아 시작하기 전에 하는 버릇이었다. 철호는 일어섰다. 그리고 문을 열었다.

"어딜 가슈?"

명숙이가 돌아보았다.

"병원에."

"무슨 병원인지도 모르면서."

철호는 참 그렇다고 생각했다.

"S병원이야요."

"……."

철호는 슬그머니 문 밖으로 한 발을 내디디었다.

"돈을 가지고 가야지 뭐."

"……돈."

철호는 다시 문 안으로 들어섰다. 우두커니 발부리를 내려다보고 서 있었다. 명숙이가 일어섰다. 그리고 아랫방으로 내려갔다. 벽에 걸어놓았던 핸드백을 열었다.

"옛수."

백 환짜리 한 다발이 철호 앞 방바닥에 던져졌다. 명숙은 다시 돌아서서 백을 챙기고 있었다. 철호는 명숙의 뒷모습을 물끄러미 바라보고 있었다. 철호의 눈이 명숙의 발 뒤축에 머물렀다. 나일론 양말이 계란만치 구멍이 뚫렸다. 철호는 명숙의 그 구멍 뚫린 양말 뒤축[26]에서 어떤 깨끗함을 느끼고 있었다. 오래간만에 참으로 오래간만에 철호는 명숙에 대한 오빠로서의 애정을 느꼈다.

"가자."

어머니가 또 외마디 소리를 질렀다.

철호는 눈을 발밑에 돈다발로 떨구었다. 허리를 꾸부렸다. 연기가 든 때처럼 두 눈이 싸하니 쓰렸다.

중요 어구

26) 명숙의~양말 뒤축 : 가족을 위해 자신을 희생하는 명숙을 상징적으로 보여 준다.

"아버지, 병원에 가? 엄마 애기 났어?"

"그래."

철호는 돈을 저고리 호주머니에 구겨 넣으며 문을 나섰다.

"가자."

골목을 빠져 나가는 철호의 등 뒤에서 또 한 번 어머니의 소리가 들려왔다.

아내는 이미 죽어 있었다.

"네. 그래요."

철호는 간호원보다도 더 심상한 표정이었다. 병원의 긴 복도를 휘청휘청 걸어서 널따란 현관으로 나왔다. 시체가 어디 있느냐고 묻지도 않았다. 무엇인가 큰일이 한 가지 끝났다는 그런 기분이었다.[27] 아니 또 어찌 생각하면 무언가 해야 할 일이 많이 생긴 것같은 무거운 기분이기도 했다. 그러면서도 그 해야 할 일이 무엇인지는 좀처럼 생각이 나질 않았다. 그저 이제는 그리 서두를 필요도 없어졌다는 생각만으로 철호는 거기 병원 현관에 한참이나 우두커니 서 있었다.

이윽고 병원의 큰 문을 나선 철호는 전차 길을 따라서 천천히 걸었다. 자전거가 휙 그의 팔굽을 스치고 지나갔다. 그는 멈춰 섰다. 자기도 모르게 그는 사무실 쪽으로 걸어가고 있었다. 여섯 시도 더 지났을 무렵이었다. 이제 사무실로 가야 할 아무 일도 없었다. 그는 전차 길을 건넜다. 또 한참 걸

중요 어구

27) 무엇인가~그런 기분이었다 : 철호는 자기에게 지워진 역할들을 묵묵히 참으며 양심을 지키고 성실하게 살아가려고 애써 왔으나 이제는 그런 정신적 지표를 잃고 혼란스러워 하고 있다.

28) 충치 : 철호는 돈이 아까워 충치를 치료하러 치과에 가지 않았음. 여기서 충치는 세상을 양심적으로 살아가려는 철호의 정신적 고뇌를 상징함.

었다. 그는 또 멈춰 섰다. 이번엔 어느 사이에 낮에 왔던 경찰서 앞에 와 있었다. 그는 또 돌아섰다. 또 걸었다. 그저 걸었다. 집으로 돌아가자는 생각도 아니면서 그의 발길은 자동 기계처럼 남대문 쪽으로 향해 걷고 있었다. 문방구점, 라디오방, 사진관, 제과점. 그는 길가에 늘어선 이런 가게의 진열장을 하나 하나 기웃거리며 걷고 있었다. 그러면서도 무엇이 있는지 하나도 보이지는 않았다. 그러던 철호는 또 우뚝 섰다. 그는 거기 눈앞에 걸린 간판을 쳐다보고 있었다. 장기판만한 판에 빨간 페인트로 치과라고 써 있었다. 철호는 갑자기 자기 이가 쑤시는 것을 느꼈다. 아침부터 아니 벌써 전부터 훌떡훌떡 쑤시는 충치[28]가 갑자기 아파왔다. 양쪽 어금니가 아래위 다 쑤셨다. 사실은 어느 것이 정말 쑤시는 것인지조차도 분간할 수가 없었다. 철호는 호주머니에 손을 넣어 보았다. 만 환 다발이 만져졌다.

철호는 치과 간판이 걸린 층계 이 층으로 올라갔다.

치과 걸상에 머리를 젖히고 입을 아— 벌리고 앉았다. 의사는 달가닥달가닥 소리를 내며 이것저것 여러 가지 쇠꼬치를 그의 입에 넣었다 꺼냈다 하였다. 철호는 매시근하니 잠이 왔다. 아무런 생각도 하지 않고 입을 크게 벌린 채 눈을 감고 있었다.

"좀 아팠지요? 뿌리가 꾸부러져서."

의사가 집게에 뽑아든 이를 철호의 눈앞에 가져다 보여 주었다. 속이 시꺼멓게 썩은 징그러운 이뿌리에 빨건 살점이 묻어 나왔다. 철호는 솜을 입에 문 채 머리를 좌우로 흔들어 보였다. 사실 아프지도 아무렇지도 않았다.

"됐습니다. 한 삼십 분 후에 솜을 빼버리슈. 피가 좀 나올 겁니다."

"이 쪽을 마저 빼 주십시오."

철호는 옆의 타구(唾具)에 침을 뱉고 나서 또 한 쪽 볼을 눌러 보였다.

"어금니를 한 번에 두 개씩 빼면 출혈이 심해서 안 됩니다."

"괜찮습니다."

"아니, 내일 또 빼지요."

"다 빼 주십시오. 한몫에 몽땅 다 빼 주십시오."

"안 됩니다. 치료를 해 가면서 한 개씩 빼야지요."

"치료요? 그럴 새가 없습니다. 마악 쑤시는걸요."

"그래도 안 됩니다. 빈혈증이 일어나면 큰일납니다."

하는 수 없었다. 철호는 치과를 나왔다. 또 걸었다. 잇몸이 멍하니 아픈 것 같기도 하고 또 어찌하면 시원한 것 같기도 했다. 그는 한 손으로 볼을 쓸어 보았다.

그렇게 얼마를 걷던 철호는 거기에 또 치과 간판을 발견하였다. 역시 이층이었다.

"안 될 텐데요."

거기 의사도 꺼렸다. 철호는 괜찮다고 우겼다. 한쪽 어금니를 마저 빼었다. 이번에는 두 볼에다 다 밤알만큼씩한 솜덩어리를 물고 나왔다. 입 안이 찝찔했다. 간간이 길가에 나서서 피를 뱉었다. 그 때마다 시뻘건 선지 피가 간 덩어리처럼 엉겨서 나왔다. 남대문을 오른쪽에 끼고 돌아서 서울역이 보이는 데까지 왔을 때 으스스 몸이 한 번 떨렸다. 머리가 휑하니 비어 버린 것 같다는 생각했다. 바로 그 때에 번쩍하고 거리에 전등이 들어왔다. 눈앞이 한 번 환해졌다. 다음 순간에는 어찌된 셈인지 좀 전에 전등이 켜지기 전보다 더 거리가 어두워졌다. 철호는 눈을 한 번 꾹 감았다. 다시 떴다. 그래도 매한가지였다. 이건 뱃속이 비어서 그렇다고 철호는 생각했다. 그는 새삼스레, 점심도 저녁도 안 먹은 자기를 깨달았다. 뭐든가 좀 먹어야겠다고 생각했다. 구수한 설렁탕 생각이 났다. 입 안에 군침이 하나 가득히 고였다. 그는 어느 전주 밑에 가서 쭈그리고 앉아서 침을 뱉었다.

그런데 그것은 침이 아니라 진한 피였다. 그는 다시 일어섰다. 또 한 번 오한이 전신을 간질이고 지나갔다. 다리가 약간 떨리는 것 같았다. 그는 속히 음식점을 찾아내어야겠다고 생각하며 서울역 쪽으로 허청허청 걸었다.

"설렁탕."

무슨 약 이름이기나 한 것처럼 한 마디 일러놓고는 그는 식탁 위에 엎드려 버렸다. 또 입 안으로 하나 찝찔한 물이 고였다. 철호는 머리를 들었다. 음식점 안을 한 바퀴 휘 둘러보았다. 머리가 아찔했다. 그는 일어섰다. 그리고 문 밖으로 급히 걸어 나갔다. 음식점 옆 골목에 있는 시궁창에 가서 쭈그리고 앉았다. 울컥하고 입 안에 것을 뱉었다. 그러나 이번에는 주위가 어두워서 그것이 핀지 또는 침인지 알 수 없었다. 철호는 저고리 소매로 입술을 닦으며 일어섰다. 이를 뺀 자리가 쿡 한 번 쑤셨다. 철호는 아무래도 좀 이상하다고 생각하였다. 이제 빨리 집으로 돌아가 누워야겠다고 생각했다. 그는 다시 큰길로 나왔다. 마침 택시가 한 대 왔다. 그는 손을 한 번 흔들었다.

철호는 던져지듯이 털썩 택시 안에 쓰러졌다.

"어디로 가시죠?"

택시는 벌써 구르고 있었다.

"해방촌."

자동차는 스르르 속력을 늦추었다. 해방촌으로 가자면 차를 돌려야 하는 까닭이었다. 운전사는 줄지어 달려오는 자동차의 사이가 생기기를 노리고 있었다. 저만치 자동차의 행렬이 좀 끊겼다. 운전사는 핸들을 잔뜩 비틀어 쥐었다. 운전사가 몸을 한편으로 기울이며 마악 핸들을 틀려는 때였다. 뒷자리에서 철호가 소리를 질렀다.

"아니야. S병원으로 가."

철호는 갑자기 아내의 죽음을 생각했던 것이었다. 운전사는 다시 휙 핸들을 이 쪽으로 틀었다. 운전사 옆에 앉아 있는 조수 애가 한 번 철호를 돌아보았다. 철호는 뒷자리 한 구석에 가서 몸을 틀어 박은 채 고개를 뒤로 젖히고 눈을 감고 있었다. 차는 한국은행 앞 로터리를 돌고 있었다. 그 때에 또 뒤에서 철호가 소리를 질렀다.

"아니야. ×경찰서로 가."

눈을 감고 있는 철호는 생각하는 것이었다. 아내는 이미 죽었는데 하고. 이번에는 다행히 차의 방향을 바꿀 필요가 없었다. 그냥 달렸다.

"×경찰서 앞입니다."

철호는 눈을 떴다. 상반신을 번쩍 일으켰다. 그러나 곧 또 털썩 뒤로 기대고 쓰러져 버렸다.

"아니야. 가."

"×경찰서입니다. 손님."

조수 애가 뒤로 몸을 틀어 돌리고 말했다.

"가자."

철호는 여전히 눈을 감고 있었다.

"어디로 갑니까?"

"글쎄 가."

"허 참 딱한 아저씨네."

"……."

"취했나?"

운전사가 힐끔 조수 애를 쳐다보았다.

"그런가 봐요."

"어쩌다 오발탄(誤發彈)[29] 같은 손님이 걸렸어. 자기 갈 곳도 모르게."

운전사는 기어를 넣으며 중얼거렸다. 철호는 까무룩히 잠이 들어가는 것 같은 속에서 운전사가 중얼거리는 소리를 멀리 듣고 있었다. 그리고 마음 속으로 혼자 생각하는 것이었다— 아들 구실, 남편 구실, 애비 구실, 형 구실, 오빠 구실, 또 계리사 사무실 서기 구실, 해야 할 구실이 너무 많구나. 너무 많구나. 그래 난 네 말대로 아마도 조물주(造物主)의 오발탄인지도 모른다.[30] 정말 갈 곳을 알 수가 없다. 그런데 지금 나는 어디건 가긴 가야 한다— .

철호는 점점 더 졸려 왔다. 다리가 저린 것처럼 머리의 감각이 차츰 없어져 갔다.

"가자."

철호는 또 한 번 귓가에 어머니의 소리를 들었다고 생각하며 푹 모로 쓰러지고 말았다.

차가 네거리에 다다랐다. 앞의 교통 신호대에 빨간불이 켜졌다. 차가 섰다. 또 한 번 조수 애가 뒤를 돌아보며 물었다.

"어디로 가시죠?"

그러나 머리를 푹 앞으로 수그린 철호는 아무 대답도 없었다. 따르릉 벨이 울렸다.

긴 자동차의 행렬이 움직이기 시작했다. 철호가 탄 차도 목적지를 모르

중요 어구

29) 오발탄 : 잘못 쏜 탄환.

30) 난 네 말대로~모른다 : 오발탄은 갈 방향을 찾지 못하는 자신의 모습이기도 하고 양심적인 자세로 살아가려는 자신의 가치관이 현실에 받아들여지지 않음을 한탄하는 것이기도 하다.

는 대로 행렬에 끼어서 움직이는 수밖에 없었다.

철호의 입에서 흘러내린 선지피가 흥건히 그의 와이셔츠 가슴을 적시고 있는 것을 아무도 모르는 채, 교통 신호대의 파란불 밑으로 차는 네거리를 지나갔다.

작품 이해 및 논술 다지기

작품 이해

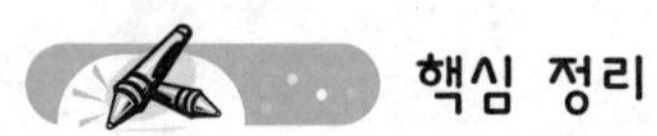

핵심 정리

- 갈래 : 단편 소설
- 배경 : 시간적 — 6 · 25 직후
  공간적 — 해방촌 일대
- 시점 : 작가 관찰자 시점
- 구성 : '무질서, 비참한 삶, 방향 감각을 잃은 삶' 으로 관통
- 문체 : 간결체
- 주제 : 전쟁으로 인해 비참하게 살아가는 불행한 인간의 비극

등장 인물의 성격

- 철호 : 계리사 사무실 서기로 근무하면서 열악한 환경 속에서도 양심을

지키며 성실하게 살아가려고 애쓰다가 좌절함. 주변 상황 때문에 자아를 상실하고 좌절하는, 전후의 현실에 적응하지 못하는 인물.

• 영호 : 사회적 모순에 반발하여 양심을 내던지고 한탕주의로 살아가려는 인물. 권총 강도 행각을 벌이다가 경찰에 잡힘. 가치관이 전도된 혼란한 사회에 적응하지 못하며 양심 따위는 지킬 필요가 없다고 생각함.

• 어머니 : 전쟁통에 정신이상이 되어 밤낮 고향으로 가자는 말만 외침. 분단의 비극적 현실을 극명하게 보여 주는 인물. 이데올로기의 대립이 대다수 민중과는 상관없는 것임을 암시하는 인물.

• 명숙 : 양공주로 가족들과 유대를 맺지 않는 자기 폐쇄적인 인물. 전후 이 땅의 여성들의 생존을 위한 몸부림을 보여 줌.

• 아내 : 명문 여대 음악과 출신이지만 가난 때문에 출산 이상으로 죽음. 전후의 가난한 삶을 보여 주는 인물.

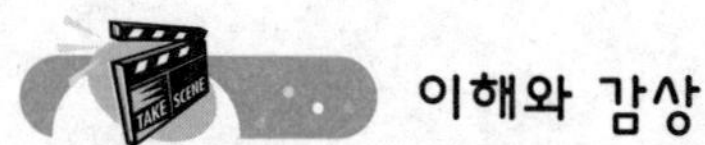

이해와 감상

이 작품은 철호 일가의 삶을 통해서 전후의 비참하고 혼란된 생활을 그리고 있다. 주인공 철호는 정상적으로 건강하게 살아가고자 하지만, 세상은 그가 그렇게 살 수 있도록 내버려 두지 않는다. 전쟁통에 어머니는 정신 이상자가 되고, 제대를 하고도 현실에 적응하지 못하던 동생 영호는 권총 강도 행각을 벌이며, 꿈많던 음악도였던 아내는 가난한 삶에 찌들어 죽어 간다. 여동생 명숙 역시 양공주로 전락한다.

이러한 가족의 비극적인 삶은 결국 철호의 정신을 혼란으로 몰아 넣으며 방향 감각을 잃은 오발탄과 같은 존재로 만들고 만다. 이렇게 일가의 비극을 통해서 전후 상황의 부적응성과 혼란을 그리고 있다는 점에 이 작품의 1차적인 의미가 있다. 작가는 철호의 행위와 철호에게 비춰지는 가족들의 모습을 관찰해서 서술하고 있다. 즉 이 소설의 시점은 작가 관찰자 시점이라고 할 수 있다.

그러나 이 작품의 본질적인 의미는 전후의 비참하고 불행한 면을 그리고 있다는 데 있는 것이 아니라, 그처럼 비참하고 불행한 상황 속에서 인간의 양심은 어떻게 지켜질 수 있는가를 모색하고 있다는 점에 있다. 철호는 월남 후에 옛날의 행복을 잃고 혼란스럽게 되어 버린 한 가족의 가장이다. 그러나 객관적으로 볼 때 그는 계리사 사무실 서기로서 남편 구실, 자식 구실, 가장의 역할을 제대로 못하는 무능력자이다. 그가 그러한 무능력자가 된 이유는 무엇인가? 작가는 그것을 철호의 양심 때문이라고 본다. '손끝의 가시'에 불과한 양심만 빼어 버리고 남들처럼 '까마귀의 용기'를 가진다면 잘 살 수 있는 것이다. 그러나 철호는 '전차값도 안 되는 월급'을 위하여 몇 십 리를 걸어 다니고 밤낮 쑤시는 충치를 뽑을 돈이 없어서 참고 견디며 시장한 창자를 보리차로 달래곤 하면서도 결국 '손끝의 가시'를 뽑지 못한다. 이미 양심도 도덕도 사라진 지 오래인 현실 상황과 타협하지 못하는 것이다.

어머니가 부르짖는 "가자! 가자!"라는 외침 역시 이와 마찬가지이다. 이미 타락해 버린 현실과 화해하지 못하는 인간의 자의식, 이제는 잃어버린 공동체에 대한 향수가 그 외침 속에는 사무쳐 있다. 작가는 양심이라는 '가시'를 빼어 버리지 못하고 가족들의 비극적인 삶을 바라보게 되는 송철호를 통해서 전후 현실에서 양심을 가진 인간의 나아갈 바를 묻고 있는 것이다. 그러나 안타깝게도 이 소설 속에서 그 해답은 도출되지 않고 있다. 다만 방향 감각을 잃어버린 송철호의 모습이 결말에 자리잡고 있을 뿐이다.

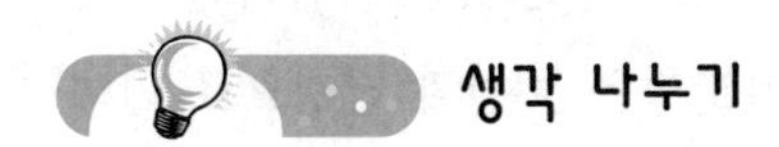

생각 나누기

1. 이 작품에서 전후의 현실은 어떠한 모습으로 그려지고 있는가?

2. 이 소설에서 오발탄은 무엇을 의미하는가?
3. 작품의 말미에 철호는 택시에 올라타 "가자"라고 말한다. 이런 철호와 어머니의 "가자"라는 외침이 어떤 의미를 지니는지 간단히 적어 보자.

 모범 답안

1. 이 작품은 전쟁 후 피난민 가족인 '철호' 일가를 통해 전후의 참혹하고 혼란한 상황을 드러내고 있다. 전쟁통에 어머니는 정신이상자가 되었고, 동생 영호는 권총 강도 행각을 벌이며 음악도였던 아내는 죽고, 여동생 명숙은 양공주가 되어 버린다. 이처럼 〈오발탄〉은 뿌리뽑힌 자들의 가난과 고통, 그리고 편안한 삶을 방해하는 비정한 현실을 심도 있게 묘사하고 있다.
2. '오발탄'은 사전적으로 '실수로 잘못 쏜 탄' 혹은 '표적 없이 날아가는 탄' 등을 뜻한다. 이 작품에서 '오발탄'은 방향 감각을 찾지 못하고 있는 송철호의 모습을 의미한다. 가족의 비참한 현실 앞에 그가 할 수 있는 일이라곤 없다. 송철호는 삶의 목표도 목적도 없이 그냥 달려가는 '오발탄'과 같은 존재이다. 이러한 송철호의 모습을 통해 정상적으로 살아가려는 삶의 자세와 양심적인 자세가 현실 상황에서 수용되지 못하고 있다는 것을 암시하기도 한다.
3. 어머니의 "가자"라는 외침은 작품 속에서 반복적으로 등장하면서 작품의 분위기를 형성하는 역할을 한다. 어머니가 가고 싶은 곳은 이념적인 지향처가 아닌 삶의 실체로서의 고향이다. 이 고향은 38선과 전쟁으로 인해 보편적인 삶이 훼손되기 이전의 상태를 의미한다. 그러나 분단의 역사적 사실 앞에 어머니의 바람은 결코 이루어질 수 없는 것이기에 현실의 좌절

을 더욱 대조적으로 부각시키면서 송철호 일가에게 더 큰 절망감을 느끼게 한다. 한편 철호의 외침은 삶의 모순에 정신적인 지표를 잃고 가야 할 방향을 상실해 버린 소시민의 현실 절망을 나타내고 있다.

연관 작품 더 읽기

- 〈학〉(황순원) : 단짝으로 같이 자란 두 친구가 6·25라는 민족적 비극에 의해서 연행자와 피연행자라는 처지로 서로 반대편으로 갈라지지만, 결코 변하지 않는 인간미가 두 사람의 동질성을 회복시켜 주는 내용. 이념의 장벽이 우정이나 순수한 인간애를 파괴할 수 없다는 작가의 휴머니즘이 밀도 있게 그려져 있음.
- 〈닳아지는 살들〉(이호철) : 한 가정을 무대로, 20년이나 돌아오지 않는 맏딸을 기다리는 초조한 상황을 보여 줌. '꽝당꽝당' 울리는 쇠붙이 소리는, 분단의 비극이 한 가정에 가져다 준 정신적 고통을 상징함. 표면적으로 뚜렷한 사건의 전개가 없고, 등장 인물들 간의 주고받는 대화의 내용 역시 한결같이 단절된 마음의 벽을 느끼게 해 줌. 특히, 등장 인물들 간의 심리적 갈등은 긴장감을 고조시키면서 매우 특이한 분위기를 연출.

좀더 알아보기

- 허무주의(虛無主義, nihilism) : 참다운 의미에서 아무것도 존재하지 않고, 그러므로 인식할 수도 없고 또한 가치도 없다는 사상. 이는 19세기 후반의 러시아에서 나타난 개념으로, 정치적으로는 무정부주의와 결합하기도 함. 니체는 허무주의의 도래를 예언하고 극복의 필요성을 역설. 니힐

(nihil)이란 라틴어로 없음(無)을 뜻함.

논술 다지기

❖ 이범선의 〈오발탄〉에 등장하는 형제인 철호와 영호는 삶에 대한 대응방식이 서로 다르다. 이들 형제의 현실 인식을 소설 속에 제시된 전후 현실의 배경을 참조하여 정리해 보고 이에 대한 자신의 생각을 비판적으로 논술하시오. (2,000자 내외)

모범 답안

〈오발탄〉에는 전쟁 직후의 현실을 대조적인 방식으로 삶을 살아가는 인물 모습이 형상화되어 있다. 이들 인물의 모습은 제목과도 깊은 관련을 맺고 있다. 즉 이들의 모습은 잘못 쏜 총알처럼 갈 방향을 잃고 헤매는 전쟁 직후의 인물들의 모습을 대변하고 있다. 이들 인물의 삶의 방식에 대해 구체적으로 정리해 보면 다음과 같다.

영호는 근근이 대학 삼 년을 다니다가 군대에 갔다 와서 아직 직업 하나 못 구한 채로 친구들과 어울려 술이나 마시며 시간을 보내는 인물이다. 그는 답답한 현실을 벗어나기 위해서는 윤리고 양심이고 관습이고 법률이고 다 벗어던질 용기가 필요하다고 주장한다. 어떻게든 게딱지같은 판잣집이 덕지덕지 붙어 있는, 소위 해방촌에서 벗어나 근사한 양옥에 세단차를 몰며 살고 싶은 것이다. 남들 다 기피하는 군대에 자원하여 입대했던 그는 부상을 입고 제대한 후 세상에 발붙일 곳이 없자 이러한 세상의 질서에 그대로 따르며 사는 것은 옳지 않다고 느낀다.

영호는 양심껏 살면서 잘 살 수는 없기 때문에 옹색한 양심의 울타리 안에서 가난하게 살기보다는, 법을 어겨서라도 잘 먹고 잘 살아야 한다고 주장한다. 이러한 영호의 주장은 사회적 현실에 적응하기 위해 윤리나 양심은 버려야 한다는 이기적 발상에 기반해 있다. 그렇기에 공동체를 살아가는 인물의 모습으로서는 적절하지 않다고 본다.

영호에게는 전차값도 안 되는 월급으로 남의 살림이나 계산해 주는 일을 하며 어렵게 살아가는 철호의 모습이 답답하게 여겨진다. 영호는 철호처럼 양심적으로 살다가는 삶에 필요한 기본적인 것조차도 충족시킬 수 없는 불행한 삶을 살 수밖에 없다고 생각하는 반면, 철호는 아무리 가난하고 힘들더라도 지킬 것은 지키고 살아야 한다는 입장이기 때문이다. 철호는 어떠한 상황에서도 양심을 지키며 분수에 맞게 살아가야 한다고 생각하는 인물이다.

철호는 계리사 서무실에서 서기로 근무하면서 비록 열악한 환경에서나마 양심을 지키며 살아가고자 노력하는 인물이다. 양심대로 살아가는 것이 혼란한 사회에서 적응하며 살아갈 수 있는 최선의 방법이라고 믿고 있지만, 가난에 찌든 아내와 정신 이상에 시달리는 어머니의 모습을 보며 자책에 빠지기도 한다. 이러한 모습에서는 양심만을 따르다가 실제적인 문제들을 해결하지 못하는 나약하고 방관적인 태도가 드러난다. 그렇기에 철호는 자신의 삶을 적극적으로 책임질 수 있는 진취성이나 의지가 부족한 인물이라고 생각한다.

이처럼 전후 상황의 피폐한 현실 속에서 살아가는 소시민의 삶을 바라보면서 사람은 과연 어떻게 살아가야 할지에 대한 본질적인 물음에 봉착하게 된다. 작품 속에는 이 두 형제의 삶의 방식은 어느 쪽이 더 옳다고 긍정하기 힘들 만큼 객관적으로 묘사되어 있다. 양심 대신 실질적 이익을 찾아 움직이겠다던 영호는 결국 권총 강도 협의로 경찰서에 잡혀 가며, 양심적 삶을 고수하던 철호는 끝까지 양심적으로 살아가려고 노력하지만 결국 그에게 남은 것은 아내의 죽음이라는 절망적인 현실뿐이다.

전후 상황의 암담한 분위기를 고려해 볼 때 이들의 모습은 당대를 살아가는 사람들의 전형적인 모습이었으리라는 판단을 내릴 수 있다.

결국 이러한 인물들의 모습은 전후 현실의 혼란스런 상황과 비참한 현실을 살아가는 소시민의 한계를 나타내는 대표적인 유형이라고 정리할 수 있다. 누가 옳고 그른 것인지를 단정적으로 판단하는 것보다는 이들의 상황이 이렇게 될 수밖에 없었던 현실적 상황의 비극성을 이해하는 것이 중요하다고 본다.

철호가 탄 택시가 방향을 잃고 헤매는 것처럼, 출구가 보이지 않는 현실 속에서 어떻게 행동하는 것이 옳은 것인지 망설이는 인물의 모습이 나타나 있다. 이는 곧 혼란스러운 사회 현실을 겪으면서도 인간은 삶의 질서라는 것을 인정하고 그에 따라 살아야 하는 것인지, 아니면 어떻게 해서든 생존의 욕구를 충족시켜 살아야 할 것인지에 대한 물음을 던져 주는 모습들이다. 도덕적 삶의 질서만을 따르다가는 암담한 현실을 버틸 힘이 부족해지고, 생존 욕구만을 따르다 보면 쉽게 파멸에 이르게 되는 상황 그 자체가 딜레마인 것이다.

고향

이기영(1895~1984)

소설가. 호는 민촌(民村). 충청남도 아산 출신. 사립 영진학교에서 수학. 1918년에는 논산 영화여자고등학교에서 교원생활을 했음. 1922년 일본으로 건너가 동경 정칙영어학교를 고학으로 다님. 1923년 관동대지진으로 귀국한 뒤 창작에 몰두, 1924년 《개벽》 창간 4주년 기념 현상모집에 단편 소설 〈오빠의 비밀편지〉가 당선. 1925년 조명희(趙明熙)의 알선으로 《조선지광》에 취직하는 한편 카프(KAPF)에 가맹함. 1931년 카프에 대한 제1차 검거로 구속되었다가 이듬해 초에 집행유예로 석방됨. 1945년 조선프롤레타리아예술연맹의 창립에 주도적 역할을 하였으며, 월북 후 본격적인 작품 활동을 함. 월북 전의 작품 활동을 보면 단편 소설 90여 편, 단행본 14권, 희곡 3편, 평론 40여 편으로 매우 활발한 문필 활동을 한 작가임. 작품들은 식민지하 조선의 농촌 현실을 무대로 한 것으로 농촌의 현실과 그 모순의 극복을 주제로 하고 있음. 주요 작품으로는 〈서화〉, 〈민촌〉 등이 있으며, 북한에서 발표한 소설로는 《땅》, 《두만강》 등이 있음.

미리 엿보기...

생각해 봅시다

1. '김희준'을 중심으로 한 농민과 소작인들이 동네 마름인 안승학과 대결하는 과정과 그 해결 과정을 살펴 보자.
2. 이 작품은 일제 식민지 당시 농민의 경제적 몰락 과정과 삶의 고통을 사실적으로 형상화하고 있다. 소설에서 농촌 현실이 황폐화된 원인을 살펴보고, 이러한 상황에서 '김희준'의 등장이 갖는 의미는 무엇인지 생각해 보자.

작품의 줄거리

1920년대 말 원터 마을, 동경 유학생이던 김희준이 학자금난으로 학업을 포기하고 고향으로 돌아온다. 곧 그는 야학과 청년회를 꾸려 농촌 계몽 활동을 전개한다. 갑숙은 제사공장에 취직한 동창인 인순과 어울리다 희준을 보고 호감을 갖는다. 갑숙은 경호와 사랑하는 사이이다. 김희준은 소작인으로 농사를 짓는 한편, 농민 봉사, 계몽 활동을 통하여 농민 지도자로서 위치를 굳힌다. 그를 중심으로 한 소작인들은 동네 마름인 안승학과 대결해 나간다.

안승학은 본부인을 서울로 보낸 뒤, 첩과 함께 살고 있다. 그러다가 자신의 딸 갑숙이 경호와 연인 관계라는 사실을 알고 분노한다. 경호는 구장집 머슴의 아들이었기 때문이다. 아버지의 반대에 갑숙은 가출하여 인순이가 있는 제사공장의 직공으로 취직하며, 이때부터 옥희라는 가명을 쓴다. 동시에 노동 운동을 전개한다.

흉년이 들자 농민들은 안승학에게 '소작료'를 면제해 줄 것을 요구하지만 안승학은 거절한다. 희준과 농민들은 타작을 거부하며 일종의 '파업'으로 투쟁을 하나 빈궁한 상태라 점점 마음의 동요가 일어난다. 희준은 이를 막기 위해 잠시나마 농민들이 끼니를 해결할 수 있도록 하기 위해 돈을 구하러 다니던 중 갑숙을 만나 뜻을 같이한다. 갑숙은 희준에게 '지원금'을 준다. 이 때 제사공장에서도 '갑숙'을 중심으로 노동 쟁의가 벌어진다. 김희준은 이를 돕는다.

한편 희준은 안승학을 찾아가 갑숙과 관련된 일련의 사건들을 미끼로 위협하고, 체면을 중시하는 안승학은 이를 비밀로 해줄 것을 조건으로 '소작료 면제'를 수용한다. 희준은 마을 사람들에게 '승리'가 정정당당한 방법이 아니었음을 주지시키고 미래의 '단합'을 촉구한다.

두쌍의 원앙새

원터의 두레는 좋은 성적으로 끝을 막았다. 그들은 십여 일 동안을 두고 두레논을 맸는데, 풍물값을 제하고서도 이십여 원이 남을 수 있었다. 그 돈을 모아 두었다가 칠월 칠석에 한바탕 두레를 잘 먹자고 약속하였다. 더구나 그들을 신명나게 한 것은 올해는 농사가 무전 대풍[1]인 것이었다. 모도 고르게 내고 그 뒤에도 비가 알맞게 와서 벼포기는 줄방죽처럼 일어났다. 펄펄 끓이다가 소나기 한줄금씩 쏟아지고 나면

중요 어구

1) 무전 대풍 : 전에 없던 큰 풍년.
2) 그날은~놀아부쳤다 : 풍년을 맞아 땀 흘린 보람을 찾은 농민들이 행복해하는 모습을 보여 주고 있다. 이것이야말로 농민들이 바라는 소박한 삶의 이상이라 할 수 있다.

벼는 금시로 와짝 커나는 것 같았다.

그 날은 여자들도 아이들까지 한데 어울려서 흥치 있게 놀아부쳤다.[2]

정자나무 밑에다가 멍석을 죽 펴고 두레꾼들은 풍물을 치며 뛰놀았다. 그 옆에는 노인들과 어린애들이 둘러서서 구경하고 여자들은 먹이를 차리기에 분주하였다. 음식은 정자나무 밑에서 제일 가까운 인동이네 집에서 차리기로 하였다.

동리 여자들이 거의 다 모이고 온 동리의 그릇과 숟가락과 상을 있는 대로 얻어들이고 한편에서는 떡을 치네 또 한편에서는 돝(돼지)을 잡네 그들은 이날 식전부터 야단 법석이었다. 업동이네는 그 동안 딸을 낳아서 갓난이를 등에 업고 부숙부숙한 얼굴을 들고 나왔다.

쇠잡이꾼들은 이날 한바탕 잘 놀아보려고 홍행물을 만들기에 분주하였다. 희준이는 총지휘격으로 거기도 들여다보고 음식을 다루는 데도 보살피기에 안팎으로 드나들었다.

그런 놀음에 익숙한 김선달은 바가지짝으로 탈을 만들고 옥수수 털로 수염을 달아서 무섭고도 우스운 탈을 쇠득이와 막동이에게 해씌웠다. 덕칠이에게는 먹으로 퉁방울눈을 그리고 분을 하얗게 바르고 입술과 두 뺨에는 주홍칠을 하고 무서운 수염을 그렸다. 그리고 그는 모자 찌그러진 갓양테에 씨오쟁이를 짊어지고 마주 엉덩춤을 추는데 노파옷을 입은 막동이는 꼬부랑 할머니처럼 지팡이를 짚고 곱사춤을 추며 그들을 따라다녔다. 그런데 잡이꾼들은 그들의 주위를 돌아다니며 잔가락을 박아쳤다. 상모가 뺑뺑 돌고 벙거지가 끄덕거리고 요두전목 — 엉덩이짓, 손짓, 발짓 — 도무지 그대로 섰는 사람이 없이 모두 신명이 나서 야단이다.

희준이도 춤을 추었다. 술잔이나 먹어서 얼근한 판에는 테 밖에서도 춤을 추고 대드는 사람이 많았다. 백룡의 모친도 얼굴이 빨개서 대들었다.

아까부터 여자들 틈바구니에 끼었던 백룡의 모친은 그에게 춤추라는 졸리움을 받고 있던 터이다. 마침내 그는 신명을 참지 못해서 치맛자락을 걷어들고

"얼씨구 좋다!"

소리를 지르며 뛰어들었다. 그는 덕칠이와 마주서서 절구통 같은 궁둥이를 흔들며 춤추는 것이 가관이었다. 방개는 입에다 손가락을 물고 서서 저의 모친이 정신없이 춤추는 꼴을 넋을 잃고 쳐다본다.

점심을 먹고 나서 한마당의 놀이판은 이날 놀음의 클라이막스를 지었다. 그것은 읍내에서 청년회원들이 나오고 풍물을 외상으로 얻어준 음전의 모친이 딸을 데리고 구경왔기 때문이다. 원터 구장인 아래 원터 사는 오생원이 올라오고 그 집 머슴 곽첨지도 따라왔다.

곽첨지는 경상도 도리깨질이 유명하듯이 그의 춤에도 특징이 있었다. 그래 곽첨지의 춤은 만장의 박수갈채를 받고 그만큼 놀이꾼들을 열광에 뛰놀게 했다.

음전의 모친도 신명을 참지 못해서 춤마당으로 뛰어들었다. 그는 백룡의 모친과 마주서서 젊어서 수많은 남자들과 멋있게 놀던 장단을 맞추며 춤을 추었다. 촌여자들의 눈이 부시게 고운 옷을 입고 섰던 음전이는 모친의 춤추는 꼴을 놀라운 표정으로 쳐다보고 있었다. 그들은 방개의 모녀와 좋은 대조가 되었다.

그러나 마음껏 뛰놀고 나서 한밥을 먹을 때에 두 과부는 술잔을 마주 잡고 울었다.

"과부 설움은 동무 과부가 안다더니 영감 생각들이 나는 게로구려."

"하하하!"

만장의 군중은 홍소를 터쳤다.

이어서 청년회원이 연설을 하고 여러가지의 재미있는 여흥을 하였다. 이 날 안승학은 그림자도 보이지 않았다.[3]

농군들은 그 날 낮에 청년회원들의 연설을 듣고 모두 감심[4]하였다. 그중에도 희준의 연설[5]은 알아듣기 쉽게 모든 사람들의 가슴을 찔렀다.

예전부터 농사는 천하지대본이라 해서 사람은 먹고사는 것이 제일이라 하였다. 먹고사는 것만이 사람의 목적이라 할 수는 없겠지만 사람들은 우선 먹고산 후에야 다른 훌륭한 일도 할 수 있는 것이다. 아무리 잘난 사람이라도 그에게서 옷과 밥을 안 주고 집을 안 주게 되면 그는 걸인이 되든지 굶어죽고 말 것이다. 그러면 옷과 밥과 집을 만드는 사람, 다시 말하면 노동자나 농민은 결코 천한 인간이 아니다. 도리어 그들은 모든 사람들을 잘 살게 만드는 훌륭한 역군들이요[6] 또한 그만한 힘을 가지고 있다. 그들이 부지런하면 천하에 못할 일이 없다. 보라! 이 원터의 넓은 들을 누구의 힘으로 저렇게 시퍼렇게 만들었는가? 또한 저 방축과 철도를 누구의 힘으로 저렇게 쌓아올렸는가? 저 공장에서 토하는 검은 연기는 누구의 힘으로 토하게 하는 것인가? 아니 여러분이 입으신 옷은 저 조그만 여직공인 처녀들이 연약한 힘을 합해서 올올이 짜낸 것이 아닙니까?……

그 중에도 남만 못지않게 감동을 받은 사람은 음전의 모친이었다. 사십 평생에 많은 남자들을 대해 보았으나 실로 그런 말을 들어보기는 생전 처

중요 어구

3) 이 날~않았다 : 안승학은 지주를 등에 업고 농민을 착취하여 제 욕심만 채우기에 급급한 인물이다. 농민들의 자축의 날에 이러한 안승학이 올 리도 없고 올 수도 없다.
4) 감심 : 마음 속 깊이 느낌. 또는 그렇게 감동되어 마음이 움직임.
5) 희준의 연설 : 희준은 안승학과 대립하는 인물로 농민들 편에 서서 싸우는 지식인이다. 그러나 이광수의 작품에서처럼 시혜 의식을 가진 인물이 아닌 농민계급으로부터 자생한 지식인이라 할 수 있다.
6) 다시~역군들이요 : 농본사상과 농민들의 주체적 의식의 성장이 어우러져 나타난다.

음이었다. 자기는 어쩌다가 길을 잘못 들어서 일평생 동안 술귀기를 잡고 노류장화[7]와 같이 뭇 남자의 손으로 넘어다녔다. 그러는 가운데 지금은 돈 천 원이나 모이고 의붓자식이나마 곱게 키우고 있지마는 그러나 술장사 계집이라는 남의 손가락질을 받기는 고금이 일반 아닌가. 그래 그는 자식에게는 그런 누명을 들리고 싶지 않았다. 아니 그는 자기의 신세를 망친 것을 철천지한으로 여기는 대신에 자식들은 아무쪼록 착실한 사람을 만들어서 사람 노릇을 시키고 싶었다. 그래 그는 딸자식이나마 착실한 데로 시집을 보내고 한번 배필을 정해 준 뒤에는 그들이 백년해로하기를 심축하였던 것이다. 큰딸은 일찍 공부를 시켜서 지금은 보통학교 훈도[8]까지 다니는 터인즉 그만하면 더 바랄 것 없다. 그러나 둘째 딸을 여윈 데는 착실한 데로 잘 골라 보낸다는 것이 사위가 난봉이어서 딸도 자연 그 물이 들었다. 이제 끝으로 남은 막내딸은 제 형과 같은 처지를 밟지 말게 하자고 벼르고 있던 터이었다.

그래 어떤 사람의 중매로 이 여름에 한곳을 듣보고 거의 정혼하다시피 되었으나 남의 중매로 한번 본 사람의 속을 내두사[9]가 어떻게 될는지 누가 아는가. 이와 같은 불안한 생각은 그 혼인을 파혼해 버리고 차라리 희준이 같은 사람에게 부탁을 하여서, 어떤 농꾼의 자질에게로 보내는 것이 좋지 않을까 했다.[10] 그런데 그는 낮에 원터 두레 먹는 데를 놀러 갔다가 인동이를 처음 보고 마음에 들었다. 밤을 자고 나서 그는 중노미를 보내어 희준이

중요 어구

7) 노류장화 : 아무나 쉽게 꺾을 수 있는 길가의 버들과 담 밑의 꽃이라는 뜻으로, 창녀나 기생을 비유적으로 이르는 말.
8) 훈도 : 일제 강점기에, 초등학교의 교원(敎員)을 이르던 말.
9) 내두사 : 앞으로 다가올 일.
10) 희준이~했다 : 희준은 이렇듯 마을 사람들의 전폭적인 신뢰를 얻고 있다.

를 청해 왔다.

그는 희준이를 안방으로 조용히 맞아들이며

"저, 잠깐 의논드릴 말씀이 있어서 오시랬어요."

"네, 무슨 말?"

"사위 하나 중신해 주시라구."

"닷다가 사위는 웬 사위! 사위는 벌써 골랐다며……."

"고르긴 했는데 좀 시원치가 못해서유!"

"그럼 어떤 사위를 다시 고르시게."

"참…… 어제 선생의 연설 말씀을 들으니까 절절이 옳은 말이어요! 그래 나도 되잖은 어정잡이 사위를 얻느니보다 착실한 농꾼을 얻고 싶은데유."

"하하, 그건 좋은 생각입니다. 그럼……."

주인은 한걸음 다가앉으며

"그런데 저, 어제 장구 치던 총각이 있지 않우. 그게 누구 아들이래유?"

"인동이 말이군! 우리 동리에 사는 김 첨지의 아들이라우. 왜 그 애가 맘에 드우?"

"응! 바로 김 첨지의 아들이로군. 그 총각이 똑똑하지 않수?"

"인동이야말로 훌륭한 신랑감이지요."

"그럼 그리로 중매 좀 해주서요. 응!"

"아니 정말이오?"

"그럼 내가 언제 선생에게 실없는 말 합디까."

주인이 정색을 하는 바람에

"그럼 그러리다."

하고 희준이도 그 자리에서 장담을 하고 일어섰다.

원터에는 팔월 추석의 한가위를 앞두고 총각과 처녀가 남모르게 가슴 속으로 부러워할 만한 아리따운 소문 한 쌍이 마을 안으로 떠돌았다.

그것은 인동이가 읍내에서 크게 음식점을 하는 과부 술장사집의 막내딸 음전이와 약혼을 했다는 것과, 또 하나는 방개가 장터 사는 최접장의 손자, 역부를 다니는 기철이와 면약[11]을 했다는 것이다. 그 중에도 막동이는 여간 실심하지 않았다. 그들은 추석 전후로 혼례식을 갖춘다는 것이다. 인동이는 추석 전에 방개는 추석 후에, 추석을 전후한 두 쌍의 결혼식을 앞두고 날짜는 임박해 간다.

칠석이 지난 앞뒤 들에는 벼가 부옇게 패기 시작했다. 백중날 달밤에 젊은 축들은 풍물을 치고 노는데 방개는 달 구경을 나와서 그들이 노는 것을 보고 있었다. 그는 한참동안 서서 구경하다가 집으로 돌아가는 길인데 그만 인동이 눈에 띄어서 원터 뒷고개 밑으로 끌려갔다.

초로가 내려서 달빛에 반짝인다. 정강이까지 걷어붙인 인동이의 아랫도리는 이슬에 젖는 대로 선뜻선뜩하였다.

"아이 이슬밭을 어디로 자꾸 가?"

방개는 눈을 할기죽하며 가만히 부르짖는다.

"저 소나무 밑 바위 위로 가자꾸나. 누가 보지 않게."

그들도 서로 약혼한 소문을 듣고 있었다. 그런 소문을 들은 그들은 각기 중심에 기약지 않은 한번 서로 만나 보고 싶은 호기심을 가지고 있었다. 방개도 그런 생각이 있기 때문에 잡담 제하고 잡아끄는 대로 인동이 뒤를 따

중요 어구

11) 면약 : 직접 만나서 약속함.
12) 그들도~따라갔다 : 둘은 서로에 대해 이성의 감정을 느끼고 이끌리고 있는 사이이다.

라갔다.[12]

내려다보이는 달밤에 넓은 들은, 뿌옇게 벼이삭이 일면으로 달빛을 받아서 거기에 이슬이 반짝이는 경치가 은파에 번득이는 강물과 같다 할까! 한 줄기 시냇물이 어렴풋한 들 가운데서 훤하게 띠를 펼친 저편으로 항구와 같은 읍내의 전등불이 검푸른 밤을 깜박인다. 정거장 위로 외따르게 켜진 불은 마치 섬 속에서 반짝이는 등대와 같이 명멸한다.

산에서는 쏴 하고 바람이 일어난다. 푸른 솔가지에서는 상긋한 솔향기가 떠오른다. 솔폭나무 밑 차돌바위에 은신을 하고 그들은 나란히 마주 앉았다.

"아이참, 달두 밝다! 저기 저기가 인순이 있는 공장이지."

방개는 한 손가락으로 제사공장이 있는 동쪽 벌판을 가리킨다.

"그래."

인동이는 방개의 손목을 덤석 잡았다. 그리고 방개를 넋놓고 보았다.

"밤에도 일한다니. 굴뚝에서 연기가 나게."

"그럼, 밤낮없이 일하지 않구."

인동이는 감개무량한 듯이 여전히 방개를 쳐다보고 있다.

"밤에 어떻게 일을 해!"

"전등불을 켜고 하지."

"……."

방개는 손등으로 입을 씻었다. 그리고 상기가 된 목소리로

"임자는 좋겠구려."

"무에 좋아?"

"장가드니까!"

"넌 시집가지 않니."

"색시가 이쁘다지?"

방개는 약간 질투에 가까운 눈초리로 인동이를 쏘아본다.

"늬 신랑은 이쁘지 않으냐, 왜?"

인동이는 비로소 웃었다.

"내 말부터 대답해봐. 글쎄, 이쁘지? 그렇지!"

"이쁘긴 무에 이뻐 그저 그렇지."

"저봐, 이주 이쁘단 말이지."

"난 네가 이쁘다."

"가짓부리!"

"참 너하고 이렇게 만나기도 오늘밤이 마지막일는지 모르지 않니, 난 너한테 할말이 있어서 불렀다."

"무슨 말?"

"넌, 시집간 뒤에 그 남자와 잘살겠지?"

"왜! 건 왜 물어?"

방개는 입을 비쭉 내민다.

"남의 걱정말고 네나 잘살렴!"

"아니 그렇게 비양할 게 아니라 난 진정 말이야. 우리도 인젠 첫날때가 되지 않었니?"

"그런데 어째!"

"하긴 난 너한테만 장가를 들고 싶었는데 늬 어머니가 우리집은 가난하다고 마다니까……"

"가짓부리! 정말 그런 맘이 임자에게 있었군?"

"정말이야. 늬 어머니더러 물어보람!"

별안간 방개는 한손으로 인동의 입을 틀어막고 그의 가슴에 쓰러진다.

"그런 말 말라구. 넌 이담에 길가에서 만나두 못 본 척하고 지나갈걸! 뭐……."

방개가 어깨를 달삭이며 우는 것을 인동이는 한숨을 쉬며 그를 붙들어 일으켰다. 달은 말없이 그들의 얼굴을 은근히 내려다보고 있다.

원칠이는 움 안에서 떡을 받듯이 뜻밖에 아들의 장가를 들이게 되었다. 그래 입이 떡 벌어졌으나 추석 안으로 성례를 갖추자는 데는 대답이 선뜻 나오지 않았다.

"여보게! 희준이, 암만해도 추석 전에는 큰일을 못 치르겠네. 그래도 대사를 지내자면 다소간 무슨 마련이 있어야 할 터인데 이건 아주 백판이니 어떻게 한단 말인가. 그런즉 자네가 잘 말해서 가을로 좀 물려주게."

원칠이는 사정을 하다시피 희준이를 또 졸랐다.

추석은 한달도 채 안 남았다.

"그렇게는 할 수 없다는 걸…… 아따 가을이 되면 별수 있수? 되는 대로 그냥 지내버리지."

"조카님! 그래도 무엇이 있어야지 원……."

박성녀도 애가 쓰여서 하소연하는 말이다.

"아니 무엇이 없어요? 신랑옷 한 벌이나 하고 술동이나 있으면 되지 않우. 그건 제가 외상으로 구해드릴테요."

"그래도 명색 대사를 지낸다면 떡말이라도 치고 국수근이나 사서 이웃간에 나눠먹어야 되지 않겠나. 그저 맨입으로야 체면이 됐어야지. 그러니 자네가 좀 수고가 되더래도 내일 나하고 같이 가서 좀 그런 사정을 해보세. 그래서 정히 할 수 없다면 그대로 지내는 것이지만 우연만하면 우리집 사정도 보고 싶단 말일세."

"아따 그랍시다. 그게야 어려울 게 있나요."

이튿날 아침에 원칠이는 오래간만에 머리를 빗고 망건을 쓰고 실경에 얹힌 먼지가 뽀얗게 앉은 갓을 내려서 털어 썼다.

"새사돈집에 가는데 이거 창피해서 어디 입고 가겠나. 당목 두루마기를 노닥노닥 기웠으니."

원칠이는 간봄에 입었던 두루마기를 금이 접힌 그대로 입고 서서 아래위를 훑어보며 중얼거린다.

"아따 그전에는 쇠코 잠뱅이와 북상투 바람으로 술 사먹으러 갔었다며 그러면 대수."

"제길할, 그때는 남이지만 지금은 새사돈이 아닌가베."

"새사돈이고 헌사돈이고 그렇지 뭐."

"뭣들을 그라시우, 어서 가십시다."

"옷이 헌 옷이라고 창피하다구 그러신대여."

박성녀는 희준이가 들어오는 것을 보고 행주치마로 코를 풀며 웃는다.

"원 별말씀을 다 하시유. 아니 사돈 선도 보이실라우."

"하하하, 선이 아니라 이 꼴을 하고 안사돈을 보러 가기가 창피해서 말이야."

원칠이는 희준이와 같이 읍내로 들어갔다. 그는 사돈집이 가까워질수록 연해 큰기침을 점잖게 하면서 갈지자 걸음을 떼어놓는다. 그러나 그는 버선 코빽이를 기운 것이 마음에 걸려서 점도록 그것을 들여다보았다.

사돈마누라가 김첨지를 보자 반색을 하고 맞아들이며,

"아이구 우리 사돈님 오시는군! 김첨지가 우리 사돈이 되실 줄 누가 알었다우?"

"에헴! 참 글쎄 말이지요."

김첨지는 수염도 그리 없는 아래턱을 쓰다듬는다.

"녜, 호호호……."

안사돈은 그것이 우스운지 호호 웃는다.

"그런데 난 남의 혼인에 왜 이리 끌려다닌다우?"

"중매장이가 된 죄이지요."

"인제는 혼인이 다 되었으니까 그런 말씀을 하는구려. 참 세상 인심이 무서운 걸."

"하하하……."

"호호호……."

안주인은 하인에게 술상을 차리게 한 후에 그들을 데리고 안방으로 들어갔다.

"그런데! 사돈댁!"

하고 원칠이는 우선 찾아온 뜻을 말하였다.

그 동안에 술상이 들어왔다. 주인은 약주를 따라서 우선 원칠이에게 권하는데 은주전자에다 은잔을 받친 술잔을 받아먹기는 그는 평생 처음이었다. 그래 그는 황송하게 술잔을 받아서 감칠맛 있게 들이마셨다.

"그건 안 돼요. 우리집이 다른 집만 같애도 그라겠는데 보시는 바와 같이 봉놋방 같은 이 집에서 하루가 바쁘지 않어요."

"허허허, 그러니 원, 생판 아무것도 없으니 어찌한담!"

"사돈댁 형편은 나도 잘 알어요. 그저 두말 말고 지내서요."

"그러니 백판 무슨 유렴을 해둔 것이 있어야지요."

원칠이는 두 손을 벌리며 어이없는 웃음을 웃는다.

"없는 살림이 가을은 별수 있어요. 그저 사돈님은 상말로 굿이나 보고 떡이나 잡수서요. 혼인 절차는 이 선생님과 의논해 할 테니까요."

"아이구 그럼 난 모르겠소, 하하하……"

원칠이는 두루마기 자락을 뒤로 걷어치고 물러앉으며 호걸웃음을 요란히 웃었다. 그는 술이 얼근하게 취하매 인제는 만사가 태평이었다.[13]

팔월 열나흗날—음력으로 소위 작은 추석날이 돌아왔다. 인동이와 음전이의 혼례식은 S청년회관에서 거행되었다. 신랑과 신부는 수수하게 보통 출입복으로 식을 거행하게 하였다. 그래서 인동이는 옥양목 고의적삼에 모시 두루마기를 해 입고 신부는 비단으로 흰옷을 해 입었다.

이 혼인의 총지휘격이요 주례가 된 희준이는 금반지의 예물도 폐하자고 주장하였으나, 그것은 신부가 섭섭해한다고 그의 모친이 우겨서 서울편에 사오게 하였다. 풍금은 학교에서 얻어오고 결혼주악은 신부의 친형인 여훈도가 치기로 하였다.

인순이도 이날은 하루의 특별휴가를 얻어가지고 오빠의 혼인을 보러 나왔다. 정각이 되자 구경꾼들은 청년회관이 빽빽하도록 들어찼다. 두 집에서 초대를 받은 손님으로는 원터 사람들과 남녀 야학생들과 그리고 신랑 신부의 친척들이었다.

원칠이도 생목 고의적삼에 옥양목 두루마기를 새로 해 입고 박성녀도 옥양목 치마에 값싼 인조견 적삼을 얻어 입었다.

인동이는 생전 처음으로 자동차를 타고 와서 혼례식장으로 들어갔다.

중요 어구

13) 아이구~태평이었다 : 낙천적이고 정신적인 여유가 있는 삶의 태도를 보여 주고 있다.
14) 가랑 : 재주가 있는 훌륭한 신랑. 참한 소년.
15) 실심 : 근심 걱정으로 맥이 빠지고 마음이 산란하여짐.
16) 그런데~않습니까? : 조혼은 봉건 유습 중 하나였다. 이것은 당시까지 남아 있던 풍속 중에서도 가장 맹렬히 공격을 받았던 것이기도 하다.

땔나무꾼같이 시커멓던 인동이도 목욕을 하고 새 옷을 갈아입으니 한다는 가랑[14]이 되었다. 구경꾼들은 신랑 신부가 이쁘다고 수군거린다.

원칠이 내외는 입을 벙싯벙싯하며 좋아하였다. 그들은 동편 벽으로 등을 향하고 의자에 걸터앉았다. 의자를 처음 깔고 앉아보는 그들은, 더구나 박성녀는 어째 엉거주춤하니 앉은 것 같아서 거북하기가 짝이 없었다.

그런데 풍금 옆으로 앉은 신부의 어머니는 웬일인지 실심[15]한 표정으로 앉았다. 그는 사돈집보다도 고독한 자기의 신세를 슬퍼하는 모양 같다.

신랑 신부가 차례로 들어서자 주례는 지금부터 예식을 거행한다는 간단한 소개를 하고 이어서 혼인에 대한 의의를 설명하였다.

— 혼인이란 것은 두 사람이 서로 인간의 건전한 생활을 살기 위하야 힘을 합하자는 맹서올시다. 사람은 남녀가 일반이나 그러나 부부 유별인 만큼 두 사람의 합한 생활을 떳떳하다고 볼 수 있습니다. 그런데 우리 사회의 재래의 결혼은 모든 폐습이 많고 또한 조혼을 시켜서 두 사람의 행복을 위한다는 혼인이 도리어 그들을 불행에 떨어뜨리고 마는 일이 많지 않습니까?[16]

희준이는 이런 말을 하고 나서 신랑으로 하여금 신부에게 예물을 주게 하였다.

청년회 집행위원장이 나와서 축사를 시작하자, 다른 회원들도 뒤를 이어서 축사를 하고 식을 마쳤다. 식이 파한 후에 초대를 받은 일동은 신부의 집으로 안내를 받아서 그뒤로는 다시 잔치자리가 벌어졌다.

이렇게 그들의 혼인은 성대하게 마치고 그 이튿날 바로 신부례를 하였다. 원칠이집은 비록 오막살이나마 방은 둘이 있으므로 안방은 아들에게 내주고 자기네는 들어가는 첫머리 방을 쓰기로 하였다. 신부의 방이라고 양지를 사다가 벽을 바르고 바닥은 신문지로 장판을 하였다.

그리자 그달 그믐께는 방개의 혼인이었다. 방개는 기철이와 예를 갖추게 되었다. 그들은 구식으로 거행을 하기 때문에 신랑은 가마를 타고 사모관대를 하였다.[17]

방개는 큰 낭자를 틀고 연지곤지에 족두리를 쓰고 초례청으로 걸어 나왔다.

그들이 전안[18]을 드리고 마주 사배를 하는 것을 인동이와 막동이는 야릇한 감정으로 쳐다보고 있었다. 방개는 참으로 새색시처럼 눈을 내리깔고 절을 하였다.

사흘 뒤에 가마를 타고 가는 방개의 가느다랗게 가마 속으로 흘러나오는 울음소리를 인동이는 자기집 문 앞에서 듣고 있었다.

인동이는 백중날 밤에 방개와 마지막으로 만나보던 근경을 그려보고 몸을 떨었다. 여자로서 매력 있는 그의 성격을 잊을 수 없었다. 그의 독사와 같은 살찬 눈! 날씬한 스타일! 꼭 맺힌 입모습! 암상쟁이! 말괄량이! 그는 창부의 타입이나 결코 맛없는 여자는 아니었다.

그러나 인동이는 단념할 수밖에 없었다. 그래 그는 방개가 시집가서 끝까지 잘살기를 빌었다. 만일 그가 차후에도 행실이 부정하다면 그것은 자기에게도 그 책임이 있을 것 같기 때문에.

중요 어구

17) 사모관대 : 사모와 관대를 아울러 이르는 말. 본디 벼슬아치의 복장이었으나, 지금은 전통 혼례에서 착용함.

18) 전안 : 혼례 때 신랑이 기러기를 가지고 신부 집에 가서 상 위에 놓고 절함. 또는 그런 예(禮).

작품 이해 및 논술 다지기 . . .

작품 이해 . . .

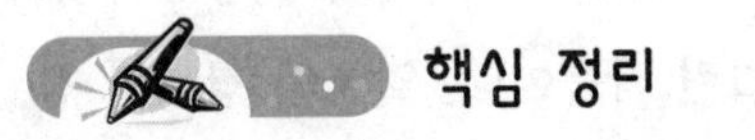

핵심 정리

- 갈래 : 장편 소설, 농민 소설
- 시점 : 전지적 작가 시점
- 배경 : 시간적 — 1920년대 말
- 공간적 — 농촌, 원터 마을
- 구성 : 순행적 구성
- 문체 : 간결체
- 주제 : 식민지의 참혹한 생활과 난관을 극복해 나가는 농민들의 의식 성장

등장 인물의 성격

- 김희준 : 주인공. 동경 유학생 출신. 농민 공동체 형성을 위해 노력하는

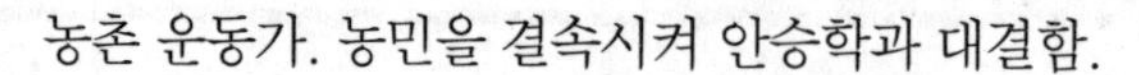

농촌 운동가. 농민을 결속시켜 안승학과 대결함.

• 안승학 : 서울 민 판서 집의 마름. 새롭게 부상(浮上)한 신흥 세력가. 농민 착취의 전형적 인물.

• 권상철 : 상인. 고리대금업자.

• 안갑숙 : 마름 안승학의 딸. 아버지와는 달리 제사공장에 가명(라옥희)으로 위장 취업하여 농민을 돕는 농촌 운동가. 김희준에 대한 사랑을 동지애로 승화시킴.

이해와 감상

1933~1934년에 《조선일보》에 연재된 장편 소설로, 일제 치하의 농민과 소작인인 지식인을 중심으로 투쟁하는 과정을 그린 작품이다. 일본의 경제적 침략으로 인해 피폐화되어 가는 농촌 현실을 사실적으로 형상화하고 있으며, 소작인과 마름의 대결, 노동자와 공장주와의 대결 등을 통해 불합리한 현실에 저항하는 민중들의 힘을 보여 주고 있다. 당대 최고의 농민 소설이자 사실주의 소설이라는 평가를 받는 작품이다.

작품의 배경인 원터 마을은 일제 식민지 당시 우리 농촌의 현실을 전형적으로 그려낸다. 읍내에 철도가 놓이고 공장이 들어서자 농촌 공동체의 구심점이 흔들리고 농민은 대부분 토지를 잃고 소작농으로 전락한다. 물가의 급격한 상승에도 불구하고 미곡의 가격은 제자리를 맴돌아 농촌 경제는 파탄을 맞게 된다. 이 때 등장한 사람이 김희준이다. 그는 동경 유학을 했지만, 농촌 운동에 뛰어드는 행동하는 지식인이다. 즉 김희준은 머리 속으로만 개혁을 부르짖는 관념적인 인물이 아니라 황폐화된 농촌 현실에 뛰어들어 농민들과 함께 개혁을 위해 노력하는 실천적 인물이다.

그런데 이 작품의 결말에서 마름에 저항하여 농민과 소작인들이 승리하는 과정이 문제를 담고 있다. 즉 안승학의 딸 갑숙과 경호의 관계를 미끼로 안승학의 항복을 받아 내게 되는데, 마름 안승학에 대한 농민들의 승리가 통속적이라는 점에서 소설 내 농민 운동의 한계를 보여준다. 소작 쟁의에 있어서 문제 해결의 바람직한 모습은 농민들의 단결을 통한 문제 상황에 대한 정확한 인식과 의지를 기반으로 해결되는 과정에서 확인된다. 이럴 때 미래에 대한 전망이 확보되는 것이다. 이 소설에서 전망이 불명확한 이유는 바로 여기에 있다. 마지막에 희준이 기뻐하는 농민을 상대로 '정정당당한 수단에 의해서, 우리의 튼튼한 실력으로 하지 못하고 한 개의 위협 재료를 가지고 굴복받었다는 부끄러운 사실을 잊어버려서는 안 될 것' 이라고 역설한 것은 바로 전망의 불확실성에 대한 염려를 반영한 것이다. 이처럼 이 소설은 식민지 현실에서 모든 농촌이 똑같이 겪고 있는 부당한 소작 현실을 극복하기 위한 농민 주체의 '전형적 문제 해결의 형식' 을 제시하지 못하고 있는데, 이는 이 소설의 한계로 종종 지적되곤 한다.

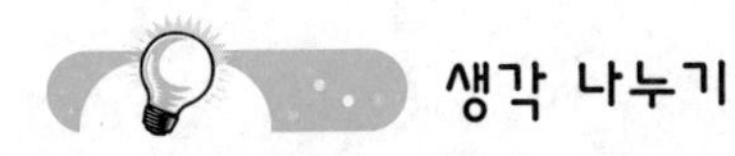

생각 나누기

1. 김희준은 '지식인 계급 전형의 창조' 라고 높이 평가되어 온 인물이다. 그 이유는 무엇인지 생각해 보자.
2. 이 작품이 농촌 계몽 소설과 다른 점은 무엇인지 생각해 보자.
3. 희준과 마름의 딸인 갑숙의 연대를 통해 작가가 드러내고자 한 것이 무엇인지 생각해 보자.

모범 답안

1. 일본 유학을 한 지식인이지만, '원터' 소작농의 아들이며, 고향에 돌아와 농민 운동을 조직해 간다. 즉 김희준은 갑자기 외부에서 찾아든 사람도 아니고 다른 계급의 사람도 아닌 '자기 계급의 지식인'이기 때문에 지식인이 지닐 수 있는 관념성을 벗어던지고 있는 것이다. 농민 소설에서 단골로 등장하는 영웅적이고 이상적인 '지식인 유학생'의 모습에서 탈피하고 있는 것이다.
2. 문화 운동으로서의 농민 계몽이 아니라 경제 투쟁으로서의 농민 운동을 강조하고 있다. 그리고 그러한 투쟁의 모습을 직접 노출시키지 않고 농민들의 생동감 넘치는 생활 묘사 속에 유기적으로 스며들게 한 점에서 높이 평가할 수 있다.
3. 당대의 노동자와 농민의 연대를 통한 농업 문제의 해결이라는 노농 동맹 사상을 드러내고자 하였다.

연관 작품 더 읽기

- 〈서화〉(이기영) : '반개울'이라는 농촌을 배경으로 한 작품으로, 가난한 소작 농민들의 삶을 사실적으로 형상화하고 있음. 도박의 성행과 쥐불놀이〔鼠火〕의 쇠퇴라는 두 상징적 상황을 통해 농촌 현실의 황폐화를 보여 줌. 여기서 '쥐불놀이'는 농사에 해로운 쥐나 벌레를 없애기 위해 정초에 논둑이나 밭둑을 태우는 것을 말함. 동시에 '농민의 생기와 생명력'을 상징하고 있어 의미 심장한 배경을 이루고 있음.
- 〈흙의 노예〉(이무영) : 기계 문명에 밀리면서 농촌 정책에 희생되어 점차 자기 땅을 잃어 가는 농민들의 삶의 모습을 사실적으로 그려내고 있

음. 농촌 생활에의 참다운 적응은 농촌 생활이 궁핍과 모순의 생활이라는 사실에 대한 현실적 체험으로부터 나타남. 흙을 긍정하고 농촌과 친화하며 그 안에서 자기 생활을 창조해 나가는 작은 농민의 모습을 다루었다는 점에서 의의가 있음.

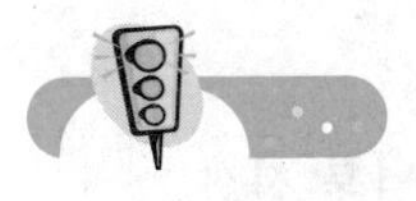

좀더 알아보기

• 브나로드(V narod) 운동 : 19세기 후반 러시아의 귀족 청년과 학생들에 의해 전개된 농촌 운동으로 '브나로드'는 러시아 말로 '민중 속으로'라는 뜻. 이 운동은 농촌을 근간으로 한 사회주의적 급진사상의 시발점이었으며, 많은 혁명가가 이를 통해 양성되었고, 주변 여러 나라의 농촌 계몽 활동이 시작되는 계기가 됨. 한국에서는 이 운동을 본떠 1931년 동아일보사에서 '브나로드 운동'이라는 농촌 계몽 운동이 전개되었음. 문맹 퇴치를 목적으로 시작한 이 운동은 많은 학생들이 참여, 많은 효과를 거두었으며, 1933년 계몽 운동이라고 개칭하면서 폭넓게 지속되었으나 1935년 조선총독부의 명령으로 중단됨.

논술 다지기

❖ '폭력'에 대해 정의하는 관점에는 여러 가지가 있다. 그 중 다음 제시문에 나타난 '폭력'의 의미를 중심으로 《고향》에 나타나는 갈등 해결 방식이 지닌 의의 및 한계를 논술하라. (1,200자 내외)

우리는 흔히 폭력이라는 말을 부정적인 의미로 사용한다. '사람은 이성을 잃을 때 폭력을 사용한다'는 말처럼, 폭력이라는 것은 근본적으로 도덕적 인간이 도덕적 이상을 버리고 힘에 의존한다는 뜻이다. 그렇다면 폭력을 쓰지 않는 것이 바람직하나 현실 인간 사회에는 폭력을 필요로 하고 또 그것을 정당화하는 경우가 자주 있다.

역사적으로 볼 때 크게는 프랑스 혁명이나 미국의 남북 전쟁, 우리 애국 지사들의 일본인 저격 사건 등이 그러한 경우이겠고, 작게는 학교 교육에서 나타나는 교사의 체벌에서 크게는 국가 치안을 위한 경찰의 무력 동원, 부조리한 정부에 대한 학생들의 시위 등이 또한 그러한 경우이다. 이처럼 무수히 많은 경우에 폭력 자체는 나쁜 것이지만 하나의 수단으로 이용될 때 그 목적이 폭력이라는 수단을 정당화하는 논리를 목격한다.

모범 답안

폭력 그 자체는 정당화될 수 없는 것이지만 폭력을 사용하는 목적에 따라서 새로운 방식으로 이해될 가능성도 있다. 제시문에서도 예를 들고 있듯이, 교사가 학생을 지도하기 위해 체벌하는 것을 무조건 부정적인 것으로 이해하기에는 논란의 여지가 있다. 5 · 18 민주화 항쟁 같은 경우도 민주주의의 이룩이라는 목적을 지향하고 있기 때문에 긍정적인 평가를 받는 역사적 사건이다. 힘만으로 문제를 해결하려는 태도는 옳지 않지만, 힘을 쓰지 않고는 해결하기 힘든 문제 상황에서는 최소한의 폭력을 사용할 필요도 있다고 생각한다.

《고향》에는 식민 통치로 인해 더욱 가난해진 계층과 이 시기에 새로운 경제 주역으로 부상하는 계층간의 갈등이 나타난다. 그런데 이러한 갈등을 해결하는 방법은 합리적인 대화나 협력을 통해서 마련되기 힘들다. '김희준' 이라는 인물은 일본에서 유학하고 온 전형적인 당대 지식인의 모습을 보이지만, 자신의 지식을 이용하는 것만으로는 현실의 문제를 해결하기 힘들다는 것을 깨닫는다. 그리하여 결국 문화 운동이나 계몽 사업에만 머무르는 대신 집단적인 소작 쟁의를 실천함으로써 마름의 횡포에서 농민들의 권리를 구해낸다.

'김희준' 이 농민들을 선도하여 마름에게 항의하도록 하는 방법은 집단의 단결을 통해 일정한 강도의 '힘' 을 보임으로써 갈등을 해결하도록 하는 방법으로, 다분히 폭력적인 방식이라고 평가할 만하다. 그러나 앞서도 언급했듯 당대 상황의 급박함을 고려한다면 이러한 방식이 아니고서는 계층간의 갈등 문제를 해결하기 힘들었을 것이라고 생각한다. 대화를 통한 설득은 이상적인 방식이기는 하지만, 당장의 생계와 관련되는 권리를 되찾아야 하는 빈곤한 계층의 문제를 이권을 점유하고 있는 부유층에게 설득하는 것이 현실적으로 가능한 것인지 보장할 수 없기 때문이다.

물론 폭력을 사용하는 경우에도 그러한 폭력의 강도는 최소한의 것이어야 한다고 생각한다. 또한 그 범위 역시 최소화되어야 한다. 자신을 괴롭히는 상관들을 총으로 난사한 '김일병' 이라는 인물이 등장하기까지 하는 현실에서, 폭력적인 방식으로 문제를 해결하는 것이 최선의 방식이라고 말하는 것은 무리가 있다. 이기적인 목적이 아닌 공동체의 인간적인 발전을 도모하는 목적하에서 다른 효과적인 방법을 찾을 수 없는 상황인 한, '촛불 시위' 와 같은 '평화로운 폭력' 은 허용될 수 있을 것이라고 생각한다.

자존심은 어리석은 자의 소유물이다.

-헤로도투스(Herodotus)-